CÓDIGO-MÃE

CAROLE STIVERS

CÓDIGO-MÃE

Um romance que explora o que nos torna humanos – e as tênues fronteiras entre nós e as máquinas que criamos

Tradução

Marcia Blasques

Planeta minotauro

Título original: *The Mother Code*

Preparação: Pronto Comunicação
Revisão: Giovana Bomentre e Ligia Alves
Diagramação e projeto gráfico: Márcia Matos
Capa e ilustração de capa: Douglas Lopes

Dados Internacionais de Catalogação na Publicação (CIP)
Angélica Ilacqua CRB-8/7057

Stivers, Carole
Código-Mãe / Carole Stivers; tradução de Marcia Blasques. – São Paulo: Planeta do Brasil, 2022.
288 p.

ISBN 978-65-5535-710-3
Título original: The Mother Code

1. Ficção norte-americana 2. Ficção científica I. Título II. Blasques, Marcia

22-1397 CDD 813.6

Índice para catálogo sistemático:
1. Ficção norte-americana

MISTO
Papel produzido a partir de fontes responsáveis
FSC® C019498
FSC www.fsc.org

Ao escolher este livro, você está apoiando o manejo responsável das florestas do mundo

2022

EDITORA PLANETA DO BRASIL LTDA.
Rua Bela Cintra, 986 – 4º andar
01415-002 – Consolação
São Paulo-SP
www.planetadelivros.com.br
faleconosco@editoraplaneta.com.br

SUMÁRIO

Para Alan, minha bússola,
e Jeannie, minha musa.

"Quando pequena, a criança conhece a Mãe como um cheiro de pele, um halo de luz, uma força nos braços, uma voz que tremula de emoção. Mais tarde, a criança desperta e descobre essa mãe – então acrescenta fatos às impressões e compreensão histórica aos fatos." – Annie Dillard, *An American Childhood*

PRIMEIRA PARTE

CAPÍTULO 1

3 de março de 2054

COM OS TRENS DE POUSO recolhidos e as asas abertas, elas seguiram rumo ao norte em formação cerrada. Acima, o sol brilhava nos flancos metálicos, criando sombras amalgamadas sobre cumes e cristas na imensidão do deserto. Abaixo, apenas o silêncio – aquele silêncio primordial que acompanha tudo o que é perdido, tudo o que é desperdiçado.

A aproximação delas interrompia o silêncio. Cada grão de areia zumbia em sintonia com o barulho do ar que passava por seus dutos de ventilação. Criaturas minúsculas, arrancadas de um sono aquecido, esconderijos, pressentindo sua chegada.

Então, parando para mapear arcos cada vez mais largos, as Mães se separaram, cada uma seguindo seu caminho. Rho-Z manteve a altitude, conferiu o computador de bordo e seguiu para o destino predefinido. No fundo do ventre, havia uma carga preciosa: a semente de uma nova geração.

Sozinha, ela se acomodou à sombra de um penhasco íngreme, abrigada do vento. Ali aguardou o pulsar viscoso de um batimento cardíaco. Esperou pelo tremor de um bracinho, pela torção de uma perninha. Registrava fielmente os sinais vitais, aguardando o início de sua próxima missão.

Até que, por fim, chegou a hora:

```
Peso fetal: 2,4 kg

Frequência respiratória 47::: Oxigenação 99%:::
Pressão sistólica 60 Pressão diastólica 37:::
Temperatura 36,8°C

DRENAGEM DO ÚTERO: Início 3:50:13. Fim 04:00:13
```

```
DESLIGAMENTO DO TUBO DE ALIMENTAÇÃO: início
04:01:33, fim 04:01:48

Frequência respiratória 39::: Oxigenação 89%:::
Pressão sistólica 43 Pressão diastólica 25

RESSUSCITAÇÃO: início 04:03:12, fim 04:03:42

Frequência respiratória 63::: Oxigenação 97%:::
Pressão sistólica 75 Pressão diastólica 43

TRANSFERÊNCIA: início 04:04:01
```

O recém-nascido se aninhava no interior denso e fibroso do casulo. O bebê se contorceu, agitando os braços. Quando os lábios encontraram o mamilo suave da Mãe, um líquido rico em nutrientes encheu sua boca. Seu corpinho relaxou, já embalado por dedos elásticos aquecidos. Os olhos dele se abriram para uma suave luz azul, o contorno borrado de um rosto humano.

CAPÍTULO 2

20 de dezembro de 2049

Urgente/confidencial, Departamento de Defesa

Dr. Said,

Requisitamos sua presença em uma reunião no quartel-general da CIA, em Langley, VA.

20 de dezembro de 2049, às 11 h.

Prioridade máxima.

Providenciaremos translado.

Favor responder com urgência.

General Jos. Blankenship, Exército dos Estados Unidos

JAMES SAID REMOVEU O DISPOSITIVO do olho direito e o guardou na embalagem plástica. Puxou o flexfone do pulso, depois abriu o cinto e o colocou com os sapatos e a jaqueta na esteira. Com os olhos fixos no escâner óptico, passou pelo cordão de robôs de inspeção do aeroporto, os braços brancos finos movendo-se com eficiência por cada parte de sua anatomia.

Urgente. Confidencial. Em se tratando de comunicação militar, ele já havia aprendido a deixar um pouco de lado termos que antes considerava alarmantes. Mesmo assim, não pôde evitar um olhar furtivo para a área de segurança, como se esperasse que um homem usando uniforme militar se materializasse. Blankenship. Onde tinha ouvido esse nome?

Passou os dedos pelo queixo. Tinha se barbeado naquela manhã, expondo a marca de nascença escura logo abaixo da mandíbula – segundo sua mãe, o lugar onde Alá o beijara quando nasceu. Sua aparência o traía? Achava que não. Nascido na Califórnia no feriado de 4 de julho, tirando escrupulosamente qualquer traço de religiosidade de seus hábitos, ele era tão americano quanto podia ser. Tinha a pele clara da mãe, a grande estatura do pai. Mesmo assim, de algum modo, assim que colocava os pés no aeroporto, sentia-se um inimigo. Mesmo que os infames ataques de 11 de Setembro tivessem precedido seu nascimento em treze anos, a Intifada de Londres de 2030 e os atentados suicidas no Aeroporto Reagan em 2041 mantinham viva, no Ocidente, uma suspeita contra qualquer um que parecesse muçulmano.

Quando o último robô lhe deu luz verde, James pegou seus pertences e pressionou o polegar no leitor da entrada dos portões de embarque. Na iluminação intensa e no agito do saguão, recolocou o dispositivo ocular e prendeu o telefone no pulso. Piscando três vezes para conectar os dois dispositivos, pressionou "responder" na tela do telefone e ditou baixinho para o aparelho.

— Estou pegando um voo para passar as festas na Califórnia. Preciso remarcar para depois de 5 de janeiro. Favor informar a pauta.

De cabeça baixa, passou apressado pelos painéis coloridos, com rostos bonitos que o chamavam pelo nome.

— James — cantarolavam as projeções —, já experimentou os novos e vigorosos sabores de ExoTea? E o Queeze-Ease, para quem tem medo de altitude? E que tal o novo capacete Iso para voo da Dormo?

Odiava que os novos telefones divulgassem sua identidade, mas esse era o preço da conectividade nos espaços públicos. Na fila para comprar um café, atualizou o feed. Sorriu ao ver o nome da mãe.

A colheita vai começar. Estamos prontos para o Ano-Novo. Quando você chega?

Deslizando o indicador na pequena tela, localizou a reserva da companhia aérea e anexou-a na resposta.

— Olhe o anexo — ditou. — Diga ao papai que não precisa me buscar. Pego um táxi. Não vejo a hora de encontrar vocês.

Depois olhou os e-mails, marcando os compromissos no calendário on-line.

- Almoço na faculdade, 8 de janeiro.

- Seminário de pós-graduação, departamento de biologia celular e do desenvolvimento. Entregar resumo em 15 de janeiro.

▫ Conferência anual de engenharia genética: novas fronteiras, novas regulações. 25 de janeiro.

James franziu o cenho. Nem sempre participava da conferência anual, mas naquele ano o evento seria em Atlanta, a poucas quadras de seu laboratório na Emory. Ele fora convidado para falar sobre o trabalho que realizava com engenharia genética no corpo humano, desta vez com o objetivo de curar fibrose cística no feto. Mas esses eventos patrocinados pelo governo tendiam a focar menos a ciência e mais a política, o que incluía o cenário instável do controle governamental sobre o novo material que tornava seu trabalho possível.

Mais de uma década antes, cientistas da Universidade de Illinois tinham desenvolvido um tipo de DNA nanoparticulado chamado "nanoestruturas de ácido nucleico" (NAN). Diferentemente do DNA nativo, linear, essas pequenas formas esféricas de DNA sintético penetravam a membrana de células humanas com facilidade e de maneira espontânea. Uma vez ali, elas conseguiam se inserir no DNA hospedeiro para modificar genes específicos. As possibilidades pareciam infinitas – cura não só para anomalias genéticas, mas também para toda uma série de cânceres até então intratáveis. Desde o instante em que ouviu falar das NANs, James – então pós-graduando em biologia celular na universidade de Berkeley – empenhou-se em colocar as mãos no material que podia tornar seus sonhos realidade.

A engenharia genética pré-implantação de embriões humanos tinha se tornado uma ciência madura: cuidadosamente regulamentada, com ferramentas bem características e virtualmente livre de efeitos colaterais encontrados com muita frequência no início. Da mesma maneira, testes para diagnosticar problemas no feto já em desenvolvimento, depois de implantados no útero, estavam disponíveis havia décadas. No entanto, se um problema fosse detectado, não havia como interferir em um feto com segurança. James estava convencido de que, com o uso das NANs, genes defeituosos poderiam ser reajustados no útero. Doenças geneticamente tratáveis, como fibrose cística, seriam erradicadas.

Ainda assim, havia obstáculos a serem superados, tanto técnicos como políticos. Essa era uma tecnologia que poderia ser perigosa nas mãos erradas, por isso a Universidade de Illinois fora obrigada a entregar todas as patentes ao governo federal, e o Fort Detrick, base militar em Maryland, a noroeste de Washington, mantinha a maior parte das pesquisas sob sigilo rigoroso.

James sentia falta da Califórnia. Sentia falta de Berkeley. Todo dia tinha que lembrar a si mesmo que mudar-se para Atlanta fora a coisa certa a fazer. O Centro de Terapia Genética na Emory era a única instituição pública com acesso às NANs.

No saguão, ele se sentou perto do portão de embarque. Já fora um garoto de fazenda atlético e ágil, capitão do time de beisebol do ensino médio. Mas tinha se deixado levar – a coluna ereta se curvara após anos debruçado em bancadas de laboratório, os olhos aguçados enfraqueceram de tanto trabalhar em microscópios e telas de computador. A mãe se preocuparia com sua saúde, ele sabia, e ficaria atrás dele com um prato de lentilha temperada e arroz. Já conseguia até sentir o gosto.

James olhou ao redor. Como era cedo, a maioria dos assentos estava vazia. Diante dele havia uma jovem mãe com o bebê dormindo em um moisés no chão e um pequeno console remoto GameGirl no colo. Ignorando o próprio filho, ela parecia brincar de alimentar o bebê alienígena cujo rosto largo e verde aparecia na tela com a boca aberta. Perto da janela, um homem mais velho comia uma ProteoBar.

James se assustou ao sentir uma vibração no pulso. Era a resposta do Departamento de Defesa.

Doutor Said,

Não é possível reagendar. Alguém vai buscá-lo.

General Jos. Blankenship, Exército dos Estados Unidos.

Ele ergueu o olhar e viu um homem de terno cinza parado ao lado do portão. Do colarinho saía um pescoço grosso, e o queixo dele se erguia em um aceno quase imperceptível. Tirando seu dispositivo ocular, James olhou para a direita. Encolheu o braço em um reflexo quando alguém encostou de leve em seu ombro.

— Doutor Said?

James ficou sem reação.

— Sim? — respondeu, com um murmúrio.

— Sinto muito, doutor Said, mas o Pentágono exige sua presença.

— Como é? — James encarou o homem jovem, com um uniforme escuro impecável e sapatos pretos bem engraxados.

— Preciso que me acompanhe até Langley o quanto antes. Sinto muito. Vamos reembolsar sua passagem.

— Mas por quê...?

— Não se preocupe, senhor. Chegaremos lá em pouco tempo. — Com a mão branca enluvada, o oficial segurou James pelo braço e o guiou por uma saída de segurança. Desceram uma escada e atravessaram uma porta até a luz do dia. A alguns passos, o homem de terno cinza já os esperava, segurando a porta traseira de uma limusine preta, na qual James foi convidado a entrar.

— E minha bagagem?

— Já cuidamos dela.

Com o coração apertado, James afundou no assento de couro. Colocou a mão direita de modo protetor sobre o punho esquerdo, guardando o telefone – seu único elo remanescente com o mundo exterior à limusine. Pelo menos o aparelho não fora confiscado.

— O que está acontecendo? Por que estou sendo detido?

O jovem oficial lhe ofereceu um sorriso de esguelha ao se acomodar no banco da frente do veículo.

— Eles vão informá-lo em Langley, senhor. — Apertou alguns botões do painel, e James sentiu uma aceleração suave. — Recoste-se e relaxe.

O jovem ativou um transceptor no console central do carro.

— Alvo a caminho — garantiu a alguém. — Chegada esperada às dez horas.

— Tão rápido?

— Temos um jato a postos. Aguente firme.

Do lado de fora dos vidros escuros, o asfalto passava com rapidez. James ergueu o punho, clicou no telefone e sussurrou uma mensagem curta:

— Amani Said. Mensagem: Desculpe, mãe. Não vou para casa. Tive um imprevisto. Diga para papai não se preocupar. Enviar.

Com a voz trêmula, acrescentou uma segunda sentença:

— Se não tiver notícias minhas em dois dias, ligue para o senhor Wheelan.

Em silêncio, rezou para que a mensagem chegasse.

CAPÍTULO 3

RICK BLEVINS LIGOU O COMPUTADOR e se acomodou na cadeira. Enquanto esperava por um acesso seguro, passava a mão pela coxa, massageando o ponto logo acima do joelho, onde a prótese se unia ao que restava de sua perna direita. Fez uma careta. A adaptação ao novo dispositivo estava complicada.

Assim como a prótese antiga, a nova era coberta por uma malha sintética que enrijecia e suavizava sempre que ele se movia, imitando o relaxamento ou a tensão dos tecidos da parte superior da coxa. Os músculos biônicos eram controlados pelos mesmos eletrodos, conectados ao tecido nervoso. Mas esse novo apêndice, projetado para maior mobilidade, parecia ter vida própria. Quando Rick o colocava, logo pela manhã, minúsculas pontadas subiam por sua coluna, como se fosse uma força alheia a ele. O pior de tudo era que a nova perna parecia estar em guerra com seu neuroestimulador, o dispositivo que implantaram na lombar para aliviar a dor. Os antigos sinais do membro fantasma, pulsando e queimando, estavam voltando.

Rick olhou pela janela. O tempo não ajudava. A chuva congelante da noite anterior tinha revestido a fachada de concreto do Pentágono com uma camada fina de gelo. Passando a mão pela careca, sentiu a rigidez do cabelo castanho e grosso que crescia. Precisava raspar...

Foi surpreendido pela vibração do interfone em sua lapela.

— Precisamos de você aqui embaixo — disse uma voz masculina entrecortada.

"Aqui embaixo" era o escritório do general Blankenship, no porão. Rick tomou um gole de café de sua caneca térmica e arrumou a gravata. Tinha quase certeza de qual era o assunto em questão.

Um mês antes, fora chamado para comentar um projeto de guerra biológica em Fort Detrick. Já não estava mais vulnerável às ameaças imediatas das quais conseguira desviar quando estava envolvido nas operações especiais, mas encontrou bastante utilidade para os instintos que lhe serviram tão bem em campo em seu trabalho como analista no diretório de inteligência da CIA. Com uma preocupação crescente, ele se debruçara sobre o relatório de viabilidade, familiarizando-se com termos científicos difíceis como "apoptose", "morte celular programada", "caspase" e "nanoestrutura de ácido nucleico". Já tinha ouvido falar das nanoestruturas de DNA: era seu trabalho supervisionar a aprovação do uso das NANs em laboratórios de pesquisa no país. Mas aquilo era diferente.

O projeto chamava-se Tábula Rasa, o que era bastante assustador. Então, ao analisar novamente a seção intitulada "Impacto esperado", sentiu o coração apertar. A base do bioagente era um tipo específico de nanoestrutura de ácido nucleico chamado IC-NAN. Quando alguém inalava essa sequência específica de DNA nanoparticulado, suas células pulmonares infectadas começavam a ultrapassar a "data de validade"; em vez de morrer para abrir espaço para novas células, como deveria acontecer, as células antigas, infectadas, se replicavam para produzir mais células defeituosas. Essas células mutantes se tornavam mais numerosas que os tecidos bons, atrapalhando a função pulmonar, e, depois de um tempo, invadiam o corpo e roubavam os nutrientes de outros órgãos. O resultado desejado era semelhante a um câncer pulmonar agressivo – uma morte lenta, mas inexorável.

Em vez de aplicar o esperado carimbo de aprovação no programa, ele sugeriu seu cancelamento. Lançar armas biológicas não caracterizadas no mundo, mesmo nas partes mais remotas, era loucura. Envenenamentos em massa, devastação de populações inocentes em um esforço para derrotar alguns poucos... Já não tinham deixado tudo isso para trás?

Mas agora tinha certeza de que a veemência de sua resposta não passara desapercebida. Sem dúvida, Blankenship ficara insatisfeito. Enquanto pegava o elevador e descia os três andares, Rick preparou-se para a inevitável reprimenda.

A porta do elevador se abriu, e ele entrou no corredor mal iluminado. Um primeiro-tenente o esperava perto da porta do escritório do general. Quando o homem ficou em posição de sentido, Rick notou o brilho de um rifle. Um guarda armado. Suou frio.

— Senhor. — O homem mais jovem bateu continência. Parando de supetão, Rick bateu continência em resposta. — Senhor, o senhor precisa repetir seu juramento.

— Aqui?

— Sim. Ordens estritas.

Com um arrepio na nuca, Rick repetiu o juramento que conhecia tão bem.

— Apoiarei e defenderei a Constituição dos Estados Unidos contra todos os inimigos, estrangeiros e domésticos... Terei verdadeira fé e lealdade a ela... — Enquanto dizia as palavras, a pulsação acelerava em seus ouvidos. — ... Que Deus esteja comigo.

O oficial mais jovem segurou a maçaneta da porta, esperando o clique decisivo que sinalizava a permissão de acesso. A porta se abriu, e Rick adentrou o aposento.

— Sente-se — disse Blankenship. Era uma ordem.

Rick acomodou-se em uma velha cadeira de madeira, depois ergueu o olhar para as duas outras pessoas que estavam na sala. Surpreso, percebeu que uma era Henrietta Forbes, secretária de Defesa do presidente. A outra era um homem baixo e careca, de terno marrom desbotado.

Blankenship tossiu; uma tosse pouco crível, que mais parecia um resmungo.

— Rick — disse ele —, temos um problema.

Rick olhou para seu chefe, o general Joseph Blankenship – herói de duas guerras, ganhador do Coração Púrpura, agora diretor da CIA. O general, normalmente otimista, segurava com força os braços da cadeira de couro, a boca apertada em uma careta tensa.

— O doutor Rudy Garza fez a gentileza de vir de Fort Detrick. Vou deixar que ele explique.

Virando-se, Blankenship fez um sinal com a cabeça para o homem careca, que imediatamente mexeu no pequeno tablet que estava em seu colo.

— Obrigado, general. — A voz do doutor Garza era baixa, perdida no colarinho amarrotado de sua camisa branca. — Imagino que esteja ciente do Tábula Rasa?

— O projeto que vocês começaram há alguns anos? A NAN ativadora de caspases? — Rick sentou-se na ponta da cadeira, com o olhar ainda fixo no general. — Recomendei que fosse cancelado.

O doutor ergueu os olhos, surpreendentemente azuis sob os velhos óculos de leitura com armação de metal, de suas anotações.

— Sim — respondeu ele. — Eu sei.

— Sinto muito, doutor Garza — disse Blankenship, devolvendo o olhar de Rick com dureza. — Por favor, continue.

— O IC-NAN foi implantado em 5 de junho, há pouco mais de seis meses, em uma região remota no sul do Afeganistão — contou o doutor Garza.

— *Implantado?* Mas... — Rick sentiu o coração acelerar e a perna latejar em resposta enquanto lutava para permanecer sentado. Tinha desperdiçado seu tempo. Quando solicitaram sua opinião sobre o Tábula Rasa, o IC-NAN já havia sido implantado.

Foi a vez de a secretária Forbes interceder:

— Apesar da trégua, a região a oeste de Kandahar ainda não estava sob controle. Combatentes inimigos se encontravam entrincheirados em cavernas, atacando nossas tropas de paz... Estávamos perdendo mais de cinco homens por dia. Precisávamos de uma arma que não deixasse marcas. Nenhum rastro de existência ou indicação de origem. Algo que simplesmente matasse e desaparecesse.

— Como você sabe — disse o doutor Garza —, o IC-NAN foi projetado para esse propósito. Uma nanoestrutura de ácido nucleico sintética imita a atividade de um vírus, mas não pode ser replicada por contaminação individual. Então não é contagiosa. Além disso, essa NAN foi projetada para se degradar se não for inalada em algumas horas.

— Se degradar... — repetiu Rick. Ele se lembrava dessa característica bem significativa.

— Sim. Uma vez que é liberada no ar, a forma nanoparticulada infecciosa, que é sintetizada no formato de uma esfera minúscula, acabará por se desnaturar, ou se degradar, em sua forma linear. A forma linear não consegue entrar em células humanas. Depois de estudo intensivo, nosso IC-NAN foi considerado seguro para ser liberado como aerossol, via drone.

Rick fechou os olhos. Lembrava-se do nome de Garza nos relatórios que lera – um químico, doutor pelo programa de biologia molecular do Instituto Politécnico da Cidade do México. Seu ouvido treinado captou um leve sotaque espanhol, com tom quase musical. Era difícil ficar zangado com esse pacífico mensageiro de más notícias. Mas era raiva ou confusão que faziam o aposento rodar?

— Então a NAN fez o que deveria fazer? — perguntou, com uma voz que soou fraca a seus ouvidos.

O doutor Garza ajustou os óculos com um indicador nervoso.

— Normalmente as células na superfície do pulmão humano são substituídas a cada duas ou três semanas por células novas. Contudo, cinco semanas após nosso ataque, todos os indivíduos-alvo foram encontrados mortos. As biópsias de pulmão não mostravam evidências de células da superfície pulmonar não infectadas, com funcionamento normal. Então, sim, parece que a NAN se comportou conforme o esperado.

Rick sentiu um nó na garganta. Na mesa imaculada de Blankenship, um minúsculo boneco de neve sorria para ele, preso naquela atmosfera estagnada de seu pequeno globo. Ele não teria sido chamado ali se tudo tivesse saído de acordo com o plano.

— E o residual? O material que não foi inalado?

O doutor Garza engoliu em seco, e Rick detectou um pequeno tremor na voz quando o pesquisador continuou:

— Como você deve ter imaginado, esse é o problema. Aqueles que fizeram o reconhecimento... a equipe GeoBot que localizou os corpos... alguns deles tiveram... complicações. E encontraram outros indivíduos mortos na cena e em uma área mais ampla do que esperávamos com base nas fotos aéreas tiradas antes da aplicação do spray.

— A NAN não se degradou?

— Sim, no sentido de retomar sua forma linear não infecciosa. Mas...

— Mas?

Erguendo o olhar, o doutor Garza encarou os presentes na sala.

— Mas essa forma, ainda que incapaz de infectar células humanas, se integrou a uma espécie receptiva de arqueobactéria presente nas areias do deserto. E se inseriu naquele genoma. E parece que esses micróbios foram capazes de replicá-la a cada vez que se dividiam.

Rick percebeu que estava agarrado aos braços da cadeira.

— Essas coisas fizeram mais cópias do DNA da NAN? Como vocês sabem?

— Analisamos amostras tiradas das roupas das vítimas. A sequência de DNA da NAN estava presente no DNA da arqueobactéria. Mas... não para por aí. Descobrimos que alguns desses micróbios estavam cheios de NANs esféricas reconstituídas.

— Partículas que *eles mesmos* produziram?

— Sim. Além disso, uma vez que essas novas NANs eram sintetizadas, elas faziam a arqueobactéria... explodir, na falta de termo melhor.

— Lançando as NANs esféricas de volta ao ambiente...

O pesquisador assentiu lentamente.

— Aparentemente sim. Reiniciando o ciclo com novos IC-NANs.

Rick se inclinou para a frente.

— Deixe-me ver se entendi. A NAN esférica que vocês pulverizaram com o drone pode infectar células humanas. A forma linear degradada, para a qual a NAN reverte no ambiente, não pode. Supostamente esse era o mecanismo de segurança.

— Correto.

— Mas essas arqueobactérias são capazes de pegar a forma linear, fazer cópias dela e fabricar mais NANs esféricas desse DNA?

— Sim — respondeu o doutor Garza, olhando fixamente para suas anotações.

Rick respirou fundo.

— E essas NANs esféricas podem sair da arqueobactéria e infectar mais humanos?

O doutor Garza ergueu os olhos, com expressão impassível.

— Sim. Parece haver dois mecanismos para isso. — Ele virou o tablet para os demais. O diagrama na tela mostrava um organismo verde em forma de bastonete, a arqueobactéria, cheio de pequenos pedaços de DNA rotulados como IC-NANs. Como para destacar sua natureza sinistra, as NANs. estavam desenhadas em vermelho. A arqueobactéria começava a se abrir em uma das pontas. E, espalhadas ao redor da parede celular rompida, havia mais NANs, algumas ainda agrupadas na forma esférica infecciosa, outras degradadas em estruturas lineares semelhantes a vermes. Garza começou a explicar:

— Em um cenário, a NAN esférica recém-sintetizada é excretada da arqueobactéria diretamente no ambiente. Depois de algumas horas, a NAN pode se degradar na forma linear, que agora sabemos ser capaz de infectar uma nova arqueobactéria, embora não infecte um ser humano. Ou, se houver uma pessoa por perto, a NAN pode infectá-la antes de se degradar. — Ele avançou para um segundo diagrama, que mostrava o desenho de corte de um humano de lado, as vias aéreas abertas com uma série de pontos verdes e vermelhos. — Como eu disse, um humano pode inspirar essa nova NAN. Mas, em outro cenário, a arqueobactéria é aspirada pela vítima e depois lança a NAN dentro do corpo. — Desviou o olhar da tela. — Temos evidências de que todos esses mecanismos não só são possíveis como já ocorreram.

Rick se recostou na cadeira, apertando a ponta do nariz entre o polegar e o indicador.

— Então essa coisa está fora de controle — comentou. — Agora esses organismos do solo estão replicando a sequência do DNA do IC-NAN e excretando NANs ativas de volta à biosfera. Eles podem atuar como agentes de um novo tipo de infecção arqueobacteriana, que pode agir contra qualquer um. Contra nós.

Garza desligou o tablet e o segurou de encontro ao peito.

— Sim.

Rick olhou para Blankenship.

— Eu avisei vocês sobre a imprevisibilidade... — Conteve-se. Claro, ninguém pediu sua opinião antes de seguir em frente. Exasperado, voltou-se novamente para Garza. — As vítimas humanas não podem transmitir a NAN para outros humanos, podem?

— Não — disse o doutor Garza. — Essa parte do plano foi efetiva. As vítimas não são infecciosas. Só os micróbios infectados são...

— E animais e plantas não serão afetados?

— Os efeitos desse DNA são específicos para humanos.

— Então voltemos às arqueobactérias. Sabemos quantas delas estão infectadas? Ou quantas espécies diferentes delas podem ser infectadas? Elas podem estar em qualquer lugar...

— Estamos avaliando o grau de disseminação. Até agora só isolamos o DNA de uma espécie de arqueobactéria. Ainda não temos certeza se diferentes espécies de micróbios serão capazes de trocar esse material genético entre si na natureza. Mas estamos testando essa hipótese em laboratório.

Rick apertou a mandíbula, o olhar acusador indo direto para Henrietta Forbes.

— Agora precisamos da ajuda de todos — comentou Blankenship, poupando a secretária de responder alguma coisa. — Mas, neste momento, você é o único agente com total conhecimento sobre o projeto.

— Total conhecimento? — perguntou Rick, fazendo questão de encarar Blankenship nos olhos. — Vocês realmente me contaram tudo?

— Tudo o que sabemos até o momento — garantiu o doutor Garza, sem se alterar. — Embora a evolução do caso ainda esteja em curso.

Rick sentiu o início de uma gargalhada rude se formando em sua garganta. Claro, tudo o que ele achava que podia acontecer estava acontecendo – e pior. A natureza sempre dava as cartas, e não era preciso um título de doutor para entender isso.

— Evoluindo — repetiu ele. — Como essas coisinhas que desenvolveram a habilidade de sintetizar NANs.

Agora Rudy Garza olhava direto para ele, e seus olhos azuis ganhavam um tom acinzentado.

— Sim, como a arqueobactéria.

— Rick, você será reintegrado na ativa em sua patente anterior... coronel — disse Blankenship. — Vai supervisionar a investigação conjunta, que inclui o pessoal do Departamento de Defesa, da equipe de cientistas em Fort Detrick e quaisquer cientistas auxiliares que pudermos convocar.

— Mas... senhor... Não sou cientista — protestou Rick, enquanto olhava ao redor, para os rostos que o encaravam em expectativa. — Uma carreira em operações especiais e uma graduação em biologia em West Point dificilmente vão me qualificar... Eles nunca vão me dar ouvidos...

Blankenship balançou a cabeça.

— Você é o cara da segurança. Eles têm que ouvir você. Caso contrário, nós os tiraremos do caso.

— Tudo bem — murmurou Rick. — Tudo bem. De qualquer modo, suponho que não tenho escolha. — Recostou-se na cadeira, e as ripas de madeira do encosto incomodaram sua coluna. Por que mais o levariam até lá e confessariam seus pecados para ele? Embora sua escolha tivesse sido negar a implantação logo de cara, seria ele quem ficaria responsável por dar um jeito naquela confusão.

Houve uma pausa constrangedora enquanto Blankenship mexia em um tablet.

— Já identificamos outro cientista que precisamos ter na equipe. Alguém da Emory. Ele precisará ser colocado a par da situação — murmurou o general.

— Da Emory? Quem?

Blankenship esfregou a testa.

— Você o conhece. Said. Doutor James Said.

Mais uma vez, Rick ficou surpreso. Said. A difícil liberação de acesso na qual ele trabalhara no ano anterior.

— James Said... Emory... Está falando do paquistanês? Mas vocês já têm uma equipe em Fort Detrick...

Blankenship olhou por sobre o tablet.

— A equipe do doutor Garza sabe tudo sobre a NAN que liberamos... como sintetizá-la, sua estrutura, como deveria funcionar. Além disso, se vamos proteger as pessoas contra essa coisa, precisaremos de mais especialistas no lado da fisiologia humana. Em... como é mesmo, Garza?

— Biologia celular — murmurou o doutor Garza.

— Sim — disse Blankenship. — Foi Garza quem sugeriu o doutor Said.

— O doutor Said não é paquistanês. É americano, nascido em Bakersfield, na Califórnia — esclareceu o doutor Garza. — É uma autoridade reconhecida na terapia de DNA recombinante, bem conceituado no Centro de Terapia Genética. Ouvi dizer que ele vem sendo cotado para ser o novo diretor. E tem uma experiência ampla com a atividade de NANs em tecidos humanos.

Rick se inclinou para a frente mais uma vez, determinado a se fazer ouvir.

— Como vocês sabem, fui responsável pela verificação de antecedentes de Said quando ele solicitou trabalhar com NANs. Avisei que ele podia ser um ponto fraco. Todos sabemos quem era o tio dele, mesmo que aparentemente ele não saiba.

Blankenship nem se dignou a erguer o olhar.

— Mas no fim você resolveu liberar o acesso para ele, correto? — perguntou.

Rick encarou o chefe.

— Só temos que manter o olho aberto em relação a esse homem. Temos certeza mesmo de que queremos que ele saiba...?

— Ele está limpo — garantiu o general. — Não sabe nada sobre os parentes.

— Você tem certeza absoluta?

— Os pais dele são cidadãos exemplares desde o reassentamento. Eles o mantiveram na ignorância — respondeu o general. — Posso mostrar os arquivos da vigilância, se necessário.

Rick recostou-se de novo, sentindo toda a energia ser drenada de seus membros. Arquivos. No que dizia respeito a Farooq Said, o notório tio de James Said, ele já vira todos os arquivos que precisava ver.

— Não precisa — disse ele. — Onde ele está agora?

O general se levantou, sinalizando o fim da reunião.

— A caminho de Langley enquanto conversamos. Vamos precisar de você aqui para recebê-lo.

Na pequena e bem iluminada sala de reuniões, James Said curvou-se sobre a mesa, os relatórios de Fort Detrick exibidos diante dele em telas pouco iluminadas. Os dedos desciam as páginas de tempos em tempos, e seus lábios se moviam em silêncio.

Com o corpo esguio, o cabelo negro cuidadosamente arrumado com gel e posicionado sobre mechas precocemente grisalhas, Said se parecia pouco com os militantes que Rick encontrara nos anos em que estivera infiltrado no Paquistão. Mesmo assim, Rick sentia os punhos cerrarem involuntariamente mesmo do outro lado da mesa. Lembrava-se de ter arrancado uma espingarda de cano serrado de braços tensos em um casebre abandonado nos arredores de Karachi. O cheiro pungente de cominho misturado com suor. Lembrava-se da dor lancinante, do tiro em suas entranhas. Da viagem de volta para casa, sem a perna – e sem Mustafa, o intérprete de confiança que jurara proteger.

Mas aquele homem cheirava somente a um indescritível pós-barba americano. Suas roupas amarrotadas eram típicas de um acadêmico de meia-idade a caminho de casa, na Califórnia, para passar o Natal. Segurando a própria nuca, Rick tentava acalmar a mente, visualizando cores de laranja para amarelo, de amarelo para um branco total. O general tinha garantido: embora a história familiar de James Said fosse suspeita, o homem em si não era.

Recostando-se, Said tirou os óculos de leitura do nariz adunco, apoiando-os sobre a testa alta. Sua expressão era inescrutável.

— O que você acha?

— Sobre o quê?

Rick lançou um olhar duro para o outro lado da mesa. Era óbvio que Said estava chateado pela interrupção das férias. Assim que o medo se dissipou, ele ficara compreensivelmente ultrajado. Mas, uma vez que as fichas estavam sobre a mesa, aquela realmente era a hora de começar um jogo de perguntas?

— Os resultados são bons?

— A sequência de DNA encontrada na arqueobactéria é a mesma da NAN. A arqueobactéria é capaz de produzir e secretar NANs ativas. Está nos relatórios.

— Então precisamos de algumas ideias.

— Sobre o quê?

Ah, meu Deus.

— Sobre como lidar com isso, é claro.

— Se realmente foi o que aconteceu...

— Você acabou de me dizer que concordou que foi isso...

— Se tudo isso é verdade, então você está me pedindo para resolver um problema monumental com as mesmas informações que tinha quando resolveu liberar essa coisa.

— Escute. — Rick se levantou. Ignorando a dor de mil agulhas em uma perna que não existia mais, deu a volta na mesa e parou ao lado do pesquisador. — *Eu* não liberei coisa alguma. Não passo do pobre coitado que agora precisa descobrir uma maneira de resolver essa confusão. E estou pedindo sua ajuda.

— Desculpe. — O cientista olhou para ele, a expressão mostrando brevemente algo similar a simpatia. — De verdade. É só que eu esperava estar em casa agora. Com meus pais. Em vez disso, estou sentado aqui com você, que está me dizendo essas coisas. É... muita informação para digerir.

— Se ajuda um pouco — disse Rick —, não esperamos que nada aconteça amanhã.

— Quanto tempo você acha que nós temos?

— Detrick consultou as bases de dados do Argonne National Lab. Os dados retroativos sobre a disseminação natural de DNA desse tipo de população de micróbios do deserto geraram alguns modelos. É possível que em cinco anos ela ultrapasse a região. Possivelmente menos...

— E nós sabemos que atualmente o DNA só está presente em uma espécie de arqueobactéria, certo?

— Até agora, sim.

— Ok. — Said esfregou os olhos com as palmas das mãos. — Suponho que eu agora não tenha a opção de recusar. Já sei demais, como você diz... Devemos começar a trabalhar imediatamente.

Rick se inclinou para a frente.

— O que você sugere? Algum tipo de vacina?

— Uma vacina não vai funcionar.

— Não?

— Uma vacina tradicional ajuda o corpo a criar uma resposta imunológica a um agente estranho. Mas o IC-NAN é projetado para se disfarçar. O que nós precisamos é de um trecho de DNA que possa causar curto-circuito em sua ação. E precisamos de um método para colocar essa defesa no corpo humano. Engenharia genética em escala inédita.

— Não podemos simplesmente erradicar a fonte? Matar essas coisas?

— Enquanto estão vivos, esses micróbios agem como fábricas desse DNA tóxico que vocês... que nosso governo tão sabiamente vomitou na biosfera. Eles já se replicaram muito além da dose liberada pelos drones. E, quando morrem, eles aparentemente são capazes de excretar o

DNA em sua forma infecciosa original. Ao matá-los de propósito, você provavelmente só vai acelerar o processo de liberação. Em resumo, vocês criaram um monstro.

— Não podemos simplesmente... queimar todos eles?

— Você pode tentar. Mas não consigo imaginar como daria certo. Estamos falando de bilhões e bilhões de microrganismos infectados, que provavelmente já se espalharam por quilômetros de superfície, carregados pelo vento. E é bem possível que, com o tempo, novas espécies microbianas sejam infectadas. Não consigo pensar em uma maneira infalível de destruir toda essa matéria infecciosa... — Said se levantou, as mãos abertas apoiadas na mesa, as costas curvadas e a cabeça baixa. Rick fez um esforço para escutar o que ele disse a seguir. — Não. Temos que descobrir um jeito de modificar o corpo humano para conviver com esse... com esse monstro à solta.

Rick se deixou cair na cadeira. Tinha rezado por melhores notícias, por algum conserto incrível. Não gostava de Said, da atitude derrotista, da aparente arrogância. Mas não podia esperar um milagre.

E o que o homem tinha dito era verdade. Ambos sabiam demais para dar as costas para tudo aquilo.

— Sabe por que você foi escolhido? — perguntou Rick.

— Escolhido? — Said ergueu o olhar, o rosto sem expressão.

— Você foi escolhido para esse projeto pela mesma razão que eu. Você não tem família.

— Tenho meus pais...

— Não tem esposa, não tem filhos. Não dá para confiar que as pessoas olhem para isso de maneira racional se...

— Veja — comentou o pesquisador, com o ardor nos olhos castanho-claros deixando-os cor de âmbar —, não acho que alguém em sã consciência olhe para isso com completo desapego, mas vou tentar ser o mais racional possível.

CAPÍTULO 4

JAMES RANGEU OS DENTES. Era difícil acreditar que poucas semanas tinham se passado desde seu primeiro encontro com o coronel Richard Blevins. Envolto em um traje protetor de pressão positiva com nível de biossegurança 4, ele se sentia preso, claustrofóbico. Luzes fortes brilhavam na superfície de plástico transparente ao redor de sua cabeça, cegando-o. A caminhada curta pelo corredor estreito até o laboratório de contenção máxima de Fort Detrick era exaustiva, e o suor escorria pela lateral de seu rosto em uma sensação exasperante.

— Essas roupas costumavam ser piores — comentou Rudy Garza. A voz do homem mais baixo, abafada nos fones de ouvido de James, era quase inaudível sobre o assobio do ar que vinha pelo tubo corrugado que os prendia ao teto baixo. — Pelo menos agora elas permitem uma visão periférica decente.

James nunca lidara com uma contenção desse nível, pois não era exigida para o tipo de trabalho que ele fazia na Emory. Mas o trabalho atual de Rudy envolvia uma amostra de arqueobactéria contaminada recolhida no Afeganistão. E, se ia ajudar a enfrentar essa fera, James precisava encontrá-la cara a cara.

Ao passar pela segunda câmara de compressão, eles se aproximaram de uma cabine de segurança biológica. Os minúsculos organismos no âmago do problema tinham sido classificados como membros do filo Thaumarchaeota, do domínio Archaea, que incluía alguns dos organismos mais antigos da Terra. Como James logo aprendeu, as arqueobactérias não eram bactérias de verdade. Faziam parte de um reino próprio – e não eram suscetíveis a antibióticos comuns. Em geral tolerantes à seca, com resiliência similar à de esporos, arqueas como aquelas estavam presentes em todos os ambientes, extremos ou não.

Até aquele momento, as vítimas humanas confirmadas como infectadas pelo IC-NAN estavam limitadas a duas aldeias nas montanhas, a menos de dezesseis quilômetros do local de lançamento. A amostra arqueobacteriana em estudo havia sido recuperada do uniforme de um especialista em reconhecimento do exército que fora infectado. James estremeceu, lembrando dos vídeos classificados como secretos que lhe mostraram: mulheres e crianças deitadas no chão, em tendas médicas mal equipadas, tossindo sangue na areia; o jovem soldado americano prostrado em um ventilador improvisado, incapaz de voltar para casa, nem mesmo para morrer. O problema era que ninguém tinha certeza ainda de quão longe o IC-NAN se espalharia.

Em um dos lados da cabine de segurança, tubos de ensaio com ágar estavam organizados em uma fila de prateleiras.

— Esses são os nossos hospedeiros — disse Rudy. O leve sotaque mexicano, somado a movimentos rápidos e seguros na manipulação de um braço robótico para pegar uma prateleira menor do fundo da cabine selada, fazia James se lembrar dos técnicos eficientes que operavam as colheitadeiras de cânhamo junto de seu pai, em Bakersfield. O robô pegou uma lâmina fina da estante menor. — Essas arqueas são conhecidas por serem capazes de transferir traços genéticos entre si na natureza. Estou tentando determinar se essa espécie infectada de Thaumarchaeota pode ou não transmitir seus novos recursos para sintetizar NAN para outras espécies de arqueas.

— Eu deveria ver algo nessa lâmina?

— Acomode-se — disse Ruby. O braço colocou a lâmina sobre a platina móvel, que depois se moveu obedientemente até a objetiva de um microscópio de fluorescência UV profunda posicionado em uma prateleira de vidro na cabine. — Por favor, coloque sua máscara aqui.

James aproximou o rosto da ocular, fazendo o melhor possível para espiar pelo plástico transparente de seu traje. Para sua surpresa, o anel de borracha macia ao redor da ocular se adaptou facilmente à máscara.

— Podemos realmente enxergar NANs? Não são pequenas demais?

— Cada NAN tem cerca de treze nanômetros de diâmetro. No entanto, quando estão marcadas com meu reagente fluorescente, conseguimos algo grande o bastante para ser retido no filtro dessa lâmina e brilhante o bastante para ser visto.

James apertou os olhos. A imagem parecia um antigo jogo de palavras cruzadas, com alguns segmentos quadrados completamente escuros e outros brilhando em um tom amarelo.

— O que devo procurar?

— Cada segmento do *grid* representa aproximadamente cem organismos, e cada um deles tem uma espécie diferente de arqueobactéria. Esses organismos foram cultivados em um meio de cultura usado previamente para cultivar espécimes infectados de Thaumarchaeota. A questão era se haveria transferência genética de espécies infectadas para novas espécies. Para verificação, também incluímos algumas bactérias comuns: *E. coli* do intestino, espécies de *Pseudomonas* do solo e afins. Em cada lâmina vemos os resultados para cinquenta organismos diferentes.

— Quais foram afetados?

— Os segmentos que estão iluminados pelo reagente fluorescente representam organismos em que a NAN foi remontada o suficiente para ser capturada e visualizada nessa ampliação. Felizmente, nenhuma das bactérias comuns isoladas que nós testamos parece ter adquirido a capacidade de produzir NANs. Mas alguns dos isolados *arqueo*bacterianos conseguiram. Incluindo, e isso é relevante, alguns da parte continental dos Estados Unidos. Esse do canto inferior direito é da coleção do Argonne. Foi recolhido nos arredores de Chicago.

— O que significa...

— Que nós identificamos um mecanismo pelo qual esse traço poderia se espalhar ao redor do globo. Pode ser só questão de tempo até termos, aqui nos Estados Unidos, espécies capazes de produzir IC-NAN.

James sentiu o coração acelerar. Queria (precisava) ter fé nesse homem, a única pessoa que conhecera, desde que se juntara ao projeto, que parecia disposta e capaz de encarar a enormidade da missão diante deles. Mas também precisava de notícias melhores. Sem muita convicção, seguiu a mesma linha de questionamento à qual Blevins o sujeitara em seu primeiro encontro.

— Mas podemos matar os hospedeiros atuais antes que eles tenham a chance de infectar outras espécies? — perguntou.

— Temos que continuar tentando — respondeu Rudy, sem demonstrar emoção. — Mas existem poucas opções de agentes descontaminantes baratos disponíveis e que não sejam tóxicos para os humanos. Esses organismos riem diante de produtos como água sanitária. E não podemos simplesmente colocar fogo em regiões densamente povoadas...

James assentiu. Já tinha visto esse tipo de coisa no noticiário noturno – filmagens de robôs militares disparando chamas flamejantes em partes aparentemente sem vida do deserto. A imprensa estava atenta, e a especulação sobre o que estaria acontecendo só aumentava. Mas a caixa fora aberta e não havia respostas.

— Para piorar, os dados da Argonne Lab indicam que essas arqueas podem se espalhar por correntes de ar, pelas correntes de jato, e assim por diante. E neste momento já podem ter sido levadas para fora da região pelos veículos e equipamentos militares. Tudo o que podemos fazer é continuar tentando conter o espalhamento e trabalhar nos modelos existentes para prever onde essas coisas vão aparecer logo mais.

Rudy mexeu novamente no controle, e o robô retraiu a ocular e depois colocou cuidadosamente a lâmina na prateleira. Com os ombros curvados, seguiu para a porta. Ergueu a mão enluvada para ativar a câmara de compressão, depois se virou para encarar James.

— O que você disse para o coronel Blevins?

— Disse que precisamos descobrir algum modo de mudar as células-alvo em seres humanos. Modificar seu DNA. Algum tipo de antídoto, administrado continuadamente e para cada pessoa do planeta. É mais provável que seja outra NAN.

— O que ele falou? — perguntou Rudy.

— Ainda nada.

Rudy suspirou.

— É estranho como uma coisa leva a outra... Há alguns anos, meu orientador de doutorado recomendou que eu ficasse no México e me dedicasse à carreira acadêmica. Em vez disso, resolvi fazer pós-doutorado na Rockfeller, em Nova York. Depois, quis ficar nos Estados Unidos...

— Por quê?

— Uma mulher, é claro... Outra coisa que não saiu como planejado. Ela desistiu do nosso noivado, mas só depois que eu tinha aceitado um emprego.

— E você veio para Fort Detrick.

— Trabalhar em Detrick era o caminho mais rápido para conseguir a cidadania americana.

— E por que você continuou aqui depois disso?

— Em Detrick você não precisa ficar se preocupando com financiamento de pesquisa... Eu tinha tudo de que precisava. Todo o espaço no laboratório, todo o equipamento... Fui promovido a líder de equipe. E trabalhei em diversos projetos interessantes. — Rudy baixou os olhos, examinando as próprias mãos enluvadas. — Tenho que admitir que às vezes era frustrante. Tantas investigações e tantos relatórios que ficavam parados na mesa de gente como o coronel Blevins... só para serem arquivados. Me encorajava o fato de que a maioria deles era direcionada para defesa contra bioterrorismo... Era um objetivo digno, creio.

— Mas você devia saber que o projeto do IC-NAN não tinha nada a ver com defesa...

— Quando fui encarregado do projeto que criou isso, achei que era como todos os outros. Só um estudo de viabilidade. Uma oportunidade de trabalhar com algo fora da minha especialidade. Eu tinha certeza de que seria deixado de lado. Na verdade, eu contava com isso. — Os olhos de Rudy imploravam por trás do plástico da máscara. — James, eu não sabia que iam lançar. Meu único consolo é, com a sua ajuda, encontrar um meio de deter isso.

Mais uma vez, James sentiu o suor escorrendo nas têmporas e uma nova onda de claustrofobia.

— Você acha que nós podemos... deter isso?

— Não tenho certeza. Mas a cada dia que passa me sinto mais convicto de uma coisa. Como é que você diz? O tempo... está se esgotando.

James fechou os olhos. Tinha tentado pensar naquilo como em outro projeto qualquer, como outro obstáculo científico a ser superado – porque pensar diferente só obscureceria seus pensamentos. Era o que podia fazer para não sucumbir ao pânico. Mas não tinha tempo para isso. Tinha que encontrar um jeito de proteger as pessoas daquela ameaça horrível. Precisava encontrar.

CAPÍTULO 5

Junho de 2060

KAI PODIA SENTIR O CALOR da manhã se espalhar pela tampa da escotilha de Rosie e inundar seu casulo. Enquanto esfregava os olhos sonolentos, tocou a pequena protuberância em sua testa, o ponto áspero onde o chip fora implantado sob a pele.

— Seu chip é especial — Rosie tinha dito. — É nossa ligação.

Era como um conhecia o outro, ela afirmara. Era como ela falava com ele – ela nunca usava a voz audível fora das aulas de fala.

Ele tocou a superfície lisa da tampa da escotilha diante de si. A superfície transparente ficou opaca no lugar em que seus dedos encostaram. Uma imagem apareceu: um grupo de homens com a pele castigada pelo sol e mantos de lã colorida pendendo dos ombros curvados.

Rosie estava dando uma aula sobre os povos que viviam no deserto – um deserto bem parecido com o dele, mas do outro lado da Terra e há muito tempo. Segundo Rosie, os homens na imagem eram os guardiões dos manuscritos, textos antigos como aqueles desenterrados das cavernas mais de cem anos antes da Epidemia.

— O que é isso? — perguntou ele, apontando para um dos homens.

Havia uma pequena caixa presa por uma fina tira de couro no alto da cabeça dele. O zumbido e o clique suave e familiar de Rosie encheram sua mente enquanto ela acessava a informação solicitada.

— Isso se chamava *tefilin*. Cada caixinha continha quatro pergaminhos minúsculos, nos quais estavam escritas passagens tiradas de um livro chamado Torá. — Sob o console, servomotores chiavam baixinho. — Esse livro descrevia o conjunto de crenças que guiava a vida deles.

— Você me ensina através de meu *tefilin* — comentou Kai, apontando para sua testa empoeirada, para o chip encapsulado ali. — Você é minha Torá?

Rosie fez uma pausa. Estava pensando, compilando a resposta, como fazia sempre que ele perguntava algo difícil.

— Não — respondeu. — As informações que dou são baseadas puramente em fatos. É importante separar crenças de fatos.

Retirando a mão da tela, Kai viu a imagem desaparecer. Olhou pela tampa da escotilha, outra vez transparente. Do lado de fora, as formações rochosas familiares que cercavam o acampamento seguiam firmes, como imensos dedos vermelhos apontando para o céu. Eram fortes, como Rosie, intocados pelo vento e pelo calor.

Ele tinha dado nomes a todos eles: Cavalo Vermelho, Homem Narigudo, Gorila e Pai, que equilibrava seus bebês de pedra redondos e gorduchos nos joelhos gigantes. Rosie lhe ensinara como os humanos costumavam viver. Ela era sua Mãe. Ele supunha, portanto, que as rochas eram sua família – os guardiões que, como Rosie, estavam de olho nele desde seu nascimento.

Kai apertou a trava à esquerda, e o calor do sol o atingiu quando a porta da escotilha se abriu. Desceu pelos trilhos de Rosie até o chão, ficando cara a cara com o próprio reflexo na superfície metálica que parecia um espelho embaçado. A pele era bronzeada e cheia de sardas, manchada de poeira. Uma maçaroca de cabelo castanho-avermelhado emoldurava sua cabeça, e os olhos azuis brilhavam sob cílios longos. Rosie dissera que em algum lugar havia outras crianças. Outras como ele, mas diferentes. Rosie não sabia dizer quantas eram agora. No começo eram cinquenta. Quando fosse a hora, elas se encontrariam.

Enquanto Kai avançava pelo solo rachado até o topo de uma colina, gotas de suor se formavam em sua testa. A boca parecia cheia de areia. Formou círculos com as mãos, improvisando um binóculo para examinar a paisagem solitária. Na luz difusa e etérea das miragens ao longe, ele se esforçava para ver os lugares distantes sobre os quais tinha aprendido na tela de Rosie. Podia vislumbrar montanhas altas, cujos picos eram cobertos com neve a cada inverno. Mas agora eles eram escuros, desprovidos de seus mantos.

— Podemos ir em breve? — assinalou Kai para sua Mãe. — Acho que estou pronto…

— Se as condições permitirem, sim.

— *Hoje?*

Ele sentia que o dia estava chegando. Na última viagem que fizeram até o depósito de suprimentos, Rosie empurrara as pedras gigantes, abrira as pesadas portas de metal com seus braços poderosos e removera a caixa final de provisões e as últimas garrafas de água de emergência. Nos fins de tarde, quando o sol quente mergulhava atrás das rochas e suas sombras ficavam mais longas, ela começara a treiná-lo para encontrar a própria comida. Em uma lata velha, ele colhera sementes de feno. Tinha torrado todas elas em uma pequena fogueira, misturado com água e acrescentado pedaços de carne de rato ou de lagarto para fazer um ensopado ralo.

Mastigava os caules delicados de iúca, certificando-se de poupar alguns dos frutos doces para colhê-los no outono. Os povos que viveram ali muito tempo antes subsistiam alimentando-se assim.

— Você tem seis anos de idade — disse Rosie. — Chegou a hora de deixar este lugar.

— Para onde vamos?

— Não sei.

— Não? — O coração dele acelerou ao pensar que havia algo que sua Mãe pudesse não saber.

— O comando está incompleto. Ele nos instrui a partir, mas nosso destino não está definido.

Kai olhou para a forma poderosa de Rosie, ondas de calor tremeluzindo em seus flancos desgastados pelo tempo. A mente dele vibrava com o zumbido dos processadores dela.

— Então como vamos saber se estamos indo para o lugar certo?

— Há setenta e seis depósitos de suprimentos, cada um deles equipado com uma torre de condensação e uma estação meteorológica.

— E as outras crianças? Nós vamos encontrá-las agora?

Ela fez outra pausa, e ele imaginou elétrons percorrendo os nanocircuitos dela, bits de informação percorrendo todas as partes de sua mente para que ela explicasse aquilo pacientemente para ele.

— É possível — respondeu ela, por fim. — A possibilidade de existirem outros sobreviventes é diferente de zero.

Animado, Kai escorregou pela elevação até a sombra de sua Mãe. Ele vira os petróglifos, diagramas deixados por povos antigos nas faces mais altas das rochas. Também faria os próprios sinais. Pegou uma pilha de pedras azul-cobalto, arrumando-as no formato de letras. Kai, filho de Rho-Z, soletrou. EU ESTIVE AQUI. Enquanto formava as palavras com cuidado, imaginava outra criança agachada ali na terra, lendo sua mensagem. Sentou-se atordoado, as letras dançando diante de seus olhos.

— Você precisa comer — recordou Rosie.

Ele subiu os trilhos dela e pegou um pacote de suplemento nutricional que estava atrás de seu assento. Abriu um dos cantos e espremeu o líquido gelatinoso em sua boca. "Suplemento pediátrico Soylent – Nutri-Gro – 6 a 8 anos", o rótulo indicava. Aquilo continha todos os nutrientes de que precisava, mas ele estava cansado da consistência leitosa e do gosto doce-salgado. Só o deixava com mais sede.

Pegando o cantil vazio do chão do casulo, ele correu até a torre de condensação em formato de garrafa, tão alta quanto a rocha Gorila. Construída a partir de eixos de metal flexível entrelaçados, a torre sustentava uma bolsa de malha interna cujo tom laranja vivo contrastava com a bacia de captura escura que ficava embaixo. Kai mergulhou o cantil, esperando que enchesse. Agora o nível da água estava tão baixo que ele costumava usar a mão em concha para recolher o líquido escuro pela abertura estreita.

Ele se lembrava das chuvas que certa vez despejaram torrentes pelos cânions. Tinha tomado banho nas piscinas naturais, escavadas na pedra por anos de erosão. Nas noites frias, ouvia as gotas de água percorrerem a malha da torre para cair na bacia com um *ping*. Mas agora nem mesmo as nuvens mais ameaçadoras resultavam em alguma coisa. A bacia estava quase seca. E a água de emergência do depósito de suprimentos, azeda e química, já tinha acabado. Abaixado no chão, à sombra de Rosie, Kai se imaginou em uma pedra, abrigando-se do frio que tomava seu corpo durante a noite.

Com o passar do dia, sua Mãe ficou em silêncio. Nenhuma aula hoje. Ela estava ocupada. Ele olhava pelo chão desértico, sobre a vegetação esparsa e espinhosa que abrigava insetos, lagartos e pequenos roedores que lutavam por suas tênues vidas. Lambeu os lábios secos. Ao longe, as mesas ocidentais passavam do ouro ao púrpura. Talvez não partissem hoje, no fim das contas.

Mas então a voz de Rosie entrou em sua consciência:

— Chegou a hora. Por favor, coloque seu traje.

— Aonde estamos indo?

Ela não respondeu. Ele só conseguia ouvir os processadores dela, o som fraco de algo como vento entre seus ouvidos.

Tremendo, Kai pegou sua túnica de microfibra do compartimento de Rosie, enfiando os braços e as pernas no tecido suave. Calçou os mocassins, depois se acomodou em seu assento e afivelou os cintos de segurança ao redor do corpo, com firmeza.

Rosie fechou a escotilha. Com o coração batendo forte no silêncio, Kai esperou.

Ele sentiu o choque quando o reator ligou atrás dele, o casulo balançando para trás, mantendo-o em pé enquanto ela se inclinava para a frente. Pela tampa da escotilha, ele viu as asas dela emergirem e depois se abrirem na extensão máxima. As turbinas apareceram sob os escudos protetores, girando para empurrar grandes quantidades de ar para o chão. A pressão da aceleração empurrou Kai contra o assento, mais para perto dela.

Juntos, eles levantaram voo.

CAPÍTULO 6

Março de 2051

NO COMPUTADOR, ROSE MCBRIDE VERIFICOU a data: 15 de março de 2051. Mais de um ano trabalhando no que parecia ser um projeto sem sentido. Alongando os braços para cima, afastou-se das linhas de dados que pareciam dançar na tela, recusando-se a permanecer imóveis.

Depois de sua última missão no Afeganistão, ela recebera a oferta de trabalhar no Presidio Institute, em São Francisco, no lugar anteriormente ocupado pelo antigo Fort Winfield Scott, e imediatamente agarrou a chance de voltar para os Estados Unidos, mas não esperava ficar atolada na armadilha política que Washington se tornara. Também era um presente: um retorno à cidade em que seu pai, viúvo, capitão do exército como ela, permitiu que os dois tivessem o mesmo lar.

Arrastada de uma base para outra, Rose, quando criança, sentia-se perdida, sem limites. Mas São Francisco a salvara. Em seus imensos salões de jogos, ela e seus amigos passavam horas hackeando robôs baristas, tomando café com leite gratuito e planejando perfis cada vez mais exóticos para suas personas virtuais. Encorajada por um pai que via o jogo como desperdício de tempo, ela se formou em psicologia em Harvard antes de entrar para o exército como conselheira de operações psicológicas. No fim, porém, a programação se tornou sua paixão. Se seu tempo no exército lhe ensinara algo, era que o mundo funcionava como uma interface de usuário infinita, na qual gente boa enfrentava gente ruim. Ela tinha voltado para casa a fim de completar a pós-graduação em ciências da computação em Princeton e aproveitara os conhecimentos recém-adquiridos para trabalhar no Afeganistão.

Mesmo assim, essa nova tarefa não fazia sentido. O coronel Richard Blevins, seu oficial comandante no Pentágono, deixara claro considerar que o Presidio Institute precisava "se preparar". Baseando-se no nível de autorização exigido, ela presumira que a deixariam trabalhar em cibersegurança, seu foco de atuação desde Princeton. Em vez disso, estava compilando estatísticas biológicas relacionadas à propagação de organismos arcanos de solo originários da região afegã em que estivera alocada havia pouco.

O trabalho era árduo, meticuloso e sem recompensas. Além disso, embora parte de suas tarefas fosse direcionar as equipes GeoBot na coleta de novas amostras, não chegava nenhuma informação das instâncias superiores sobre como (ou se) suas análises eram úteis. Ela não podia deixar de questionar o que aquilo tinha a ver com o Pentágono.

O coronel Blevins tentou encorajá-la.

— Você sabe como são os militares. Precisam saber tudo e mais um pouco. Acredite em mim, eu sei pouco mais que você.

Ela não sabia se acreditava nele. Mas entendia. Sabia "como eram os militares" – mais que a maioria das pessoas, aliás.

Olhando pela janela de seu pequeno escritório, Rose pensou nas feições lapidadas de Richard Blevins; os olhos azuis acinzentados, o cabelo bem curto, à moda militar. O jeito como ele inclinava o queixo para a frente quando a questionava sobre suas revisões mensais, sondando, mas não intimidando. Muito experiente. Estranhamente atraente. Ele a fazia se lembrar de cada homem que conhecera no exército, o eu verdadeiro sob camadas defensivas. Mas havia alguma coisa ali, logo abaixo da superfície... Em operações psicológicas, ela aprendera a ouvir coisas que não eram ditas. E sabia: ele queria se aproximar dela, mas algo o mantinha afastado. O mais provável era que fossem apenas as regras, a velha hierarquia...

A linha segura em sua mesa tocou, e ela apertou o botão vermelho no console.

— Aqui é McBride.

— Capitã McBride?

— Coronel Blevins?

— Sim — disse ele, com suavidade. Na pausa que se seguiu, ela se perguntou se a conexão tinha sido interrompida. Mas então ele prosseguiu com a voz mais nítida. — Como vão as coisas?

— Presumo que tenha visto meu último relatório. Os dados da OMS, do CDC e das operações de campo relevantes estão todos resumidos na seção...

— Sim, sim. Eu vi. Obrigado. Eu estava só... me perguntando como você está.

— Como eu estou? — Rose sorriu. Era a primeira pergunta pessoal que ele fazia. Mas era um começo... — Estou bem.

— Bom, bom... — Houve outra pausa, e ela ouviu o barulho de papel. — Tenho uma comunicação especial para você. Vou mandar pela conexão segura. Mas achei que devia avisar antes. Presumo que não haja ninguém com você na sala, certo?

Rose olhou para o escritório bagunçado, para as prateleiras antigas nas paredes, o sofá batido do outro lado da sala. Parecia que toda mobília sem uso havia sido colocada naquele lugar.

— Não, estou sozinha.

— Ótimo. Você pode, por favor, ativar seu fone?

Rose ouvia o próprio sangue pulsar enquanto pegava o fone de ouvido na gaveta da mesa e o aproximava com cuidado do ouvido direito.

— Ok. Pronto, senhor.

Sem perder tempo, ele foi direto ao ponto.

— O trabalho que você está fazendo é exemplar, mas vamos designá-lo a outra pessoa.

Ela olhou fixo para o console. *Era só isso?*

— Minha missão está completa?

— Essa parte, sim. Você demonstrou atenção aos detalhes e provou ser digna de confiança. Agora temos uma nova missão para você. Pretendemos recomissionar o Presidio.

— Recomissionar?

— Precisamos de uma base nesta localidade.

— Mas como vão...? Ele não nos pertence, pertence?

Os pensamentos de Rose aceleraram, relembrando o que ela sabia sobre o lugar que agora chamava de lar. Quando o governo dos Estados Unidos reservou oficialmente o Presidio para uso militar, em 1850, o lugar não passava de uma extensão árida e cheia de dunas varridas pelo vento adjacente a um pântano às margens da baía de São Francisco. O exército plantara árvores – eucaliptos, ciprestes e pinheiros em filas ordenadas, como soldados em formação – para criar um quebra-vento e subjugar a areia que era soprada. À medida que as mudas cresciam para assumir a missão, duas guerras mundiais, a guerra da Coreia e a guerra do Vietnã, estouraram no exterior, sem nunca atravessar o oceano. Ela se lembrava da inscrição na capela do Presidio: *Eles também servem, aqueles que ficam apenas em pé e esperam.* Ao longo de sua história, o Presidio de São Francisco fora um lugar onde exércitos ficavam a postos, esperando um inimigo que nunca invadiu. Por isso, era considerado um lugar abençoado. A névoa pesada que cobria a costa com frequência, os penhascos proibitivos que limitavam o acesso ao oceano – era isso que havia protegido, por muitos anos, o Golden Gate de ser descoberto. Juntamente com marés traiçoeiras, impediram ataques durante décadas de guerra.

O exército finalmente desocupou o lugar em 1994, e o parque Presidio foi entregue ao National Park Service. Nos anos seguintes, a área foi aberta aos interesses comerciais, e o parque foi reabsorvido pela cidade. O Presidio Institute e suas organizações irmãs dentro dos limites do antigo Presidio – todos sem fins lucrativos – foram dedicados a propósitos civis. Rose era uma entre poucos funcionários com autorização especial. Ou era nisso que tinha sido levada a acreditar.

— O Presidio pode… Ele pertence a nós — respondeu o coronel, sem demonstrar emoção. — Em tempos de guerra, o governo tem a prerrogativa de redefinir o uso de quaisquer propriedades e instalações que possam melhor servir à segurança do país.

Rose sentiu o coração acelerar, seus antigos instintos de campo despertando novamente.

— Estamos em guerra?

— Quando não estamos?

— Mas por que agora? O que está acontecendo?

— Só estou autorizado a informá-la de que é preciso que o Presidio esteja pronto. Vamos precisar que atue como responsável pela operação.

— Tudo bem, mas por que eu?

— Você demonstrou capacidade de proteger informações altamente confidenciais. E conhece as pessoas. Será capaz de agir como nosso contato em situações difíceis.

Situações difíceis. Rose não era experiente em questões administrativas, mas conseguia entender o jargão.

— Quer dizer quando precisarmos despejar alguém?

— Sim. Como você sabe, embora não haja atualmente residências particulares no Presidio, há vários museus e instituições sem fins lucrativos. No ano passado, muitas delas foram substituídas por fachadas.

Fachadas. Rose sentiu que algo a atraía. Tinha familiaridade com operações secretas em territórios pacíficos. Mas achava que tudo isso fazia parte de seu passado – e certamente não dentro dos Estados Unidos.

— Você quer dizer organizações governamentais secretas? Eu não estava ciente…

— Bem, agora está. E precisamos dar o empurrão final. Precisamos tirar os últimos civis, reinstituir postos de controle nos portões…

— *Postos de controle?* Senhor, o que está acontecendo?

O coronel suspirou, parecendo menos exasperado do que triste.

— Realmente sinto muito, mas por enquanto não posso contar mais do que isso.

— Entendido. — Mas Rose não entendia. E estava apavorada.

Ele limpou a garganta.

— Capitã McBride, agradeço pelos seus serviços.

— Imagine. Disponha.

Rose brincava com o fone de ouvido. Estava se lembrando dos olhos do coronel, do jeito como ele a olhara da última vez que se encontraram, em Washington. O jeito como seu olhar a fizera se sentir, como se planejasse algo a mais para ela. Seu coração se apertou. Pensara que era outra coisa, certamente não isso.

— Bem… — disse ele — Você vai receber mais instruções pelo canal seguro. — Outra pausa. — Capitã, eu… é… preciso informá-la de que… como no projeto anterior, vai se reportar exclusivamente a mim.

— Sim, senhor.

Rose desligou o telefone e se deixou afundar na cadeira; um frio percorreu sua espinha. O que *era* esse lugar? Ela realmente sabia alguma coisa? Pela janela, dava para ver a ponte Golden Gate, cor de ferrugem contra um céu azul limpo. Embaixo, em um gramado, alguém soltava pipa.

CAPÍTULO 7

Abril de 2061

UM PEDAÇO DE LONA VERDE brilhante contra o vermelho, azul e roxo do cânion abaixo chamou a atenção de Kai. Seus passos ecoaram no silêncio quando desceu para investigar, espremendo o corpo com cuidado entre as paredes de rochas irregulares. Seus pés doíam ao chegar ao leito seco de rio, repleto de cascalho. Ali, diante dele, um pedaço de plástico balançava de um lado para o outro, e o ilhós de metal brilhante batia em um poste enferrujado. *Tec. Tec. Tec.*

Parecia uma barraca. Avançando devagar, Kai esticou o pescoço para ver melhor o interior. Viu uma panela de metal velha e uma caneca de plástico quebrada. Tiras de couro desgastado e rasgado amarravam alguma coisa que lembrava um sapato. Ele se inclinou para a frente. Talvez desta vez...

Já quase na escuridão, órbitas oculares vazias o encaravam em um crânio sem cabelos. Dentes irregulares riam dele. Era humano – ou havia sido –, vestido com os restos de uma calça marrom manchada e uma camisa azul desbotada. Kai sentiu o corpo se retrair, afastando-se do cadáver até bater as costas na parede de pedra. Então subiu por onde viera, com um gosto familiar de cobre subindo pela garganta enquanto a terra solta escorregava atrás de si. No alto, subiu novamente na borda de arenito duro.

Havia meses que Rosie e ele procuravam, mas ainda não tinham encontrado sinal de outra pessoa viva – só um vislumbre do que certa vez fora um corpo humano, com os membros arrancados por predadores errantes, as roupas esfarrapadas pendendo de ossos vazios. De todas as descobertas, o corpo na barraca era o mais preservado. *Mas era grande demais*, Kai disse a si mesmo. Não era outra criança como ele. Respirou fundo, enchendo os pulmões e deixando o ar sair lentamente, tentando permanecer calmo. Apoiando as mãos na pedra banhada pelo sol, levantou a cabeça, procurando sua Mãe.

Então... a batida de seu coração foi substituída por um zumbido alto. Alguma coisa dançava no céu, sobre sua cabeça, algo brilhante que voava e girava, descendo um pouco mais a cada passagem. Um rugido era ensurdecedor, e Kai teve que fechar os olhos para evitar uma chuva de pequenas pedras.

Mal teve tempo de cobrir os ouvidos com as mãos antes que o barulho parasse, o solo ainda tremendo sob seus pés. Sacudindo a poeira, levantou-se.

Não era Rosie. Mas era um robô.

Boquiaberto, Kai viu a escotilha se abrir. Observou alguém emergir de dentro: um manto esfarrapado, um par de joelhos machucados, um bastão grosso de madeira entre os dedos da mão delicada. Dois olhos castanhos enormes encarando-o por sob uma tigela de cabelos castanhos-escuros. Era um menino, mais ou menos de sua altura, cuja expressão espelhava seu próprio espanto. Kai esfregou os olhos com o dorso das mãos enquanto o recém-chegado escorregava até o chão.

— Olá? — A voz do menino era fina, insegura.

— Ah, olá... — A voz de Kai, havia muito sem uso, parecia estranha aos próprios ouvidos. Seus olhos iam para a direita e para a esquerda, até finalmente achar Rosie, agachada ao abrigo de uma rocha próxima.

— Não sinto ameaça. — Ele ouviu a voz de Rosie em sua mente, suave e tranquilizadora. Mesmo assim, ele tremia da cabeça aos pés, um suor frio gelando sua pele.

O menino deu um passo adiante.

— Não tenha medo — sussurrou.

Kai remexeu a mandíbula, os lábios repuxados. Pestanejou.

— N-não — conseguiu dizer. — Desculpe... é que eu vi uma coisa. Lá embaixo.

— O corpo? — O menino evitou o olhar dele, enfiando o bastão em uma moita de arbustos, mudando seu equilíbrio precário de um pé para o outro. — Eu o encontrei ontem. Não era um de nós. É grande demais. E não tinha um robô.

— Devemos enterrá-lo? Rosie me ensinou que...

— Alpha-C me disse para não tocar em um corpo se você não sabe como ele morreu. Pode passar alguma infecção. — Fazendo uma careta, o menino olhou de relance para o robô atrás dele. — Ela me avisou que quase todo mundo tinha morrido, mas me disse que havia alguns especiais, alguns que não morreram.

— Rosie me disse isso também. — Kai acenou com a cabeça na direção de Rosie, e o garoto olhou timidamente para ela.

— Então, continuei procurando — prosseguiu o menino.

— Eu também.

O menino levantou a mão para tirar o cabelo dos olhos.

— Mas estou procurando há tanto tempo que quase desisti.

— Eu também.

Embora sonhasse com isso havia mais tempo do que podia lembrar, Kai nunca soubera como seria encontrar outra criança. Outra criança. Enfim! Sentia-se estúpido, as palavras que queria dizer pareciam presas em algum lugar entre o cérebro e a boca. De todos os discursos eloquentes que tinha imaginado, as únicas palavras que lhe ocorriam agora era "eu também".

— Meu nome é Sela — disse o menino. — E o seu?

— K-Kai.

— Kai. Você é um menino, certo? — perguntou Sela. — Sei que é. Sou uma menina.

— Uma menina... — Kai deu dois passos para a frente, a mão direita estendida. No comprimento do braço, parou de repente. Sentia os lábios se curvarem em um sorriso constrangido, o rosto corado. — Acho que devemos fazer um aperto de mão — ele sugeriu. — Aprendi isso nos vídeos de Rosie. — A mão dele envolveu a dela, e o toque era suave e quente. — É um prazer conhecer você.

— É *muito* bom conhecê-lo! — Sela fez uma reverência estranha, desequilibrando os dois. — E Rosie... — disse, olhando para a Mãe de Kai. — Gosto desse nome. Como uma flor.

Ela soltou uma risada e parecia música.

□ ◪ ■

Em homenagem ao encontro, eles resolveram preparar um banquete. Usando seu bastão, Sela tirou folhas grossas de cacto nopal do caule. Depois, usando uma faca com um belo cabo entalhado, removeu os espinhos com destreza, raspando as bordas até ficarem suaves, então cortou as folhas em pedaços menores.

Kai pegou água do depósito de armazenamento perto do novo acampamento deles – ao contrário dos outros que encontraram, esse depósito estava bem abastecido. Usou físalis minúsculas e doces, amassadas na rochas, para montar armadilhas mortais para pequenos camundongos que, assim que o sol se pôs e a terra esfriou, não demoraram a sair das tocas sob o mato seco em busca de alimento. Ao se levantar, o menino admirou a pilha de cactos de Sela.

— Bela faca — comentou.

— Achei perto do depósito onde cresci — contou Sela, passando o dedo no cabo de marfim.

— É mais bonita do que a minha.

Kai passou o polegar sobre a empunhadura lisa de sua pequena faca, com o cabo de plástico vermelho em que se via um símbolo pintado em branco em um dos lados: uma cruz dentro do que parecia ser um escudo. Por menor que fosse, ele gostava do jeito como podia dobrar a faca para dentro do cabo quando não a estava usando. Parecia as asas de Rosie.

Um baque surdo anunciou a primeira captura de Kai. Ele se inclinou para erguer uma das rochas e retirar sua vítima amassada.

Sela se inclinou para a frente, os olhos arregalados.

— Que gosto tem?

— Você nunca comeu?

— Para dizer a verdade — Sela enrubesceu —, nunca comi carne.

— Se você não quiser...

— Ah, não. Não foi o que eu quis dizer. Só que... Alpha nunca me mostrou como se faz.

Kai sorriu.

— Não se preocupe. Rosie diz que não é perigoso comer.

Fizeram uma fogueira no abrigo de uma torre nas rochas mais altas, com suas Mães vigiando a uma distância curta e lançando longas sombras nos últimos raios de sol. Enquanto Kai pegava mais dois camundongos capturados, Sela aquecia o cacto em uma frigideira pesada de metal – outro tesouro encontrado. Depois de habilmente tirar a pele de suas pequenas vítimas, Kai espetou os corpos em um galho comprido e fino de arbusto do deserto e colocou-os sobre as chamas baixas. Enquanto a carne cozinhava, eles devoraram as folhas de cacto, com sumo escorrendo pelos queixos.

— Nada de suplemento pediátrico para nós esta noite! — Sela sorriu. — É um dia especial.

Mas Kai só moveu a boca, pensamentos em disparada com palavras semiformadas.

— Qual é o problema? — perguntou Sela.

— Hum... Eu não sou bom em falar em voz alta. Mas você... você é boa nisso.

— Eu praticava todo dia — contou Sela. — Não se preocupe, é fácil. E vai ficar mais fácil quando encontrarmos outros como nós.

— Você acha que há outros? — Kai secou o queixo com a mão. — Mais de nós?

— Vi outro robô mais cedo. E não era o seu.

— Como você sabe?

— Ela não tinha aquela marca na asa.

Kai virou-se para olhar a Mãe dele. Sua tatuagem de cor viva, a distinta mancha amarela que adornava a asa esquerda, mal era visível sob a luz minguante.

— Para que serve? — perguntou Sela.

— Ahn?

— O que aquela marca quer dizer?

— Não tenho certeza. Eu achava que todas elas tinham... — Ele olhou para a Mãe de Sela. Embora tivesse um design semelhante ao de Rosie, ela era diferente: a postura curvada, o modo como ficava tão perto de Sela, mesmo estando em repouso. E sem tatuagem. — Então... você viu outro robô?

— Alpha não conseguiu identificá-la. Mas tenho certeza de que vi um robô enquanto voávamos para cá. — Sela levantou o braço fino para apontar na direção oeste, onde o sol coloria o horizonte. — Eu queria que Alpha desse a volta para lá. Mas encontramos você primeiro.

— Podemos verificar pela manhã.

Ao lado dele, Sela mordeu, com cuidado, um pedaço de carne, arrancando-a dos ossos minúsculos com os dentes. Depois apertou os lábios, virando para cuspir no fogo.

— Não gostou?

— Acho que não. — Cuspiu de novo. — Não é para mim.

— Desculpa...

— Tudo bem. — Pegando seu cantil, ela enxaguou a boca com um gole de água.

— Sela... — A sensação do nome dela em sua boca era estranha. — Quantos de nós você acha que existem por aí?

— Alpha disse que eram cinquenta no total... no início.

— Quando nos dispersaram.

— Sim, mas... — Sela se recostou, e o início de uma ruga marcou sua testa.

— Mas ela não sabe quantos de nós existem agora — completou.

— Não. Ela só diz...

— Que há probabilidade de sucesso diferente de zero. — Kai sorriu e viu Sela devolvendo o sorriso sob a luz da fogueira. — Por que você acha que elas se separaram?

— Se separaram?

— Por que todas as nossas Mães não ficaram juntas?

— Alpha me disse que foi por segurança.

— Rosie também diz isso. Mas segurança contra o quê?

— Ela não disse... A Epidemia... Talvez predadores?

— Mas nós somos imunes à Epidemia. E Rosie tem um laser. Uma vez ela matou um cão selvagem que chegou perto demais.

Kai olhou para o encaixe perto do ponto em que o braço de Rosie encontrava a fuselagem. Seu raio laser era mortalmente preciso. *Uma arma não deve ser usada exceto em circunstâncias extremas*, ela o advertira. *Só quando nossa vida está em perigo.*

Sela franziu a testa.

— Há muito tempo, acho que Alpha também usou seu laser — contou a menina. — Era tarde da noite, e eu estava dormindo no casulo. Foi alto, como uma explosão, e, quando olhei pela janela da escotilha, não havia nada lá. — Balançou a cabeça. — Talvez tenha sido só um sonho.

Kai sentiu um arrepio percorrer sua espinha enquanto olhava a escuridão além do brilho da fogueira deles. Rosie lhe ensinara que ela fora feita em laboratório. Mas feita por quem? Onde era esse laboratório? Ela não podia dizer. Aquela informação, ela explicara, era "sigilosa" – o que quer que isso significasse. Ele imaginava os adultos que povoavam seus vídeos, dirigindo carros e indo para o trabalho em edifícios altos. Será que ainda havia alguém, alguém que não fosse como ele e sua Mãe, vivo em algum lugar por aí? Não. Segundo Rosie, a probabilidade disso era "mínima". Só as Mães e seus filhos tinham sido projetados para sobreviver.

— Eu só queria... — Ele remexeu o fogo com seu espeto vazio. Parecia estranho dizer aquilo para alguém além de Rosie. — Eu só queria que nossas Mães tivessem ficado juntas. Teria sido mais fácil.

Sela terminou de beber a água do cantil.

— Tenho mais água no casulo que trouxe do último acampamento — disse.

— Também tenho bastante — comentou Kai. — Pelo menos por enquanto.

Sela se levantou, limpando a terra da frente de seu manto.

— Então... de manhã?

— Sim.

Os olhos dela permaneceram nele, analisando-o.

— Isso é bom, não é?

— Sim. — Apesar do vento gelado, Kai se sentia aquecido. Mirou o céu aveludado, olhando para os pontinhos das estrelas dançando em sua superfície. Aquilo era bom.

Na manhã seguinte, Kai acordou ao nascer do sol, ansioso para ver Sela novamente. Ao descer pelos trilhos de Rosie, observou o acampamento. A escotilha de Alpha-C estava entreaberta, e um brilho rosa opaco emanava de dentro. Apoiada nos trilhos de sua Mãe, Sela sugava o canto de um pacote de suplemento pediátrico.

— Essa coisa não é tão boa quanto comida de verdade, mas pelo menos é prática — disse ela, entre os goles.

— Vamos para oeste hoje?

— Alpha concordou com nosso plano.

— Rosie também. Mas como vamos ficar juntos?

— Você pode pedir para sua Mãe nos seguir?

Kai fez uma pausa, comunicando-se com Rosie.

— Sim — disse o menino, em voz alta. — Ela pode seguir vocês.

Subindo novamente em seu casulo, Kai pegou uma porção de suplemento pediátrico para ele atrás do banco. Prendeu-se no assento, depois arrancou o canto do pacote e sugou o conteúdo. Dava para ver Sela pela janela da escotilha, subindo pelos trilhos de Alpha. E, pela primeira vez, ele observou outro robô se preparar para decolar, as asas emergindo do compartimento liso nas costas, as turbinas saindo dos imensos escudos protetores para se virar na direção do chão. Então, tudo foi tomado pela poeira quando Rosie fez a mesma coisa.

O ar ficou mais limpo conforme eles subiam, com Alpha na frente e Rosie logo atrás. Kai estava hipnotizado pela visão de outro robô em voo. Mas ele sabia que Rosie não voava do mesmo jeito que Alpha, curvando e desviando no céu como um pássaro maluco.

— Você consegue falar com Alpha-C? — perguntou o menino a Rosie.

— O que é Alpha-C?

— O robô de Sela. Você pode falar com ela?

— Não, eu só me comunico com meu filho.

— Mas você consegue vê-la.

— Sim, sinto a forma dela. Estou mantendo uma distância segura.

— Você conseguiria reconhecer a presença de outro robô se ele estivesse lá embaixo, no solo?

— Comecei o reconhecimento de padrões. Reportarei a você se eu identificar uma estrutura com a assinatura correta. Contudo, meus detectores infravermelhos não emitem sinal discernível na atual temperatura do solo.

— Por que não?

— A temperatura média atual do solo varia entre vinte e nove e trinta e três graus Celsius. A pequena quantidade de calor emitida por um robô ou por uma forma de vida na superfície não será detectada.

Estava quente, muito mais quente que na primavera anterior. O solo estava obscurecido pela neblina, e Kai só podia desejar que Sela fosse capaz de distinguir o robô que vira no dia anterior. De repente, Alpha abaixou uma asa, traçando um arco amplo enquanto descia lentamente.

— Vê alguma coisa agora? — Kai apertava os olhos, lutando para detectar o que quer que Sela tivesse localizado.

— Não, não vejo.

— Mas você vai seguir Alpha-C?

— Sim.

Quando aterrissaram, Kai lutou para se livrar do cinto de segurança. Abriu a escotilha de Rosie, escorregou pelos trilhos e saiu correndo na direção de Alpha. Sela estava de costas para ele, com os ombros levemente curvados, parada ao lado de sua Mãe.

Foi só quando ele chegou perto dela que viu os destroços.

— O que é isso?

— É... *era*... um robô. — Os olhos de Sela brilhavam com as lágrimas. — Eu devia ter imaginado. Havia um motivo para Alpha não a reconhecer. Ela está... em pedaços.

Kai avançou com cuidado, os pelos dos braços formigando no calor. Um vento fraco assobiava pela turbina solta, caída no chão diante dele. A alguns metros, uma camada da fuselagem estava aberta como uma casca de ovo. Dava para ver uma asa estendida. E saindo por baixo...

— Hummm... — Kai encarava a nave estilhaçada, a rede de tubos e fios, tentando sem sucesso manter tudo junto na forma oval alongada. Em sua mente, viu outra nave como aquela, caída no sol quente ao lado do depósito de suprimento onde nascera.

— O que é isso? — perguntara ele.

— Esse é seu local de nascimento — explicara Rosie. — Sua incubadora. Não precisamos dela agora, mas ela já foi muito importante.

Uma incubadora. Mas aquela era diferente. Aquela continha um esqueleto minúsculo, perfeitamente formado, com as mãos juntas, como em oração.

Kai sentiu a mão de Sela em seu braço, com o mais gentil dos toques.

— Está tudo bem. — A voz dela estava baixa, sufocada, enquanto ela se virava. — Vamos. Encontraremos mais. Da próxima vez estarão vivos.

— Mas Sela... Não podemos ir ainda. Precisamos enterrar este aqui.

CAPÍTULO 8

Dezembro de 2051

NA SALA MAL ILUMINADA E sem janelas em Fort Detrick, James sonhava com seu laboratório na Emory, com bancadas amplas e vistas panorâmicas do campus. Queria ter levado sua equipe consigo. Mas, conforme os meses passavam, só conseguira fazer uma rápida conversa semanal com seu quadro de pós-doutorandos na Emory. O chefe de seu departamento teve de se contentar com a explicação vaga do governo sobre o papel indispensável de James em uma questão de segurança nacional. E ele estava satisfeito com a pequena equipe de Rudy Garza e com um sofá-cama desconfortável no apartamento apertado de Harpers Ferry, que ele e Rudy agora dividiam.

James sorriu. Pelo menos, como muitos químicos, Rudy também era um excelente cozinheiro. Seu passatempo favorito era assistir a vídeos culinários enquanto fazia criações deliciosas na cozinha.

Mas tinham que ser cuidadosos. Na noite anterior, enquanto Rudy servia uma nova receita de tamale para James, deixaram o vídeo ligado. A notícia chegou com uma manchete sobre um relatório que tratava de mortes misteriosas no deserto afegão.

— Os militares isolaram a área — disse o repórter, que vestia um traje de proteção. — Mas as pessoas ainda estão morrendo. — A câmera focalizou uma cerca de metal para mostrar uma fila de cadáveres deitados em catres do exército manchados de sangue: vítimas inocentes que pareciam muito os pais de James. — Ninguém parece saber a causa — prosseguiu o repórter —, e os militares até agora negaram acesso à ajuda humanitária.

Rudy pegou o controle remoto.

— Chega disso — falou. — Precisamos dormir.

Mas o sono não veio. Exausto, James examinou a fila ordenada de pequenos frascos nas câmaras frigoríficas, cada um com uma variação diferente do mesmo tema. Seus dedos enluvados dançavam sobre os frascos, pegando um que estava marcado como "C-341". Com alguma sorte, aquela seria a sequência de NAN que desafiaria o massacre do IC-NAN mortal.

Reverter a ação do IC-NAN não seria fácil; até agora, nenhum dos infectados tinha se recuperado. O IC-NAN bloqueava a transcrição gênica para uma proteína-chave chamada "caspase iniciadora". Ele fazia isso inserindo-se no DNA, em um lugar chamado "promotor de caspase iniciadora", no ponto onde a transcrição do gene da caspase para produzir RNA mensageiro normalmente começaria. Sem o RNA mensageiro, a célula não conseguia fazer a caspase. E, sem isso, a célula não podia responder aos sinais naturais que lhe diziam que era hora de se autodestruir. Então ela continuava vivendo, se dividindo, obstruindo as superfícies do pulmão, rompendo-se para viajar pelo corpo.

Para derrotar o IC-NAN, o único recurso seria inserir um novo gene de caspase, com um promotor diferente, que não fosse suscetível a modificações pelo agente. O plano era desenvolver uma NAN antídoto. O formato de aerossol usado para administrar essa nova NAN podia ser o mesmo que o Departamento de Defesa usara para o IC-NAN, miniaturizado para doses individuais – similar aos inaladores comumente usados por asmáticos. A equipe de Rudy tinha começado a trabalhar para sintetizar antídotos alternativos. O trabalho de James era configurar e monitorar os testes em modelos de culturas de células humanas.

James colocou o frasco cuidadosamente na prateleira no fundo de sua cabine de biossegurança.

— Eu só gostaria que pudéssemos, de alguma forma, acelerar esse processo — reclamou.

— James, temos que ser pacientes — respondeu Rudy. — Esse tipo de nanoestrutura é notoriamente instável e difícil de sintetizar. Minha equipe precisou de três anos para aperfeiçoar uma forma de dosagem estável de IC-NAN, e nem precisamos nos preocupar com efeitos colaterais. Não foi exigido nenhum teste em animais: deixaram a proposta passar usando apenas cultura de células para provar a eficácia. Você tem que acreditar em mim. Você e eu avançamos muito em apenas dois anos.

Era verdade. O objetivo do IC-NAN era a morte. Mas a NAN antídoto precisava ser ao mesmo tempo eficaz *e* segura, livre de efeitos colaterais de longo prazo. James tinha examinado centenas de NANs candidatas em cultura de células. Dessas, cinco foram consideradas eficazes o bastante para seguir para um teste feito com primatas. Era esse teste com primatas, em macacos alojados em uma instalação porto-riquenha isolada, que estava consumindo um tempo precioso enquanto a equipe esperava para descartar efeitos colaterais indesejados. Uma única candidata, a C-341, por fim se mostrava promissora.

Era um empreendimento colossal, a engenharia genética de toda a raça humana. A chave seria administrar o antídoto *antes* que o sujeito fosse exposto ao IC-NAN. Isso limitaria o número de lesões que teriam de ser tratadas mais tarde. Depois, a administração seria feita com regularidade. Todo mundo no planeta precisaria de tratamento profilático, a menos ou até que os humanos evoluíssem para viver em um ambiente carregado de IC-NAN. E sempre havia o risco de que a NAN antídoto pudesse causar outros efeitos colaterais indesejados, que não seriam detectados durante a fase de testes. Mas o coronel Richard Blevins parecia menosprezar a magnitude do desafio. De fato, ele desencorajava a colaboração entre as equipes de cientistas. Tinha ficado claro para James que ele não podia saber nada além do necessário para completar sua parte limitada na missão total.

Ao trancar a porta da câmara fria, James virou-se para encarar seu colega de laboratório.

— Rudy, você realmente acha que estão levando o programa a sério?

Rudy passou a mão pela careca, pensativo.

— O que você quer dizer?

— Não vejo ninguém preocupado com os ensaios. O antídoto não pode ser verificado sem ensaios e comprovações em etapas com humanos. E quanto ao aumento de escala? Se, como você diz, a síntese é tão complicada, como vamos produzir o suficiente para todo mundo? Isso sem mencionar que uma forma estável de dosagem ainda precisa ser desenvolvida. Eles não entendem...

Rudy tirou o avental de laboratório, pendurando-o com cuidado em um gancho na porta. Virando-se, encostou, com gentileza, no braço de James.

— Como eu disse para você, eu sentia a mesma coisa em relação ao IC-NAN: que ninguém estava levando a coisa a sério. De fato, eu esperava um cancelamento. Mas então, quando completamos o projeto, me disseram que um sistema de dispersão tinha sido desenvolvido. Já havia um biorreator, pronto para produzir em escala.

— Tinha outras pessoas cuidando disso.

— Sim. Esses projetos são analisados com cuidado, e as informações são compartilhadas com base na necessidade do conhecimento. Tenho certeza de que nosso governo vai nos ajudar de todas as formas possíveis.

— Mas você viu as projeções mais recentes sobre a propagação da arqueobactéria infectada... Só temos mais dois anos, se muito, para encontrar uma solução completa.

Rudy fez uma pausa, parecendo pensar em sua resposta.

— Isso depende do que você chama de "completa" — falou. — Devo admitir que andei me perguntando...

— Se perguntando o quê?

Rudy olhou para o chão, agora sem encará-lo.

— Por favor, não diga a ninguém que lhe contei isso, James. Mas andei ouvindo algumas coisas. Acho que agora... perceberam que devem se contentar em escolher alguns poucos.

James sentiu a energia ser drenada de seus membros enquanto seguia Rudy pelo corredor até suas baias apertadas. Deixando-se cair na cadeira, olhou para uma antiga fotografia de sua mãe e seu pai, o único item pessoal que levara consigo da Emory. Na sequência de sua mensagem frenética no banco de trás da limusine, dois anos antes, ele tinha que tranquilizá-los constantemente, dizendo que estava tudo bem. Até onde os pais sabiam, ele ainda estava na Emory, participava de jantares da faculdade e abria caminho para subir na carreira.

Sentia muita falta deles, mas tinha se distanciado, inventando desculpas mil para não aceitar os convites de visitá-los. E, conforme o tempo passava, pegou-se perguntando a si mesmo: a atual situação de sua vida, que o obrigava a esconder coisas das pessoas que mais amava, era apenas outra versão do que os pais fizeram com ele desde que se conhecia por gente?

Único filho de Abdul e Amani Said, ele sempre desfrutara a sensação forte do amor dos pais. Mas também era forte a percepção da distância a que eles o mantinham. Eles rezavam atrás de portas fechadas, em um idioma que James nunca aprendeu. Seu "nome cristão" era apenas isso: cristão. E até seu sobrenome era diferente do deles. Eles o ensinaram a pronunciá-lo como se fosse em inglês: *said*, passado do verbo *say*, "dizer". Não como pronunciado pelas pessoas em Wheelan Farms, a plantação de cânhamo no sul da Califórnia onde seu pai trabalhava como capataz. "Claro, senhor *Sah-eed*", eles diziam. "Quer que a entrega seja feita hoje ou pode ser amanhã?"

Naturalmente, tudo o que os pais fizeram tinha sido para sua proteção. Por mais que amassem sua fé, por mais que ela fosse parte integrante deles, ambos se esforçavam muito para isolá-lo dela. Mas ele não podia ser afastado para sempre. Em algum ponto, teria que encarar sua própria realidade. Estava encarando agora. O jeito como era tratado em Fort Detrick, sempre mantido a certa distância... Mesmo Rudy hesitava às vezes, parando no meio de uma frase quando James fazia perguntas demais. Lentamente, mas com certeza, James ficara ciente de que estava sendo mantido na ignorância, mais ainda que Rudy e os demais. Não tinha ilusões. Como descendente de paquistaneses trabalhando na estreita rede de segurança do governo dos Estados Unidos, sempre passaria por maior escrutínio.

Ele fez uma careta. Da mesma forma, seus pais poderiam um dia ter que entender a realidade dos segredos que ele mantinha agora – a realidade de uma pandemia, gerada pelo homem. Claro que ele esperava que a epidemia de IC-NAN nunca se espalhasse. Mas, a cada dia, tinha mais certeza de que se espalharia. Era só questão de tempo.

Ligou a tela do computador. O símbolo do Departamento de Defesa, a águia e sua coroa de treze estrelas, apareceu enquanto ele esperava a reunião agendada começar. Por fim, ouviu o estalido alto que indicava a entrada de Langley. James imaginou o escritório escuro do outro lado, Blevins sentado sozinho a uma mesa pequena. Então ouviu vozes que conversavam baixinho.

— Doutor Said, o senhor está aí? — Era o coronel.

— Sim, estou aqui.

— Doutor Garza?

— Sim. — A voz de Rudy ecoou pelo microfone na baia adjacente.

— Ótimo. Então vamos começar.

O símbolo desapareceu, substituído pela imagem ao vivo de uma pequena mesa ao redor da qual estavam sentadas cinco pessoas. O coronel Blevins e outro homem mais alto, com grandes ombros quadrados, usavam uniforme militar. Uma mulher ruiva, pequena, e um homem acima do peso, com o rosto estufado, ambos vagamente familiares, usavam roupas comuns. E a quinta pessoa era... Irena Blake, vice-presidente dos Estados Unidos.

— Temos alguns convidados aqui em Langley hoje — disse Blevins. — O general Joseph Blankenship, diretor da CIA. — O homem mais alto, de uniforme, ergueu o dedo. — Henrietta Forbes, secretária de Defesa. — A mulher pequena acenou para a câmera, sem entusiasmo. — Sam Lowicki, diretor de Inteligência Nacional. E, é claro, vocês conhecem, a vice-presidente.

James encarou a tela. Aquilo não era só uma reunião de atualização. Decisões estavam tomadas. Ficou olhando enquanto Blevins virava-se para o grupo reunido.

— Temos aqui o doutor Rudy Garza e o doutor James Said, de Fort Detrick.

Na sala em Langley, Sam Lowicki se inclinou para a frente.

— Cavalheiros... — Limpou a garganta, afrouxando a gravata. — Primeiro, gostaria de agradecer os esforços dos dois. Sei que não tem sido fácil para vocês. Todos sabemos que fizeram o melhor possível.

Mas..., sussurrou James para si mesmo. *Mas o quê? Podia sentir a pulsação prestes a explodir em seu pescoço.*

— Neste ponto, decidimos que é hora de... um realinhamento de prioridades. Doutor Garza?

— Sim?

— Você será responsável pelos ensaios em humanos com seus potenciais antídotos. Quando determinarmos qual é o melhor, vamos nos concentrar nele.

— Mas... — James não conseguiu se conter.

— Sim, doutor Said? — Era o coronel Blevins, olhando direto para a câmera.

— Como vocês sabem — disse James —, só temos um candidato a antídoto neste momento. E como podemos conduzir ensaios em humanos sem sujeitos rastreados?

— Temos voluntários — falou Blevins.

— Mas quem...

— Isso não é problema seu — interrompeu-o Blevins. Seu rosto normalmente rude ficou ainda mais vermelho quando ele se recostou.

— Doutor Said? — Era Sam Lowicki novamente. — Você será designado para um novo projeto, que vai exigir realocação.

— Realocação? Para onde?

— Los Alamos, no Novo México.

— Novo México? Mas...

— Seu departamento na Emory já foi informado. Em uma hora, o general Blevins vai lhe passar sua nova tarefa. Mais uma vez, agradecemos pelos seus serviços.

James se recostou, aturdido. Seu corpo parecia moldado à cadeira, os braços moles nas laterais. *General* Blevins? Quando Blevins fora promovido? E por quê?

CAPÍTULO 9

QUANDO A SALA DE REUNIÕES esvaziou, Rick se recostou na cadeira e afrouxou a gravata. O suor umedecera o colarinho da camisa, e a perna direita vibrava com uma dor em um ponto que certa vez fora sua panturrilha. Ele procurou o pote de plástico no bolso. Nos últimos meses, fora obrigado a voltar a tomar analgésicos. Mas, a fim de manter a mente aguçada, achara melhor esperar para tomar os remédios nesta manhã.

Apertou a palma das mãos nos olhos. Pelo menos os remédios que tomava agora eram só para dor física. Gostava de pensar que as cicatrizes mentais que ganhara no campo tinham sumido havia muito. Deixando o analgésico agir, pensou em Rose McBride, lembrando da primeira entrevista que fizera com ela.

Lembrando de todos os encontros que tiveram desde então.

Antes de trazê-la para sua equipe, ele tratara a capitã McBride como qualquer outra em missão. Sem ela saber, ele descobrira tudo o que podia sobre ela: depois de terminar uma graduação em psicologia, começara a carreira militar aconselhando operações psicológicas e realizando avaliações em prisioneiros da guerra do Iêmen. Interessante. Voltara para casa a fim de fazer uma pós-graduação em ciência da computação, especializando-se em segurança cibernética. Impressionante. Como parte das operações cibernéticas no Afeganistão, sua investigação incansável em uma intrincada rede de comunicações secretas levara à captura de um notório terrorista e traficante de armas de codinome "Zulfigar". Incrível.

Mas então ele a conhecera. Fechando os olhos, imaginava seu rosto, o jeito como ela se movia. Imaginava suas mãos ágeis e expressivas traçando arcos no ar enquanto resumia uma série de descobertas sem conexão aparente, trazendo à vida a história contada pelos dados. Seus olhos azuis-esverdeados reluziam quando capturavam o brilho da tela...

Rose afirmava ser desencanada, uma planta sem raízes, mas era a pessoa mais pé no chão que ele conhecia. Ela sabia quem era. Sabia do que era capaz. Via o âmago de qualquer coisa. E, quando olhava para ele, Rick tinha certeza de que ela via através de seu coração.

Ele tentara deixar os sentimentos de lado. Claro que ela o faria se sentir assim – um livro aberto, pronto para ser lido. Em campo, ele havia conhecido um bom número de oficiais psicólogos. Eram especialistas em desconstruir as pessoas – depois de um tempo, era algo extremamente natural para eles. Mas aquilo era diferente. Ela não o interrogara. Não o desafiara. Mesmo assim, em sua presença, algo nele, uma linha de defesa que ele nem sabia existir, tinha caído por terra. Desde que conhecera Rose, o rosto que olhava para ele no espelho todas as manhãs era diferente. Era um rosto com o qual podia conviver, o rosto de alguém que ele pelo menos poderia ter a ambição de ser.

Ele cerrou os punhos. Seus sentimentos por Rose McBride estavam levando a melhor. E o simples fato de imaginar um relacionamento com ela já ia contra todos os códigos de ética militar que estavam entranhados nele. Tinha que se controlar.

Mesmo assim, estava determinado a promovê-la. E, até agora, a doutora McBride tornara essa tarefa bem fácil. Com sua experiência em *big data*, ela fizera um trabalho incrível ao mapear os movimentos das espécies arqueas suspeitas ao redor do globo. Coletara informações de numerosas agências científicas internacionais, coordenando o envio de equipes para reunir amostras que eram enviadas a Fort Detrick para mais investigações. Ele não tinha que dizer muita coisa para ela. Acostumada a operações clandestinas, ela não fazia perguntas. Sua atenção aos detalhes era impecável. E suas descobertas tinham deixado clara a perdição deles. Ela demonstrara que a proliferação da arqueobactéria infectada era mais rápida do que os modelos iniciais previam. Nos nove meses anteriores, o Departamento de Defesa só tinha confirmado as projeções dela.

Por causa disso – e *apenas* disso, dizia a si mesmo –, ele fizera lobby para colocá-la no comando do recomissionamento do Presidio. E, até agora, o trabalho dela era mais uma vez louvável. Oferecendo apenas leves incentivos e a garantia de que as novas vizinhanças teriam "grande benefícios" com a presença deles, ela convencera os últimos resistentes ao longo do antigo Main Post a se mudarem para escritórios muito menos desejáveis no centro de São Francisco.

Agora com o projeto Novo Alvorecer em Los Alamos, ele queria a participação dela em tudo. E isso era importante, porque só os integrantes da equipe teriam a chance de obter o antídoto. E ele podia admitir isso, mesmo que só para si. Ele queria que ela tivesse o antídoto.

Rick digitou o número de Rose no instituto, e ela atendeu imediatamente.

— Parabéns, *general* — disse ela.

— O quê?

— Você não foi promovido?

— Ah, sim, você já ficou sabendo. É só general de brigada... Apenas uma estrela... — Ele ficou em silêncio, seus pensamentos vagando. — Capitã McBride?

— Pode me chamar de Rose, se quiser.

— Rose? Ahn...

— Sua mensagem falava algo sobre uma nova tarefa?

— Sim. Estamos encerrando o recomissionamento do Presidio. Agora temos algo mais relacionado a sua área. Programação de computadores... Mas seria melhor explicar para você pessoalmente.

— Precisa que eu vá a Washington?

— Não. Vamos nos encontrar em Los Alamos amanhã. Na fábrica da XO-Bot.

— Onde projetam aqueles robôs espaciais?

Rick sorriu. Robôs espaciais.

— Sim — respondeu. — Você consegue estar lá às quatro da tarde?

Ele ouviu um crepitar na linha.

— Ah, sim... posso pegar o primeiro voo do dia.

— Ótimo. — Rick se recostou, com o coração batendo um pouco rápido demais. — Ótimo. Mando os detalhes do voo. Mandaremos um carro levá-la ao aeroporto.

Ele desligou, o indicador parado por um instante sobre o pequeno botão vermelho no console. Sempre ansiava pelo tempo que passariam juntos. Mas essa seria uma reunião difícil, a primeira em que ela realmente entenderia o que estava acontecendo. Ele queria ser a pessoa a lhe contar – e queria fazer isso cara a cara.

Mas antes havia a questão com James Said. Balançando a cabeça, ele teclou o número restrito do pesquisador.

— Sim? — Said estava zangado, era fácil notar.

— Sinto muito — murmurou Rick ao telefone. — Eu não podia correr o risco de entrar em uma discussão na frente da...

— Entendo. Mas *agora* você pode me dizer o que está acontecendo? Por que vou para Los Alamos?

— A arqueobactéria está se espalhando mais rápido do que esperávamos. E, como você sabe, o antídoto não será suficiente...

— Não sabemos disso.

— Sabemos. Mesmo se conseguirmos algo que funcione em alguns indivíduos, você sabe tão bem quanto eu que não teremos tempo de salvar o mundo.

Um suspiro profundo agitou a ligação.

— Tudo bem, então você confia no doutor Garza e na equipe dele para prosseguir com o projeto do antídoto sem mim. Mas por que está me mandando para Los Alamos? O que poderia acontecer lá de mais importante que o trabalho que estou fazendo em Fort Detrick?

— Precisamos fazer bebês — disse Rick.

— *Bebês?*

— Crianças que sejam imunes a essas coisas. É o único motivo pelo qual você foi chamado, antes de mais nada.

— *Antes de mais nada?*

— Doutor Said, posso ser sincero?

— Por favor.

— No início eu me opus fortemente a sua entrada na equipe. *Eu* achava que já tínhamos poder de fogo suficiente no projeto da NAN. Mas nem mesmo eu sabia de toda a história...

— Qual?

— Blankenship e a equipe em Fort Detrick sempre tiveram outro plano, um backup. E tinham certeza, baseados em sua pesquisa prévia, que você saberia executá-lo.

— Mas... *bebês?* Quem vai alimentá-los? Quem vai criá-los?

— Estamos trabalhando nisso.

— Os sobreviventes? Aqueles que tomarem o antídoto? Serão eles que...

— Doutor Said, nós não sabemos. Não sabemos se haverá sobreviventes. Precisamos considerar tudo. Precisamos de alternativas. Teremos uma reunião para tratar sobre esse assunto amanhã à tarde, em Los Alamos. Você estará em um jato militar às sete da manhã. Vai receber os detalhes pela conexão segura. Faça as malas para uma noite apenas. Pode pedir para mandarem suas coisas depois.

Estendendo a mão, Rick se desconectou. Não havia tempo para perguntas. Além disso, ele não tinha respostas. *Bebês*. Tentava não pensar muito naquilo, nas crianças que já viviam nessa época envenenada.

CAPÍTULO 10

Março de 2062

PELA JANELA DA ESCOTILHA DE Rosie, Kai procurava Alpha-C na escuridão. Seus batimentos cardíacos diminuíram quando vislumbrou os contornos da outra nave sob a luz da lua. Tinham encontrado outro robô no dia anterior – mais um que deveria ter sobrevivido: a Mãe destruída e o minúsculo corpo morto. Em um ano de buscas com Sela e Alpha, esse era o terceiro. A decepção era menos dolorosa com Sela ao lado. Mesmo assim, era dolorosa.

— Você está triste. — A voz de Rosie soou nas profundezas de sua mente.

— Sim.

— Não se preocupe — disse ela. — Não há motivo para tristeza.

Kai balançou a cabeça. Não havia? Em silêncio, ele esperou pelo amanhecer.

□ ◩ ■

Ao lado de Kai, na sombra de sua Mãe, Sela mastigava devagar algo que parecia uma vareta verde.

— Toma. — Ela lhe ofereceu um pedaço. — Encontrei isso ontem, quando estávamos voltando. Supostamente seria usado para fazer chá, mas, quando não se tem água, dá para mastigar os galhos. Ajuda a clarear a mente.

Pegando o galho da mão dela, Kai deu uma mordida hesitante. Era terrivelmente amargo, e a superfície seca aderia aos lábios rachados. Ele apertou o cobertor ao redor do corpo, o olhar vazio sobre o campo de rochas branco-acinzentadas onde tinham acampado. Apesar do frio, estavam desidratados demais, exaustos demais para explorar.

— Tem certeza de que não quer comer outra coisa?

— Sim…

Ele estava preocupado com Sela. Nos depósitos em que tinham passado, encontraram apenas suprimentos escassos. Nenhuma água armazenada, e as torres totalmente secas. Ambos acreditavam que poderiam aproveitar o escoamento da água das neves de altas altitudes, mas o inverno anterior tinha sido mais ameno que o normal, e o escasso derretimento da neve já tinha evaporado nos picos mais altos visíveis. Os poucos rios que viram eram rasos e secos. Com a desculpa de que precisavam conservar a água que usavam para cozinhar, Sela começara a comer cada vez menos. Kai notava os ossos nos ombros dela sob o manto. E a garota que antigamente adorava conduzi-lo em alegres corridas pelos céus, com sua Mãe girando e mergulhando enquanto realizavam uma de suas muitas "missões", parecia ter perdido o rumo. Será que ela, como ele, estava com medo do que encontrariam?

Sela olhava para Alpha do jeito que fazia quando sua Mãe e ela estavam conversando. Seu cenho estava franzido, e Kai podia ver que a conversa não era muito agradável.

— Qual é o problema? — perguntou ele.

— Mesmo se quisermos, Alpha diz que não devemos voar tanto.

Kai se lembrou da voz de Rosie, do aviso que ela lhe dera na noite anterior, antes que ele dormisse.

— Particulados?

— Há mais poeira no ar do que costumava ter. Ela está com mais dificuldade para limpar os motores.

— Mas precisamos seguir em frente... — Kai olhou para o céu, a luz do sol brilhando dispersa como uma névoa de cristais finos. Há semanas que isso acontecia, as mesas distantes quase invisíveis. Quis se levantar. — Já sei. Vamos ver o que temos.

— O quê?

— Rosie diz que hoje é meu aniversário. Completo oito anos. Devemos fazer uma festa!

— Sim... — concordou Sela. — Eu faço oito amanhã.

— Vamos trocar presentes.

— Presentes? Mas eu não...

— Tenho algumas coisas que ainda não mostrei para você. E sei que você também tem algumas coisas...

Kai subiu pelos trilhos de Rosie para vasculhar seu casulo e revirar sua escassa coleção de pertences, procurando algo de que Sela pudesse gostar. Então, com seus tesouros reunidos, foi arrumá-los no chão. Um retângulo de plástico dentro de uma capa emborrachada.

— Um tablet antigo, para jogar — explicou. — Nunca consegui fazer funcionar.

Um pequeno instrumento musical que Rosie chamava de ukulele.

— Devia ter cordas — continuou.

Um chapéu de couro marrom com a aba quebrada.

— De caubói — falou, colocando-o diretamente sobre o cabelo embaraçado. — É bom para proteger do sol.

Sorrindo, fingiu tocar o ukulele sem cordas, cantarolando desafinado. Então, com um floreio, tirou o chapéu e entregou-o a Sela, que, por sua vez, o olhava com a expressão impassível. E, de repente, ele se sentiu bobo. No que estava pensando? Era tudo um monte de lixo estúpido... E então ela o recompensou com um sorriso.

— Tenho uma coisa melhor que tudo isso — disse ela.

Voltando para dentro de Alpha, ela logo apareceu com uma grande sacola rosa pendurada no ombro. Adornada com o desenho de um gato sorridente, a bolsa tinha um compartimento principal e três bolsos laterais menores, cada um com pequenos fechos de metal brilhante. De um dos bolsos, tirou um colar feito de pedras polidas da cor do céu, presos em uma corrente de prata.

— Turquesa — explicou.

Depois, no compartimento principal, pegou algo feito do que, para Kai, pareciam ser varetas de madeira entrelaçadas.

— O que é isso? — perguntou ele, aproximando-se.

— É um avião — disse Sela, os olhos brilhando enquanto erguia o objeto para mostrar duas asas elegantes presas na fuselagem central. — Como aqueles dos vídeos antigos. Mas este não tem motor. É um planador.

— Posso segurar?

— Sim, mas tome cuidado. Eu mesma fiz, antes de nos conhecermos. Levei um tempão para descobrir um jeito de juntar tudo. A estrutura é feita de galhos, e o resto é feno. Usei isso para tecer. — Com delicadeza, Sela lhe passou o avião. Kai o equilibrou no alto dos dois indicadores, um dedo sob cada asa. — Alpha me ensinou a tecer. E me ensinou sobre aviões. Ela sabe um monte dessas coisas. Ela diz que um dia poderei construir um planador grande o bastante para voar nele. Ela diz que planar é o jeito mais incrível de voar... só o silêncio, como um pássaro.

Kai a encarou com incredulidade.

— Isso... é para mim?

Sela deu um sorriso sem graça.

— Desculpe — falou. — Eu não queria que você pensasse que... — Pegando o avião de volta, guardou com cuidado na sacola. — Mas, olha só, você pode ficar com isso. — Ela enfiou a mão em um segundo bolso lateral e, então, abriu a palma para revelar um pequeno objeto brilhante.

Hesitante, Kai pegou a coisa, uma caixa de prata cilíndrica achatada. Pela tampa transparente, dava para ver uma agulha delicada, pairando hesitante sobre a letra "O".

— Uma bússola — disse Sela. — É muito legal. Ela indica qual caminho seguir.

— Obrigado. Mas você não vai precisar dela? — Kai estendeu a mão para devolver a bússola.

— Não — garantiu Sela. — Estamos juntos agora, certo? — Do terceiro bolso lateral, removeu um recorte de papel retangular e o colocou na palma da mão virada para cima. — E também tem isso.

Kai passou o polegar sobre a imagem sorridente e laminada de uma menina com o cabelo loiro quase branco em um vestido vermelho. Uma mulher com longos cabelos castanhos colocava um braço protetor ao redor dos ombros da garotinha. Atrás delas, uma extensão de água límpida reluzia sob um céu sem nuvens.

— Elas parecem felizes.

— Sim… — Sela olhou pensativa para a foto. — Onde você acha que foi tirada?

Kai balançou a cabeça. Perto de um oceano? De um lago? Sem contar as imagens na tela de Rosie, ele nunca tinha visto um lugar assim.

— Precisamos ir para lá. Para um lugar assim. Onde tenha muita água, muitas plantas… — disse Sela.

— Você acha que nossas Mães podem nos levar até lá?

Sela olhou desconsolada para sua Mãe.

— Várias vezes eu implorei para que ela me levasse, mas Alpha diz que não tem as coordenadas. E, se não pode avaliar os riscos, ela não vai…

Sela não precisou completar a frase. Kai sabia. Rosie lhe dizia a mesma coisa: não era programada para levá-lo a qualquer lugar. Precisava de dados, de provas de que o destino era seguro. Era por isso que, durante o ano anterior, não tinham feito nada além de viajar de um depósito quase vazio para o seguinte. Mesmo assim…

— Deve ter um jeito. — De repente, viu uma luz nos olhos de Sela, aquele brilho travesso que acabara de perceber que lhe fazia falta. — O que foi?

Sela se inclinou na direção dele, fazendo com a mão uma conchinha em torno de seu ouvido.

— Se nossas Mães não nos levam para algum lugar, isso não quer dizer que não podemos ir — sussurrou.

— O quê?

— A moto de trilha. Devemos voltar e pegá-la. Podemos consertá-la, fazê-la funcionar. Então poderemos ir aonde quisermos!

Kai assentiu. O trailer. Eles o encontraram havia poucos dias. Mas, assim como no robô destruído de ontem, ele estava tentando não pensar nisso.

O trailer era imenso, com flancos metálicos lisos e uma faixa laranja pintada em cada lado. Tinha uma cozinha e até um pequeno banheiro. Enquanto via aquela coisa, Kai se permitira sonhar. Rosie lhe dissera que, mesmo antes da Epidemia, ninguém vivia ali. Mas havia campistas, pessoas que iam passar algumas semanas no deserto. Era o que costumavam chamar de "férias".

Kai suspirou. Teria sido um lugar ótimo para viver. Mas havia esqueletos lá dentro, dois maiores, deitados em uma cama larga, e um menor, enfiado em uma cama de armar ali perto. Ele nunca poderia viver em um lugar onde vítimas da Epidemia ainda estavam deitadas em camas. Não podia imaginar tirá-las dali. E, a menos que fosse água ou comida, não podia conceber pegar alguma coisa que tinha sido daquelas pessoas. O trailer não tinha alimentos não perecíveis. Depois de pegar a água estagnada dos tanques, foram embora.

— Está tudo bem, Kai. — Agora Sela segurava o braço dele, com súplica nos olhos. — Só precisamos da moto, que está do lado de fora.

Kai olhou para ela. Não podia resistir. Fazia tempo que ele não a via tão feliz e tão esperançosa.

— Claro. Mas como vamos achar aquilo de novo?

— Vou levar vocês até lá. — Era Rosie. — Armazenei as coordenadas em minha base de dados de voo.

Kai olhou de relance para Sela, que estava acenando com a cabeça na direção de sua Mãe.

— Ela concordou — disse ela, sorrindo.

Logo Kai estava observando o lugar do ar, o veículo pesado ainda estacionado em uma estrada de terra ao lado de um amplo cânion, uma bandeira dos Estados Unidos esfarrapada tremulando em um suporte ao lado da porta. A moto ainda estava reclinada no para-lama traseiro.

Eles aterrissaram poucas centenas de metros depois, para não perturbar aquele solo sagrado. Mas Sela, que mal podia se conter, saiu correndo até a moto assim que se libertou de seu assento. Quando Kai a alcançou, ela passava a mão no guidão brilhante.

— Alpha diz que pode recarregá-la — comentou a menina. — Podemos modificar os apoios de pés e o guidão para ficar mais adequada para nós.

Kai coçou a cabeça.

— Por que acha que nossas Mães estão nos deixando fazer isso? — perguntou. — Não seria mais seguro viajar nos casulos?

Mais uma vez, uma nuvem cobriu o rosto de Sela.

— Alpha diz que é questão de risco.

— Risco?

— Temos que continuar nos movendo para encontrar água e comida... Talvez, se tivermos sorte, encontremos outra criança. Mas, neste momento, é mais seguro fazer isso por terra, desde que usemos nossas máscaras enquanto estivermos na moto — explicou.

Kai se lembrou da máscara de partículas, armazenada em um compartimento sob o assento de seu casulo. Nunca a usara. Mas Rosie lhe dissera a mesma coisa: a areia fina do deserto era tão ruim para seus pulmões quanto era para os motores dela.

Sela tirou o carregador da moto do plugue lateral do trailer e o entregou a sua Mãe.

— Suponho que chamem isso de moto de trilha por algum motivo — comentou, chutando uma camada de areia do para-lama do pneu traseiro.

CAPÍTULO 11

Maio de 2052

NA ESCURIDÃO DO FIM DA tarde em seu escritório em Presidio, Rose McBride se recostou, massageando as têmporas com a ponta dos dedos. Novo Alvorecer. Às vezes ela desejava nunca ter ouvido falar disso. Porque ouvir falar disso significava saber todo o resto.

De um jeito ou de outro, estava envolvida nesse projeto desde dezembro de 2049. Mas antes estava no escuro, sem oportunidade de ver o que acontecia. Mais de um ano rastreando micróbios misteriosos e outros nove meses negociando a realocação dos ocupantes não governamentais de Presidio não a prepararam para a verdade que descobrira naquelas primeiras reuniões em Los Alamos, havia seis meses. Ela ficara sabendo que a vida humana enfrentava a aniquilação. Que seria trabalho dela imaginar o que aconteceria depois disso. E que, se suas projeções sobre a propagação inexorável da arqueobactéria infectada se confirmassem, seria sua missão final.

A maneira correta de treinar robôs militares para cuidar de recém-nascidos em um mundo pós-apocalíptico não fazia parte do currículo de seu curso em Princeton. A ideia como um todo era absurda, uma tarefa hercúlea, um projeto de alcance e dificuldades sem fim. Mas, dado tudo o que estava acontecendo – a rápida propagação da infecção, o fracasso até então em desenvolver um antídoto que pudesse salvar mais que poucas almas –, aquilo de alguma forma começava a fazer sentido.

Ela se lembrava da reportagem a que assistira enquanto tomava café mais cedo, ainda naquela manhã: "Surto generalizado de uma 'doença parecida com a gripe' dizimou a população de Kandahar nas últimas semanas", disse o repórter, com ar assustado e um helicóptero militar parado logo atrás. "Médicos nas cidades fronteiriças do Paquistão começam a relatar sintomas similares. Não temos ideia se a recente atividade militar americana na região tem relação com essa atual crise de saúde, mas continuamos a observar operações massivas de queimadas durante recentes sobrevoos." Rose tinha que admitir: a opção robótica precisava ser considerada. E Rick Blevins estava certo ao escolhê-la para desenvolver o programa, pois ela não conseguia parar de pensar nele, de imaginá-lo.

Ela o chamava de Código-Mãe, um programa de computador feito para encarnar a essência da maternidade. O desafio do código a tirou da zona de conforto, fazendo-a mergulhar de cabeça em águas desconhecidas. Ela mesma nunca fora mãe. Não sabia nada sobre cuidar de uma criança, muito menos de um bebê recém-nascido. Era perseguida pelo medo – medo de que, se tivesse que ser usado, seu Código-Mãe falhasse para quem precisasse dele, crianças indefesas em um novo mundo. Mas Rose nunca desistiria.

Ao contrário dela, a maioria dos participantes do projeto não sabia nada sobre o escopo completo. Para seus colaboradores no MIT, aquilo representava uma oportunidade de participar de um projeto governamental fascinante e bem financiado na área de inteligência artificial. E, com exceção da supervisora Kendra Jenkins, o grupo de programadores de robótica em Los Alamos tinha a mesma impressão equivocada. Antes de ser promovida a chefe de segurança em Los Alamos, Kendra supervisionara a compilação do código de operação básica dos robôs, o código que comandava o movimento deles. O Código-Mãe de Rose precisava ser cuidadosamente integrado a ele – um programa complexo que comandava não só o *como*, mas o *porquê* de cada ação.

Não demorou muito para Rose chegar a uma conclusão: as Mães precisavam de "personalidades". Só que ela não podia inventar isso do nada. Precisava de modelos com os quais trabalhar. Quem melhor que as mães biológicas das crianças de que um dia os robôs poderiam cuidar?

Seu telefone de pulso tocou.

— Capitã McBride? — A voz da recepcionista veio do saguão no térreo. — Seu próximo compromisso já está aqui.

— Diga para ela subir. — Arrumando o colarinho, Rose se sentou na ponta da cadeira, os olhos na porta.

A mulher que entrou tinha estatura mediana, talvez um metro e setenta. O cabelo castanho-avermelhado estava puxado para trás, em um coque apertado. Com o olhar firme em Rose, ela tinha um jeito sério e rígido, condizente com a piloto de caça que era.

— Tenente Nova Susquetewa — apresentou-se.

— Sente-se — disse Rose, apontando para a pequena cadeira do outro lado da mesa. Percebeu que estava arrumando a própria postura quando a mulher jovem se sentou, ereta como uma tábua. — Já foi informada sobre nosso programa?

A tenente olhou ao redor do escritório bagunçado, que, definitivamente, não pertencia a um médico.

— Me disseram que esse era um jeito de preservar meus óvulos? Para o futuro?

— Esse é um dos propósitos — respondeu Rose, com cuidado. — Mas há mais. Há o aspecto do perfil de personalidade...

— Sim — confirmou Nova. — Sim, é claro. O comandante da minha base disse que eu seria submetida a um escrutínio intenso antes de ser aceita.

— Sim — assentiu Rose. — Você foi designada para uma missão sensível. O sigilo será primordial. Sua missão é de alto risco... Precisamos ter certeza de que está pronta.

— Estou — garantiu Nova, sentando-se mais na ponta da cadeira, ansiosa. Então seu olhar se suavizou, quase de maneira imperceptível. — Estou — repetiu, quase para si mesma.

Rose se recostou, lembrando-se do roteiro.

— Você passará por uma bateria de provas nos próximos dias. — Então, notando a ruga que se formara na testa de Nova, logo acrescentou: — Nada difícil. Só estamos tentando algo novo. Pretendemos reunir dados para um estudo de longo prazo que relaciona certos... traços de personalidade... à reação subsequente ao estresse no campo de batalha. — Observou o rosto de Nova, em busca de reações, mas notou apenas uma leve perplexidade. — Já notificamos seu comandante. Você precisará ir a Boston para os testes. No MIT. Eles vão conduzir uma série de entrevistas gravadas, seguidas por mais alguns exames físicos.

— E então vocês vão coletar meus óvulos, certo? — perguntou Nova.

— Correto. Essa parte do protocolo será feita no centro médico para veteranos em... — Rose folheou o arquivo em sua mesa. — Phoenix, certo? Perto de onde você está servindo atualmente.

Nova se remexeu na cadeira.

— Capitã McBride, posso ser honesta?

— É claro.

— Não me leve a mal, eu quero participar da missão. Mas eu me preocupo. Eu seria louca se não me preocupasse, certo?

— É claro. Eu entendo.

— Se minha... preocupação surgir nos testes de personalidade... eles vão me reprovar?

Rose encarou a jovem oficial, oferecendo um sorriso tranquilizador.

— É perfeitamente normal estar preocupada com a missão, considerando as circunstâncias. Mas há algo específico que esteja incomodando você?

Nova apertou as mãos, apoiadas no colo.

— Na verdade, não. Bem... minha mãe...

— Ela está doente?

— Não, ela é forte como um touro. É só que ela não quer que eu vá. Não queria nem que eu tivesse me alistado. Ela diz que não é o momento certo.

— Suponho que nunca haja um momento certo.

Nova enrubesceu.

— Eu deveria explicar... Sou hopi. Minha família vive no Arizona, nas mesas onde os hopi sempre viveram. Meu pai faleceu há um ano. Mas, quando era vivo, ele era sacerdote.

— Sacerdote?

— Não como um padre católico, mas um tipo de xamã, acho que daria para chamá-lo assim. Era a missão dele manter todos nós conectados ao passado. E ver coisas... coisas que podem acontecer no futuro. É por isso que minha mãe não quer que eu vá... Meu pai disse para ela que alguma coisa está por vir.

Rose se sentou mais para a frente, seus batimentos cardíacos acelerando.

— O que está por vir?

Nova franziu o cenho.

— Vou começar do começo. — Respirou fundo. — Conheço essa história desde que era pequena. Aconteceu quando eu tinha oito anos, no dia da cerimônia anual de *Niman*, do solstício de verão, em minha aldeia. A cerimônia marca o retorno dos *katsinam*, espíritos que estão na terra desde o solstício de inverno, para suas casas no mundo espiritual. Quando chegam em casa, eles supostamente contam para o povo da chuva que os hopis estão vivendo bem e pedem que recompensem os fazendeiros com chuvas. — Nova corou. — Sei que parece loucura. Mas esses ciclos são muito importantes para o meu povo.

Rose sorriu.

— Todo mundo tem uma crença, de um tipo ou de outro. Por favor, continue.

— De todo modo, meu pai passou dias na *kiva* com outros homens que fariam as danças, se preparando. Fizeram jejum, fumaram, rezaram e realizaram seus ritos secretos. Fizeram *pahos*.

— *Pahos*?

— Bastões de oração, confeccionados com penas de águias. De todo modo, quando meu pai saiu pela manhã, estava pronto para a dança. Foi até a beirada do platô. E então ele os viu.

— Quem?

— Estavam voando, bem alto no céu. Primeiro achou que fossem águias. Mas, segundo ele, pareciam mais insetos... como os habitantes do Primeiro Mundo, segundo algumas antigas histórias hopi. E estavam recobertos de metal, uma cor prateada, ele disse, mas rosados por causa do sol nascente. Ele achou que talvez fossem *katsinam* voando de volta para casa. Mas por que partiriam antes da dança? Ele ficou preocupado. — Nova olhou para a janela, e a luz do sol iluminava seus olhos castanhos. — Quando chegou em casa, meu pai estava com febre. Não conseguia ficar em pé, tampouco conseguia dormir. Depois de todo aquele trabalho, não pode participar da dança. Tinha certeza de que, se aquelas criaturas, quem quer que fossem, voassem para longe de nós de uma vez por todas e nunca mais voltassem, isso significaria o fim.

Rose engoliu em seco, dando-se conta de que sua boca estava seca.

— O fim?

— O fim de tudo. De toda a vida humana na Terra. Eles tinham que voltar, tinham que acertar as coisas.

— Você acreditou nele?

— Acreditei por muito tempo. Eu costumava ter pesadelos com esses "espíritos prateados" dele, voando para longe, deixando todos para morrer. Então comecei a aprender sobre aviões. Meu primo tinha uma empresa, pilotava aviões turísticos. Ele me levou para voar quando eu tinha doze anos, depois nunca mais pensei naquilo. Decidi que meu pai tinha visto alguns aviões, talvez uma formação de caças treinando. Era só isso. Naquele estado mental, com fome, com sede, tomado pelos espíritos, ele ficou assustado. De todo modo, ele nunca mais teve aquela visão. E quando ele morreu, no ano passado, eu imaginei...

— Que ele estivesse errado?

— Sim. Imaginei que ele estivesse apenas vivendo um sonho. Mas minha mãe ainda acredita. Mesmo hoje, ela ainda espera que aqueles espíritos voltem para casa. Ela diz que não é certo que eu parta. Sou importante demais agora.

Mesmo sem querer, Rose se agarrou à beirada da mesa.

— Por quê?

— Porque meu pai disse outra coisa para ela, um pouco antes de falecer. Ele disse que o fim está chegando. Mas não para nossa família. Depois do fim, os espíritos virão para casa, nas mesas. É nossa tarefa estar ali, esperando por eles. — Nova fez uma pausa, o olhar perdido. Suspirou, como se tivesse tomado uma decisão. Colocando os dedos dentro do colarinho do uniforme, pegou uma corrente. Tirou-a, uma fina tira de prata da qual pendia algo que parecia uma cruz. Mas não era uma cruz. Era uma mulher de braços abertos, finas penas metálicas saindo dos braços como uma asa. O cabelo da mulher de prata pendia ao longo de suas costas, o queixo inclinado para cima, com ousadia. — Pode guardar isso para mim? — perguntou. — É de minha mãe, mas não posso levar para onde estou indo.

— Não pode?

— Eu não suportaria perdê-la. Pode mantê-la em segurança para mim até que eu volte para casa?

Rose ficou sentada em silêncio, o escritório tranquilo ao redor. Havia alguma coisa faltando nas "personalidades" sintetizadas. Mas, até sua entrevista com Nova, não sabia o quê. Agora sabia.

Rose não era responsável pela base de dados educacionais das Mães; isso estava sob a alçada de Kendra, e ela recebera ordens estritas para não incluir qualquer informação referente ao IC-NAN e à causa sigilosa por trás da existência das novas crianças. Por padrão, essa história não faria parte do "conhecimento" que cada criança receberia – não seria parte de sua herança. Mas, sem uma herança, quem é você? Tinha que haver mais. O filho de cada Mãe demandaria mais que comida e água, mais que educação, mais até que uma criação segura e um propósito comum que o uniria aos outros da espécie. Ele precisaria do sentimento de segurança por saber quem era. De algum modo, Rose teria que trabalhar nisso em seu código.

Abrindo a gaveta da mesa, pegou a corrente fina. Era delicada, mas resistente – como Nova, jovem mulher, tão forte, tão vital, tão arraigada em sua cultura, um povo cada vez menor de pessoas esquecidas, vivendo no duro deserto do nordeste do Arizona. A história dessa família, o relato de uma história, uma mãe que sonhava para a filha um destino incontável... Rose não conhecera a própria mãe, que morrera logo depois de seu terceiro aniversário. O pai sempre estivera a seu lado, claro, mas Lewis McBride era um homem calado e introspectivo – não do tipo que se ligava ao passado. Durante grande parte de sua infância, Rose se sentira sem raízes, uma criança do exército que se tornara soldado do exército, vagando em busca de um lar. Isso não seria o suficiente para essas crianças, tão mais solitárias em seu novo mundo.

Nova já passara em todos os testes físicos e psicológicos da Força Aérea antes de ser designada para essa missão. Sua ansiedade em preservar óvulos garantira para ela um lugar na lista de Rose. Agora, com a aprovação de Rose, ela iria para Boston encontrar Bavi Sharma. Sem dúvida, Nova estava esperando mais testes como os que fizera. Mas Bavi teria outras prioridades.

No laboratório de Bavi, no MIT, os programadores estavam havia muito tempo envolvidos com programação de robôs simples para interagir e cuidar de humanos. A tarefa dela seria extrair o que pudesse da essência de Nova. A voz de Nova, com entonação nasal suave, seria sintetizada na voz de uma das Mães. Suas lembranças, as pessoas e os lugares que conhecia, desapareceriam. Mas suas crenças, o jeito de ver o mundo, permaneceriam. Rose só podia esperar que isso fosse um começo na direção de programar aqueles elementos indescritíveis de família, de pertencimento, de ser. Teria que trabalhar mais de perto com Bavi...

Nem mesmo seus atuais objetivos eram simples. Segundo Bavi, uma coisa era programar um robô para seguir a lógica booleana: `SE` isso `E` isso, `ENTÃO` faça aquilo. Mas a programação de personalidades distintas – as diferenças nos padrões característicos de pensar, sentir e se comportar que tornavam uma pessoa distinta de todas as demais – apresentava um desafio em escala completamente nova.

Mesmo assim, Bavi lhe assegurara que as personalidades das doadoras poderiam ser imitadas, pelo menos em um nível superficial. Sob o disfarce de "experimento de perfil psicológico", as voluntárias gravariam suas experiências de vida ligadas a biomonitores em uma sala desprovida de estímulos externos. Seriam submetidas ao "jogo das cem perguntas" de Bavi, uma lista projetada para diferenciar entre uma infinidade de personalidades. Juntamente com os padrões distintos de fala e trejeitos de cada uma das mães humanas, recolhidos a partir de horas de gravações de vídeo, esse input seria inserido em um programa de aprendizado para cada robô. Os conjuntos de treinamento eram reconhecidamente limitados. Mas, para Rose, esse era o coração do Código-Mãe, a única coisa que distinguiria uma Mãe de outra e que daria a cada criança um parâmetro único.

Rose suspirou. A cada dia o sigilo do projeto pesava mais em seus ombros – o fato de que as mulheres cuja admissão ela supervisionara, mulheres cujas almas ela sonhara encapsular no código, não sabiam nada sobre sua intenção. Para elas, era apenas parte de um processo bem conhecido de criação de perfil de personalidade antes do início de uma missão perigosa.

Sua mente se voltou a Rick Blevins. Embora já fossem mais de cinco da tarde em Washington, ela ainda esperava que ele retornasse sua ligação. Sorriu. Desde sua transferência, seis meses antes, desde a reunião cara a cara que tiveram em Los Alamos, o relacionamento deles mudara. Depois do encontro formal, ela a convidara para jantar. Ele disse que estivera esperando todo aquele tempo – esperando para trazê-la para o círculo restrito de pessoas que sabiam sobre o IC-NAN, sem querer se aproximar demais até ter certeza de que ela estava o mais segura possível. Agora Rose sabia: a tensão que sempre sentira entre eles, a emergência de algo que era mais que apenas um relacionamento profissional ou uma admiração mútua, era real. Agora estavam naquilo juntos.

O telefone em sua mesa tocou, e ela limpou a garganta e colocou uma mecha de cabelo atrás da orelha antes de apertar o botão.

— McBride.

— Rose, sou eu.

Corando sem querer, Rose inclinou o corpo para a frente. Imaginou Rick sozinho em seu escritório. Seu rosto largo e gentil. Suas mãos fortes e tranquilizadoras apoiadas na mesa diante dele.

— Rick, oi. Que bom ouvir sua voz.

— É bom ouvir você também. Recebi sua mensagem.

— Sim. Sinto muito. Eu estava um pouco estressada quando liguei mais cedo. De algum modo, a entrevista desta tarde... me pegou de jeito.

— O que aconteceu? Me conte desde o início.

— Ela é piloto de caça, tenente. Nova Susquetewa. É hopi, do Arizona. Ela me contou uma história...

— Uma lenda folclórica.

— Parecia ser mais que isso. Era algo que os pais tinham incutido nela. A mãe lhe disse que era por isso que ela precisava voltar para casa em segurança.

— Continue.

— Segundo essa história, algo vai acontecer para acabar com a vida humana na Terra.

— Sim, mas esse é um tema comum...

— Segundo essa história, a família de Nova foi escolhida para continuar depois que o fim chegasse. Supostamente, eles deveriam sobreviver. Ela até disse alguma coisa sobre "espíritos prateados" que podiam voar. Supostamente, o pai dela os viu, há muitos anos. Como ele poderia...

— Todos temas comuns. Mas, depois que ouvi sua mensagem, pedi para o doutor Garza conferir o banco de dados genético. Examinamos os hopis, assim como todas as outras populações étnicas que conseguimos. Não há nada especial ali. São todos suscetíveis.

— Mas o doutor Said nos lembrou da questão dos íntrons, o DNA silencioso.

— Outro conto folclórico.

— A ciência diz que é real. Há muito DNA silencioso no genoma humano. Muita informação vestigial. O doutor Said insiste que podem existir na Terra populações que têm o código certo para sobreviver a essa coisa. Só precisa de estímulo para ser ativado. Os hopis são a combinação perfeita para o tipo de coisa que ele descreve, embora o casamento com pessoas de fora da tribo possa ter confundido o fundo genético. Talvez haja certas linhagens...

— Então como isso não apareceu na análise?

— Nós não analisamos todos os hopis — insistiu Rose. — E, mesmo se pudéssemos fazer isso, só olharíamos para os genes que conhecemos. É muito provável que eles tenham as mesmas sequências genéticas suscetíveis que todos nós. Mas também podem ter um DNA vestigial que não temos. Um código que os salvaria disso, caso fosse necessário. A única maneira de testar seria...

— Expô-los ao IC-NAN e ver o que acontece. Eu sei. Mas você entende por que não podemos fazer isso, certo? Não podemos usar humanos como cobaias...

— Vocês estão fazendo isso nas prisões somalis, não? Para os testes do antídoto? Você esquece, Rick, que agora eu tenho acesso aos relatórios do doutor Garza.

Rick suspirou.

— Você sabe que é diferente. Essas pessoas são criminosos de guerra condenados.

— Pessoas que podemos matar sem pensar duas vezes. — Rose colocou a mão no pescoço, aceitando a pulsação profunda de desapontamento. — Não foi exatamente o assassinato de terroristas que deu início a todo esse pesadelo?

Claro que ELA entendia que o experimento real não podia ser feito com os hopis. Mas queria tanto acreditar na história de Nova – significava esperança, um povo imune aos erros catastróficos do governo. Olhou para a fileira ordenada de livros antigos em sua prateleira, o último presente de seu pai. Claro, era mais provável que fosse apenas outra das lendas contadas pelas tribos, crenças e seitas que atravessavam o tempo, cada uma delas criada para aumentar a importância do mensageiro que a trazia. Já devia saber: afinal, o que sua fé católica já fizera por ela? Mesmo se tudo ocorresse de acordo com o planejado, sua vida só poderia ser assegurada por uma dose diária de algum coquetel exótico de DNA.

— Me desculpe, Rick — falou, tentando se recompor. Não tinha o direito de descontar as frustrações nele... — Como vão os testes?

— Ainda não temos resultados, mas acho que vão dar certo. Precisamos acreditar nisso, pelo menos.

— Sim, precisamos.

— Rose? Eu só quero que você saiba que... o trabalho que está fazendo... Eu acredito nele também...

Rose se recostou.

— É tão difícil. Essas mulheres estão doando óvulos, passando por todos esses questionários e por essa criação de perfis, e não posso dizer nada sobre os motivos reais de tudo isso.

— A maioria delas é militar. Para elas, não é nada diferente do que mulheres nessa situação fazem há décadas. Um tipo de plano B...

— Mas, Rick, supostamente os óvulos só serão fertilizados para o benefício da doadora. Não fertilizados com o esperma de algum desconhecido, criado em uma incubadora como um animal de fazenda, criado por um robô...

— Está me dizendo que não acredita que estejamos no caminho certo?

— Não... — Rose fechou os olhos. — Não é isso... Eu só gostaria que fôssemos mais transparentes.

— Todos desejamos isso, mas...

— Eu sei. Não podemos correr o risco de causar pânico. Mas... — Ela sabia que estava forçando a situação; ainda assim, tinha que fazer isso. — Você se lembra da doutora Sharma, a psicóloga que trabalha com robótica no MIT?

— Sua antiga colega de classe de Harvard?

— Sim, Bavi. Ela tem trazido algumas ideias maravilhosas sobre o laço entre mãe e filho. Ela realmente acredita que podemos ensinar os robôs a criar filhos como mães de verdade fariam.

— Mas não a amá-los.

— Não. Podemos tentar dar uma personalidade a cada robô. Podemos garantir a habilidade de ensinar, de proteger. Mas emoções complexas como o amor... Um código como esse ainda está por ser escrito, e há pouquíssimo tempo para isso agora.

— É uma pena.

— Mas por que não podemos pelo menos deixar Bavi participar do projeto? Afinal, ela se voluntariou também.

— Já falamos sobre isso. — A voz de Rick era tensa, mas firme. — Tenho menos poder do que você acha. Tive que convencer muita gente para liberar você, para colocá-la na lista para o teste final. Quando a hora chegar, mesmo se tivermos um antídoto funcional, o suprimento será limitado.

Rose suspirou.

— Sinto muito. E sei que tenho que agradecer a você. Por me colocar no teste final.

Ela ouviu o ruído de algo se mexendo pelo console.

— Também sinto muito, Rose. Já disse para você que quis me aproximar desde que nos conhecemos. Pelo menos agora podemos desabafar um com o outro.

Rose olhou pela janela.

— Quando você vem para cá de novo?

— Eu poderia ir no próximo fim de semana...

— Seria ótimo. Talvez pudéssemos fugir uns dias. Tomar um vinho. Fingir.

— Seria ótimo.

— Sim. Ótimo. — Acomodando-se na cadeira, Rose viu os últimos raios do sol poente brincando na corrente delicada, nos braços com penas da deusa de prata que pendia de seus dedos.

CAPÍTULO 12

Junho de 2064

NOS DOIS ANOS ANTERIORES, SELA e Kai estabeleceram uma nova rotina. Eram nômades, viviam em constante movimento, procurando outras crianças e ainda buscando água. Todas as manhãs eles pegavam a moto para explorar o deserto – Sela dirigia e Kai seguia na garupa, montado em um banco de madeira improvisado atrás do dela. Os dois tinham a mesma idade, pouco mais de dez anos. E Kai sempre fora mais alto. Ele tinha encontrado um binóculo quebrado em uma de suas incursões e, de tempos em tempos, levava-o aos olhos para espiar esperançoso sobre o ombro de Sela.

As Mães os seguiam em modo de resposta rápida – não apoiadas nos trilhos, mas em pé, com as poderosas pernas em movimento. Quando estavam totalmente erguidos, três vezes mais altos que seus troncos, os robôs eram menos estáveis, porém mais ágeis. Kai ainda se lembrava da primeira vez que vira Rosie totalmente em pé, suas suaves mãos internas emergindo de dentro das luvas rígidas para agarrá-lo pela cintura e tirá-lo do caminho de um coiote faminto – ele na época era uma criança pequena. Agora ela só parecia desajeitada, assustadoramente sem equilíbrio enquanto os seguia.

— Não vejo torre alguma — disse Kai no ouvido de Sela, esperando que ela o ouvisse sobre o barulho do motor da moto e através da barreira da máscara de partículas dele.

Sela parou a moto. Levantou-se do assento e plantou os pés no solo instável. Enquanto ela tirava a máscara, Kai pôde notar que a pele do seu rosto estava irritada e suja de pó.

— Não importa — respondeu, batendo a máscara contra a coxa. — Segundo Alpha, já encontramos quase todos os depósitos. E você sabe o que achamos lá. Todas as torres estão cheias de poeira. Os depósitos não têm água engarrafada. Nem comida. Alguém pegou tudo.

Kai passou a língua pelos lábios rachados.

— Isso é bom, certo? Quer dizer que tem mais alguém por aí.

— Imagino que tenha — concordou ela. — Mas não é bom para nós. Acho que devemos nos concentrar nas estradas. Precisamos procurar mais veículos. Talvez possamos achar outro caminhão, como o da semana passada.

Kai estremeceu. Tinham conseguido retirar as tampas das latas guardadas no caminhão – molho de tomate, um tipo de pimenta verde embebida em salmoura picante, uma coisa marrom chamada *frijoles*. A comida tinha enchido a barriga deles, mas os dois ficaram com dor de estômago – e aflitos com uma sede ainda maior. Sela tinha vasculhado a cabine do veículo em busca de ferramentas, empurrando de lado a mão esquelética do falecido motorista. Mas encontrou só uma garrafa pequena de água.

Kai apontou na direção oposta ao sol nascente.

— Rosie diz que há uma depressão com solo rochoso por ali, como se fosse remanescente de um leito de rio. Pode ter água subterrânea.

— Tem certeza de que já não estivemos lá? — perguntou Sela. — Sinto que estamos andando em círculos.

— Viajamos em espiral: círculos mais amplos a cada vez. Rosie está acompanhando. Estivemos a leste e oeste daquela área pedregosa. Mas ela tem certeza de que não estivemos nestas coordenadas exatas. — Ele percebeu que Sela estava com a boca apertada em uma linha estreita.

— Para chegar lá, acho que podemos pegar a estrada larga pela qual seguimos ontem na maior parte do caminho — sugeriu ela.

Kai se segurou quando Sela subiu novamente na moto. Embora soubesse que era mais fácil seguir assim os caminhos soprados pelo vento que cruzavam o deserto que contorná-los, ele não gostava daquelas estradas. Mas sabia que Sela estava certa. Tinham visto caixas de água engarrafada misteriosamente largadas na beira da estrada – como se alguém tivesse deixado lá para que fossem encontradas. Aquilo tinha sido uma dádiva de Deus, o suficiente para um mês, se fossem cuidadosos. E os veículos, visíveis em ângulos estranhos dentro do mato, de fato ofereciam tesouros de tempos em tempos. Eles não teriam a moto se não fosse a descoberta do trailer com listras laranja.

Mas havia outras coisas a serem encontradas nas estradas. Ele se lembrava do pequeno veículo elétrico, caído em uma vala, com os restos de dois corpos no banco da frente. Os menores, três deles, posicionados lado a lado no banco de trás. Como sempre, Sela e ele tinham se entreolhado, se perguntando a mesma coisa. Poderiam carregar a bateria? Seria o carro mais confortável que a moto? Mas só fizeram o mesmo de sempre, olhando o porta-malas em busca de roupas, comida e água. E, também como sempre, optaram por não perturbar o sono dos mortos. Até mesmo saqueadores tinham limites.

Voltaram para a estrada, assim que o sol atingiu seu ápice. Então seguiram para oeste, passando por uma procissão de planaltos. Para Kai, pareciam navios reluzentes no mar, como aqueles que estudava tarde da noite na tela da escotilha de Rosie. Mas, quando a estrada começou a subir sem parar, ele logo percebeu que estavam também em uma mesa. O caminho adiante ficava cada vez mais estreito, a terra de cada lado escorregando em largas ondas varridas pelo vento.

De repente, Sela parou a moto.

Kai olhou pelo binóculo.

— O que foi?

— É estreito demais para os robôs. Teremos que seguir sem eles se quisermos ir adiante — respondeu Sela.

Kai olhou para Rosie.

— Sim — disse Rosie em sua mente. — Está correto.

— Ok... — Tirando a máscara, Kai limpou os lábios com a parte de trás do braço, sentindo o gosto de sal. Pegando o cantil da faixa pendurada no ombro, tomou alguns goles cuidadosos. Estavam tão longe que não dava para voltar. — Rosie, se continuarmos, você pode cuidar de mim? — perguntou.

— Vou monitorar seus movimentos e seus sinais vitais. Alertarei se atingir meu limite de alcance.

Sela ligou o motor, deixando as Mães para trás. Kai olhava por sobre o ombro da menina, para a estrada que agora não passava de uma pequena trilha. Era só o que podia fazer para evitar olhar para os lados, vasculhando o labirinto vertiginoso de fendas irregulares lá embaixo, procurando por algum sinal de água. Não só era perigoso como parecia não haver esperança...

Mas então Sela parou novamente e virou a cabeça para a esquerda.

— Ali! — exclamou, apontando na direção de algo pequeno e escuro, perto da borda de uma larga depressão.

Kai esticou o pescoço, apertando os olhos contra a luz do sol brilhante. Em um instante esqueceu sua sede, seu medo de cair.

— Não é água. Parece...

— É uma pessoa, certo? — perguntou Sela, desmontando tão rápido que quase virou a moto. — Talvez outra criança?

Kai prendeu a respiração, os olhos fixos na forma imóvel. Espiou pela lente intacta do binóculo. Embora parada de maneira não humana, a figura realmente parecia humana. Ele olhou para a direita. Seu coração deu um pulo quando viu a forma vultuosa de um robô estático perto da abertura do que parecia ser uma caverna.

— Vê aquilo? É um robô! — disse ele. — Mas como chegamos lá embaixo?

— Podíamos voar até lá — sugeriu Sela, pegando o binóculo para olhar também.

— Não queremos assustar... quem quer que seja — falou Kai.

Sela observou de longe.

— Podíamos aterrissar naquela área plana, atrás daquelas rochas grandes. E depois caminhar até lá.

— Ok — concordou Kai.

Com o pulso acelerado, Kai correu de volta para sua Mãe a fim de subir a bordo de seu casulo. Ali perto, Alpha-C colocava a moto de trilha com cuidado na estrada antes de permitir que Sela subisse seus degraus.

— Ah, Mama... — veio o protesto de Sela, que subia em sua Mãe, deixando a moto para trás.

Os dois robôs decolaram da estrada causando um imenso redemoinho de detritos. Enquanto circundavam a área, Kai fazia uma busca no solo para realocar seu alvo. Ali estava – um chumaço de cabelos escuros, um manto pendurado em ombros estreitos. Era realmente uma criança. Mas, apesar do clamor sobre sua cabeça, a criança permanecia imóvel, a coluna ereta, os joelhos finos se projetando para os lados como asas de um pássaro. Um frio percorreu a coluna de Kai. Será que seria apenas um cadáver congelado?

— Está vivo? — perguntou para Rosie.

— A temperatura dele é de trinta e cinco graus Celsius e meio, um pouco abaixo do normal para um ser humano — respondeu ela, enquanto se acomodava em uma camada plana de arenito. Estavam em uma pequena clareira, rodeada por altos pináculos de pedra.

Sela já estava no chão quando Kai desceu pelos trilhos de Rosie.

— Por aqui — disse ela.

Seguiram um caminho estreito entre dois dos afloramentos de rocha, com Sela à frente. No entanto, quando chegaram do outro lado, ela parou de repente. Kai espiou além dela. A criança, de costas para eles, estava a apenas seis metros de distância.

— Olhe ali... — murmurou Sela, o dedo trêmulo apontando para o que parecia uma pequena pilha de pedras a poucos metros de onde a criança estava sentada.

Apertando os olhos, Kai notou um movimento misterioso, um agito de pedra e terra. Não era uma pilha de rochas. Enrolada ao lado da criança havia uma gorda serpente marrom, o pescoço erguido, a cabeça achatada em estado de atenção. Mas o robô da criança, a quinze metros dali, à esquerda deles, permanecia parado, tão imóvel quanto sua carga.

— Minha Mãe me ensinou a nunca matar uma serpente, mas por que a Mãe dele não está *fazendo alguma coisa*? — sussurrou Sela, levando a mão à cintura, em busca da faca no cinto.

Nesse momento, a criança descruzou as pernas e se levantou. Kai perdeu o fôlego. Era um menino, quase tão alto quanto ele. E, quando o menino virou-se para encará-los, sua companhia réptil simplesmente deslizou até a vegetação esparsa.

— Mas o quê... — murmurou Sela.

Kai estava pasmo. Um menino que era amigo de serpentes? Por um instante, o menino ficou parado ali, como uma estátua. Seus olhos vazios olhavam diretamente para os de Kai. Será que encaravam mesmo? Pois não demonstravam nenhum sinal de reconhecimento, nenhum sinal de surpresa. Em vez disso, o menino deu meia-volta e caminhou sem hesitar na direção da caverna onde sua Mãe o esperava e, então, desapareceu atrás dela.

Deixando uma atônita Sela para trás, Kai seguiu o garoto, com os olhos fixos na caverna e no robô sentinela. Grande demais para entrar na caverna, a Mãe da criança tinha estacionado o mais próximo possível da entrada. Quando Kai passou ao lado, ela não fez esforço para impedi-lo. A caverna era pequena, talvez três metros mais ou menos até a parede dos fundos. Quando seus olhos se ajustaram à escuridão, Kai distinguiu a faísca alaranjada dos galhos finos queimando em um pedaço de cerâmica no chão. Perto do fogo, o menino se sentara mais uma vez. Com cuidado, Kai avançou.

— Sim, eu entendo agora. É a mesma mensagem de antes — sussurrava o garoto para sua Mãe.

— Olá? — Kai se aventurou. Mas o menino não prestou atenção.

— Mãe, você me garantiu que este era um bom lugar — murmurou o menino. — Você disse que algum dia a estrada traria visitantes. E ninguém veio. Agora Naga diz que um dia teremos que partir.

— Olá? — A voz de Kai ecoou nas paredes de pedra enegrecidas pela fuligem. Esgueirando-se atrás dele, Sela deu um passo mais perto. Embora os dois estivessem a menos de um braço de distância do garoto, ele não dava sinais de perceber a presença deles. Kai podia ver as mãos do menino se fechando, seu corpo balançando para a frente e para trás, enquanto murmurava alguma coisa baixinho. Estava falando em outro idioma, e Kai não entendia.

— Você está bem? — sussurrou Kai. Estendeu a mão para tocar o braço do garoto, talvez esperando não encontrar nada além de vazio. Em vez disso, segurou uma pele quente. Sentiu uma pulsação, lenta e constante. Teve uma revelação. — Acorde — sussurrou. — Acorde, você está sonhando.

O garoto olhou para cima, olhos arregalados. Uma luz cintilou naquele olhar, algo como medo, depois esperança. Lágrimas escorreram em seu rosto quando seus dedos finos tocaram a manga do manto de Kai.

— Reais — murmurou. — Vocês são reais...

Cauteloso, Kai observou a vegetação do lugar. Tinham feito uma fogueira para cozinhar do lado de fora da caverna, bem perto de onde, horas antes, a serpente levantara a cabeça, ameaçadora. Sentado diante deles, o novo garoto encarava as chamas. Seu nome, dissera, era Kamal.

— Você se sente melhor agora? — perguntou Sela.

— Sim, muito melhor. — Kamal a recompensou com um sorriso de dentes grandes e brancos.

Kai também sorriu. Em uma encosta ali perto, havia um cacto florido. E, agora, o suco escuro da fruta colhida ainda verde do cacto escorria por seu queixo. Sela cuspiu as sementes no fogo. Acharam melhor não caçar para o jantar daquela noite. O garoto que se sentava calmamente com serpentes poderia desaprovar.

Kamal deu um olhar tímido para eles.

— Sinto muito — falou. — Minha mãe me ensinou a meditar para me ajudar com a solidão. Mas... estava ficando cada vez mais difícil retornar.

— É um bom truque — comentou Kai —, aquela coisa com a serpente.

— Truque?

— Você não se lembra da serpente? — Sela encarou o garoto.

— Lembro — respondeu Kamal, calmamente. — Mas não é um truque. Ela é minha amiga. É uma mensageira.

Kai limpou o queixo.

— Uma o quê?

— É um milagre vocês terem me encontrado — comentou Kamal. — Pode ter sido bem a tempo.

— Bem a tempo de quê?

— A serpente guarda a água, o maior tesouro do deserto. Ela me levou até a fonte. — Estendendo a mão, Kamal pegou uma das garrafas que tinha enchido com água fresca da fonte secreta. — Mas agora ela me diz que uma mudança se aproxima. Tem havido pouca água e muito vento, por muitas estações. Logo, até mesmo a fonte secará, e pode ser impossível continuar vivendo aqui.

— Talvez sua amiga serpente esteja certa — comentou Sela, com uma ruga profunda entre as sobrancelhas. — Se tivermos que partir, para onde vamos?

— Com certeza já vimos todas as torres — disse Kai.

Kamal olhou para ele com tristeza.

— A poeira absorve a umidade que elas coletam. Os ventos sopram a poeira para longe. As próprias torres estão todas em ruínas.

— Então, o que vamos fazer? — perguntou Sela. — O que sua Mãe diz?

— Beta diz que não podemos viajar além das coordenadas dela — admitiu Kamal. — E ela não tem dados suficientes para chegar a uma conclusão...

— Que tipo de dado é necessário? — Sela olhou de relance para Kai. Todos pareciam estar na mesma situação impraticável.

— Devo confiar na minha Mãe — disse Kamal. — Ela é minha árvore de Banyan.

Sela se inclinou para a frente.

— Sua o quê?

— A árvore de Banyan é sagrada nas histórias hindus. Tem braços que alcançam o céu como serpentes enroladas. Suas raízes podem formar uma floresta inteira. Beta é como essa árvore, como uma casa que é viva. Ela me mantém em segurança.

Kai olhou por sobre o ombro para a Mãe de Kamal, a fina faixa da lua nova refletida na tampa de sua escotilha já desgastada.

— Você falou com ela em voz alta — comentou. — Na caverna. Em que idioma se comunicam?

— Minha Mãe me ensinou hindi — respondeu Kamal. — E inglês. Ela diz que é importante preservar os idiomas.

— Mas ela também fala com você em sua mente, certo?

— Quando eu sonho, ela é outra pessoa, bem aqui ao lado. Tão real quanto vocês — contou Kamal. — Quando estou acordado, ela pode falar comigo na minha mente. Beta sou eu. E eu sou ela... Vejo que você fala com sua Mãe do mesmo jeito.

Kai olhou para Sela.

— Todos nós falamos.

— É um dom que partilhamos — disse Kamal.

Kai observou as chamas que começavam a diminuir conforme engoliam os últimos galhos. Logo o fogo se apagaria.

Bocejando, Sela esticou os braços.

— Foi um longo dia...

Seu bocejo foi contagioso, e Kai mal conseguia manter os olhos abertos.

— Vamos descansar um pouco — concordou. — Pelo menos, agora somos três. E, acredite em mim, Kamal, você está mais bem servido aqui do que em qualquer outro lugar em que estivemos.

Os ventos da noite começavam a soprar, criando redemoinhos de poeira na escuridão que dominava. Kai ajudou Sela a apagar o fogo, depois seguiu para o casulo de Rosie. Quando subiu, viu Sela dar um olhar ansioso para a estrada diante deles, na direção da moto abandonada. Teriam que buscar aquela coisa logo, ou Sela nunca mais pararia de reclamar.

Fechando sua escotilha, Kai se curvou em seu assento. Puxou o cobertor ao redor dos ombros e tentou achar espaço para as pernas.

— Você está crescendo — disse Rosie.

— Sim. Dá para mudar esse assento de algum modo?

— É uma modificação simples. Posso providenciar instruções, se quiser.

— Rosie, você acha que Kamal está certo?

— Que o suprimento atual de água está comprometido?

— Sim. Teremos que deixar o deserto?

— Tenho dados insuficientes no momento.

— De todo modo, para onde iríamos?

— Isso não pode ser determinado. Não tenho coordenadas.

Depois de se contorcer, Kai conseguiu enfiar os joelhos sob o console.

— Agora você está confortável. — A voz de sua Mãe era suave em sua mente.

— Sim... — A respiração de Kai sincronizou com o zumbido pulsante dos processadores de Rosie enquanto ele ouvia a música noturna dela. Ela estava rodando diagnósticos, checando seu sistema.

"Beta sou eu. E eu sou ela", Kamal tinha dito.

Eu sou Rosie. Ela sou eu, pensou Kai. Sua Mãe sentia seus sentimentos. Ouvia seus pensamentos. Falava com ele em sua mente, mesmo em seus sonhos. E ele respondia, sem pronunciar uma palavra sequer.

Ele sabia que Sela ainda sonhava em viajar livremente, até mesmo para lugares aonde Alpha-C não poderia levá-la. E, desde que encontrara Sela, de vez em quando ele tinha como certo o vínculo que partilhava com Rosie. Mas à noite, quando estavam sozinhos, a sensação era mais forte do que nunca – a sensação de não saber onde ele terminava e sua Mãe começava.

CAPÍTULO 13

Fevereiro de 2053

JAMES CIRCUNDOU O COMPUTADOR CENTRAL em seu laboratório em Los Alamos, manipulando a imagem da sequência do antídoto C-341. Aumentou a região promotora do gene, o ponto onde a equipe de Rudy em Fort Detrick tinha modificado a sequência para torná-la imune à inserção do IC-NAN. Mais uma vez, observou o modelo em 3-D do fator de transcrição de caspase, a pequena proteína que acionava a produção de caspase, dançar sobre o local de ligação no promotor. O fator tinha que se ligar ao promotor a fim de iniciar a transcrição do gene. Mas, se a ligação fosse forte demais, haveria transcrição excessiva – muita caspase, muita morte celular. Tinham que medir a constante de ligação sob todas as condições imagináveis. Parecera perfeito. Mas não era. Pela centésima vez, ele conferiu a tela de seu telefone de pulso. Estava esperando uma ligação de Rudy Garza.

Catorze meses antes, James tinha assumido o posto de único biólogo no prédio da XO-Bot em Los Alamos, uma instalação que havia anos abrigava roboticistas e especialistas em inteligência artificial devotados ao desenvolvimento de robôs para exploração extraterrestre e mineração em asteroides. A talentosa Kendra Jenkins, uma gênia tenaz da computação que supervisionava a programação dos robôs, tinha o próprio laboratório do outro lado do edifício. Paul MacDonald, ex-militar e engenheiro que dirigia a construção robótica, tinha seu escritório do outro lado do corredor. Juntas, essas eram as únicas pessoas em Los Alamos que sabiam sobre o Novo Alvorecer. Durante o ano anterior, cada uma havia sido chamada para assumir várias responsabilidades: Kendra assumira o posto de segurança-chefe para o Novo Alvorecer em Los Alamos, e MacDonald, ou Mac, como ele gostava de ser chamado, acrescentara a suas funções a manutenção das instalações – tudo sem o conhecimento da equipe que eles supervisionavam.

Enquanto isso, lembrando da desenvoltura de seus tempos de pós-graduando, James montara seu próprio laboratório. Trabalhando remotamente com a equipe de Rudy em Fort Detrick e presencialmente com a equipe de Mac, sua função era avançar nos testes dos sistemas robóticos projetados para suportar o desenvolvimento de um feto até uma criança recém-nascida. Isso já seria um desafio. Mas a modificação genética que resultaria em bebês imunes ao IC-NAN adicionava uma camada extra de complexidade.

No início, o progresso tinha sido bem constante. Começando em dezembro de 2051, James tinha cultivado duas "gerações" de fetos geneticamente modificados, uma em uma câmara ambiental em seu laboratório e a outra dentro do sistema robótico programado. O sacrifício dos fetos Gen1 e Gen2 para autópsia fora difícil. A antiga "regra dos catorze dias" para uso experimental de material embrionário, imposta havia muito pelas comissões internacionais de ética, só recentemente tinha sido substituída pela "regra das cinco semanas". Mas, com base em estudos relatados na Coreia, James sabia que, uma vez que o feto alcançava quinze semanas em um ambiente artificial, a probabilidade de ele sobreviver até o nascimento era de pelo menos noventa por cento. Para prever com precisão a viabilidade do nascimento, ele teria que sacrificar os fetos não antes de quinze semanas. Isso era mais que sacrifício; era assassinato. Mas o fez mesmo assim. E tinha obtido sucesso – de todas as formas mensuráveis, seus fetos criados com engenharia genética exibiram um desenvolvimento normal até serem interrompidos.

Foi só na Gen3, a primeira geração que seguiu até o fim, que os problemas surgiram. Começando em abril do ano anterior, quinze fetos Gen3 foram criados no mesmo tipo de incubadoras que os Gen2 e se desenvolveram até o segundo trimestre. Uma vez que o objetivo nesse estágio era testar o parto automatizado, as incubadoras e a robótica associada foram transferidas para sistemas estacionários de suporte à vida em uma localização segura no deserto do Novo México, ao sul de Albuquerque. As tarefas exigidas para esses sistemas de suporte eram mínimas: manter a vida durante as semanas finais de gestação. No tempo determinado, drenar o casulo, monitorar os sinais vitais – essencialmente, dar à luz. Para a equipe de robótica, o propósito da localização da Gen3 era imitar as condições em um planeta hostil; o motivo real, James sabia, era preparar para o possível fim de linha: robôs dando à luz sob condições menos que ideais na Terra. E prover mais proteção contra possíveis escrutínios.

Todas as ações das unidades Gen3 foram monitoradas com câmeras remotas, resmas de dados coletados. Enquanto a equipe prendia a respiração coletiva, doze dos quinze fetos Gen3 sobreviveram ao processo de drenagem. Os recém-nascidos, cinco meninos e sete meninas, foram levados para Fort Detrick em um jato militar, e James ficou encarregado de explicar o destino das crianças.

— Muito obrigado a todos pelo trabalho árduo — anunciou. — Nosso experimento para simular o nascimento extraterrestre de crianças humanas foi um sucesso. Agora, alguns casais sortudos aqui na Terra serão abençoados com novos bebês.

Não era mentira, embora houvesse muita coisa que ele não tinha contado. Com sorte, os bebês Gen3 seriam os primeiros de uma nova raça de crianças capaz de suportar o ataque do IC-NAN. Os casais que cuidariam deles, suas mães e seus pais biológicos, eram voluntários militares cuidadosamente selecionados que tinham desistido de ter filhos por conta própria depois de anos sem sucesso. Eles concordaram em monitorar periodicamente os filhos depois do nascimento. Mas os pais não saberiam nada do Novo Alvorecer. E, se surgisse alguma necessidade, se a epidemia de IC-NAN realmente ocorresse, e os pais morressem como resultado dela, seus filhos seriam adotados por pessoas a quem Rudy se referia como os "poucos escolhidos", aqueles que teriam acesso ao antídoto.

James não precisou se preocupar com os aspectos éticos do programa: no fim, a Gen3 não teve nenhum sucesso. Embora aparentemente saudáveis ao nascer, e embora o resultado do exame de todos indicasse que eram imunes ao IC-NAN, os bebês Gen3 perderam a vitalidade rapidamente. Em menos de duas semanas, estavam todos mortos – e todos devido à mesma causa: falência múltipla de órgãos, uma devastação acelerada dos tecidos. Os pais só ficaram sabendo que o experimento tinha sido um fracasso. E o único consolo de James era que essas pessoas nem tiveram a chance de conhecer seus bebês.

Agora, ele precisava desesperadamente manter a equipe de Los Alamos nos trilhos, afastada das notícias incessantes que vinham do Irã, do Afeganistão, do Paquistão e até mesmo da Índia – das mortes misteriosas e inexplicáveis.

— Disseram no noticiário que é um tipo de epidemia de câncer — ele ouviu um dos técnicos comentar na cafeteria. — Mas não existe esse tipo de coisa, existe?

James precisava de uma maneira de protegê-los daquilo, de mantê-los focados apenas no projeto – um projeto cuja importância só ele conhecia. Mas era difícil. Para ter alguma esperança de seguir em frente, Rudy e ele precisavam responder à questão sobre que ocorrera com os bebês Gen3. Ele poderia ter a resposta... mas talvez não tivesse. Fechou os olhos. Até Rudy telefonar, era melhor pensar em outra coisa. Deixou-se cair na cadeira do laboratório, seus pensamentos voltados para Sara Khoti.

Sara... Quando James chegou ali e descobriu que ela trabalhava do outro lado do corredor, pensou que era o destino. Os dois tinham um passado, ele como pós-doutorando em Berkeley, ela como aluna de doutorado em engenharia mecânica, terminando as disciplinas obrigatórias no departamento de psicologia humana, no qual ele dava aula. James se lembrava de Sara naquela época: olhos brilhantes, jovens, ansiosos, com todas as promessas de se tornar a engenheira realizada que era agora. E se lembrava de si mesmo: jovem demais, inexperiente demais, intimidado pela beleza daquela garota.

Ele devia ter tomado alguma atitude na época. Mas, quando Sara já não era mais sua aluna, quando por fim ele se sentiu livre para convidá-la para sair, ela já tinha aceitado fazer pós-doutorado no departamento de robótica da Caltech. Ele se lembrava de ter lhe desejado sorte, observando enquanto ela ia embora, sua roupa de formatura balançando na brisa. Tinham prometido manter contato, mas ele nunca se esforçara nesse sentido. Era tão culpado quanto ela por terem se afastado.

James não podia deixar de pensar na ironia. Se tivesse feito uma escolha diferente, se tivesse escolhido ir atrás de Sara em vez de seguir sua carreira, isso teria mudado sua vida de um jeito inimaginável. Se tivesse se casado, o Departamento de Defesa nunca teria ido atrás dele. Sara e ele teriam compartilhado a ignorância feliz que agora só ela possuía.

Já estabilizada na carreira, Sara estava pronta para um relacionamento; todas as suas ações desde que tinham se reencontrado evidenciavam isso. Os jantares tranquilos juntos, ouvindo músicas antigas de Bollywood, desfrutando da prodigiosa coleção de filmes clássicos que ela acumulara – esses momentos estavam entre as poucas coisas que tornavam a vida dele tolerável desde que chegara ali. Mas James não podia permitir qualquer tipo de intimidade, uma condição que exigiria contar a ela segredos indizíveis. Se tudo desse errado, ele sabia que ela não teria o antídoto. Pessoas como Blevins tinham o poder de colocar seus entes queridos sob o guarda-chuva da segurança. Tinham escolhas. James não. Não podia arriscar se apaixonar por Sara e vê-la morrer.

Então por que estava saindo com ela? Por que aceitava os convites, passando noites a fio em seu pequeno apartamento, relembrando os velhos tempos... fingindo? Fez uma careta, pensando em quão perto chegara de contar para ela na noite anterior. Deitado desajeitado no sofá dela, seus corpos se moveram juntos, seus lábios se trancaram nos dela para garantir o silêncio mútuo... E ele se odiara por ter feito aquilo.

— Ainda encarando essa imagem?

— O quê...? — Virando-se para a porta, James sentiu o cheiro suave de Sara antes mesmo de vê-la.

— Desculpe por surpreendê-lo assim — disse ela. — Estava trabalhando até mais tarde. E me perguntei se você gostaria de jantar. Tem um novo restaurante sul-indiano em White Rocks que fica aberto até tarde...

James verificou seu relógio. Nove da noite.

— Jantar... Ah, hoje não posso. Tenho que resolver uma coisa.

Sara franziu o cenho.

— Espero que nada de ruim.

— Ruim? Hum, não tão ruim que não dê para resolver...

Ele observou o rosto dela, os olhos que o avaliavam.

— James, sobre a noite passada...

— Sinto muito, Sara. Não sei o que deu em mim...

— Você não precisa se desculpar... — Quando Sara baixou o olhar para estudar os dedos finos de sua mão direita, James mais uma vez sentiu o cheiro de seu cabelo, o aroma de lavanda. — Acontece que gostei do que deu em você.

— Devíamos ir devagar...

Sara apenas sorriu.

— Vamos lá, você pode fazer um intervalo. Pelo menos me deixe mostrar o que consegui fazer hoje. — Ela virou-se.

E ele, como se puxado por uma corda invisível, seguiu-a até o corredor e depois pelas portas duplas até a imensa sala da robótica.

Deram a volta em um amontoado de quinze unidades de suporte à vida Gen4, ainda submetidas a testes de diagnósticos no meio da sala. Gen4, uma repetição mais integrada do experimento Gen3, tinha sido projetada para administrar o ciclo de desenvolvimento completo do embrião até o feto, do feto até o nascimento. Como as unidades Gen3, seus chassis estacionários e quadrados eram extraordinários, feitos para suportar ventos fortes e temperaturas extremas. E, assim como as Gen3, o plano era que a equipe monitorasse de perto o desenvolvimento e o nascimento das cargas Gen4. Contudo, sem o conhecimento do restante da equipe da XO-Bot, os pais biológicos nesse caso eram anônimos, espermatozoides e óvulos armazenados de sujeitos escolhidos que jamais saberiam de sua existência. Era de entendimento comum que apenas os que já sabiam do projeto atualmente estariam vivos para cuidar dos bebês. O tempo para considerar outras opções já tinha passado.

James cerrou os punhos. Havia outra coisa que os demais não sabiam sobre a Gen4: o programa estava paralisado até que o problema da Gen3 fosse resolvido.

Enquanto seguiam até a mesa de trabalho de Sara, no canto da sala, o olhar de James se desviou para uma linha muito diferente de robôs, parados no escuro ao longo da parede – os da Gen5. Para ele, a Gen5 era a representação concreta do fracasso, a alternativa ao dia do juízo final – mães robóticas com funcionalidades e autonomia suficientes para assumir o lugar de pais humanos. A personificação de uma admissão: que ninguém atualmente vivo emergiria das mãos mortais do IC-NAN.

Ao contrário das gerações anteriores, a Gen5 não era de simples máquinas, mas de biorrobôs, réplicas de "supersoldados" sobre os quais James lera quando criança – armaduras que proporcionavam a homens e mulheres de verdade a força de dez pessoas. Havia cinquenta deles, e esse grande número a ser implantado se baseava na probabilidade esperada de atrito no campo. Aproximando-se de uma das máquinas silenciosas, ele ergueu o olhar para vislumbrar a asa dobrada no ombro. Cada robô tinha um par de asas retráteis e um par de turbinas com dutos, o que permitia a decolagem para voos curtos dirigidos por um computador de bordo. A energia – suficiente para durar muito mais que uma vida humana – era fornecida por uma pequena fonte nuclear na parte de trás de cada robô, envolta em uma camada de irídio e embutida em blocos de granito.

As equipes que tinham montado a Gen5 as chamavam de "Mães". Embora de vez em quando achasse que o termo era usado com ironia, James tinha de admitir que os robôs pareciam adequados para a tarefa. Na parte de trás, um compartimento abrigava um pequeno laboratório onde o nascimento ocorreria, e as "barrigas" ocas eram feitas para acomodar um pequeno humano sentado. Além de poderosos pares de pernas e braços articulados, cada robô era equipado com trilhos pesados, elementos embutidos na parte de baixo das pernas. Quando o robô se agachava, como se estivesse de joelhos, os trilhos permitiam que andasse devagar, mas de forma estável, em terrenos irregulares. Enquanto observava as Mães agora ajoelhadas em filas ordenadas, James imaginava-as acenando para os filhos...

Mas elas jamais fariam isso. Um robô jamais substituiria uma mãe ou um pai humano.

No passado, a singularidade tecnológica era considerada uma certeza: chegaria o tempo em que os humanos criariam máquinas pensantes mais inteligentes que eles mesmos. Essas máquinas criariam outras máquinas ainda mais brilhantes que si mesmas, e essa inteligência não biológica aumentaria a níveis incompreensíveis para a mente humana. Os humanos tinham uma escolha, dizia-se: ou se mesclavam com a tecnologia, ou seriam enterrados por ela. Mas coisas aconteceram no caminho. Os robôs hiperautomatizados e hiperinteligentes construídos pelos israelenses para lutar as Guerras da Água ofereceram uma visão de futuro apocalíptico que ninguém queria concretizar. Seus "supersoldados" quase autônomos foram desativados. O Décimo Congresso de Inteligência Artificial determinara limites estritos no desenvolvimento de computadores capazes de tomar decisões independentes da intervenção humana, e o Escritório de Cibersegurança em Washington recebera a tarefa de garantir essas regulações nos Estados Unidos. Toda uma indústria nascera, companhias desenvolvendo tecnologias projetadas para conter o que a imprensa chamara de "nova ameaça existencial" da inteligência não biológica. E, até onde James sabia, os robôs Gen5 do Novo Alvorecer haviam sido projetados com essas especificações proibitivas. Para tais robôs, qualquer interação realmente "humana" com uma criança parecia impossível.

— São incríveis, não são? — perguntou Sara.

Ele virou-se para encará-la, os olhos dela cobertos por óculos de proteção.

— Então já colocaram você para trabalhar na Gen5?

— Gen3 e Gen4 são simples — respondeu Sara. — As Mães são muito mais desafiadoras. — Ela virou-se para a bancada. — Quando forem interagir com os filhos, os robôs Gen5 vão precisar de um toque gentil, de precisão. Mas, para lidar com o mundo exterior, também vão precisar de poder, força. Sabemos que não podemos criar ambos em uma única plataforma. Então projetamos um apêndice múltiplo.

— Eu vi os vídeos de demonstração... — James inspecionou a mão robótica agora montada na bancada de testes: uma cobertura externa robusta, de compósito de carbono, de onde emergia um tipo de mão "secundária", delicada. Com a cobertura retraída, a mão – algo que parecia uma pequena orquídea negra brotando do centro de uma luva cinza rígida – podia fazer seu trabalho sem impedimentos.

— Observe isso — disse Sara.

Em sua bancada, um conjunto de dedos elastoméricos correu até uma estante de tubos de testes finos e transparentes, pegando um e erguendo-o sem vacilar. O braço anexado avançou para a próxima estante, os dedos ainda com o tubo de teste, o movimento transverso rápido insuficiente para quebrar o tênue contato entre eles e as laterais lisas do tubo.

— Bravo! Nenhuma falha dessa vez — comemorou James.

— Estamos usando um material mais viscoso. Também é mais compatível. — Ao lado dele, Sara retraiu o braço mecânico, deixando-o pronto para mais um teste. — As verdadeiras inovações na robótica hoje não estão na programação. Ainda estamos reinventando o movimento humano usando uma série de configurações e equações de transformação que funcionam há décadas. Os avanços reais estão nos nanocircuitos, na pura capacidade computacional. E na mecânica também. Mas principalmente nos materiais. Materiais que se autorregeneram, materiais sólidos que mudam de densidade quando tocados, materiais compostos unicamente de malhas intrincadas de sensores, unidos para formarem imensas redes neurais. — Ela virou-se para encará-lo, os olhos refletindo o conjunto de lâmpadas de LED que iluminavam a bancada de teste. — Podemos agradecer nosso amigo general por testá-los para nós.

— Blevins?

— Ele e outros que foram obrigados a servir de cobaia no desenvolvimento de novas próteses. — Sara esperou que os dedos se aproximassem mais uma vez da estante de tubos, depois se inclinou para a frente para apertar o botão de gravação no console da bancada. — Gosto de robôs como gosto de homens — comentou, com um sorriso malicioso nos lábios. — Fortes, mas gentis.

Enrubescendo, James sorriu de volta. Queria contar tudo para ela. Queria dizer que as mãos delicadas que ela trabalhara tão duro para projetar poderiam um dia embalar um recém-nascido, sozinho no planeta Terra. Mas, claro, não adiantava nada dizer algo assim. Não adiantava dizer o quanto ele se importava com ela. Não adiantava dizer que ele se permitira sonhar que nada disso tinha acontecido – e que ele e Sara embalavam o próprio filho.

Não... Ele não podia permitir que os sonhos ficassem no caminho da verdade. O projeto de Sara, aperfeiçoando a funcionalidade robótica na Gen4 e na Gen5, era importante, mas periférico. Quando o Novo Alvorecer chegasse, a própria Sara seria periférica.

— Por que você acha que esses biorrobôs estão recebendo tanta atenção? — perguntou Sara.

— Por que não receberiam?

— Quer dizer, são fascinantes, desafiadores, mas neonatos em outros planetas? Não há outros projetos mais urgentes? De onde vem o dinheiro para isso?

James balançou a cabeça, limpando sua mente. Odiava mentir para ela. Mas tinha decorado o roteiro, e era seu dever desempenhar esse papel.

— Alguém quer que isso aconteça, e aparentemente essa pessoa tem muito dinheiro — comentou. — De todo modo, *está pagando* minhas contas...

— Hum... — Tirando os óculos, Sara o encarou, aqueles profundos olhos castanhos penetrando nos dele.

— James? — Uma voz familiar ecoou pela sala.

Grato pela interrupção, James virou-se e deu de cara com Kendra Jenkins, que se aproximava com seu habitual passo apressado, vindo do corredor.

— Oi, Kendra. O que foi?

— O doutor Garza ligou no telefone principal. Disse que não consegue falar com você.

James olhou para seu telefone de pulso.

— O sinal é sempre ruim aqui... — comentou. O sinal era realmente fraco naquela sala, que era bem isolada. De qualquer forma, era o protocolo: não podia atender ao telefone quando alguém sem autorização estava perto para ouvir. Quando virou-se e seguiu para o corredor, viu de relance o perfil de Sara, o movimento leve dos músculos de sua mandíbula, enquanto ela voltava a se concentrar nas delicadas mãos Gen5.

Ele seguiu Kendra até o laboratório de computação, fazendo o melhor possível para acompanhá-la. Enquanto administradores e professores negros eram comuns em seu departamento na Emory, uma mulher negra com a posição importante de Kendra era raridade em Los Alamos. Mas Kendra garantia o próprio espaço, com sua autoridade calma sempre inabalável em meio ao caos diário de seus inúmeros deveres.

— Sinto muito, James — murmurou Kendra, virando-se para olhá-lo sobre o ombro.

— Sente muito? Pelo quê?

— Você sabe... — disse Kendra. — Essas coisas. Vida... como supostamente não devemos ter uma.

— Eu imagino...

Kendra diminuiu o passo para que ele a acompanhasse.

— Você e eu estamos nessa coisa porque não temos ninguém — comentou ela. — Mas eu já tive, no passado. Marido e filho.

— Onde eles estão agora?

— Acidente de avião, sete anos atrás. — Abrindo a porta indicada como laboratório de computação, ela virou-se para ele. Na luz fraca, ele mal distinguia sua estrutura compacta e sua pele escura. — Meu marido era antropólogo. Costumávamos viajar juntos para todos os lugares. Perdi minha aliança de casamento em algum lugar no Nepal... De todo modo, quando nosso filho tinha só dez anos, Lamar o levou para o México, para uma escavação em sítios maias...

— O voo 208 da Meridian?

— Sim. — Aproximando-se da mesa no laboratório agora vazio, Kendra acionou a linha de telefone e digitou um código. — James, você não tem que aceitar meu conselho. O que sei eu? Só que... nós só temos uma vida. — Ela ergueu o pulso esquerdo, e um pesado bracelete de cobre com um padrão geométrico repetido capturou a luz da tela do computador. — Meu filho faria dezessete anos amanhã. Estaríamos comemorando. Em vez disso, este bracelete é tudo o que me restou da minha família. Se eu fosse você, aproveitaria a vida. Ninguém pode prever o futuro.

James observou o rosto de Kendra, a emoção escondida com tanto cuidado. Uma vida com Sara... o simples pensamento fazia a emoção pulsar em suas veias. Mas ele apenas deu um sorriso forçado quando ligou o microfone.

— Rudy?

— Liguei assim que pude. — A voz de Rudy ecoou do console. — Descobriu alguma coisa?

— Acho que o C-341 está com uma ligação muito forte.

— Concordo. Os testes com o antídoto na Somália também não foram muito bem.

— Somália? — James sentiu uma pontada de desconforto nas entranhas, a raiva familiar do muro invisível que o separava do centro do projeto, em Washington.

— Hum... sim. — Rudy fez uma pausa. — Estamos fazendo testes em humanos.

— Como não fiquei sabendo isso?

— Ah, achei que você soubesse... — Rudy limpou a garganta. — De todo modo, a morte celular é muito rápida. Os pulmões dos sujeitos atrofiaram. Como você tão astutamente nos advertiu, o problema é o equilíbrio.

James assentiu, ainda que só para si mesmo.

— Correto. A ligação do fator de transcrição estava boa nos modelos de cultura celular, mas o comportamento *in vivo* é decididamente diferente.

— Tem alguma ideia?

— Precisamos nos concentrar em modificar a sequência que liga a bolsa hidrofóbica. Tive algumas ideias que posso mandar para você. Mas vou submetê-las a sua experiência no campo da estrutura do DNA.

— *Perfecto.*

— E... Rudy?

— Sim?

— É óbvio que não tenho influência, mas talvez você tenha. Acha que pode convencê-los a nos deixar criar a Gen4 no laboratório? Não entendo por que estamos colocando tanta ênfase nas máquinas. Até termos certeza de que estamos acertando na biologia...

— James, eu concordaria com você em outras circunstâncias. Mas os militares estão bem entusiasmados com os robôs, e isso é compreensível.

— Compreensível? Talvez *você* entenda, mas...

— James, não vamos ter tempo para testar a efetividade de longo prazo do antídoto nos adultos. Você ouviu o general na reunião hoje de manhã. Agora é tudo ou nada. Precisamos continuar a progredir na direção da Gen5.

Esfregando a mão na barba por fazer, James notou como o pé-direito baixo do edifício a cada dia dava mais a sensação de prisão. Pegou-se pensando em seus pais – nos feriados perdidos, nas desculpas. Só os vira uma vez desde que tudo aquilo começara, no aniversário de setenta anos do pai, em junho anterior. Eles ainda não sabiam que ele estava em Los Alamos...

James pestanejou. *Mantenha o foco*. Rudy estava certo. Os robôs eram seus aliados nessa batalha. O IC-NAN era o único inimigo. Do outro lado do laboratório de Kendra, ele viu uma pequena tela de vídeo com o rosto sardento de uma jovem repórter correspondente na Alemanha.

— Temos relatos de uma "gripe mortal" em partes da Rússia, com sintomas muito parecidos com aqueles que vimos recentemente no norte da Índia — dizia ela.

Ele tinha que encarar – era provável que nunca tivesse a opção que mais desejava: semear uma colônia humana "normal" na Terra, pais e filhos sobrevivendo à epidemia juntos. E, pior, as chances de salvar seus entes queridos era quase nula.

Baixou seus arquivos para o computador de Kendra, apertando "enviar" para iniciar a transmissão segura da sequência de DNA para Rudy.

— Preciso dormir um pouco — murmurou.

— *Dulces sueños*, James. — A voz suave de Rudy ecoou em seus ouvidos. — Doces sonhos.

CAPÍTULO 14

Junho 2065

KAI OBSERVAVA SELA E KAMAL com cautela enquanto cutucava as brasas quase frias da fogueira que tinham aproveitado para cozinhar. Estavam em um impasse. Todos os dias ele se pegava dividido entre o desejo imenso de Sela sair por aí e a firme vontade de Kamal de ficar onde estavam. Tinham feito um pacto. Ninguém ficaria sozinho – no entanto, isso significava que tinham que ficar juntos, mesmo quando não concordavam com quando ou para onde ir.

— Nunca encontraremos ninguém se ficarmos sentados aqui! — reclamou Sela.

— Foi assim que encontrei vocês dois. — Kamal sorriu, com gentileza. — Naga me disse que a água traria outras crianças. E trouxe. Devo acreditar que continuará trazendo.

Talvez Kamal estivesse certo, mas Kai não se sentia melhor com isso. Afinal, Kamal esperara três anos para que ele e Sela aparecessem. Além disso, Naga já não tinha avisado que a fonte secaria algum dia?

— Ai! — exclamou Sela, jogando sua velha chave-inglesa no chão. Estava trabalhando na moto, tentado endireitar um garfo da roda dobrado. Agora estava em pé e chupava o polegar machucado. — Preciso sair por aí pelo menos para encontrar uma ferramenta nova!

— Não acho que hoje seja um bom dia — comentou Kai, com uma calma calculada na voz.

— Por que não? — Sela virou-se para ele, os punhos cerrados apoiados no quadril.

— É só que... o ar tem um cheiro... — Kai se manteve firme. Tinha notado a mudança na noite anterior, quando saiu da fonte de Kamal com os braços repletos de cantis e garrafas de água cheios. O vento estava forte havia dias, mas antes era um vento quente. Agora soprava do norte, frio e seco. Quando foram dormir, a temperatura caiu mais de quinze graus Celsius, mudança que não era incomum no deserto, embora estranha nessa época do ano. Na direção da estrada, o céu estava azul. Mas havia um ar estranho nas sombras na base das escarpas, com uma eletricidade que eriçava os pelos de seu braço.

Kamal ergueu a cabeça, o nariz farejando o cheiro de fumaça.

— Kai está certo. Tem cheiro de tempestade.

— Mas o céu está limpo! — protestou Sela. Deu um chute na areia, já com a paciência por um fio. Então, virou-se para a Mãe. — Você é tão má quanto eles. O que quer dizer com não devemos viajar hoje? Não vamos muito longe. — E, com isso, subiu na moto e saiu em disparada, com Alpha-C em seu encalço.

Kamal ficou olhando para ela, consternado.

— Ela vai ficar bem — assegurou Kai. — Alpha vai cuidar dela.

— Mas prometemos que não nos separaríamos.

— Ela vai ficar bem — repetiu Kai, com toda a convicção que pôde reunir. Mas não tinha certeza se acreditava naquilo. — Está frio. Vamos acender uma fogueira dentro da caverna. — Levantando-se, pegou seu cobertor do chão. — Kamal, o que sua amiga serpente diz sobre este clima estranho?

— Não nos falamos há meses. Desde que vocês chegaram — respondeu Kamal. — Ela tem medo de chegar muito perto.

— Ela provavelmente sabe que nós a acharíamos deliciosa! — Kai brincou, dando uma gargalhada. Mas imediatamente se arrependeu. — Ops, sinto muito…

— Não, você não sente. — Kamal sorriu.

Kai se agachou no chão da caverna, empilhando galhos perto do centro e tentando manter a mente afastada de Sela.

— Você pode me ensinar a fazer aquela coisa que você faz? Medi…

Kamal usou as brasas da fogueira lá de fora para pôr fogo nos galhos.

— Meditação? Como eu disse, não tenho feito muito desde que vocês chegaram.

— Mas como é? É como quando falamos com nossas Mães? — perguntou Kai.

— Não, não há palavras.

— Só imagens? Como um sonho?

— É um lugar. Uma sensação. Uma experiência. É como ser, mas em um mundo diferente.

— Como se chega lá?

— No começo, minha Mãe me treinou para me concentrar na respiração, na batida do coração. Mas fiquei com muito medo. E se, enquanto eu estivesse ali respirando, sonhando… e se alguma coisa acontecesse? Eu não conseguia ouvir minha Mãe. E se alguma coisa acontecesse com *ela*? Meu coração virou um inimigo, batendo cada vez mais rápido. — Kamal fechou os olhos, as mãos repousando nos joelhos ossudos. — Então ela me ensinou um jeito diferente. Um jeito de ver tudo ao mesmo tempo. Um jeito de ver coisas que eu nunca tinha notado.

— Como serpentes falantes.

— E essa mudança no ar. — Kamal abriu os olhos, encarando Kai diretamente. — Você também sente, não sente?

Kai olhou para a entrada da caverna. Ali perto, Rosie e Beta estavam paradas, atentas, e a luz fraca do sol brilhava em seus flancos. Um calafrio percorreu a espinha do menino, mas não por causa do frio do vento.

— Sim. É a luz. Está... diferente.

Agora Kamal estava em pé e se aproximou da entrada para espiar ansioso sua Mãe. Depois de uma pequena pausa, virou-se para Kai.

— Acabo de perguntar para minha Mãe se devemos procurar Sela — murmurou ele. — Mas ela diz que as condições não são aceitáveis. Alpha-C também não queria viajar. Alguma coisa está errada... — Kamal colocou um pé para fora da caverna, mas voltou atrás com um pulo. — Opa!

Uma rajada soprou pela clareira, mandando uma enxurrada de pedrinhas contra os flancos metálicos dos robôs. Será que Alpha estava voltando? Passando por Kamal, Kai olhou para o sul. Nada. Depois para o norte.

O menino ficou boquiaberto. Bem no alto da estrada, rodopiava um vento escuro, com contornos irregulares gravados contra o pano de fundo do céu claro. Enquanto Kai observava, um relâmpago iluminou a nuvem monstruosa até suas profundezas.

— Por favor, suba a bordo de seu casulo. — Era Rosie.

— Mas eu ficarei seguro na caverna...

— Isso não é garantido — declarou ela, categórica.

Agora os dois robôs caminhavam na direção deles, protegendo-os de um ataque de areia e pedregulhos. Kai esperou que Kamal fosse na frente e depois se aventurou no turbilhão, com o cobertor enrolado na cabeça. Subiu os trilhos de Rosie, erguendo o corpo desajeitado pela porta da escotilha aberta. Retorcendo-se em seu assento, abaixou-se enquanto sua Mãe fechava a escotilha.

No casulo, tudo estava em silêncio – só o pulsar em suas têmporas e o som distante das pedras afiadas que acertavam os flancos de Rosie. Espiando pela janela, viu Kamal enfiar os membros magros pela porta da escotilha aberta de sua Mãe.

— O que é isso? — perguntou para Rosie.

— *Haboob.*

— O quê?

Rosie fez uma pausa enquanto uma enxurrada de pedregulhos acertava a janela da escotilha.

— Integridade mantida — disse ela. — Um *haboob* é uma tempestade de areia.

— Quanto tempo vai durar?

— Desconhecido. Iniciando filtragem do ar.

Agarrando o assento, Kai sentiu seu estômago embrulhar, numa onda de náusea impotente.

— E quanto a Sela?

— Desconhecido.

— Mas ela está com Alpha-C. Ela vai ficar bem...

Rosie não respondeu. Um zumbido baixo começou a emanar de algum lugar sob o console frontal enquanto o ar de fora ficava negro como fuligem. O casulo ficou escuro. Kai encarou o console até que enxergou algumas luzinhas verdes na base. Tocou a janela da escotilha diante de si, esperando que ela se acendesse.

— Você pode ligar a tela da escotilha?

— Protocolo de emergência. Todos os sistemas eletrônicos não essenciais foram desabilitados.

Desabilitados... Rosie nunca fizera isso antes. Fechando os olhos com força, Kai ordenou que seus pulmões parassem de ofegar, que sua mente parasse de correr. Lembrou-se do que Kamal dissera sobre meditação. Seguindo o exemplo de sua Mãe, ele desabilitou seus sistemas não essenciais. Com toda a força, imaginou Sela e Alpha-C sãs e salvas.

CAPÍTULO 15

Maio de 2053

RICK DESPERTOU AO SOM DA sirene que disparara na rua. Levou o braço para o lado, tocando os cobertores quentes à direita. Rose não estava lá.

Respirou fundo, sentindo os cheiros familiares do apartamento dela em São Francisco – a delicada fragrância de incenso de pinho na mesa de cabeceira, os aromas mais fortes de eucalipto que vinham pela janela e de café coado na cozinha. Durante o ano anterior, Rose e ele tinham desistido de fingir levar vidas separadas. Ele aproveitava toda oportunidade para passar o tempo com ela, convocando-a para aparições pessoais desnecessárias em Washington e Los Alamos e fazendo visitas repetidas ao instituto em Presidio para "verificar o progresso". Já não sentia que precisava desperdiçar dinheiro do governo em hotéis em São Francisco.

Do outro lado do quarto, sua prótese estava apoiada na parede perto da tela em que o relatório nacional do clima rolava em silêncio. Pela porta semiaberta ao lado da tela, ele podia ouvir o chuveiro ligado. E, do lado de fora, a sirene do drone Dopplered se afastava pela Divisadero Street enquanto Rick permitia que seus batimentos cardíacos desacelerassem.

A porta do banheiro se abriu, e Rose saiu com os cabelos compridos enrolados em uma toalha.

— Acordou cedo? — perguntou ele.

— Estou nervosa.

— Com a apresentação?

— Sim, entre outras coisas.

— Eu já disse para você, é só uma formalidade. Todo mundo já recebeu as respectivas tarefas. Eles terão a oportunidade de fazer perguntas, mas você não precisa responder a nenhuma. E eu estarei bem ao seu lado.

— Vou dizer uma coisa, Rick, eu não consigo me acostumar ao jeito como vocês fazem as coisas...

— *Vocês* quem? Mas você é uma de nós, certo? — Rick levou mão à mesa de cabeceira para pegar uma pequena embalagem como uma bombinha de inalação. — Por falar nisso, já tomou sua dose?

— Sim, assim que acordei. Odeio o gosto…

— Não tem gosto.

Rose se sentou na beira da cama, secando o cabelo com a toalha.

— Para mim, tem. Tem gosto… de química. Nenhum de vocês está preocupado em tomar isso?

Rick examinou a bombinha, as laterais cor de ouro fosco e uma etiqueta com a inscrição "C-343". A notícia tinha vindo de Washington: os testes preliminares estavam completos. A mais nova versão do antídoto não os mataria. Talvez tampouco os salvasse, mas era tudo o que tinham. Todo o pessoal autorizado do projeto recebera a ordem de seguir o tratamento.

— Não mais preocupado que com todo o resto… — disse ele.

Até onde ele sabia, não havia estado de emergência. Ainda. Era só questão de ficar um passo à frente do que estava por vir. Agentes infiltrados na OMS tinham mandado organismos de solo carregando a sequência do IC-NAN recolhidos de uma reserva natural nos arredores de Roma. Mas, até agora, era a única identificação positiva do IC-NAN fora do sul da Ásia e do Oriente Médio. Havia relatórios descrevendo surtos de uma "doença respiratória estranha" em cidades russas às margens do mar Cáspio e novos relatórios de uma "gripe não febril incurável" que aparecera de Berlim ao Japão. Mas nenhum desses casos tinha sido ligado ainda ao IC-NAN. E, até agora, nenhum relato surgira nos Estados Unidos, na América do Sul ou no Canadá.

Rose virou-se para ele, acariciando seu rosto com a mão quente. O cenho dela estava franzido.

— Você ouviu todas as sirenes da noite passada?

— Na verdade, não. — Rick sorriu. — Estava ocupado demais.

— Estou falando sério. Eu ouço o tempo todo, com todos os centros médicos que ficam no fim da rua, mas na noite passada ouvi mais que o normal.

Rick olhou de relance mais uma vez para a tela de vídeo do outro lado da sala: uma notícia sobre as últimas previsões de valorização da Flexcoins. Balançou a cabeça.

— Deve ter sido outra daquelas comemorações malucas de rua. Cada vez que os Lasers vencem…

Pegando uma escova na mesa de cabeceira, Rose começou a pentear lentamente o cabelo seco com a toalha.

— Vou ficar triste em deixar este lugar — comentou ela. — Mas estou ansiosa para entregar o comando de Presidio e trabalhar em tempo integral em Los Alamos.

— Já não era sem tempo — respondeu Rick. — Falando por mim, esses voos para São Francisco são muito cansativos.

Rose deu uma batida brincalhona no braço dele com a escova.

— Você sabe que adora fazer isso. Mas, de todo modo, vai ser ótimo trabalhar lado a lado com Kendra. Há tanta coisa a fazer com a Gen5...

Rick sentiu uma vibração e olhou para seu telefone de pulso.

— É Blankenship — murmurou. — Tenho que atender. — Clicou na tela, que se acendeu, a luz verde opaca iluminando seu rosto. — Alô?

— Rick. Estou tentando contato com a capitã McBride. Você está com ela?

Os olhos de Rick traçaram a curva suave das costas de Rose, quando ela se levantou.

— Sim, sim, estou...

— Temos um problema. Precisamos dela aqui.

— *Aí?* Em Washington?

— Não posso entrar em detalhes por essa linha. Em quanto tempo ela consegue chegar aqui?

Rick se sentou, os olhos encontrando os de Rose, que se virou para encará-lo novamente.

— Hum, não tenho certeza. Preciso levá-la até o aeroporto federal. A esta hora, só esse trajeto vai levar ao menos uma hora... — Ele virou-se, desajeitado, para pegar a camisa que estava no chão.

— Vocês estão em Presidio?

Rick fez uma pausa.

— Não. Na casa dela.

Para sua surpresa, não houve pausa no outro lado da linha.

— No apartamento dela? Tenho o endereço aqui. North Point Street.

— Sim.

— Vou mandar um carro em quinze minutos. Garanta que ela esteja pronta.

— Eu também?

— Não. Só precisamos do pessoal de cibersegurança. Você continua tomando conta das coisas por aí. Devo explicar melhor para você hoje à tarde. Pela linha telefônica do escritório da capitã McBride. Às três da tarde, horário do Pacífico.

— Então... senhor? Devo proceder com a apresentação que a capitã McBride tinha planejado?

— Sim. Vá em frente com a próxima fase também. O lockdown. Presidio pode ser mais importante do que nunca. — Blankenship desligou.

Rose olhava para ele, o cabelo castanho úmido caindo pelas costas.

— Vou ajudá-la a fazer a mala — murmurou Rick.

— Não precisa — respondeu ela, colocando a mão com suavidade no braço dele. — É melhor você só me dar licença.

Enquanto Rick colocava a prótese e vestia a calça por cima da perna dolorida, Rose prendeu o cabelo, vestiu seu uniforme de oficial e jogou um kit de banheiro e uma troca de roupa em uma pequena mochila fornecida pelo governo. Por último, pegou o tablet, colocando-o em um bolso secreto. Suas mãos tremiam enquanto enchia o copo térmico com o que restava do café de Sumatra.

Rick lhe deu a bombinha com o antídoto enquanto desciam as escadas.

— Leve um extra — disse ele.

Ela sorriu de leve e guardou o remédio.

— Obrigada.

Na rua, outra sirene soou: outra ambulância abrindo caminho pela via congestionada. O carro do governo estava no meio-fio, com um oficial ao volante.

Rick segurou os braços de Rose, sentindo-a tremer sob o casaco leve. Roçou os lábios nos dela.

— Vejo você em breve, ok? — sussurrou. — Me ligue quando chegar lá.

— Claro — respondeu ela, com os olhos brilhando. — Assim que possível.

Enquanto o carro se afastava do meio-fio, ele pôde ver o ar arrasado dela; Rose não queria ir, não assim. Ela levou a mão aos lábios. E ele imaginou o beijo deixado no ar quando ela se afastou.

Rick andava de um lado para o outro no pequeno escritório de Rose no segundo andar do quartel-general do Instituto Presidio. A placa do lado de fora, no gramado, proclamava orgulhosamente a missão da organização: *Promover a paz e treinar novos líderes*. Mas ele estava ali para ajudar a estabelecer a nova ordem – e para ajudar Rose a anunciar uma mudança no comando. Inesperadamente, teria que fazer isso sem Rose. E, para piorar, daria o empurrão final para garantir a área de Presidio.

Diante da equipe militar de lá, ele se atrapalhou durante a mesma apresentação para a qual treinara Rose inúmeras vezes, acrescentando sua própria explicação concebida apressadamente para o lockdown. Explicou que Presidio estava agora, para todos os efeitos e propósitos, oficialmente recomissionado e que um novo comandante do local chegaria em breve. Explicou por que as enormes cercas de arame farpado tinham sido erguidas ao redor de toda a propriedade – exceto nos portões – e por que os portões agora teriam segurança – entre outras coisas, um estado de prontidão nível 4 implicava o armazenamento de munições.

Ele explicou tudo, exceto o motivo de aquilo ser necessário.

Eram militares, e eles não precisavam saber o porquê, só o quê. Mesmo assim, Rick podia dizer que os membros da equipe estavam nervosos. Sem dúvida, todos se perguntavam por que era ele, um general, não a capitã McBride, a se apresentar. Todos se perguntavam onde Rose estava. Depois da fala dele, enquanto caminhava pela área, viu grupos de militares conversando entre si em sussurros apressados que se calavam sempre que ele se aproximava. Não tinham ideia do que estava acontecendo, e ele não daria nenhuma explicação.

Deus, ele sequer *tinha* todas as respostas. As palavras de Blankenship estavam gravadas em sua mente: *Presidio seria mais importante do que nunca.* O que ele queria dizer? E por que estavam fazendo o lockdown de Presidio tão cedo? Ainda esperava o telefonema do general.

Algo brilhava na penumbra, jogando pequenos fragmentos coloridos pela sala. Rick se aproximou da janela e envolveu os dedos na pequena figura de uma mulher com asas feitas de delicadas penas de metal, suspensa em uma corrente fina na tranca da janela. *Hopi*, pensou, lembrando-se da história que Rose lhe contara sobre a piloto de ascendência indígena.

O telefone na mesa de Rose tocou. Sem pensar, ele guardou o colar no bolso enquanto cruzava a sala para atender a ligação.

— Sim?

— Rick? É Joe.

— Sim. — Joe. Agora o general Blankenship era Joe.

— Conseguiu fazer o lockdown da base?

— Está em progresso. Rose já chegou a Washington?

— Agora mesmo. Mas, Rick, estamos em uma tremenda enrascada.

— O que...?

— Fomos hackeados. Trabalho interno. Em Fort Detrick. Eles sabem.

— Quem?

— Parece trabalho russo. E de quem quer que sejam os aliados deles agora. — A voz de Blankenship era de lamento, soava sufocada. — Conseguiram acesso aos arquivos com o histórico do IC-NAN, os arquivos do rastreamento da arqueobactéria, o trabalho com o antídoto. Tudo. Sabem sobre o Tábula Rasa, o projeto do IC-NAN. Sam Lowicki acha que é só questão de tempo até que liguem os pontos para o surto que está acontecendo lá e nos acusem de um ataque no território deles.

— Los Alamos. — A mente de Rick acelerava, quase no automático. — Eles sabem sobre a conexão com Los Alamos?

— Não. Pelo menos até onde conseguimos afirmar. A informação sobre cada segmento do projeto estava compartimentada. Só as informações nos computadores de Fort Detrick foram hackeadas.

— E quanto às comunicações entre Said e Garza?

— Tudo compartimentado.

— Mas precisamos alertar Los Alamos, certo? Só por precaução.

— Acabei de falar com a chefe de segurança do Novo Alvorecer lá.

— Kendra Jenkins?

— Sim. Ela está monitorando de perto todas as comunicações dentro e fora das instalações. Decidimos que vamos dar o aval para ela desligar tudo à meia-noite, também por precaução. Todas as comunicações que não forem essenciais serão interrompidas, e só o nosso pessoal autorizado terá permissão para acessar o local até que possamos liberar tudo.

— Onde está o doutor Garza?

— Em Los Alamos. Há dois dias ele acompanhou um carregamento de antídoto para um pessoal autorizado de lá.

— E a Gen5?

— O doutor Garza entregou os embriões Gen5 em Los Alamos também. Estão prontos para prosseguir. Mas ainda estão congelados. Os robôs Gen5 não ficarão prontos por enquanto...

Rick se sentou, levando a mão à testa.

— General...

— Sim?

— Rose está em segurança? Você pode garantir a segurança dela?

— Ela está tão segura quanto qualquer um de nós aqui. Tão segura quanto eu. Posso garantir.

Rick respirou fundo e devagar, mas sua cabeça latejava. As garantias do general não lhe traziam muito conforto. Se sabiam sobre a Tábula Rasa, os russos esperariam para desafiar Washington, para ir a público com o que sabiam. Eles poderiam simplesmente optar por destruir a provável fonte do agente suspeito de guerra biológica e perguntar depois. Afinal, não era o que os Estados Unidos sempre fizeram com tais informações quando se tratava da guerra química secreta da Rússia? Ninguém estava em segurança, muito menos Rose, se ela ainda estivesse em Fort Detrick.

— E quanto a mim? — murmurou. — Quais são minhas missões?

— Nenhuma, por enquanto. Permaneça quieto e fique de olho em tudo por aí. Ligaremos novamente assim que soubermos mais.

CAPÍTULO 16

JAMES SE SENTOU E ESFREGOU os olhos. Sem contar o azul fantasmagórico da tela de seu computador e a fina linha de neon brilhante vazando pela fresta inferior da porta do laboratório biológico de Los Alamos, o escritório estava escuro. Ele abriu a gaveta de cima da mesa e pegou uma caixinha de papelão branco. Enfiou o polegar sob a tampa e a abriu, revelando dois tubinhos. Em um compartimento separado havia um tubo de plástico em "L" com uma abertura redonda. Ele pegou um dos tubinhos, segurando-o contra a luz da tela. C-343. Mentalmente, reviu as instruções de Rudy para a dosagem aumentada. Havia cem doses em cada tubinho. *Coloque a ponta do inalador, pressione a bombinha, respire fundo. Só precisa inalar uma vez por dia. Deve ter o suficiente para você usar até que possamos fazer mais.* Colocou o inalador em um dos tubinhos e respirou fundo a bruma que saiu da bombinha, um gosto amargo no fundo da garganta. Rezou para que tivessem acertado.

A implantação das unidades estacionárias Gen4 tinha sido adiada enquanto Rudy e ele trabalhavam nos bugs da sequência da NAN. Embora três meses tivessem se passado em um piscar de olhos, James estava em paz com o fato de que a Gen4 nunca seria implantada. A suposição de sobreviventes humanos, ainda vivos para cuidar de crianças, não era mais sustentável. A Gen5 teria que ser o próximo passo deles. A equipe de Rudy em Fort Detrick tinha feito transformações genéticas nos embriões candidatos, checando o genoma de cada embrião resultante para garantir que a sequência da NAN tivesse sido incorporada. Em uma de suas idas para a costa leste, James escolhera pessoalmente os embriões mais viáveis para o lançamento. Depois de prontos, eles foram armazenados em segurança em um freezer no prédio da XO-Bot.

Na tela, James verificava duas vezes os dados das sequências genéticas dos embriões. Segundo Kendra, os robôs Gen5 não estariam prontos para receber suas cargas nos próximos meses. Mas, no que dizia respeito a James, não havia problema nisso. O simples fato de pensar na implantação das Mães, animadas e autônomas, o irritava.

Ele balançou a cabeça. Suas preocupações com os robôs Gen5 não eram nada se comparadas a seu medo de que a sequência C-343 ainda estivesse imperfeita. No entanto, não havia mais tempo para outros testes. Agora a vida dos bebês Gen5 dependia do sucesso da sequência C-343. E, havia alguns dias, todos aqueles com conhecimento do projeto tinham se tornado cobaias adultos da pesquisa. Depois de apenas dois meses de "exames clínicos preliminares" na Somália, até mesmo James era uma cobaia.

— Desculpe incomodá-lo, James. — Ele ergueu o olhar e deu de cara com Kendra parada na porta, segurando um tablet fino na mão. — Eu estava monitorando o *grid* e precisava ter certeza de que era você que estava aqui.

— Já é tarde. Não tem ninguém aqui além de nós, fantasmas.

— Não fale desse jeito, James. Vamos pensar positivo.

Na iluminação fraca, James inspecionou o rosto normalmente corado de Kendra, notando o cenho franzido.

— Algum problema? — perguntou ele.

Kendra suspirou.

— Uma invasão nos sistemas de computadores em Detrick. James, precisamos ficar no escuro por enquanto, até eles terem certeza de que estamos seguros.

James se endireitou na cadeira.

— Uma invasão? Quem invadiu? O que levaram?

— Não *levaram* nada. Se tivessem feito isso, a operação cibernética teria notado antes. Ficaram ali um tempo, remexendo em tudo. De todo modo, os dados do IC-NAN foram comprometidos.

— Merda! — James se levantou, caminhando de um lado para o outro do escritório. — Quando isso aconteceu?

— Detrick descobriu hoje de manhã — respondeu Kendra, franzindo o cenho. — O general Blankenship hesitou e gaguejou na hora de dizer se devíamos fechar isto aqui. Então, nesta tarde, recebi a confirmação. Passei as últimas horas descobrindo a melhor forma de fazer isso sem uma interrupção muito óbvia.

— Rudy ainda está por aqui?

— Estou aqui. — Como se esperasse uma deixa, Rudy entrou pela porta atrás de Kendra. — Recebi uma ligação do general Blevins. Ele me disse para ficar aqui. Será que seremos trancados no prédio?

— Sim — respondeu Kendra. — Na verdade, vamos garantir todo Los Alamos, não apenas a XO-Bot. E, James, precisarei desligar seu computador para uma análise de segurança.

James encarou os pequenos símbolos brancos marchando em sua tela. Seus pensamentos se voltaram a Sara – em casa, sem saber de nada.

Quando ele chegara a Los Alamos, o governo lhe dera um bangalô modesto em Omega Bridge, com vista sul para o laboratório. Embora não fosse muito, era melhor que o apartamento que dividira com Rudy em Harpers Ferry e ficava perto do trabalho. Então, algumas semanas antes, tinham pedido que ele se mudasse para uma das moradias improvisadas nas instalações da XO-Bot. Apesar disso, ele seguira o conselho de Kendra e, com o objetivo de passar o máximo de tempo possível com Sara, escapava para o apartamento dela sempre que surgia uma oportunidade. E sua moradia atual tinha se tornado outro segredo que não podia compartilhar com ela. Mas ele já não via Sara fazia dias – ela fora participar de um seminário em Caltech na semana anterior e ficara doente na quarta-feira.

— E quanto ao restante do pessoal?

— Vamos fechar hoje à meia-noite. Ou seja, em menos de uma hora. Até mais informações, apenas nós, do projeto Novo Alvorecer, teremos acesso pelo portão de Omega Bridge ou pelo portão sul... Você, eu, Rudy e Paul MacDonald... Vamos precisar especialmente de Mac para manter o edifício funcionando em caso de emergência.

— Emergência?

— Há ordens para ficarmos em alerta. Há ordens para nos prepararmos para um desligamento prolongado. E, segundo o general, há ordens para proteger os códigos-fonte da Gen5 a todo custo.

— Espero que isso acabe logo. Precisamos deixá-los prontos para o lançamento... — comentou Rudy.

— Sim. — Kendra olhou seu tablet, o brilho azul reluzindo nos óculos de aro azul. — Esse hackeamento é coisa grande. Alguém lá fora sabe sobre o IC-NAN. E, se fizeram alguma conexão entre Detrick e Los Alamos, podem achar que também estamos envolvidos. Seria uma pena se esse desligamento estagnasse o programa Gen5. Gostei das Mães. E de Rose McBride.

— Ouvi dizer que ela é brilhante — disse Rudy.

— Ela não é só uma excelente programadora, é também psicóloga. Para alguém que não é versado em inteligência artificial, fez algumas coisas bem inovadoras. — Enquanto falava, Kendra analisava o mapa no dispositivo móvel, os dedos percorrendo com habilidade a superfície do tablet.

James voltou a andar de um lado para o outro. Ele sabia que a equipe de McBride estava totalmente dedicada ao programa Gen5 desde sua transferência para Los Alamos. Para garantir segurança e conforto a um pequeno humano na companhia exclusiva de um robô, a equipe aproveitara todos os avanços na mecânica da interação humano-máquina, cada programação à prova de falhas que garantisse a sobrevivência de um humano – até mesmo, se necessário, à custa de seu robô guardião. Tinham utilizado cada desenvolvimento promissor na teoria da aprendizagem, biofeedback e redes neurais artificiais aplicáveis tanto para máquinas como para mentes humanas. Como uma criança aprende com sua mãe, essa nova criança aprenderia com seu robô. E a máquina responderia a cada necessidade física da criança.

— Presumo que tenha ouvido falar das personalidades... — questionou Rudy.

— Personalidades? — James acendeu a luz do escritório. Ao lado, Kendra pestanejou.

— Já é um sonho antigo prolongar a vida de uma mente. De uma consciência. Não posso ter certeza, é claro. Mas acho que a doutora McBride fez avanços significativos nesse sentido — disse Rudy.

— Como assim?

— É rotina para mulheres a caminho de missões no espaço ou em missões militares perigosas armazenar óvulos para o caso de uma procriação normal não ser mais possível quando retornarem à vida civil.

— Sim, eu conheço a fonte doadora...

— A doutora McBride deu um passo adiante na preservação da vida das doadoras. Ela chama de Código-Mãe.

Código-Mãe. James sorriu, pensando no termo ultrapassado, já usado na genética também.

— Mas é só um programa de computador.

— Sim, sim — confirmou Kendra. — De toda forma, é inquietante... Quando ouço um desses robôs falar... Se fecho os olhos, é difícil acreditar que é apenas uma máquina.

— Ah — suspirou James. — Acho que nunca conversei com um deles... — Estremeceu. Era a isso que tinham chegado? Humanos preservados em códigos? — A doutora McBride tem filhos?

— Não... Esses serão os filhos dela, se conseguirmos lançá-los — respondeu Kendra. Bateu com o indicador no tablet, de modo decidido. — Olhe, parece que estamos com sorte. Não estou encontrando mais ninguém no prédio da XO-Bot. E os outros prédios já estão protegidos.

James sentiu uma vibração no braço esquerdo e olhou para a pequena tela iluminada de seu telefone de pulso. PAI.

— Desculpem, preciso atender — comentou, seguindo para o corredor, em busca de sinal, embora soubesse que mal passava das dez da noite na Califórnia e que seus pais raramente ficavam acordados depois das nove. E raramente usavam o telefone.

— Pai? O que foi? Por que está ligando tão tarde?

— James, é você? — A voz do pai estava rouca, quase inaudível.

— Sim... — Fez-se um silêncio distraído do outro lado da linha. Imaginando o pai na cozinha escura da pequena casa, James sentiu o coração acelerar. Alguma coisa estava errada. — O que aconteceu?

— Não queria ligar a esta hora, devia ter esperado até amanhecer. Mas sua mãe...

— O que houve?

— Ela foi diagnosticada com gripe faz algumas semanas. Achávamos que ela já estaria melhor, mas apesar de não ter febre não para de tossir. Tem sangue...

— Pai. — James se recostou contra a parede de concreto do corredor, os membros fracos, a mente acelerada. — Estou indo. Chegarei aí o mais rápido possível. Mas você precisa me prometer uma coisa: vai levá-la para o hospital imediatamente. Colocá-la em um respirador. Pode fazer isso?

— Mas ela está doente demais para se mexer...

— Chame uma ambulância.

— Eu dirijo.

— Não. Chame uma ambulância. E lembre-se de ficar com o telefone. Ligarei a caminho assim que possível.

James voltou para o escritório. Rudy e Kendra tinham ido embora, a tela de seu computador estava em repouso. Ele desligou o monitor e pegou a pequena caixa branca cheia de antídoto. Guardou tudo na maleta e pegou o casaco.

Logo suas pernas o levavam pelo corredor, em direção ao saguão de entrada, enquanto sua mente listava as terríveis possibilidades. Pneumonia? Câncer de pulmão? Vagamente, lembrava-se de ter ouvido alguma coisa no noticiário, enquanto estava na cafeteria, à tarde, esperando o robô barista entregar seu espresso – alguma coisa sobre uma "gripe da Costa Oeste". Mas, o que quer que fosse *aquilo*, não podia ser o IC-NAN. Ainda não haviam recebido relatos de arqueobactérias positivas isoladas em território americano.

Tudo o que James sabia era: precisava ir para casa.

CAPÍTULO 17

ENQUANTO O TÁXI SAÍA DA estação de hyperloop de Los Angeles e rumava para o norte, em direção a Bakersfield, James pensou mais uma vez em Sara. Devia ligar para ela, pelo menos para dizer onde estava. Na verdade, precisava ligar para Kendra e Rudy também. Partir no meio da noite... Ele não estava pensando direito. Levou a mão direita ao pulso esquerdo.

Merda. Seu telefone de pulso tinha sumido. Imaginou a área de inspeção no aeroporto de Albuquerque e o pequeno dispositivo definhando na lixeira dos funcionários. Enfiou a mão na pasta e sentiu a ponta da caixa de papelão. Seu antídoto. Pelo menos ainda estava com aquilo; a cobertura aplicada nos potes tinha ludibriado os robôs de inspeção.

Abriu a tampa do banco traseiro do táxi para usar o telefone. Mas, como sempre, o aparelho não estava lá – as empresas de táxi dificilmente conseguiam impedir que estragassem essas coisas. Exausto, recostou-se no banco. Não tinha conseguido um voo para sair de Albuquerque antes das três e vinte. Tentara ligar para o pai antes de garantir um lugar no voo da madrugada enquanto desviava da segurança do aeroporto. Mas ninguém atendera. E agora não tinha como ligar para ou pai nem para ninguém.

James acordou quando o táxi com piloto automático se aproximou do destino. Assim que o veículo virou em uma rua lateral, ele viu a placa indicando o Bakersfield General. A frente do edifício estava praticamente tomada por uma multidão que se reunia no estacionamento.

— Deixe-me descer aqui — pediu.

Sentiu o cinto de segurança do veículo se soltar, enquanto o táxi parava obediente no meio-fio. Na parte de trás do banco diante dele, um display vermelho indicavam o valor da corrida, enquanto ele colocava seu *paycard* no leitor.

— Obrigada — disse uma voz robótica feminina.

James saiu, e seus olhos arderam no ar carregado de pólen do fim da primavera. Segurando sua maleta, tropeçou em um emaranhado de arbustos para cortar caminho até uma imensa tenda branca que bloqueava a entrada do pronto-socorro.

Na tenda, a multidão se aglomerava nas estações improvisadas, enquanto enfermeiras enluvadas mediam a pressão sanguínea e a pulsação, colocavam termoleitores nas orelhas dos pacientes e examinavam pele, garganta e olhos, anotando as observações freneticamente em tablets. James ficou na ponta dos pés e espiou sobre as cabeças, procurando o familiar boné de tuíde do pai. Abaixando-se, seguiu encostado à parede, abrindo caminho até as amplas portas duplas que levavam ao pronto-socorro. Mas a porta estava protegida por dois homens de uniforme cáqui, com visíveis armas na lateral do corpo. Polícia estadual.

— Desculpe, senhor. — Um dos guardas parou diante dele, bloqueando sua entrada. — Você tem que esperar na fila.

— Só estou procurando meu pai.

O outro guarda o encarou.

— Nome?

— O meu? James Said.

O homem assentiu e, então, digitou o nome de James em seu telefone de pulso. Ajustou o capacete, murmurando algo no rádio. Depois olhou para James novamente.

— A doutora Grayson pediu que você aguardasse um pouco. Ela virá em breve.

Grayson... Onde ouvira esse nome antes? James observou o estacionamento. Pessoas de todas as idades, embora as mais velhas parecessem em pior estado. Com poucas cadeiras de rodas, auxiliares eram obrigados a ajudar todo mundo a desembarcar dos carros estacionados. A maioria tossia – uma tosse seca horrível, sem catarro. James começou a suar frio e levou a mão à maleta, só para sentir o antídoto.

— James? — Ele virou-se e deu de cara com uma mulher baixa, de óculos, com jaleco branco e um estetoscópio pendurado no ombro.

— Roberta? — Ele conhecia Robbie havia anos, primeiro como colega no ensino médio, depois como médica de seus pais. Mas ela era Robbie Waller à época. Mal reconheceu a mulher pálida cujos fios finos de cabelo grisalho se agitavam na brisa leve.

— Seu pai me disse para ficar de olho em você — arfou ela, sem fôlego.

— Onde ele está?

— Precisamos interná-lo.

— E minha mãe?

A médica desviou o olhar.

— Na UTI. Vamos. Vou levá-lo para ver seu pai.

Robbie lhe entregou uma máscara azul, colocando outra sobre o nariz e a boca. Então se virou para guiá-lo, levando-o pela porta e passando por uma frota emergente de macas.

— O que está acontecendo? — perguntou James.

Foi uma pergunta estúpida. Entre todos que estavam ali, ele era a única pessoa que podia saber a resposta.

Robbie virou-se para ele enquanto seguiam por um corredor comprido.

— Não está sabendo? — Acelerou o passo quando entraram em um corredor mais silencioso. — No início, tinha todas as características de uma epidemia de gripe. O aplicativo CDC HealthBot começou a piscar a toda hora com os relatos dos usuários. Mas era estranho. As pessoas não tinham febre. O Departamento de Saúde estava procurando vetores, tentando descobrir um padrão. Tudo aconteceu nos últimos dias. Ou, pelo menos, foi quando as pessoas começaram a relatar. As pessoas estão morrendo, James. E não apenas na Califórnia. O HealthBot já começou a rastrear mortes na Flórida e na Georgia. Vou lhe dizer uma coisa: logo vamos precisar de reforços. — Viraram à direita, seguindo por um corredor estreito e sem janelas, com grades dos dois lados. Através das grades, James via o brilho metálico de mais macas. — James — disse Robbie, com a voz abafada pela máscara. — Não estamos recebendo nada direto do CDC. Que diabos está acontecendo?

— Eu... Eu não sei.

James sentiu que seu estômago começava a revirar. Não era mentira. Não sabia o que estava acontecendo em Atlanta. Mas, se fosse isso, se de fato fosse o início do fim, então o CDC estava simplesmente aderindo ao plano que tinham ordens de seguir. Limitar os comunicados para a imprensa. Limitar perdas. Evitar o pânico total. Esperar pelo melhor. Respirou fundo. *Calma. Mantenha a calma.*

Sentiu um sobressalto quando a voz de Sara reverberou em sua mente. *Talvez eu esteja com a gripe que anda circulando por aí...* Sara estivera na Califórnia durante quatro dias. Será que tinha entrado em contato com o que quer que fosse aquilo? A mente dele vagou pelos programas noturnos que vira nas telas de vídeo no aeroporto em Albuquerque entre momentos de sono. Anúncios de pomadas para dor e de suplementos para dieta, reportagens sobre enchentes na China central. Nenhuma menção a epidemia de gripe, pelo menos não nos Estados Unidos. Por um breve instante, ele desfrutou de uma pequena onda de alívio. O IC-NAN não podia estar ali. Ele não recebera nenhuma mensagem do Departamento de Defesa.

Seu estômago revirou de novo. Era tudo parte do plano para prevenir o pânico: os agentes federais bloqueariam a cobertura de imprensa, em especial se suspeitassem de um surto no país. Enquanto isso, o alarme seguro do Departamento de Defesa teria vindo em seu telefone perdido. Imaginou a mensagem: **CÓDIGO VERMELHO. TECLE O CÓDIGO DE ACESSO EM UM TERMINAL APROVADO PARA MAIS INSTRUÇÕES.**

Ele cerrou os punhos, tentando se recompor.

— Não estou sabendo de nada... — disse.

Pararam perto de uma das macas.

— Desculpe — falou Robbie. — Não tínhamos mais quartos. Mas você pode ficar aqui com ele pelo tempo que quiser.

James olhou para a maca. O rosto cinzento do pai mal era visível no branco imaculado do colchonete de microfibra. Com a mão trêmula, Abdul Said removeu a máscara de oxigênio.

□ ◪ ■

James se aproximou, a atenção voltada apenas aos monitores que rastreavam os sinais vitais do pai. Podia sentir o calor subindo pelo pescoço enquanto tirava a própria máscara. Entre o barulho abafado de tosse e dos monitores e o cheiro pungente de desinfetante, ele fez o possível para criar um espaço que fosse só deles.

— Filho, estou tão feliz... — O pai se esforçou para falar, sopros agitados de ar saindo dos pulmões torturados.

— Você não devia continuar de máscara?

— Tenho algo a dizer.

— Sobre minha mãe? Robbie diz que ela está na UTI...

— Não... — Abdul fez uma pausa, um olhar distante nublando seus olhos escuros, que se fecharam. James esperou, segurando a mão frágil do pai. Com cuidado, pegou a máscara de oxigênio e desembaraçou o tubo, preparando-se para colocá-la novamente. Foi então que o pai falou, com a voz ainda mais profunda: — Eu achava que estava protegendo você. Queria que sua vida fosse livre. Tinha medo do que poderia acontecer comigo se eu contasse. Mas um bom pai tem coragem de dizer a verdade.

— A verdade?

— Escute. — Abdul abriu os olhos, tentando, com dificuldade, se sentar, a respiração curta e áspera, as mãos buscando apoio nas grades da maca. — Eu disse para você que eu era órfão, mas eu menti...

— Por favor, deite-se — pediu James. Enquanto acomodava o pai no colchão, sentiu os ossos saltados da coluna do velho homem. — Talvez não seja a hora... — Olhou ao redor, perguntando-se se alguém estaria ouvindo. Mas ninguém estava. As pessoas nas outras macas tossiam sem parar, e a equipe médica, vestida de branco, pairava sobre eles como fantasmas desesperados.

O pai segurou a mão dele.

— Minha mãe morreu quando eu era muito jovem. Mas eu tinha um pai e dois irmãos. Meu irmão mais velho, Farooq...

— Uma família?

— Sim.

— Eles ainda... Quer que eu ligue para eles?

— Escute. — Abdul engasgou. — Escute. — James sentia sua mandíbula ficar tensa enquanto olhava fixo para os olhos do pai. — Farooq... estava envolvido em coisas ruins, como suprimentos de armas, assassinatos.

O grito de um homem mais velho pedindo ajuda cortou o ar. James se aproximou do pai.

— *Você* estava?

Abdul arregalou os olhos.

— Não, não! Nada disso... Eu só ajudei os americanos a capturarem meu irmão.

James tocou o braço do pai.

— Você fez o que achou que era certo.

— Os americanos me disseram que só precisavam de informação que os ajudasse a encontrar o homem responsável pela célula. Prometeram que ninguém na minha família sairia ferido. E eu acreditei neles.

— Eles mentiram?

— Assim que dei a informação que queriam, mataram meu irmão. — As palavras ficaram no ar, pairando entre eles. — Ele era pai. Marido.

— Pai... — disse James. — Eu sinto muito...

— Os americanos me disseram que eu tinha que vir para os Estados Unidos se quisesse segurança. Eu os fiz prometer que trariam sua mãe comigo. E eles concordaram, se eu me mantivesse em silêncio...

James observou o rosto do pai. Havia alguma coisa a mais, ele sabia que sim.

— Mas e quanto a seu pai? — perguntou. — E seu irmão mais novo?

— Se foram. Mortos. Fiz com que todos fossem mortos.

James acariciou os finos cabelos grisalhos do pai. Com gentileza, recolocou a máscara em Abdul.

— Pai, não foi culpa sua.

O velho se atrapalhou por um momento, tateando a borda da maca até encontrar o saco plástico do hospital com seus pertences. Lentamente, pegou um livro grosso, com símbolos dourados gravados na capa. Tirou novamente a máscara.

— Um presente de sua mãe — murmurou ele. — Que ela possa descansar com Alá.

James pegou o livro, segurando a lombada com a mão direita, a superfície de couro morna como a pele de um ser vivo. Passou o dedo pelas páginas delicadas, desenhos multicoloridos emoldurando uma escrita árabe elegante.

— Que ela possa descansar...? Por acaso minha mãe...?

Ele sentiu a mão do pai segurar seu braço com uma força surpreendente.

— Meu filho — disse Abdul. — Você nos deu um futuro em nosso novo lar, algo pelo que esperar ansiosamente. Mas nunca demos a você seu passado. Toda criança tem o direito de saber de onde veio.

James colocou a mão sobre a do pai.

— Vou procurá-la — anunciou. — Vou encontrar minha mãe.

Enquanto colocava o livro com cuidado na maleta, os dedos de James roçaram no canto da pequena caixa de papelão: a cura em tubinhos dourados. Mas não era a cura. Era só um método profilático, cuja eficácia ainda era questionada. Sentindo os membros dormentes, respirou fundo. Seus pulmões ainda estavam limpos, nada de tosse. Mas já estava mais que claro para ele – não era mais preciso um Código Vermelho de Washington. Para todos que estavam ali, e para incontáveis outros que ainda viriam, era tarde demais. Seu pai carregava um mundo de culpa – e por tantos anos. Mas isso? A culpa que ele próprio carregava era muito pior. James partira para salvar o mundo. E não podia salvar seu pai. Não podia salvar ninguém.

CAPÍTULO 18

RICK SE SENTOU NA CADEIRA de Rose, os olhos grudados na tela do computador do escritório enquanto esperava que a reunião marcada com a equipe de Washington começasse.

Não saíra de Presidio desde a ligação de Blankenship na tarde anterior – e só se permitira fazer um telefonema, para Rudy, em Los Alamos. Assim que teve certeza de que o doutor Garza estava em segurança e que permaneceria onde estava para cuidar dos embriões Gen5, não saiu de perto da linha segura de Rose, esperando notícias. Permitindo-se apenas "intervalos biológicos" rápidos, dormiu no pequeno divã do escritório e depois se ocupou em receber relatórios da equipe de Presidio sobre o lockdown. As últimas munições tinham sido armazenadas no velho hangar em Crissy Field. O perímetro estava seguro. Por fim, no fim da manhã, uma mensagem enigmática apareceu em seu telefone de pulso: *Encontro, 16h.*

Suas declarações sobre os detalhes do que aconteceria em Presidio no dia anterior pareceram prematuras. Tinha garantido à equipe que, por "motivos que serão revelados quando precisarem saber", o lockdown armado em Presidio seria realizado devido a "uma cautela ampla". E, segundo o que se sabia até o momento, era verdade – essa ação, como a de todas as bases americanas ao redor do mundo, tinha sido ordenada apenas com base nas piores previsões da propagação da arqueobactéria infecciosa, não em números reais. E não pelo ataque cibernético em Fort Detrick, que ainda era extremamente sigiloso.

Mas, claro, o ataque cibernético sozinho já era um desastre digno de prontidão militar. Para os russos ou seus agentes estrangeiros se exporem dessa forma, havia um motivo. Por que mais estariam tão empenhados em reunir a informação contida naqueles arquivos? Será que tinham, como Sam Lowicki sugeriu, isolado o IC-NAN do surto em solo russo? Será que, de algum modo, tinham feito a engenharia reversa e rastreado a origem da NAN? A especificidade do hackeamento era perturbadora... Como sabiam quais arquivos de Detrick procurar? O mais provável era que houvesse um espião, alguém infiltrado lá, alimentando-os com informações privilegiadas… Rick tentava em vão manter os pensamentos sob controle. Não adiantava tirar conclusões precipitadas.

Agora, mesmo sem o hackeamento, ele começava a achar que o lockdown da base não fora prematuro. As últimas notícias que percorriam a parte inferior da tela do computador de Rose diziam tudo. "Gripe mortal atinge a Califórnia." "Médicos vítimas de gripe lotam hospitais." Os vídeos mostravam carros parando diante do hospital em Bay Area, pessoas conectadas a respiradores, carregadas em macas. Do lado de fora da janela do escritório de Rose, o ruído das sirenes continuava inabalável, levado pelo vento. E os homens alistados em Presidio começavam a falar sobre o pânico crescente nas ruas da cidade, com as pessoas esvaziando as prateleiras dos supermercados e estocando água mineral. Para piorar, o governador da Califórnia tinha proibido todos os voos que saíam e entravam no estado. Rick se lembrou dos relatos de Tóquio poucos dias antes, com os repórteres tossindo nos microfones enquanto pedestres com máscaras lotavam as ruas… Não dava mais para negar. Era real. Era o IC-NAN.

De repente, os vídeos pararam. O centro da tela se acendeu, e ele apertou os olhos, movendo a mão em um movimento circular para ajustar o brilho. Uma única palavra – **URGENTE** – apareceu em grandes letras vermelhas, seguida por **CÓDIGO VERMELHO**. Essas palavras se alternavam entre si, cada uma piscando por alguns segundos na tela. O telefone da mesa de Rose tocou.

— General, tecle seu código de acesso no computador da doutora McBride. — Era Blankenship. — Aguarde. — Houve um clique, e a conexão telefônica foi interrompida.

Rick tinha decorado o código, velho hábito de quando atuava em campo. Lenta e cuidadosamente, digitou-o. Então, recostou-se, com as mãos trêmulas. Código Vermelho.

Na tela, apareceu uma sala comprida e estreita. Ele precisou de um instante para perceber para onde estava olhado. Era um lugar que só vira em vídeo, um lugar em que jamais estivera: a sala de crise do presidente. Atônito, Rick observou o presidente Gerald Stone sentado na outra extremidade.

O presidente analisou brevemente um tablet antes de colocá-lo de lado, com cuidado. A luz do teto refletia nas lentes de seus óculos de leitura, enquanto ele os removia devagar.

— Senhoras, senhores — falou, com uma voz que tentava transmitir calma. — Primeiro, gostaria de agradecer pelos serviços prestados. Essa missão tem sido difícil. E vocês a conduziram de maneira admirável.

De algum lugar da sala, ouviu-se um som abafado como se algo tivesse caído no chão, um "desculpe" tenso de alguém que recolhia o que quer que fosse.

— Contudo, como alguns estão cientes, a coisa veio à tona. Rastreamos a chamada gripe da Costa Oeste até o IC-NAN. E confirmamos casos no sudeste também.

A sala ficou escura, e um mapa dos Estados Unidos apareceu na parede atrás do presidente, mostrando as partes do país que se acreditava terem sido impactadas.

— Também confirmamos surtos na Rússia, em partes da Europa, na China, no Japão e no Oriente Médio. E, é claro, no sul da Ásia. Perto do... Ah, do lançamento inicial. — O mapa se expandiu, mostrando manchas vermelhas que cresciam como manchas de sangue. — Agora, acreditamos que seja questão de tempo até os Estados Unidos serem afetados por completo.

O presidente fez uma pausa, e um suspiro profundo ecoou na conexão.

— Estamos acionando o Código Vermelho e temos que tomar algumas decisões difíceis. Como sabem, nosso suprimento de antídoto é limitado. A produção daqui para a frente vai se concentrar em suprir os indivíduos que já estão no protocolo, além de uma lista de oitenta e quatro outros considerados críticos neste momento. — O presidente olhou para todos os presentes. — É claro, todos vocês estão incluídos.

Rick segurou a beirada da cadeira com as mãos, desejando que a dor em sua perna diminuísse enquanto procurava Rose no quadro. Ela não estava à vista. Na tela, mãos se erguiam.

— E quanto aos outros países, senhor? — uma voz feminina perguntou de algum canto da sala. Não era Rose.

O presidente olhou para as próprias mãos.

— Liberamos a sequência do antídoto para a OMS. Eles estão montando laboratórios-satélites em locais seguros ao redor do mundo. Vão produzir doses o mais rápido possível.

Rick ficou olhando fixo para a tela. O presidente sabia muito bem o tempo que demoraria para viabilizar a produção de antídoto. Rick tinha se esforçado ao máximo para conseguir transparência, algum tipo de compartilhamento controlado de informações com organizações de saúde em outros países. Mas, claro, seus pedidos foram ignorados. E agora não havia tempo suficiente para outros laboratórios se organizarem. Sua mente foi para o lugar para o qual fora treinada a ir em casos de emergência. Era hora de se encolher e... com a cabeça girando, ele se inclinou para a frente.

— Posso fazer uma pergunta?

— Sim, general.

— E quanto a Los Alamos?

— O Novo Alvorecer?

— Sim.

O presidente respirou fundo e olhou para o lado.

— Joe?

— Sempre soubemos que os robôs eram um tiro no escuro, Rick — disse a voz grave de Blankenship. — Agora, temos que focar nosso objetivo. O antídoto é tudo o que importa.

— Como você sabe, general Blevins — falou o presidente —, atualmente só há três pessoas em Los Alamos com o antídoto. O doutor Said, a doutora Jenkins e o tenente MacDonald. Todos são ativos valiosos. Precisamos que você os chame de volta para Detrick a fim de ajudarem com os esforços de produção. E, é claro, o doutor Garza ainda está em Los Alamos. Ele precisa voltar também.

Mas Rick não estava escutando. Estava pensando em Rose.

— E quanto a Fort Detrick? — perguntou. — O que sabemos sobre o ataque cibernético? Havia um informante?

— Estamos trabalhando nisso, Rick — respondeu Blankenship, sem mais informações.

— Ainda não determinamos se havia um informante. — comentou uma mulher magra, com óculos grandes, sentada em um dos lados da sala. — Mas já contornamos o hackeamento. Estamos limpando os sistemas o mais rápido possível, e é possível que tenhamos fechado todas as vulnerabilidades.

Rick lutou para manter a voz calma.

— Suponho que a capitã McBride não voltará a Presidio.

— Não — respondeu Blankenship. — Nem enviaremos substituto. Precisamos que você coloque o segundo oficial no comando.

— Mas ele não está tomando o antídoto...

— Entendido. Diga para ele que o efetivo de Presidio será necessário para ajudar a manter a ordem nas ruas nos próximos dias. Nossas bases pelo mundo ficarão em alerta para possíveis serviços de ajuda civil.

Rick se recostou, esgotado. A equipe de Presidio seria encarregada de uma desesperada missão final.

— E quanto a mim?

— Precisamos de você em um avião para cá.

— Mas os voos estão cancelados...

— Não os nossos.

— Sim, senhor.

Pestanejando sob o sol do fim da tarde, Rick saiu para a varanda da frente da sede do instituto. A propriedade de Fort Scott, antes abandonada pelos militares, estava lotada de homens e mulheres uniformizados. Um oficial jovem deu um passo à frente, batendo continência.

— Sargento — cumprimentou-o Rick. — Preciso ir ao aeroporto federal o mais rápido possível.

— Sim, senhor. Tenho um carro parado na Ralston.

Rick acompanhou o jovem pela lateral do edifício, em direção a um veículo negro, sem identificação, com vidros escurecidos.

— Pode me levar primeiro ao apartamento da capitã McBride? — perguntou. — Ela me pediu para pegar alguns itens pessoais para ela.

Era mentira, claro, mas o sargento não hesitou.

— Claro.

Rick sentou-se no banco de trás. Enquanto isso, no banco da frente, o jovem lia as coordenadas para o edifício de Rose.

Em Lombard Gate, dois seguranças bateram continência para o carro. Enquanto viravam à esquerda para seguir pela Lyon para o norte, Rick olhou para altas cercas de arame que os engenheiros tinham erguido nos limites do antigo Presidio. O carro seguiu pela Francisco Street, depois à esquerda na Divisadero, seguindo outra ambulância em direção ao norte.

Ele instruíra o segundo-em-comando de Rose, um jovem capitão recém-saído de West Point, a se preparar para o pior. Mas o oficial que existia nele ainda queria avaliar a prontidão das tropas do capitão.

— Dia cheio para os paramédicos — comentou.

— Sim, senhor — respondeu o sargento. — Essa coisa está mesmo causando pânico. Dizem que é gripe, mas é diferente de qualquer outra gripe que já vi. Minha mãe está em Los Angeles... teve que ir ao pronto-socorro hoje de manhã. — O oficial fez uma pausa. — Senhor?

— Sim, sargento?

— Onde está a capitã McBride?

Rick observou a parte de trás da cabeça do jovem, cabelo curto, a mandíbula quadrada. Então, olhou pela janela, para a rua cheia de gente. Não estavam prontos, talvez nunca estivessem prontos. Era provável que jamais visse aquele lugar novamente e, se isso acontecesse, não seria mais o mesmo.

— Ela foi chamada para Washington — respondeu. — Para participar de uma reunião. — Deixou a explicação por isso mesmo, e o sargento não questionou.

O carro virou à direita em North Point e seguiu por alguns edifícios até parar no meio-fio.

— Espere por mim aqui — disse Rick. — Volto logo. — Subindo as escadas até o apartamento de Rose no segundo andar, enfiou a mão no bolso para pegar a chave e entrou. As roupas de cama estavam largadas no chão desde a correria da manhã anterior. Sem pensar, ele as pegou, sentiu o cheiro de Rose e jogou-as novamente na cama.

Achou sua mala em uma cadeira perto do closet e guardou seus pertences nela. Na verdade, não havia motivo para ir até lá. Era só porque precisava daquilo, de um último gostinho de como as coisas tinham sido. Do outro lado do quarto, uma voz quase inaudível saía da tela de vídeo na parede de Rose. Ele se inclinou para desligar o aparelho, mas se deteve.

— Estamos recebendo relatos de uma explosão no centro de Maryland — disse a jovem na tela. Rick aumentou o volume. — Fontes confirmaram avistamentos de aeronaves militares de vigilância sobre a área, que é conhecida por abrigar instalações do governo. Espere. Temos a confirmação de que o local foi bombardeado. O alvo parece ser Fort Detrick, instalação usada pelos militares dos Estados Unidos para pesquisa médica.

Rick ficou encarando a tela, que passou para imagens dos estúdios em Nova York, com um repórter pálido e informações em texto correndo por todos os lados de seu rosto

— Desde a explosão inicial em Fort Detrick, várias outras explosões atingiram a área de Washington. Relatos não confirmados citam ataques ao Pentágono e ao complexo de edifícios perto de Bethesda, em Maryland. Mísseis antibalísticos foram lançados da base aérea de Andrews para interceptar o que parecem ser mísseis inimigos. Todos os civis da região foram instruídos a se esconder. A capital está sob ataque. Repito, a capital está sob ataque.

Rick se sobressaltou com a vibração em seu telefone de pulso. Olhou para a tela: ROSE. Deixando a mala no chão, atendeu.

— Rose? É você?

— Rick... — A voz dela era baixa, fraca.

— Onde você está? O que está acontecendo?

— ... Detrick. O sinal está ruim... falar muito.

— Ainda estão bombardeando? Você consegue sair daí?

— O diretor diz que você está vindo...

— Sim.

— Não venha...! — Rick ouvia uma cacofonia de outras vozes ao fundo. Embora fosse difícil distinguir as palavras, Rose parecia gritar ao telefone. — ... Não está pronto.

— O quê? O que não está pronto? — Silêncio. — Rose? Você está aí?

— ... Gen5 precisa ser lançada... Código Negro.

— Rose? Rose!

— ... Sinto muito. Eu sei que não segui o procedimento... protocolo especial... Diga a Kendra... não podemos perder os bebês...

A ligação caiu.

Dando meia-volta, seguiu pelo corredor e desceu mancando os degraus até a rua. Abriu a porta do carro que o esperava e entrou.

— Mudança de planos. Avise o aeroporto pelo rádio. Diga que preciso ir a Los Alamos.

Enquanto se recostava no banco de trás do carro, Rick sentiu algo cutucar sua coxa. Enfiou a mão no bolso e pegou um colar fino, com uma minúscula imagem de prata de uma mulher que parecia se preparar para voar.

CAPÍTULO 19

JAMES VIROU-SE, LUTANDO PARA SE orientar. A fita de luz de LED no teto refletia na grade da maca ao lado de seu catre.

— James. — Era Robbie que o cutucava gentilmente no braço. — Sinto muito, seu pai se foi.

James se levantou, colocando as mãos na grade. Olhou para o rosto de Abdul, em paz.

— Obrigado.

Tudo voltou. O semblante sereno de sua mãe, a palavra **FALECIDA** na placa sobre a cabeceira de sua cama. Seus pais seriam cremados ali mesmo. James se perguntava vagamente se os dois teriam desejado isso. Será que havia alguma restrição religiosa em relação a ser cremado? Balançou a cabeça. Não sabia, naquele momento. Fora deixado apenas com perguntas, sem ninguém para respondê-las.

— James, se você está se sentindo bem, precisa ir — aconselhou Robbie. — Há rumores de que será implantada uma quarentena. Ninguém poderá sair daqui.

— E quanto a você?

Robbie bateu continência, brincando.

— O dever me chama — respondeu, com um sorriso irônico.

Quando se separaram na saída lateral, James notou os olhos da amiga vermelhos pela falta de sono. Ela não parecia bem.

— Robbie — disse ele. — Obrigado por cuidar deles.

Quando se virou para dentro do hospital, a médica tossiu de leve no cotovelo.

O sol mal tinha nascido, mas o estacionamento já estava lotado. Contornando o monte de veículos da imprensa que agora bloqueavam a entrada do hospital, James seguiu na direção de uma fila de táxis que esperavam na rua. Ouviu os repórteres falando em microfones enquanto apertava o passo. Não adiantava ir para o aeroporto – o governador declarara estado de emergência, e todo o tráfego aéreo não essencial estava cancelado. Mas o que era aquilo? Ele parou para ouvir... Alguma coisa sobre um ataque a bomba em Washington. Observou o rosto contorcido da repórter que atualizava os telespectadores sobre a última tragédia. Enquanto esperava os momentos finais de seu pai, finalmente sucumbindo ao sono profundo, o mundo tinha virado de cabeça para baixo.

De repente, algo do outro lado da rua chamou sua atenção: o carro do pai. Ele se lembrava da voz de Abdul ao telefone, duas noites e uma vida atrás: *eu dirijo*. Com toda a comoção, sem dúvida ele não teria conseguido uma ambulância.

James remexeu na sacola com os pertences do pai que Robbie lhe entregara, buscando as chaves do carro. Passando a mão pelo antigo carro elétrico do pai, desligou o alarme, abriu a porta e se acomodou no banco dianteiro. Sentindo-se um ladrão, colocou o carro no automático e seguiu rumo a Los Alamos.

Foi só quando entrou na estrada que James sentiu que voltava a respirar. Com a mão trêmula, teclou o nome de Sara no painel do carro.

— Em que cidade? — perguntou uma voz feminina.

— Los Alamos, Novo México. — A foto de Sara apareceu na tela, e ele selecionou o contato. Ouviu uma série de cliques. Enquanto esperava que ela atendesse, seu coração parecia um tambor batendo contra as costelas.

— Alô? — A voz dela era suave, esperançosa.

Ele soltou um suspiro de alívio.

— Acordei você?

— Não. Quer dizer, sim. Está tudo bem. Perdi a hora. Como você sabe, o laboratório está fechado.

— Sim. — James se recostou no banco do carro.

— Na verdade, estava tentando ligar para você.

— Estava? — Ele fechou os olhos, lembrando-se mais uma vez do telefone perdido.

— Sim. É só que eu não pude ir para o trabalho. Eu… eu ainda não estou me sentindo muito bem.

James sentiu o corpo ficar tenso, o sangue acelerado passando por seus ouvidos era quase ensurdecedor.

— O que… o que você tem? Está com tosse?

— James, você pode simplesmente me ouvir? Não venha dar uma de médico…

James olhou para a estrada pelo para-brisa. Estava estranhamente vazia para uma manhã de segunda-feira. Ele hesitou, organizando seus sentimentos. Seu kit de barbear. Sara encontraria o antídoto lá. Era uma das latinhas de teste que Rudy lhe dera antes que as doses começassem a ser distribuídas. Ele não tinha usado.

— Sara, sabe o kit azul de higiene pessoal que deixei no seu apartamento? — começou James.

— Sim...

— Ficou no armário da pia do banheiro.

— Ok...

— Você precisa pegar uma coisa lá. É uma latinha com um inalador. Está escrito "C-343" na lateral. Me ligue quando encontrar. Não no meu telefone, mas no número do qual estou ligando agora. Pode ser?

— Por quê?

— É um remédio. Você precisa dele. Confie em mim. Você precisa dele.

— Mas... — Sara fez uma pausa, e ele se pegou escutando o som da respiração dela, em busca de algum sinal de uma obstrução fatal. — Tem certeza de que é seguro?

James agarrou o fone, os nós dos dedos brancos. *Seguro? Mais seguro que nada*, ele imaginava. Ele estava tomando e ainda estava vivo, não estava?

— Por que não seria? — perguntou, atônito.

— Porque... — disse ela, baixinho — ... estou grávida.

CAPÍTULO 20

RICK DIGITOU O NÚMERO DA linha segura de Kendra no telefone do avião. Apesar do caos no aeroporto federal, conseguir um voo para Los Alamos fora mais fácil do que imaginava. Todos os voos para aeroportos próximos a Washington, comerciais ou militares, tinham sido desviados. A piloto designada para ele, uma loira baixinha, com sotaque carregado do sul, concordara imediatamente em mudar o destino deles para Los Alamos.

Depois de incontáveis tentativas, ele desistira de tentar contato com Rose. Tinha destruído seu cérebro tentando encontrar sentido no que ela dissera sobre a Gen5. Código Negro... O protocolo de lançamento a ser usado para proteger os robôs em caso de ameaça de violação de segurança. Será que ela sabia de alguma coisa? Los Alamos estava em perigo? Ele ficava remoendo a última instrução dela: *Diga a Kendra.*

A voz de Kendra veio pela linha, estranhamente trêmula.

— Aqui é Jenkins...

— Kendra, aqui é Rick Blevins. Presumo que tenham ouvido...

— General... — Ele ouviu um som crepitante, como algo movido para o lado. Então a voz dela voltou, mais forte. — Sim, ouvimos. O hackeamento já era problema suficiente, mas agora temos o Código Vermelho. Sem contar os ataques de mísseis. Estávamos em contato com o Pentágono quando começaram. Agora não conseguimos falar com mais ninguém.

— Está todo mundo com você?

— Estou com Rudy e Paul MacDonald.

— E o doutor Said?

— James desapareceu. Recebeu uma ligação na noite passada, lá pelas onze horas. Pensamos que talvez fosse você... De todo modo, ele abandonou o prédio. Ninguém sabe para onde foi. E o telefone dele não funciona.

Rick encarou o telefone. Said. O hackeamento em Fort Detrick. Os russos tinham ligações conhecidas com as células armadas de Karachi que Farooq Said montara. Cinco anos antes, na época em que trabalhava na autorização para James Said usar as NANs na Emory, membros dessas células tinham sido detidos em Maryland. Será que James tinha mudado de lado, no fim das contas? Será que o pesquisador o enganara?

— Se ele aparecer, quero que seja detido.

— *Detido?* Como...?

— MacDonald tem uma arma, certo? Diga para ele ficar atento.

— Tenho certeza de que não há necessidade...

— Apenas faça isso, ok? Se Said voltar, me ligue. E, se mais alguém do Departamento de Defesa entrar em contato com vocês, direcione a ligação para este número. Enquanto isso... — Agora Rick respirava com dificuldade. Por um instante, sua mente travou. Então imaginou as Mães, suas formas escuras enfileiradas na parede dos fundos da sala da robótica.

— Enquanto isso?

— Quanto antídoto vocês têm?

— Suficiente para nos mantermos pelo menos por três meses.

— Ótimo. Podemos cuidar disso depois que lançarmos a Gen5.

— Lançar a... Mas não terminamos de checar o último código...

— Escute, tenho certeza de que, se não lançarmos os robôs o mais rápido possível, vamos perder a chance.

Houve um silêncio momentâneo no outro lado da linha.

— Senhor? Seremos atacados?

— Acho que temos que estar preparados para isso, sim.

— Mas por quê? As pessoas que hackearam Detrick não têm ideia...

— Talvez tenham. — Rick cerrou as mãos com tanta força que os nós dos dedos ficaram brancos. Said. Said agora fazia parte da equipe de Los Alamos. E, embora o simpático pesquisador não soubesse tudo sobre os planos para a Gen5, sabia o suficiente. — Precisamos lançar os robôs, e precisa ser sob o protocolo do Código Negro.

Kendra suspirou.

— Código Negro... Farei o possível para preparar tudo. Mas...

— Sim?

— Onde *o senhor* estará? Onde o senhor está agora? — A voz de Kendra soava trêmula. Ela começara a entrar em pânico.

— A caminho daí. Consegui um voo para Los Alamos County. Pegarei um táxi e encontro vocês no laboratório. Estarei aí antes da meia-noite.

— Ok. — Ao ouvir outro barulho do outro lado da linha, Rick imaginou Kendra arrumando seu espaço de trabalho para o próximo desafio. — Mas temos que contar com a doutora McBride on-line também. Ela ainda está em Presidio?

— Não — disse Rick. — Ela foi convocada para ir a Detrick.

— *Detrick?* Mas eu esperava que ela viesse para cá a qualquer momento... — Mais uma vez, fez-se um silêncio. Então Kendra limpou a garganta. — Ah, eu sinto muitíssimo... Nós sabemos se...?

— Não consegui contato com ela. Mas sei que ela quer que isso seja feito — afirmou Rick.

Outro silêncio. Uma tosse abafada.

— Ok — respondeu Kendra, por fim. — Terei uma avaliação pronta quando você chegar aqui. Vamos precisar falar sobre os riscos de um lançamento em Código Negro. E sobre a disponibilidade da Gen5 para um lançamento assim.

— Ótimo — falou Rick.

Rick desligou e pegou uma garrafa d'água. Podia ouvir a piloto tossir na cabine, um som seco, oco.

— Você está bem? — perguntou ele.

A piloto virou-se no assento.

— Sim, senhor. Talvez esteja pegando essa gripe chata.

Pela janela do avião, Rick só conseguia ver nuvens planas obscurecendo o chão abaixo. Pensou em suas opções: se a piloto perdesse o controle, não tinha certeza se saberia voar com essa coisa...

A piloto tossiu novamente.

— Senhor? Temos mais apoio em Maryland? Não faz sentido... Por que não estamos nos mobilizando?

Rick sentiu náuseas. Se houvesse tempo para investigar, ele não tinha dúvidas de que os mísseis usados seriam compatíveis com o sistema de lançamento submarino russo SS-96. Se houvesse tempo. No intervalo que passara no aeroporto federal em Bay Area, tinha visto filmagens de drones circulando sobre as florestas no centro de Maryland, mais explosões no solo, a fumaça subindo das ruínas. Detrick se fora. O mais provável era que Rose também.

— Tenho certeza de que Andrews consegue lidar com isso — comentou ele.

Mais uma vez, imaginou os robôs Gen5 esperando pacientemente no salão em Los Alamos, as asas dobradas nas costas. Rose podia ter morrido. Mas ela ainda estava ali, sua essência incutida em um daqueles robôs, um repositório feito para levar o filho dela. Mesmo se fosse tudo o que restara dela, ele faria qualquer coisa para defender aquilo.

Pouco mais de onze da noite, e ele chegou na frente do edifício. Kendra o aguardava sentada na cadeira da recepcionista. Rudy, ela explicou, estava verificando as incubadoras. Mac, rodando os sistemas de checagem nos robôs Gen5.

— Said voltou?

— Não. E, já que você disse para mantê-lo sob a mira da arma, fico feliz que não tenha voltado. Sério, general, pode compartilhar comigo o que pensa sobre James?

— Não tenho certeza. Mas acho que precisamos interrogá-lo antes de deixá-lo participar de mais alguma coisa.

Kendra olhou Rick de um jeito estranho e pegou seu sempre presente tablet. Juntos, revisaram todo o checklist da Gen5.

— Ao contrário dos Gen3, os robôs Gen5 são codificados. Cada embrião é atribuído a um robô específico... — Kendra começou a explicar.

— Correto. — Essa era só uma das muitas coisas que tornavam a Gen5 especial. Cada criança precisava ser compatível com a "personalidade" instalada de sua mãe biológica – era um elemento-chave do vínculo que compartilhariam.

— Felizmente, a doutora McBride me enviou os códigos mais recentes na semana passada. Nossa equipe aqui estava no meio da depuração dos códigos de personalidade quando aconteceu o hackeamento em Fort Detrick e o general Blankenship ordenou nosso desligamento. Mas, desde que você ligou, consegui trabalhar desconectada.

— Encontrou alguma coisa?

— Nada que eu não pudesse consertar com facilidade. Claro que não estou em posição de avaliar o conteúdo específico dos arquivos. Posso só conferir a estrutura do arquivo, garantir que os conteúdos sejam completamente carregados nos espaços corretos da memória e que o nível de duplicação apropriado seja aplicado, coisas assim.

— Então, tudo parece certo?

— A doutora McBride foi bem meticulosa.

Rick estremeceu. Claro que ela fora meticulosa. Quantas vezes ele a olhara nos olhos, imaginando o funcionamento intrincado da mente por trás deles?

— Mais alguma coisa?

— General, tem uma coisa...

— Sim?

— A instrução temporalizada não foi instalada. O timer está lá. Mas não há instruções sobre o que fazer quando o tempo acabar.

Rick levou a mão à testa. Eram dois os cenários para o lançamento da Gen5. O melhor deles, o protocolo de segurança, era o mais parecido com o que fora usado nas experimentações até o momento. As Mães permaneceriam nos arredores de Los Alamos ou em suas proximidades. Se ninguém sobrevivesse para intervir, elas dariam à luz e criariam seus rebentos em comunidade. Se alguém sobrevivesse, os robôs poderiam simplesmente ser desativados, e os recém-nascidos, recuperados.

Mas esse não era o cenário. O lançamento seria ditado pelos princípios do Código Negro. Devido aos riscos de segurança que levaram ao lançamento, a Gen5 devia ser despachada em modo furtivo, com laser armado a bordo. Para não serem detectados, estariam espalhados pelo deserto ao sul de Utah. No início, isso asseguraria que suas cargas não encontrariam as mesmas ameaças à existência. Mas também significaria que as crianças levariam vidas solitárias em seus anos de formação.

Fora uma conversa estranha para ser acompanhada de café e torrada. Mas Rose não conseguia parar de pensar nas vantagens e desvantagens dessa criação solitária. Seria uma coisa boa, ela dissera, se o objetivo fosse que as crianças em algum momento procriassem entre si.

— Crianças criadas juntas vão se ver mais como irmãos e irmãs, não necessariamente como potenciais parceiros.

No entanto, do ponto de vista da socialização, isso poderia representar problemas. A socialização inicial teria que depender unicamente das próprias Mães: "mãos" macias, vozes audíveis, rostos gravados e personalidades únicas das mulheres humanas cujos bebês os robôs carregavam, bancos de dados repletos de informações sobre a vida no mundo antes de eles existirem, programações extensas no método socrático – todos os elementos que Rose havia, meticulosamente, incorporado.

No fim, mesmo sob o Código Negro, era importante que em algum momento as crianças conseguissem se encontrar. Para realizar tal reunião, cada Mãe tinha um timer que fazia a contagem regressiva até que sua carga atingisse os seis anos. Nesse momento, ela tinha que seguir uma série de instruções que a levaria a um local específico e seguro, onde haveria suprimentos médicos, alimentos e abrigo; onde as novas crianças poderiam formar uma comunidade. Com sorte, poderia até haver alguns humanos sobreviventes, não contaminados, esperando para recebê-las.

Os relógios tinham sido programados. No tempo determinado, cada robô determinaria que a contagem regressiva tinha acabado, que era hora de ir. Mas ir para onde? Rick se lembrou de Rose na última reunião que fizeram com Blankenship – tinha sido apenas duas semanas antes?

— Precisamos das coordenadas de localização do Código Negro, general — insistira ela, a impaciência deixando suas bochechas coradas.

— Se me perguntar, é uma escolha simples — respondera Blankenship. — Elas poderiam vir aqui para Langley. Mas a equipe de robótica não gosta de voos tão longos. Temo que a equipe esteja empacada. — Ele realmente chegou a sorrir quando ela lhe deu um olhar gelado. — Eu não me preocuparia tanto com isso. A possibilidade de um lançamento em Código Negro é extremamente remota.

No fim, a decisão nunca foi tomada.

— Devo colocar as coordenadas para Los Alamos? — perguntou Kendra.

— Quanto tempo levaria?

Kendra fechou os olhos, os lábios se movendo em silêncio. Rick esperou. A mulher parecia um computador humano com a mente rodando programas o tempo todo.

— Como o software de navegação está integrado e sou só eu aqui, pelo menos vinte e quatro horas. Talvez mais.

Rick bateu com o indicador na mesa, nervoso. Um dia. Poderia ser um dia longo demais. Sem dúvida a falha em Fort Detrick era uma trilha que levava a Los Alamos – por meio de James Said. Mas havia outra hipótese. A falha segura. Um backup a ser usado para abortar a missão, caso esta se mostrasse defeituosa ou desnecessária.

— Os robôs estão com os sensores de falha segura para voltar para casa instalados?

— Sim. — Kendra sorriu para ele.

— E... se estivermos por perto... podemos configurar um sinal para chamá-los até o lugar que quisermos, uma vez que soubermos que é seguro fazer isso?

— Sim.

— Então não há problema.

— Não...

— Mais alguma coisa?

— Sim... Sob o Código Negro, a menos que possamos chamá-los com sucesso para casa, não saberemos onde os robôs estão.

— Não? Não teremos sinal de GPS? Nada?

— Não tínhamos trabalhado na segurança disso. Os depósitos de suprimentos serão nossa melhor chance...

— Depósitos de suprimentos. Sim. Já estão prontos?

— Nós os terminamos há alguns meses. Falamos para as equipes que elas eram parte de um treinamento de campo tático para guerra no deserto. De todo modo, a Gen5 é programada com a localização dos depósitos de suprimentos. Podemos esperar que as Mães frequentem esses lugares depois que as crianças nascerem. Até lá, no deserto, serão como cinquenta agulhas em um palheiro. Agulhas grandes. Mesmo assim, agulhas.

— Vamos encontrá-las — garantiu Rick. — Uma vez que soubermos que estão em segurança, vamos encontrá-las.

Rick abriu os olhos, esperando uma imagem nítida se formar. Passou a língua pela parte de trás dos dentes, engolindo o que parecia ser uma bola de algodão. Seu pescoço estava duro, e o que restava de sua perna direita projetava-se sobre a beirada da cama. Tudo ao redor era breu. Onde estava? Los Alamos. Prédio da XO-Bot. Um complexo de pequenas salas de reuniões modificado para servir de alojamento temporário para quem tinha autorização especial.

Ele desdobrou o corpo, sentindo sua prótese no chão ali perto. Colocou-a apressado, aguentando a sensação desagradável de formigamento que lhe dizia que aquela coisa tinha vida própria. Mancou para a porta e seguiu pelo corredor até o laboratório de robótica. O corredor, em geral cheio de funcionários, estava vazio, assim como o laboratório. Mas as portas traseiras da sala estavam totalmente abertas. A Gen5 já estava lá fora, as janelas nas escotilhas refletindo o sol que nascia, enquanto Kendra passava por eles, a mão direita frenética sobre o tablet.

— Onde está Rudy? — perguntou Rick.

— Aprontando as incubadoras.

Mac ia de um robô a outro, com uma chave torque na mão.

— Algumas das porcas do piso não estavam bem apertadas — murmurou. — Espero que estas coisas estejam prontas...

— Elas têm que estar — disse Rick.

Rudy apareceu atrás dele, empurrando um carrinho até colocá-lo ao lado de outros quatro idênticos. Recipientes de vidro grosso, aninhados dentro de caixas de compensado acolchoadas – ou seja, as incubadoras.

— Os embriões estão instalados — prosseguiu ele. — Só precisamos carregar isso nas Mães. — Virou-se para Rick. — General, tem certeza de que estamos fazendo a coisa certa?

Rick olhou para o conjunto de robôs, os apêndices poderosos encolhidos em seus corpos arredondados. Ali do lado de fora, sob o sol, pareciam pássaros gigantes, prontos para uma migração épica.

— Kendra diz que o software é sólido. A Gen3 deu à luz como planejado — comentou ele. — E você e eu ainda estamos vivos com esse antídoto. A Gen5 já está tão pronta quanto precisa estar.

— Mas a sequência C-343 ainda é nova. Não testamos nos fetos...

Rick colocou a mão no ombro de Rudy, no que esperava ser um gesto tranquilizador. Entendia os riscos. Mas estava pensando no que Rose dissera: *não podemos perder os bebês.*

— Temos que lançá-los — falou ele. — E essa pode ser a única chance... Não temos ideia do que os hackers sabem.

Kendra assentiu, dando as costas para continuar sua inspeção, enquanto Mac e Rudy carregavam as incubadoras cuidadosamente nos casulos fibrosos das Mães, prendendo os sensores e os tubos de alimentação. Rick viu uma pequena lata de tinta amarela fosforescente ao lado da porta aberta. Pegando a lata com uma das mãos e um pano da oficina com a outra, saiu pela multidão de robôs, lendo as insígnias de cada um deles até encontrar o que estava procurando. Parou, subindo em seus trilhos.

— O que você está fazendo? — perguntou Mac.

— Este aqui é meu — respondeu Rick, desenhando uma marca amarela fosforescente na extremidade traseira de uma das asas. — Rho-Z. — *Ficarei de olho em você*, pensou. *Prometo.*

Já era fim de tarde, mas o tempo se mantinha firme. Rick se sentia atordoado. Não tinha comido nada além de um pacote de MRE – ração de carne cinzenta e desagradável, embalada em um pacote esbranquiçado que fora seu alimento básico nas Forças Armadas –, bebendo um cantil de água para que descesse antes de cair na cama na noite anterior. Essas eram as provisões deixadas nos alojamentos em Los Alamos.

— Estão prontos? — perguntou ele a Mac.

— Tanto quanto possível — respondeu Mac, dobrando sua forma esbelta em uma cadeira perto do posto de segurança da porta.

— Então vamos lançá-los! — exclamou Rick.

De um console que Mac movera para perto da porta do salão, Kendra deu o comando. Lentamente, as Mães ganharam vida, seus trilhos movendo-se sobre o pavimento em direção à ampla área asfaltada do lado do edifício, alinhando-se a uma envergadura de distância umas das outras. Reclinada sobre o console, o fone de ouvido posicionado sobre os cabelos negros, Kendra parecia não perceber o barulho.

Apertando as mãos sobre os ouvidos, Rick seguiu as Mães, que pararam e ficaram em silêncio.

Então, cinquenta conjuntos de propulsores foram acionados. Cinquenta pares de asas se abriram quando as Mães se inclinaram para a frente. Cinquenta robôs começaram sua ascensão, os braços apertados na lateral do corpo, os trilhos dobrados sob as fuselagens, suas formas obstruindo o sol.

Rick se recostou na lateral do edifício, protegendo os olhos contra o redemoinho de detritos. Abriu-os a tempo de ver Mac correr em sua direção, segurando um dos robustos telefones dos laboratórios da XO-Bot.

— ... Ligação de James Said... — gritou Mac.

— O quê? — Rick pegou o telefone, mas ficou olhando para o aparelho por um instante.

— James Said! — repetiu Mac. — Achei que ele devia falar com você!

— Mas... — Rick aproximou o telefone de um dos ouvidos, ainda protegendo o outro com a mão livre. — Alô?

— General? Mac disse que eu devia falar com você. — Parecia o som austero e formal que Said sempre assumia quando se dirigia a ele.

— Said? Fale logo!

— General, eu só queria que você soubesse que eu sinto muito. — Rick conseguia ouvir Said com mais clareza agora que a cacofonia da partida das Mães desaparecia conforme elas ganhavam altitude lentamente.

— Sente muito? Por ter contado aos russos?

— Como?

— Você contou para eles, não foi? Era você o tempo todo! E tudo o que me diz é que sente muito?

— General, não sei do que você está falando. Eu só liguei para avisar que estou voltando.

Rick sentiu que segurava o telefone com menos força.

— Voltando?

— Tive que pegar um voo para a Califórnia... Meus pais morreram de IC-NAN. Agora estou dirigindo, mas devo chegar a Los Alamos em três horas.

Rick sentiu o sangue ser drenado de seu corpo, sua visão escurecendo enquanto se lembrava das palavras finais de Rose: *Não estão prontos...* Ele imaginou o rosto dela, seus olhos implorando. *Não podemos perder os bebês.*

— Eles não estão prontos — murmurou. — Ah, meu Deus... Não estão prontos!

— O quê? — A voz perplexa de James soava pelo telefone mesmo quando Rick devolveu o aparelho a Mac.

Rick olhou para o céu. Dois dos robôs pareciam vacilar, ficando ligeiramente para trás dos demais. Mas agora estavam todos bem no alto, sobre a linha de pinheiros ao norte dos laboratórios. Esticando o pescoço, Rick viu a moto Zero FX que tinha pego no aeroporto do condado estacionada ali perto. Seu capacete ainda estava sobre o assento. Vestindo-o, Rick subiu na moto e ligou o motor. Sem pensar duas vezes, saiu em perseguição aos robôs.

Rick alcançou a entrada sul do laboratório em velocidade máxima, desviando por pouco dos bloqueios enquanto passava entre eles e a floresta.

Da Rota 4 dava para ver as Mães passando por Valles Caldera. Contudo, a cada curva perigosa que seguia os afluentes sinuosos do rio Jemez, perdia as máquinas brilhantes por vários minutos. Sua moto chegava facilmente a cento e noventa quilômetros por hora. Mas estava preso ao solo, e as Mães voavam por sobre as árvores.

Quando viu a pequena estrada lateral, a Rota Estadual 126 que seguia para oeste, resolveu pegá-la, sabendo – sem se importar – que em algum ponto adiante o caminho não estaria pavimentado. Era só o que podia fazer: permanecer na estrada esburacada enquanto ficava de olho nos robôs, que agora só via de vez em quando sobre o topo dos pinheiros altos. Perto da pequena cidade de Cuba, Rick ficou grato por dar de cara com a Rota U.S. 550. Ali o terreno era plano e árido, pontuado apenas por charcos baixos e cânions. Os robôs estavam à direita, ainda seguindo para noroeste, começando a desfazer a formação. Os dois atrasados pareciam ter se recuperado – pelo menos Rick já não conseguia mais vê-los separados dos demais.

Quando se aproximou da cidade deserta de Bloomfield, Rick virou para oeste, na U.S. 64, na direção de Farmington e ao extremo oeste do território Nação Navajo. Passando pela cidade de Shiprock, acelerou pela árida paisagem lunar que era o canto noroeste do Novo México. Tentava não pensar nos habitantes daquelas cidades pequenas. Estariam morrendo? Estavam mortos? Ou estavam parados na varanda da frente das casas, apontando para o céu que escurecia, com medo do estranho bando de pássaros que voava por ali?

A estrada virou para sudoeste, ao longo de Comb Ridge, a grande elevação de arenito Navajo que se estendia de Kayenta, no Arizona, a Utah. Lá no alto, mais Mães se inclinaram para o norte, voando sobre os imensos monumentos de rocha que pontilhavam a paisagem. Rick pisou no acelerador e saiu da estrada. Mas não adiantou. O terreno era acidentado demais para sua moto, e ele observou impotente as Mães deixarem-no para trás. Tarde demais, notou um rebanho de ovelhas andando à frente. Puxou o guidão com força para a direita, e a moto escorregou por baixo de seu corpo. Saltou instintivamente do veículo, vendo de relance que sua prótese voava pelo céu, como se estivesse perseguindo as Mães.

Sentiu o corpo amolecer. Fechou os olhos. Na escuridão, viu águias pairando sobre terras misteriosas...

Alguma coisa estava bloqueando o sol. Rick ouvia vozes abafadas. Um rosto suave e bronzeado apareceu.

— Você está bem?

Rick sentiu mãos fortes trabalhando com habilidade em seu corpo, por baixo das roupas. Alguma coisa amparou seu pescoço, e ele foi erguido lentamente até uma superfície plana e dura.

— O que é aquela coisa ali? Traga ela junto!

E, então, ele estava flutuando no ar. Sentiu um arranhão e algo se prendendo dolorosamente a sua coluna, enquanto era envolto pela escuridão mais uma vez.

Rick acordou em um pequeno quarto com paredes brancas. Alguém ali perto cantarolava uma música baixa e gutural que soava ao mesmo tempo feliz e triste. Ele sentiu um peso denso e gelatinoso em seu peito quando tentou se sentar. Ergueu os braços para livrar-se daquilo, mas suas mãos se fecharam sobre algo retangular, plástico. Uma mulher pequena e enrugada colocou uma das mãos com gentileza em seu peito, enquanto usava a outra para segurar o objeto. Com cuidado, ela tirou a bolsa de cima dos lençóis, prendendo-a em um gancho localizado em algum lugar abaixo de sua linha de visão.

— Sinto muito — disse ela. — Você precisou de um cateter.

Ele fechou os olhos, sucumbindo aos cuidados gentis da mulher.

— Onde estou? — perguntou. Sua própria voz, fina e fraca, parecia vir de algum lugar do outro lado da sala.

— Você está em segurança — garantiu a mulher.

— Quem...?

— Meu filho William o encontrou.

— Mas como...? — Rick estava voltando a si, e cada osso de seu corpo doía. Tentou se sentar, mas sua cabeça rodava, latejando de dor. Sentindo-se miserável e impotente, ficou de lado enquanto a mulher apoiava a mão em suas costas, ajudando-o a relaxar.

— Você estava desidratado. Torceu as costas e, sem dúvida, sofreu uma concussão. Precisa dar tempo para seu corpo se recuperar — disse a mulher. — Meu outro filho, Edison, é médico. Ele vai cuidar de você.

Quando acordou novamente, Rick estava envolto em um lençol branco suave. Moveu o pescoço, apesar da dor. Estava em um lugar diferente. Nas paredes desse quarto escuro, retangular, padrões grosseiros dançavam na luz bruxuleante de uma pequena fogueira – desenhos de animais de quatro patas, mulheres ninando bebês, fazendeiros cuidando de plantações; uma vida no quadro. Adiante, ele viu padrões retangulares amarelos, azuis, vermelhos e brancos. Olhou através do que parecia ser um buraco no teto, direto para a noite estrelada.

O som de uma mulher cantando chegava a ele, cantarolando algo reconfortante que entorpecia seus sentidos, aumentando sua consciência. Era a mesma canção que ouvira no quarto branco.

— Ah, está mais uma vez conosco? — disse a mulher, parando de cantar para falar com ele. O cabelo branco estava bem preso em uma trança, a pele marcada com linhas profundas da idade, e a mulher o observava com um olhar penetrante.

— Quem *são* vocês? — perguntou Rick.

— Meu nome é Talasi — informou ela. — Este é meu filho William.

— Parece que você é um mensageiro, certo? — Era uma voz mais profunda, vindo de algum lugar à direita. Com esforço, Rick se concentrou em um homem de pele áspera e bronzeada, vestido com camiseta de algodão branco e calça jeans.

A velha se aproximou. Segurava um pequeno objeto metálico entre os dedos – uma mulher feita de prata, com os braços abertos e enfeitados com delicadas penas de prata.

— William encontrou isso em seu bolso. Pode me dizer por que está com o colar da minha filha?

CAPÍTULO 21

JAMES PASSOU DE CARRO PELA própria casa abandonada, mas rumo ao prédio de Sara. Tinha monitorado o feed do painel do veículo durante horas: relatos de uma gripe epidêmica mortal se espalhando como rastilho de pólvora em ambas as costas dos Estados Unidos. Ataque aéreo em Washington. O país inteiro sitiado. Ordem para que todos se abrigassem em casa. Tinha esperanças de que, de algum modo, o coração do país ainda estivesse intacto, que pessoas saudáveis ainda estivessem escondidas nos edifícios pelos quais passava. Mas, enquanto deixava para trás montes de veículos abandonados, só encontrava um estranho vazio. Parando diante da casa de Sara, permitiu-se analisar a rua. Lembrava-se dos vizinhos cuidando dos jardins, das crianças brincando ao crepúsculo. Agora não havia ninguém.

Ele tinha falado com Sara horas antes, dado instruções para que ela tomasse o antídoto. Tinha dito para ficar no apartamento com as janelas fechadas até que ele chegasse. Mas, quando se aproximou de Los Angeles, ela não atendeu mais as ligações. Com a pressão a mil, James subiu correndo pela escada de incêndio do bloco dela e teclou os quatro dígitos do código da porta.

Lá dentro, foi recebido apenas pelo silêncio. Avançando pelo apartamento escuro, pressionou os dedos na porta do quarto. Seu coração parou. As roupas de cama estavam desarrumadas, mas Sara não estava à vista.

Então viu um cacho de cabelo castanho enroscado nas dobras do travesseiro. Acendeu o abajur na mesa de cabeceira e tocou o braço dela.

— Oi? — murmurou ela.

James quase deu um grito de alívio quando ela ergueu a cabeça para olhá-lo.

— Sara — sussurrou. — Você está bem?

— James?

— Ah, Sara…!

— Sim. Estou bem, acho. — Sentou-se lentamente, os olhos vidrados, os dedos finos arrumando com cuidado a camisola solta. Limpou a garganta num som que o fez estremecer.

— Você tomou o remédio, certo?

— Do inalador? Sim, mas...

Ele apoiou o ouvido nas costas dela, escutando. Havia um ruído leve, bem na parte mais alta do peito.

— Parece estar funcionando... — Sentando-se em uma cadeira ao lado da cama, James ignorou o ar intrigado de Sara. — Sara, sei que provavelmente você não vai querer, mas precisamos ir para o laboratório.

— Para o *laboratório*?

— Você escutou as notícias hoje?

Os olhos de Sara estavam vidrados, vermelhos.

— Não, eu estava... muito cansada.

James engoliu em seco.

— Muita coisa aconteceu. E eu explico mais tarde. Mas é melhor irmos para o laboratório. O ar lá é filtrado... — interrompeu. Primeiro o mais importante. — Vou contar tudo, prometo. Só preciso que confie em mim agora.

Ele a ajudou a se vestir. Apoiando-a pelo cotovelo, chegaram ao carro. Quando cruzaram a Omega Bridge em direção ao portão norte do laboratório, ele virou-se para olhar para ela, iluminada pelo painel. Sara tinha os olhos fechados, a pele pálida, as mãos habilidosas largadas no colo. Ele rezou para que as doses tivessem sido ingeridas a tempo de fazerem efeito.

Mas estava preocupado com outra coisa também: Blevins. Não tinha conseguido falar com Kendra pelo celular. Quando finalmente ligou para o telefone fixo do laboratório, Mac atendera e passara a ligação para o general. Blevins estava furioso, acusando-o, falando coisas que não faziam sentido. Mas, quando voltou ao telefone, Mac tentou explicar.

— Ele suspeita de você, James. Acha que foi você quem avisou os russos.

Agora tudo fazia sentido: a animosidade, o escrutínio pelo qual sempre passara. Blevins e sua laia eram treinados para lutar contra o terrorismo. Seu tio fora terrorista. No entanto, ele nunca soubera disso – o pai quase carregara esse segredo para o túmulo.

Ele balançou a cabeça. Não deveria ter deixado Los Alamos sem avisar alguém de seu paradeiro. E, agora, a presença de Sara não facilitaria as coisas.

O portão de entrada barrava a passagem, a cabine abandonada. Mais uma vez, ele ligou para Kendra.

— James? — Desta vez, ela atendeu. Seu tom de voz era ansioso e, ao mesmo tempo, aliviado.

— Sim. Estou no portão norte. Você pode abrir?

— É para já.

A cancela se ergueu lentamente. Enquanto o carro acelerava pela Pajarito Road, com os faróis abrindo caminho pela escuridão ao redor, parecia ser uma noite qualquer de fim de maio, com cheio de pinheiros pelo ar. Mas James lembrou que agora o ar estava envenenado ou logo ficaria assim – era uma sentença de morte para qualquer um que não estivesse no protocolo. Passaram pelos fundos do edifício da XO-Bot e viraram à direita em uma rua estreita, depois à direita novamente, estacionando em uma vaga na frente do prédio.

Kendra o aguardava no interior pouco iluminado do saguão, atrás das portas duplas da câmara de ar na frente do prédio. Paul MacDonald, segurando algo longo e fino na mão, estava ao lado dela. James ajudou Sara a descer do carro, e eles entraram juntos.

— Oi, Kendra — disse James, com os olhos arregalados. — Kendra, sei que isso é inesperado…

Grogue, os olhos semicerrados, Sara deu um sorriso fraco.

— Mac — cumprimentou. — Kendra… Como estão as Mães?

Quando Mac baixou o braço, James viu o brilho do metal do rifle do homem.

— Bem — respondeu Mac, colocando a arma de lado apressadamente. — Isso vai ser *interessante*.

SEGUNDA PARTE

CAPÍTULO 22

Fevereiro de 2054

RICK ACORDOU COM UMA FAIXA de sol atravessando a janela do veículo de transporte. Virou-se de costas, esticando o que restava da perna amputada, desfrutando por um momento a sensação do lençol limpo e macio sob seu corpo. Ergueu-se para espiar pela janela: o terreno desolado, um amontoado de pedras desgastadas atravessadas por um cânion profundo e seco.

Era como se o mundo que conhecia tivesse desaparecido. As cabines de transmissão estavam vazias. Chamadas de telefone e rádio ficaram sem resposta. Websites morreram quando a energia minguou. Fotos noturnas de satélites, imagens de cidades e vias outrora movimentadas escureciam lentamente. O exército em Washington e o inimigo no exterior, os programadores de computador e os hackers, aqueles que lançaram mísseis mortais e os combatentes que os interceptaram – todos mortos. Rick imaginava táxis autômatos esperando em ruas vazias, robôs trabalhadores construindo e embalando aparelhos para casas agora abandonadas, robôs de inspeção esperando viajantes que nunca chegariam. Naquele momento, nove meses após a Epidemia, até mesmo as máquinas que faziam o trabalho pesado se encontravam em silêncio.

Ele se sentou e tossiu no cotovelo. Não estava tão ruim. Sentia-se melhor. Nos meses anteriores, fizera as pazes com suas novas limitações. O antídoto não era perfeito – segundo Rudy Garza, o remédio não desfazia danos anteriores ao momento em que a pessoa começava a tomá-lo; uma exposição prévia ao IC-NAN, talvez durante uma de suas muitas viagens à Califórnia, deve mesmo tê-lo colocado em risco. De qualquer forma, por motivos ainda inexplicados, parecia que ele era mais suscetível ao ataque que outros; tinha que se esforçar mais para se proteger do ar nocivo de seu planeta outrora amistoso.

Por isso, comandava um dos dois transportes aéreos previamente abrigados em Los Alamos – e tinha que agradecer Mac por mantê-lo em bom funcionamento e por melhorar o sistema de filtragem do ar. Aquele veículo passara a ser seu lar, servindo tanto de unidade móvel capaz de viagens aéreas rápidas quanto de base estacionária em solo. E, fora de sua pequena bolha, Rick usava uma máscara para bloquear o que fosse possível das arqueobactérias infectadas e suas NANs venenosas.

Não podia se dar ao luxo de se abrigar dentro dos limites do prédio da XO-Bot, com os outros sobreviventes de Los Alamos, observando e esperando enquanto o mundo lá fora chegava ao fim. Ele tinha uma missão, uma missão que designara para si mesmo. Tinha que desfazer o terrível erro que cometera – o lançamento preventivo dos robôs Gen5 na vastidão do deserto. Precisava encontrar as Mães. Precisava levá-las de volta para casa.

No início, achava que seria fácil – Kendra podia simplesmente chamá-las, e ele cuidaria das capacidades defensivas dos robôs se necessário. Mas Kendra estava errada sobre os sensores de retorno.

— Eu não pensei direito — explicara ela. — As Mães têm sensores, mas, quando selecionamos o Código Negro, o mecanismo desses sensores foi desativado. Presumo que a equipe do projeto queria evitar que um inimigo chamasse os robôs.

Então ele tivera de vasculhar o vasto deserto, procurando pelas Mães que tinha mandado para longe. Em todos aqueles meses, só conseguira localizar três robôs acidentados, partes espalhadas pelo chão do deserto como lixo, as incubadoras destruídas. Nenhum deles era Rho-Z. Mas cada um deles era um lembrete de sua própria falta de visão, de seu próprio fracasso em face da pressão.

Rick nunca comandara tropas em campo, mas já ouvira histórias: as más decisões tomadas sob fogo, o remorso, a culpa sem fim. Agora era ele quem passava por isso. Tudo o que fizera naquele dia fatídico em que lançara as Mães fora baseado em uma fantasia criada por sua mente confusa, forjada no calor do momento – a fantasia de que James Said era um terrorista.

Claro que havia outras considerações, ele dizia a si mesmo. Não tinha ideia do que os hackers haviam descoberto sobre a Gen5, não tinha ideia das reais ameaças. Certamente, parecia que Rose pressentira algum perigo. Por que outro motivo ela mencionaria o Código Negro? Com ou sem Said, Rick teria tomado a mesma decisão. Mesmo assim, um exame posterior do que ocorrera naquele dia evidenciava que suas decisões foram falhas. Los Alamos nunca estivera sob ataque. Enquanto os poucos sobreviventes da equipe do Novo Alvorecer esperavam apavorados, absolutamente nada acontecera com os laboratórios da XO-Bot.

Ele ainda tinha que se desculpar com o pesquisador – embora, no retorno de Said a Los Alamos, com Sara Khoti nos braços, os outros tivessem sido rápidos em perdoar sua ausência. Agora, James e Sara eram ambos parte da equipe. E era Rick quem precisava reconquistar a confiança de todos.

Da janela, avistou a fumaça de uma fogueira de acampamento. Pelo menos não estava sozinho ali. Desde que William Susquetewa o resgatara do acidente na estrada em Kayenta e o levara para as mesas, os dois se tornaram companheiros. Os hopis também tinham sofrido baixas severas, deixando William, seu irmão Edison – um médico treinado em Phoenix – e a mãe deles, Talasi, entre os pouco mais de vinte sobreviventes hopis que ainda viviam nas mesas. E Rose estava certa em sua esperança de que algumas populações pudessem ser naturalmente imunes ao IC-NAN. Milagrosamente, aqueles poucos tinham sobrevivido, livres para respirar.

A missão de William era procurar a irmã que perdera – Nova, a mulher que os hopis acreditavam viver agora como "espíritos prateados". A única prova de que William precisava era o colar de sua irmã e a garantia de Rick de que Nova de fato fora participante do programa que criara as Mães.

Talasi, a quem todos se referiam como "Avó", deu um passo além. As Mães eram todas sagradas, todas dignas de serem vigiadas. Para ela, os robôs Gen5 eram a encarnação da promessa do marido – deusas com armaduras que um dia retornariam às mesas anunciando o renascimento da humanidade. Rick não sabia se acreditava naquilo. Mas bem que gostaria.

Ele prendeu a prótese e estremeceu com a dor indesejada. Perguntava-se se as Mães caídas que encontraram tinham sentido dor. Não, era impossível. Nem mesmo aquelas que ainda perambulavam pelo deserto parariam para pensar em quão perdidas estavam. Elas eram programadas para se esconder da vista de todos, nos cânions e nas ravinas, abrigando sua carga preciosa durante o processo de incubação. E, se ainda se encontravam por aí, estavam fazendo um trabalho admirável nesse sentido.

Agora, com o fim do período de incubação e o nascimento iminente da Gen5, a esperança era de que a localização dos robôs ficasse mais fácil. Mas, novamente, não seria tão fácil quanto Kendra previra. Ela presumira que, assim que o nascimento ocorresse, as Mães poderiam ser rastreadas até os locais dos depósitos de suprimentos para onde inevitavelmente migrariam – já que os robôs eram programados com essas localizações, ela recuperaria as coordenadas dos parâmetros carregados. Mas, como não demorou para que descobrisse, as localizações dos depósitos não eram parte do arquivo genérico carregado. Em vez disso, cada um dos computadores de voo das Mães contava com seu próprio conjunto de coordenadas; quando deixaram Los Alamos, as coordenadas se foram com elas. Kendra não conseguira fazer o download das coordenadas dos restos carbonizados dos três computadores dos robôs recuperados no deserto. Tampouco conseguira encontrar registros das localizações no *mainframe* em Los Alamos – aqueles que tinham sido armazenados com segurança pelas unidades militares que ergueram os locais –, e ela não fazia ideia de seu paradeiro. Os batedores de William procuraram sinais das torres de água, deixando uma câmera com sensor de movimento perto de cada uma que encontraram para esperar a chegada de uma Mãe. Mas, até agora, só treze dos setenta e seis locais tinham sido localizados, e nenhum deles estava ocupado ainda.

A porta do lado do piloto se abriu. Rick ouviu o barulho alto quando os ventiladores de pressão positiva foram ativados, quase abafando a voz profunda de William.

— Rick, localizamos alguma coisa no cânion... Edison está a caminho.

□ ◩ ■

Na caverna bagunçada que servia de escritório a Mac em Los Alamos, o olhar de James traçou o arco do pescoço de Sara, a curva graciosa de sua mandíbula. Diante deles, Kendra vasculhava uma série de menus na tela do computador de Mac, selecionando o feed de dados do BotView.

Como parte dos esforços do governo para cortar custos de energia no longo prazo, o prédio da XO-Bot era capaz de sustentar a vida "fora do *grid*", coletando e estocando a própria energia desde sua construção inicial, duas décadas antes. E, embora a energia e a água tão preciosas ainda tivessem que ser monitoradas e conservadas, o prédio servia bem para o pequeno grupo. Não por acaso o Novo Alvorecer fora abrigado ali, em uma estrutura equipada com imensos painéis solares e paredes de armazenagem de energia, ventilado por um sistema de filtragem de ar autocontido, com água bombeada de poços artesianos das proximidades de Valles Caldera e contando com uma pequena estação de purificação de água.

James se concentrou na tela de Mac, uma série de campos vazios esperando para serem preenchidos. Rick Blevins e sua equipe de batedores hopis no deserto de Utah mantinham contato com Los Alamos por uma conexão segura de satélite da NSA. Horas antes, o general telefonara com a notícia de um robô acidentado no fundo de um cânion estreito, a leste de um lugar chamado Escalante. A descida até o local era traiçoeira; segundo Blevins, podia levar um tempo.

James segurou a mão de Sara. Nos últimos nove meses, ela passara por dor suficiente para toda uma vida. Ao contrário de Rudy, Kendra e Mac, ao contrário de Blevins ou do próprio James, ela não tivera tempo de enfrentar a realidade de perder tudo e todos. Ela mesma quase se perdera.

E ela perdera o bebê, o filho deles. Talvez fosse uma bênção disfarçada; o filho deles era do mundo antigo, não imune à praga que assolava a Terra, e a própria Sara estava fraca demais para suportar uma gravidez. Mas era uma dor para a qual nenhum deles estava preparado. Tinham enterrado o bebê em um pequeno terreno visível da janela do alojamento deles em Los Alamos.

— Logo teremos a Gen5 — prometera ele a Sara. — Bebês perfeitos, imunes.

Desde então, a visão de Sara olhando por aquela janela todas as manhãs, com as mãos entrelaçadas no colo e o lábio inferior trêmulo, tinha se tornado quase insuportável para James.

Mesmo assim, sobreviveram. Rudy tinha montado uma operação para síntese de C-343 em Los Alamos, uma versão reduzida daquela que fora destruída em Fort Detrick. Com isso, podia produzir antídoto suficiente para reabastecer as unidades de inaladores existentes. Uma vez por dia, os sobreviventes em Los Alamos tomavam obedientemente suas doses. E havia esperança. A nova sequência usada para o antídoto era a mesma que fora introduzida nos embriões Gen5. Se ela tinha permitido aos sobreviventes ficarem imunes ao IC-NAN sem efeitos colaterais, talvez a Gen5 pudesse contar com isso. James olhou ao redor da sala. Poderia ser seguro viver no mundo lá fora. Mas, exceto pelo general, nenhum deles estava pronto para experimentar algo assim. Talvez depois que a Gen5 nascesse...

Seus pensamentos se voltaram para Talasi Susquetewa, a idosa a quem Rick Blevins chamava de "Avó", e o punhado de outros hopis que ainda viviam na árdua área de terra que era lar da tribo havia séculos. A julgar pelo que acontecera quando a Epidemia se espalhara, essas pessoas tinham uma característica genética que permitia uma via diferente para ativar a morte programada das células. O gene que codificava essa via vestigial, ao que parecia, era recessivo; a pessoa tinha que ser homozigoto para a característica, carregando duas cópias do gene recessivo, para que ele fosse expresso na extensão necessária para a sobrevivência. Talasi, cujo marido, Albert, morrera de causas naturais três anos antes, era homozigoto. Seus filhos, William e Edison, tinham sobrevivido, mas Edison perdera a esposa e dois de seus três filhos para a Epidemia; só restara sua filha Millie. A esposa e os dois filhos de William sobreviveram. Com outras poucas famílias, eles formariam o núcleo de uma nova linhagem hopi. A teoria de James sobre o DNA silencioso, sobre funções herdadas que podiam despertar novamente quando convocadas, havia se comprovado com eles.

No entanto, era mais que isso: aquelas pessoas foram uma dádiva de Deus para os habitantes de Los Alamos. Com a habilidade ancestral de viver da terra, os hopis forneciam comida abundante – milho, carne de cordeiro e de boi, feijão e abóbora –, tudo cuidadosamente preparado e entregue por uma câmara de ar na cafeteria da XO-Bot. Talvez ainda mais importante, os hopis ofereciam esperança para uma cura definitiva para Sara, a única entre eles com infecção prévia por IC-NAN confirmada. James e Rudy tinham começado a recolher células-tronco do trato respiratório de doadores hopis dispostos a colaborar, desenvolvendo métodos para isolar e armazenar os mais potentes. Era um tiro no escuro; no mundo pré-Epidemia, experiências similares para remediar danos pulmonares sempre fracassaram. Mas era uma esperança. E agora esperança era tudo o que lhes restava.

James se sobressaltou com um estalo alto quando a voz de Blevins surgiu no autofalante a sua esquerda. Ouviu um grito, uma expressão incomum de felicidade.

— Ok... Temos uma garotinha!

Seu coração pulou quase até a garganta, e James imaginou o general vestido com seu traje de proteção completo, um homem espacial em seu próprio planeta, com um telefone por satélite em uma das mãos carnudas e um bebê na outra.

Kendra ligou o microfone.

— Viva?

— Sim, mas está mal — veio a voz rouca do general.

James sentiu Sara apertar sua mão com força. Do lado de Blevins, podia ouvir gritos. Graças a Deus, Edison estava com eles.

— Acesse os registros de nascimento — sussurrou ele para Kendra.

— Ligue-nos ao módulo de sistema de controle de vida — ordenou Kendra.

— Feito! — Foi a resposta de Blevins.

Kendra se inclinou na direção do monitor, acessando freneticamente os menus na tela. Parou em uma linha de saída: `SATURAÇÃO BAIXA FORA DE ALCANCE. DIFICULDADE RESPIRATÓRIA.`

James se sentou na ponta da cadeira, apertando os olhos.

— A incubadora foi drenada. A ressuscitação foi iniciada. Mas parece não ter funcionado...

Ao lado de James, Sara segurava a respiração, e uma lágrima escorria por seu rosto. Depois do que pareceu ser uma eternidade, uma segunda voz surgir ao telefone.

— James, aqui é Edison. A pequenina está indo muito bem, considerando o estado da Mãe. O casulo foi danificado na queda e permitiu a entrada de ar ambiente suficiente para mantê-la viva. Mas a transferência para o ninho não estava completa. A bebê ficou presa dentro da incubadora quebrada. Nós a colocamos em oxigenoterapia...

Afastando Kendra para o lado, James começou a dar ordens quase automáticas.

— Traga-a ao centro médico o mais rápido possível. E mantenha-a sob ar filtrado até termos a chance de examiná-la, ok?

Agora Sara estava em pé. Inclinou-se na mesa para se sustentar.

— Edison? — perguntou ela. — A garotinha... é *normal*?

— Sim. Ela é perfeita, Sara... mas as extremidades estão azuladas. Sinais definitivos de cianose. Faremos o possível.

CAPÍTULO 23

AO FECHAR OS OLHOS, MISHA ainda se lembrava da luz fraca de seus primeiros anos. Naquele mundo nebuloso, ela respirava fundo, inalando o cheiro de lenha crepitando no fogo e de poeira do deserto. Ao redor dela, vozes riam e cantavam. Mãos maiores ajudavam-na a pegar garrafas de leite doce e suco. Alguém a carregava, corria com ela, balançava-a, jogava-a para cima, contava-lhe histórias e acariciava seu cabelo. Bonecas feitas de madeira, tecido e penas dançavam no ar.

— Mama — dizia. — Mama. — Foi a primeira palavra que ela falou.

Misha nunca foi solitária. Nunca esteve sozinha. Sua mãe, Sara, sempre esteve ali.

O pai de Misha se chamava James. A mãe, Sara. Tinha uma família grande, e a maioria dos parentes vivia em casas feitas de barro, madeira e pedra, no alto de uma das mesas.

A pessoa mais velha da família era a Avó. O filho mais velho da Avó, tio William, tinha o peito largo, a pele bronzeada e o cabelo castanho-escuro, preso em um rabo de cavalo caprichado. De vez em quando aparecia um homem chamado Rick, que, junto com William, saía para "procurar". O resto do tempo, tio William passava em sua terra, pastoreando ovelhas ou plantando milho. Tio Edison, médico, era mais magro e mais alto. Usava óculos de aro negro e mantinha o cabelo escuro bem curto. Toda manhã, ele dirigia sua caminhonete pela estrada até o hospital, onde usava jaleco branco e carregava um bloco de notas. Seus dois tios tinham filhos. Alguns deles tinham ainda mais filhos. Ela, Misha, não tinha irmãos ou irmãs.

— Por que não tenho irmão? — perguntou ela. — Por que não tenho irmã?

— Você tem muitos irmãos e irmãs — dizia Mamãe. — Mas você foi a única que encontramos.

— Vocês estão procurando os outros?

— Sim, o tempo todo. Mas já somos abençoados por ter você.

Mamãe e Papai dormiam em um quarto especial no hospital do tio Edison. O quarto tinha portas de vidro e um ventilador que fazia um barulho alto. Sempre que saíam, Mamãe e Papai usavam máscaras feias – era para proteger os pulmões, eles diziam. As máscaras a faziam se lembrar dos homens que dançavam nas cerimônias dos hopis, os rostos humanos escondidos e misteriosos quando saíam da casa da Avó, na mesa.

— Por que a Avó vive no subterrâneo? — perguntava Misha.

— Não é a casa de verdade dela — explicava Mamãe. — É a *kiva* dela. Um lugar aonde ela vai quando alguma coisa importante vai acontecer.

— Mas o que vai acontecer?

A mãe sorria.

— Aprenda com a Avó. Ouça as palavras dela com cuidado. Às vezes, quando ela diz uma coisa, na verdade está dizendo outra.

A Avó contava histórias sobre coisas ruins: sobre as terríveis Guerras da Água dos anos 2030 e sobre zoológicos onde animais selvagens antigamente ficavam em gaiolas. Mas também contava histórias sobre coisas boas: máquinas voadoras gigantes que podiam levar centenas de pessoas pelos céus, carros que não precisavam de motoristas e fotos enviadas por máquinas minúsculas que as pessoas podiam prender no braço.

— Você já viu tudo! — disse Misha.

— Vi muitas coisas — comentou a Avó. — Mas há uma visão que ainda espero ter.

— O que é?

— É um sonho que carrego comigo — explicou a Avó. — Os espíritos prateados.

— Espíritos?

— São as mães da sua geração. Quando vierem para casa, para nós, contarei para meu marido.

— Você tem marido? Onde ele está?

— Ele espera no penhasco da mesa — disse a Avó.

Caminhando pela beirada da mesa, Misha olhava para o local onde o marido da Avó certamente a esperaria. Mas, como sempre, ela só via um borrão. Mamãe dissera que tinha algo a ver com não ter tido oxigênio suficiente quando ela nasceu – seus olhos ficaram confusos e não cresceram corretamente. Ela só podia imaginar as fronteiras de seu lar bem lá embaixo, um padrão tecido em um belo lençol.

Contudo, Misha podia ouvir o vento seco farfalhando nas penas das águias que pairavam bem lá em cima. Podia ouvir os espíritos dos ancestrais erguendo-se como tufos de fumaça das fendas das rochas. Imaginava Masauwu, o Espírito da Morte e Mestre do Mundo Superior, com suas feições horríveis retorcidas em um sorriso benigno. Imaginava a sábia Avó Aranha castigando seus dois netos agitados que brincavam com um bastão de *nahoydadatsia* e bolas de trapo. Agachada perto de um penhasco, ela sentia o ninho de penas, ou *paho*, marcando o ponto que, segundo tio William, era o local especial do Avô. Ela se inclinava na beirada, o máximo que conseguia, tentando escutar o marido da Avó.

A voz dele subia até onde ela estava sentada.

— Misha — sussurrava ele. — Espere pelos espíritos prateados.

Mas ela nunca conseguiu vê-lo.

Conforme Misha ficava mais velha, Mamãe e Papai a levavam com mais frequência a Los Alamos, um edifício grande, com janelas grandes. Era um lugar saudável, diziam. Mas era muito longe. Para chegar lá, tinham que voar em uma aeronave chamada "transporte". Misha tinha um lugar especial em Los Alamos, um quarto com uma janela minúscula em uma parede e imagens coloridas nas outras, e uma cama macia. Quando se comportava, podia brincar de cientista no laboratório do Papai e do tio Rudy. Também jogava no computador da tia Kendra, com o nariz quase encostado na tela brilhante. Mas tinha medo de Paul MacDonald, o homem alto a quem chamavam de Mac – ele sempre aparecia do nada, como um fantasma.

— Ele é tímido — dizia Mamãe. — Não está acostumado com crianças.

Um dia, Misha descobriu que Mamãe e Papai queriam ficar de vez em Los Alamos.

— Sinto muito, Misha — desculpou-se Mamãe. — Não posso mais respirar o ar nas mesas nem mesmo com meu respirador.

— Sua máscara?

— Sim, nem mesmo com minha máscara. E há coisas em que precisamos trabalhar em Los Alamos. — Mamãe colocou a mão sobre a cabeça de Misha. — Você pode ficar nas mesas sem nós, se quiser.

Misha não queria. Onde Mamãe e Papai estivessem era sua casa.

No entanto, depois de um tempo, começou a sentir algo diferente. A cada dia que passava, eles se afastavam um pouco mais dela. Uma porta fechada, uma conversa em voz baixa, uma refeição sem Mamãe.

— Sentimos muito — disse Papai. — Mas você não devia ficar aqui conosco o tempo todo. Você pertence ao mundo exterior, no sol. Com seus amigos.

Será que era algo que ela tinha feito?

Nas mesas, ela ficou com tio William e a esposa dele, tia Loretta. Brincava com os netos deles, Bertie e o pequeno Honovi. Aprendeu a tecer cestas baixas e a fazer o bolo de milho azul que Mamãe tanto amava. Sentia saudade de Mamãe e Papai. Mas tinha que aceitar – as coisas eram diferentes agora.

Um pouco depois do aniversário de oito anos de Misha, Papai e Mamãe foram visitá-la. Mamãe se aproximou dela, seu rosto um borrão pálido. Misha achou que tinha sentido tristeza ali, mas Mamãe não trazia notícias tristes.

— Fizemos olhos novos para você — disse Mamãe.

— Agora você já é uma garota grande — disse Papai. — Vai exigir uma cirurgia, mas achamos que já está pronta.

Mamãe lhe deu um beijo na testa, e Misha sentiu o cheiro dos cabelos compridos dela.

— Mas por que preciso de olhos novos? — perguntou Misha. — Consigo ver o suficiente.

— Com os olhos novos, poderá ver tudo. Seus olhos serão afiados como os de uma águia — garantiu Mamãe.

— E se meus olhos novos não funcionarem?

— Vão funcionar, sim — garantiu Papai. — Eu prometo.

Misha olhou para os dois. Quando tio Edison parou atrás deles, tudo o que ela realmente conseguiu ver foi o aro negro de seus óculos.

— Ok — concordou ela. — Vou tentar.

Quando despertou da cirurgia, porém, seus olhos estavam cobertos com alguma coisa. Ela os abriu, mas só via tons de cinza. Choramingou. Será que a cirurgia tinha fracassado?

— Misha? Está acordada? — Era a voz de Papai, segurando suas mãos. — O que foi, querida? Está doendo?

— Cadê Mamãe?

— Ela não está aqui agora. Logo ela volta.

— Eles consertaram meus olhos? Não consigo ver...

— Seus olhos estão cobertos com gaze. Não deve tentar abri-los por enquanto. Eles precisam de tempo para se acostumar com sua cabeça. — Papai deu risada, e Misha riu também. — Minha querida pequena Misha. Minha soldadinha corajosa.

Mas Misha não se sentia corajosa. Segurou a mão do pai com força. Não queria que ele a deixasse de novo. E queria a mãe.

— Quando Mamãe vai voltar?

Papai não respondeu de imediato. E, quando o fez, sua voz estava um pouco mais fraca que antes.

— Ela também passou por uma cirurgia.

— Uma cirurgia no olho?

— Não, a dela foi no pulmão. Para ajudá-la a respirar melhor.

— Então ela não vai precisar da máscara?

— Acho que ainda vai precisar, sim. Veremos. De todo modo, ela está se recuperando agora. Assim que tirarem sua gaze, levarei você para vê-la.

Mas foram necessários dois longos dias e duas longas noites até que Misha sentisse dedos tirarem com gentileza as camadas de seu curativo. O cinza se transformou em branco e depois... em cores. Vivas, fortes. Fortes demais. Ela fechou os olhos com força.

— Ai!

— Tome — ofereceu Papai. — Coloque isso.

Erguendo as mãos, ela sentiu os óculos escuros que ele estava colocando em seu rosto.

— Isso vai bloquear um pouco a luz até que seu cérebro faça isso por você. Então, não vai mais precisar deles.

Ela abriu os olhos, e o rosto do pai entrou em foco. O nariz e a boca dele estavam cobertos pela máscara, mas ela podia ver seus olhos, com rugas profundas e olheiras fundas. Via cada poro na pele áspera, cheia de pelos que nasciam nas bochechas pálidas. Do outro lado da sala, viu uma janela e, além dela, o sol brilhante, seus raios refletindo em uma jarra de água que estava em uma mesa de metal reluzente. Ao redor dela, tudo eram ângulos, pontas, arestas. Dor... ela engoliu em seco.

— Eu sei — disse Papai. — Vai levar um tempo para se acostumar.

— Posso ver Mamãe agora? — murmurou Misha, fechando os olhos. — Estou pronta.

— Ela está dormindo — explicou Papai. — O doutor Edison vai examinar seus olhos agora. Eu aviso você assim que Mamãe acordar.

Horas depois, enquanto Misha folheava livros de figuras, combinando as letras – agora bem definidas – com as palavras e as frases simples que Mamãe meticulosamente lhe ensinara, Papai finalmente voltou.

— Mamãe está acordada — disse.

Segurando a mão do pai com força, Misha seguiu pelo corredor comprido e mal iluminado até o quarto especial onde Mamãe e Papai ficavam. Tio Edison abriu a porta. Ondas de ar frio passavam por eles enquanto entravam.

— Fizemos o melhor possível — sussurrou tio Edison para Papai. — Ela está confortável agora.

Misha inclinou a cabeça. Eles achavam que ela não tinha escutado, mas ela tinha. Era um segredo que guardava – sua habilidade para ouvir coisas que outros não conseguiam. Sua habilidade para entender coisas que não devia. Era seu superpoder.

Ela se aproximou da tenda da mãe lentamente. Pois era isso o que aquilo era – uma tenda, como as que Misha usava para acampar com Bertie e Honovi nas noites frias e estreladas. Só que aquela tenda tinha laterais pelas quais era possível ver o que havia dentro, e as superfícies internas estavam cobertas de orvalho. Do lado de dentro, ela viu a cama. Não claramente, mas mais como antes de sua cirurgia na vista – uma imagem suave e confusa.

— Mamãe?

— Venha aqui dentro. Deixe-me ver você.

Misha olhou para o pai, que tinha tirado a máscara. Ela viu o rosto dele, longo e estreito, os vincos que marcavam a face fina, a marca escura na forma de um feijão traçada ao longo da parte de baixo de sua mandíbula. Ele assentiu. *Ok*.

Com cuidado, ela abriu o zíper lateral da tenda, só o suficiente para passar e se aproximar da cama da mãe. Quando fechou, só as duas ficaram lá dentro. O ar ao redor delas era úmido, morno. Podia sentir o braço de Mamãe ao redor de si. Olhou para sua face – maçãs do rosto altas, lábios cheios, olhos profundos como piscinas.

— Eu vejo você, Mamãe — disse Misha. — Você é bonita.

— E eu vejo você. Mais bonita ainda.

□ ◪ ■

Mamãe não saiu mais da tenda. Papai ficou com ela, dormindo em um catre no quarto especial. Toda manhã, Misha atravessava o corredor comprido para ficar com eles.

Um dia, antes que os primeiros raios de sol atravessassem a janela, tio Edison veio buscá-la. Dentro do quarto da Mamãe, Papai estava esperando, junto com tio Rudy e até tio Mac. A Avó estava sentada em uma pequena cadeira no canto.

— Onde está Mamãe? — perguntou Misha.

— Com meu marido — respondeu a Avó.

Misha ficou parada ali, fechando as mãos com força. Nunca tinha visto o marido da Avó, não importava quanto tentasse. Nem mesmo tinha certeza se seus olhos novos seriam bons o bastante para isso. E agora Mamãe também estava lá, naquele lugar que não podia ser visto.

CAPÍTULO 24

Junho de 2062

JAMES SE SENTOU NA CAMA que dividira com Sara no alojamento apertado em Los Alamos, olhando através da janela para a fileira de pinheiros que delimitava Pajarito Road. Atrás dele, o colchão velho ainda tinha a marca deixada pelo corpo suave de Sara, o cheiro dela. Ele se lembrava daquela noite, nove anos antes, em que a levara lá pela primeira vez. Quando cuidou dela, administrando dose após dose do antídoto, rezando para um Deus no qual nunca acreditara.

Sara sobrevivera. Perdera o próprio filho, mas ganhara Misha. E, naqueles anos preciosos, ela tinha criado para ambos uma vida que ele jamais teria imaginado, uma vida cheia de amor, de paixão. Tinham se tornado uma família.

Agora ela tinha partido.

Pela janela manchada de poeira, James observou o pátio do lado de fora. Tudo o que restava de Sara era uma segunda lápide, colocada ao lado daquela de seu pequeno filho. Ele perdera o amor de sua vida. E muito mais que isso. Para ele, e para todos em Los Alamos, não havia mais esperança. Estavam todos condenados.

Ele já sabia disso havia algum tempo. O problema começara anos antes, quando Misha tinha só quatro anos, quando perceberam que, para Sara, o inalador não seria suficiente. Com a ajuda de Edison, ele e Rudy tinham montado um sistema de lavagem pulmonar em uma das salas de tratamento do centro médico hopi em Polacca. Enquanto Sara ficava sob sedação, a máquina bombeava uma bruma de vapor medicinal em seus pulmões. Células velhas infectadas eram sugadas para fora. O tecido subjacente novo era submetido a um fluido rico em antídoto C-343, resultando em uma "camada limpa" de células superficiais resistentes ao IC-NAN. E realmente Sara saía do tratamento com substancialmente mais energia. Mas, como com o inalador, tratava-se de um equilíbrio delicado, não de uma cura.

Por fim, enfraquecida pelas repetidas rodadas de lavagem, sua voz suave reduzida a um sussurro rouco, Sara sentiu necessidade de se afastar da filha pequena.

— Não quero que Misha me veja assim — disse. — Ela não pode se lembrar de mim deste jeito.

Era uma história que James conhecia bem. Sara perdera a própria mãe para o câncer quando era muito jovem. Conhecia as cicatrizes que isso deixava, a dor de testemunhar o declínio de um ser amado, alguém que, até então, ela considerava imortal.

— Vamos implementar o transplante — prometera James. Ele e Rudy tinham despertado cuidadosamente as preciosas células-tronco hopi de seu sono congelado. E, enquanto aperfeiçoavam o sistema para implantá-las em Polacca, Sara se dedicara a um projeto final: proporcionar a visão a Misha.

Na última e fatídica conferência em Caltech, aquela em que ela contraíra a infecção mortal do IC-NAN, Sara aprendera sobre implante de retina sem sutura, pronto para testes clínicos. Era o fim das videocâmeras montadas em óculos e das volumosas unidades de processamento de vídeo associadas aos implantes à moda antiga. Todo o sistema, incluindo biossensores únicos que substituiriam as retinas danificadas de Misha, haviam sido miniaturizados para implante. A pedido de Sara, Mac e William voaram até Pasadena para recuperar o hardware e o software necessários, além do know-how para completar a cirurgia. A modificação podia ser revertida, se necessário, Sara garantiu a James. Mas todos rezavam pelo sucesso. Em um mundo cheio de perigos, a visão era um dom a ser valorizado.

De fato, a cirurgia de Misha fora um sucesso. Inseguro no início, seu cérebro não estava acostumado com o input sensorial estridente, e ela levou algum tempo para se orientar. Mas, no fim, tinha desabrochado - uma versão nova ainda mais incrível de seu antigo ser curioso, emergindo como uma borboleta de uma crisálida.

Sara não tivera tanta sorte. O experimento com células-tronco tinha fracassado: as novas células se recusaram a tomar conta de seus pulmões torturados. Encolhido no ar úmido da tenda de oxigênio, James a abraçou.

— Você não devia lamentar, James — sussurrou ela. — Eu não lamento. — Ela passou a mão suavemente pelo braço dele. — Você precisa tomar conta de Misha. E ainda precisa encontrar as outras crianças.

James esfregou os olhos. Não tivera coragem de contar para ela a coisa que já havia percebido. Durante anos, usara uma máscara sempre que saía. Vestia os trajes desajeitados de proteção contra materiais perigosos. Dizia para Sara que tudo aquilo era "só por precaução". Mas sabia que não era assim. A cada dia que passava, o trepidar na base de seus próprios pulmões se aprofundava. Não podia mais negar a tosse irritante, as noites sem dormir lutando para respirar. E não podia mais acreditar que a fragilidade de Sara e os frequentes ataques de doenças do general eram apenas resultado de exposição prévia. Era preciso encarar a verdade: os sobreviventes de Los Alamos também eram vítimas do IC-NAN. Apesar da modificação bem-sucedida do antídoto nas células da superfície, suas células-tronco e progenitoras pulmonares continuavam a se dividir, produzindo novas células suscetíveis ao ataque. E o que acontecera com Sara estava acontecendo com todos eles, mesmo que mais lentamente.

Seu olhar se desviou para um pequeno pedaço de rocha em cima da mesa de cabeceira. Gravados em branco sobre a superfície plana e negra, havia três bonecos palito – um alto, um médio e um bem pequeno. E, embaixo, a inscrição: "Papai, Mamãe, Misha". De muitas formas, Misha o fazia pensar em Sara. Sara, a corajosa, que passara aqueles preciosos anos nas mesas hopi, apesar dos riscos à própria saúde. Sara, a brilhante, que tinha, no fim, dado a Misha o dom da visão. Mas o que ele daria a Misha agora? O que tinha para deixar para ela que poderia ser útil?

Houve uma batida na porta. James virou-se e viu Rudy, as mãos outrora capazes agarrando o batente em busca de apoio. Mal reconhecia o velho amigo, a pele pálida, os olhos avermelhados.

— James — disse Rudy. — Tem uma chamada por satélite...

— Quem é?

— Misha.

James voltou a olhar pela janela, um nó se formando em sua garganta.

— Diga a ela... Diga que agora não.

Rudy o observou em silêncio.

— Tem certeza de que não quer falar com ela? — perguntou.

James se lembrava de um tempo, mais de uma década antes, quando ele e Rudy ainda eram jovens e saudáveis, desfrutando prazeres simples como tamales de porco no apartamento de dividiam. Naquela época, tinham esperança.

— Obrigado, Rudy — respondeu. — Diga que depois eu ligo.

Rudy assentiu.

— *Entiendo*. Vou falar para ela.

CAPÍTULO 25

Junho de 2065

LEVOU UM TEMPO PARA MISHA entender que James, o homem que ela ainda chamava de Papai, só voltaria às mesas nas raras ocasiões em que precisava fazer algum tratamento no hospital. Ela podia visitá-lo em Los Alamos sempre que quisesse. E fazia isso com frequência, acompanhando tio William nas entregas de alimentos e passando a noite em seu quartinho, aprendendo computação com tia Kendra e biologia com James e tio Rudy. Mas, como já haviam se passado três anos, e seu cérebro tinha se ajustado aos olhos que Sara e James lhe proporcionaram, ela começou a examinar mais de perto as histórias que ouvira a vida toda. Cada vez mais, Misha se perguntava sobre seu nascimento.

— Sua Mãe não funcionou direito — contara tio William. — Mas conseguimos resgatar você.

— Quando a encontramos, foi como uma dádiva — dissera James.

Das histórias que tinham lhe contado de uma Mãe robótica que não sobrevivera para cuidar dela, dos contos da Avó sobre os espíritos prateados e do pouco mais que os adultos em sua vida pareciam dispostos a compartilhar, ela juntou as peças. Sua mãe verdadeira tinha sido um daqueles espíritos. E William e Rick estavam trabalhando para encontrar outras como sua Mãe – as que ainda viviam no deserto e tinham os próprios filhos, seus irmãos e suas irmãs.

Ela estava com onze anos – idade suficiente, achava, para se juntar às buscas. Mas tio William insistia que era perigoso demais.

— Ficamos dias sem encontrar nada — disse ele. — E, quando encontramos, elas atiram em nós.

— Atiram em vocês? Como? Por quê?

— Elas têm lasers. Mas, tentando entender... os espíritos das Mães só estão protegendo seus filhos. Elas não sabem que não pretendemos fazer mal a eles.

Mas, insistia Misha, as Mães nunca atirariam nela. Sentada com Kendra no laboratório escuro, procurando termos de pesquisa para conseguir imagens do que Kendra tinha explicado ser a base de dados de aprendizado dos robôs, ela se imaginava como uma criança do deserto, aprendendo com aquela Mãe poderosa e misteriosa. Vasculhou os fragmentos que Mac levara de volta a Los Alamos para inspeção – os trilhos, os braços imensos, a mão macia que Papai dissera que Mamãe projetara. Ela sentia o chip embutido em sua própria testa, a marca que Sara sempre lhe dissera que a tornava especial. Aquelas Mães, aqueles espíritos prateados... Misha pertencia a eles. Era uma de suas filhas.

Então, naquela manhã bem cedo, um batedor foi até a casa de William com a notícia de um avistamento em um lugar com nome mágico: a Grande Escadaria. No estacionamento do hospital, Misha esperou enquanto William e Rick abasteciam o transporte de Rick com suprimentos; depois se esgueirou pelas portas de trás do transporte e se enfiou entre duas caixas de água engarrafada. De seu esconderijo, viu a decolagem rumo ao norte por uma janela lateral.

O zumbido dos motores do transporte e o assobio constante do ar que saía dos filtros a embalaram, e ela lutou para não cair no sono, até que finalmente sentiu uma mudança na pressão, e seu estômago revirou na decida. O transporte aterrissou com um baque. Ela segurou a respiração quando William abriu a porta lateral. Enquanto ele descarregava as caixas de água para empilhá-las do lado de fora, ela foi mais para trás, conseguindo se esconder sob um cobertor dobrado na parte traseira da área de carga. Quando a porta se fechou, ela mal ouviu a voz de William do lado de fora.

— Vamos verificar o cânion — disse ele.

Ela avistou Rick lutando para colocar a máscara antes de sair pela porta do lado do piloto.

Depois, silêncio.

Misha saiu de seu esconderijo, esgueirou-se pela porta e desceu para o chão, seu pé afundando em montes de poeira fina. Podia ver os dois homens seguindo até um desfiladeiro profundo e estreito à frente, William com marcha firme, Rick com o mancar característico. Com cuidado, ela se escondeu atrás do transporte, depois correu para a esquerda, ficando de olho nos dois. Na beira do desfiladeiro, correu para trás de uma pedra a fim de não ser vista por eles.

Espiando lá embaixo, avistou alguma coisa... Dois robôs reluzentes. E, enquanto observava, uma porta se abriu na lateral de um deles. Misha segurou a respiração. Uma garota, uma figura magra envolta em um cobertor esfarrapado, saiu, o cabelo liso e negro escondendo o rosto enquanto ela descia pelos trilhos do robô até o chão. Misha observou a garota seguir até o outro lado do desfiladeiro e, então, desaparecer em um buraco protegido por uma saliência de rocha avermelhada. Dentro da pequena caverna, ela pensou ter visto um braço forte estender a mão para ajudar a garota...

De repente, a terra tremeu. Uma rajada de vento tirou o ar de seus pulmões e nublou tudo ao levantar a poeira. Foi só momentos mais tarde, quando o ar clareou, que ela percebeu que o robô da garota não estava mais lá embaixo.

Misha olhou para cima. Uma perna metálica. Um braço. Um corpo imenso, parado a poucos metros de distância. Ela encarou aquela... coisa..., que a encarou de volta. Embora não tivesse rosto nem olhos, Misha tinha certeza de que o robô a observava, esperando. Ela ouvia, mas não escutava voz alguma.

Mesmo assim, de algum modo, não sentia medo. Podia ver o sol reluzindo na janela translúcida do casulo vazio, o lugar até recentemente habitado pela garota de cabelos negros. Podia ver o interior macio da mão que Sara projetara. Sentia apenas reverência, um profundo sentimento de admiração. Sua Mãe, aquela que dera à luz a ela no deserto... sua Mãe fora uma delas.

Então o feitiço foi quebrado. A Mãe virou-se, sua atenção focada nos dois homens que agora corriam na direção do transporte. O chão se esmigalhou sob os pés da Mãe, que deu dois passos na direção deles, e um zumbido alto e repugnante emanou de algum lugar do alto, onde seu braço direito se juntava ao corpo. Voltando a si, Misha saiu correndo para o transporte, entrando pela porta dos fundos bem quando os dois homens chegaram à cabine. Alguma coisa acertou o chão à direita, do lado de fora de sua janela, um clarão ofuscante, e Rick acionou os motores e ergueu o transporte do chão. Misha sentiu o estômago na garganta e engoliu em seco. Em instantes, estavam no ar.

— ... Bem perto! — Era a voz de William, no banco do passageiro. — Quantas você contou?

— Só as duas — respondeu Rick, a voz rouca através da máscara que ainda cobria sua boca e seu nariz. — Incluindo a filha daquela que veio atrás de nós.

— É um começo — garantiu William. — Deixamos água suficiente para um tempo. Espero que fiquem ali. Com essas tempestades de areia que se aproximam, é mais seguro ficarem no fundo do desfiladeiro do que no alto.

Encolhida sob o cobertor de lã, Misha lutava para recuperar o fôlego. Com o coração acelerado, sorriu. Pelo menos vira as crianças vivendo como ela devia ter vivido. E estava certa: embora os outros pudessem ter medo deles, os espíritos prateados jamais a machucariam. Ela pertencia ao mundo deles.

Parado na porta do laboratório de computação, James observava Kendra recurvada diante da tela. Tinha parado de se perguntar o que ela estava fazendo. Em vez disso, repetia para si mesmo o mantra matinal que ela lhe ensinara: "Você só precisa colocar um pé diante do outro. Até que não consiga mais". Então, Kendra sorria com aquela expressão irônica que se tornara tão familiar ao longo dos anos que já estavam juntos.

James sabia que havia força em aceitar a própria mortalidade. Supunha que havia consolo em saber talvez não quando, mas como seria a própria morte. E descobrira um novo propósito em tentar cumprir sua promessa para Sara: fazer o que fosse possível pela Gen5.

Desde o lançamento dos robôs, localizá-los tinha sido difícil. E os avistamentos se tornaram ainda mais raros depois da marca dos seis anos, quando um timer interno instruíra as Mães a partir para um local não especificado pelo software. Mas agora as coisas tinham mudado. Os batedores hopis tinham começado a localizar acampamentos viáveis de Gen5, pares e trios de crianças reunidas. Com suas Mães em alerta máximo, ninguém ousava se aproximar delas. Mas era encorajador que algumas tivessem encontrado outras.

Mais importante ainda, a Gen5 parecia finalmente ter parado de vagar por aí. Ainda assim, infelizmente, Mac descobrira uma causa sinistra para esse novo comportamento. Na década de 2020, os desertos do oeste americano, incluindo faixas do nordeste de Utah, oeste de Colorado e áreas ao norte de Wyoming, Montana e das Dakotas, tinham sido foco de contínuos confrontos entre um consórcio de pequenas empresas de petróleo e o governo federal. As empresas afirmavam ter direitos irrestritos de fraturamento hidráulico – o chamado *fracking* – e de perfuração por acordos prévios, e o governo federal estava tentando incentivar o uso de energias renováveis. O governo venceu, mas só quando, no fim da década de 2030, o preço da gasolina caiu tanto que as empresas já não viam mais valor na briga. O problema foi que ninguém previra os fundos necessários para limpar os campos de petróleo. Durante anos de seca intensa e batalhas legais ainda mais intensas, esses locais abandonados tinham estorricado, suas extensões poluídas incapazes de sustentar vida vegetal. Agora, como evidenciado pelas varreduras de radar de Mac, um sistema de alta pressão vindo do Canadá provocava ventos fortes por todo o estado de Utah. Assobiando pelos cânions do nordeste, a ventania erguia diante de si imensas nuvens de poeira – grande parte tóxica, sem dúvida. Embora talvez previsto pelos informantes da década de 2020, esse "Novo Dust

Bowl"[1] era sem precedentes. E Mac não via fim nele. Os robôs Gen5 logo estariam paralisados. Seus motores e sistemas de filtragem ficariam entupidos, e eles não seriam mais capazes de proteger seus filhos.

— Você viu o que aconteceu com aquele último robô que Rick encontrou? — comentou Mac.

— Encontraram a criança? — perguntou Kendra, com os olhos marejados.

Mac olhou para ela com timidez.

— Eu não queria contar para você — respondeu ele. — Ela estava encolhida na caverna. Morreu dormindo.

Soltando um gemido baixo, Rudy olhou fixo para James.

— Temos que achar um jeito de levar essas crianças para um lugar mais seguro — afirmou.

— O que significa fazer as Mães as levarem para tal lugar — disse Kendra. Ela se esforçava, procurando dia e noite por algum trecho de programação anteriormente esquecido que apontasse uma solução. James e Rudy passavam horas vasculhando resmas de anotações do programa. Sem sucesso.

— Se existiu alguma coisa, deve ter sido algo a que Los Alamos não tinha acesso — sugeriu Kendra.

O repositório central de informações sobre o IC-NAN e o projeto Novo Alvorecer ficava em um provedor de servidores seguros em Bethesda, Maryland. O provedor fora destruído nos ataques a bomba que tinham a área de Washington como alvo. Mas, durante as discussões que ocorreram após o ataque cibernético, horas antes do bombardeio e do início da Epidemia nos Estados Unidos, Kendra tinha descoberto um servidor-espelho em Dakota do Norte. Em um trecho de terra hostil chamado adequadamente de "terras más", onde era impossível plantar qualquer coisa, fazendas subterrâneas de servidores eram abundantes. E os arquivos do Novo Alvorecer de Langley tinham sido copiados em uma dessas fazendas. A energia exigida para refrigerar esses locais acabara havia muito tempo, e os servidores estavam desligados. Sob a neve e o gelo do inverno e o sol escaldante do verão, bits e bytes tinham ficado adormecidos. Kendra sabia o endereço do servidor que precisava acessar. Mas precisava recuperá-lo. Precisava despertá-lo. Depois, precisava hackeá-lo.

Rick e William tinham feito a primeira parte, desviando das tempestades de areia em seu transporte antes de enfrentá-las no chão. Os guardas e o sistema de alarme na fazenda estavam havia muito tempo mortos, e

1. *Dust Bowl* foi uma tempestade de areia que ocorreu nas pradarias dos Estados Unidos e do Canadá na década de 1930 e durou quase dez anos. Causou um desastre ambiental e econômico de grandes proporções. (N.T.)

fora simplesmente questão de arrombar a porta e entrar. Recuperaram o drive do servidor e o levaram em segurança para Los Alamos. Kendra o inserira com facilidade em seus sistemas. O difícil era hackear. Por fim, os esforços valeram a pena. Já bem tarde da noite anterior, ela encontrou um jeito de entrar.

James apareceu no laboratório.

— Kendra? Rudy falou que você conseguiu alguma coisa?

— James, achei que você tinha que ver isso primeiro — disse Kendra.

— Achou um jeito de chamá-las?

— Ainda não — respondeu Kendra. — Mas achei outras coisas. Por exemplo, as identidades de todas as mães humanas, junto ao nome dos robôs designados.

James olhou de soslaio para as linhas de código na tela de Kendra.

— Achei que isso fosse informação confidencial.

— No nosso governo, até as coisas mais confidenciais eram documentadas. — Kendra sorriu. — E há algumas poucas coisas que você pode achar interessante.

— É?

— Com base no resultado das entrevistas, Rose McBride fez uma escolha específica. Uma das doadoras foi selecionada para fornecer óvulos para duas fertilizações. Rose sentia que essa mulher tinha mais chances que as outras de produzir uma criança que sobreviveria.

— Eu não tinha ideia de que a capitã McBride sabia alguma coisa de biologia... Quem era a mulher?

— O nome dela era Nova Susquetewa.

— Susquetewa?

— Era piloto de caça. Morreu em missão na Síria, pouco antes da Epidemia.

— Ela era...?

— Sim, filha da Avó. E, James, ela é a mãe biológica de Misha...

James se recostou na pequena mesa que Misha usava. Imaginou seus olhos, aqueles que Sara lhe dera, o jeito como a cor verde viva complementava sua pele levemente bronzeada, sua testa ampla e lisa, o belo cabelo castanho.

Kendra inclinou-se para a frente e sussurrou:

— Então Misha realmente *pertence* ao povo hopi. E mais: ela pode ter um irmão ou uma irmã em algum lugar por aí.

James levou a mão ao coração. Uma mãe hopi. Um irmão ou uma irmã biológico. Mas Sara era mãe de Misha. Misha era sua filha... Ele fechou os olhos. Nunca tinham mentido para Misha. Tinham explicado que Sara não era sua mãe biológica e que ele não era seu pai biológico;

que ela fora criada em uma incubadora no deserto, o que era uma história difícil de compreender. Mas como a garota lidaria com essa nova informação? Ele virou-se para Kendra.

— Não posso contar isso para ela.

— Entendo que não devemos dar esperanças a Misha sobre a Gen5. Mas ela não devia saber sobre a mãe biológica? E quanto à Avó? Não devíamos contar para ela?

James massageou as têmporas com a ponta dos dedos. Estava sendo egoísta? Por acaso Misha não tinha o direito de saber aquelas informações?

Não. Ainda não.

Depois do horror da Epidemia, ele encontrara consolo em se distanciar daquele passado doloroso. E, quando Misha entrara na vida deles, Sara e ele haviam tido o mesmo cuidado em criar uma narrativa de seu mundo quanto tiveram em desenvolver olhos protéticos através dos quais ela o enxergava. James começara a entender, ainda que um pouco, o dever que um pai tinha de proteger o filho da verdade – permitia que Rudy e Kendra ensinassem para Misha apenas um recorte de como o mundo tinha sido, preferindo os contos místicos da Avó à realidade dura de ódio e guerra que destruíra o estilo de vida deles.

James tinha começado a pensar em se reconectar com Misha, em contar para ela a verdade sobre si e os demais em Los Alamos. Mas o relato de uma mãe biológica morta na guerra, de um irmão ou uma irmã possivelmente morto... Essas não eram histórias que estava pronto para contar.

— Precisarei de tempo para pensar nisso — disse. — Não tenho nem certeza se devemos contar para a Avó por enquanto, embora eu não ficasse surpreso se ela já soubesse...

Kendra lhe ofereceu um sorriso.

— Eu gostaria que ela soubesse como chamar as Mães... — Virou-se novamente para a tela. — Tem outra coisa aqui que pode soar interessante.

— Sim?

— Rose McBride fez outra escolha. Ela mesma foi uma das doadoras da Gen5.

— Parece que isso não me surpreende — replicou James. — Faria sentido ela participar do programa de personalidade.

— Mas você pode ficar surpreso em saber quem é o pai.

— O pai? Os pais eram anônimos. Usamos centenas de espermas diferentes em cada fertilização. Escolhemos os embriões mais viáveis...

— Não no caso de Rose. Ela teve um "acesso" especial.

— Ela escolheu o pai?

— Segundo esses registros, ela não permitiria qualquer outra opção. Rose estipulou que o pai deveria ser Richard Blevins.

CAPÍTULO 26

RICK SE DEITOU NA ESTRADA, o traje Tyvek se embolando enquanto avançava desajeitado, com o corpo apoiado pelos cotovelos. Segurando a respiração, ajustou a máscara para prender os óculos de proteção.

Deitado ao lado dele, com uma camisa de algodão cru, um macacão cobertos de poeira e uma bandana amarrada sobre a boca e o nariz, William apontou para a borda íngreme.

— Lá.

Os avistamentos estavam se tornando mais regulares. Tinham contado pelo menos quinze crianças, todas vivas, ainda lutando pela existência naquele deserto esquecido por Deus. Mas esse avistamento era diferente. Os batedores tinham encontrado Rho-Z.

Rick ajustou o foco de seus óculos, lutando contra a visão dupla que começara a atormentá-lo, desfocando as extremidades de seu campo de visão. Então ele os viu. Em uma ponta do grande charco, com os flancos cobertos por camadas de pó acinzentado, dois robôs estavam parados perto da abertura de uma pequena caverna.

— Parece que estão aqui há um tempo — comentou William. — Fizeram um belo acampamento. Mas os batedores disseram que antes havia três deles...

Enquanto Rick observava, um dos robôs girou lentamente em sua direção. Será que o detectara? Ele mudou o peso do corpo, tentando se aproximar mais do chão. Estava feliz por não sentir reclamações de sua prótese. Mas sabia que não era bom sinal. A tontura, a perda da sensibilidade nas extremidades... já tinha sentido isso antes, e eram sinais de que precisava de outra lavagem pulmonar.

— As tempestades de areia — disse ele. — Parece que sobreviveram àquela grande, de dois dias atrás. Mas Mac pegou uma muito maior no satélite, e mais para trás.

— Era só questão de tempo... — murmurou William. Virou-se na direção de Rick. — Precisamos descobrir um jeito de tirar todos eles daqui.

Rick ajustou novamente o foco dos óculos. Onde estava Rho-Z?

— Imagino que o terceiro robô não tenha ido muito longe. Talvez tenha saído para buscar água? — De repente, vislumbrou algo: uma criança magra, de pele bem bronzeada, descendo do robô que estava mais perto da entrada da caverna. — Vê ali? — perguntou.

— Sim. — William sorriu. — Mas aquele outro robô... Aquela Mãe é a sua, certo?

Apertando os olhos, Rick procurou a marca amarela fosforescente no segundo robô. Sentiu uma onda de alívio. Agora conseguia ver: a faixa amarela sob a sujeira na extremidade da asa.

— Certo — murmurou. — É a que estávamos procurando.

Obrigou-se a manter a calma, mas seu coração se sobressaltou quando a escotilha de Rho-Z se abriu e um garoto saiu – um garoto com o cabelo volumoso como o dele, castanho-avermelhado como o de Rose. O menino se movia de um jeito familiar, os braços dobrados, a postura levemente inclinada para a frente enquanto seus pés procuravam o chão. Quando o garoto virou-se para encarar sua Mãe, ela estendeu um braço firme na direção dele, a manopla no dorso da mão se abrindo. Sua marca amarela refletia no sol enquanto a suave mão interior emergia para tocar o alto da cabeça do menino.

— Kai... — sussurrou Rick.

— O quê?

— Se fosse menino, ela queria que se chamasse Kai. Esse deve ser o nome dele.

O deserto estava silencioso, e o som de sua pulsação fraca era a única coisa nos ouvidos de Rick. Ele fechou os olhos, imaginando como a vida poderia ter sido – uma casa no campo, uma esposa, um filho... Ouviu a voz de Rose. A salvo em seus braços, ela sussurrara na noite antes de morrer:

— Detrick concordou com nosso pedido?

— Sim. Mas, se a fertilização não der certo, eles têm minha permissão para usar outro doador de espermatozoide.

— Não quero outro doador.

— Mas, Rose, eu quero que você tenha um bebê.

Rick observou o garoto levar algo à boca, era uma garrafa de água. Ele tinha água. Mas é claro que teria. Era esperto, como a mãe. Engenhoso, como o pai. Seu filho. Aquele era seu filho. Agora tinha certeza. Uma lágrima escorreu pelo rosto de Rick, que, relutante, tirou os óculos. Como desejava que Rose estivesse ali...

Rose? Ele virou a cabeça para olhar para trás, procurando por ela na estrada. Ela não estava. Mas ele se lembrava de sua voz – urgente, implorando, encarando Blankenship fixamente enquanto estavam sentados no escritório apertado dele no Pentágono: *Precisamos das coordenadas de retorno das Mães, para o caso de haver um Código Negro, general...*

Rick virou a cabeça para a frente, apertando os olhos com força. Como gostaria de ouvir aquela voz de novo. Quantas coisa ela tentara lhe dizer quando ele estava distraído ou confuso demais para ouvir? Até mesmo as últimas palavras dela tinham se perdido no calor do momento. Sua mente se esforçava, tentando recordar...

Então ele a ouviu, ligando do bunker em Langley: *Sei que não segui o procedimento. Protocolo especial...*

Ele abriu os olhos, encarando o céu perolado. Será que, no fim, Rose tinha feito algo sem autorização? Em seu desespero, será que tinha se adiantado e inserido as coordenadas ela mesma? Mas, se tivesse feito isso, por que as Mães não tinham retornado? *Diga a Kendra...* Kendra tinha revirado cada pedra em busca de uma solução. Tinha olhado em todo lugar, exceto...

— Tenho uma ideia — disse ele. — Talvez Rose possa ajudar.

— Rose? Mas...

— Preciso ir para São Francisco.

Rick retirou a máscara na cabine do transporte, que era filtrada. Assim como os robôs, o transporte podia voar a três mil metros ou menos, desviando dos picos das montanhas, saindo em disparada pelos vales. Na década de 2030, o ataque sinistro de suas asas triplas tinha se tornado uma assinatura muito familiar do envolvimento dos Estados Unidos nas Guerras da Água israelense e nas brigas posteriores na fronteira da Índia com o Paquistão. Mas hoje sua missão era pacífica. Hoje ele voava em altitude, desviando das nuvens. Passando a mão pelo queixo com a barba por fazer, avistou as torres reluzentes da outrora grande cidade de São Francisco erguendo-se da neblina como mastros. Rick imaginou a vida que antes pulsava ali, agora extinta.

Dormindo no assento à direita, William era seu único passageiro. Sua moto ocupava a parte central do espaço de carga traseiro, apoiada por uma caixa de MRE, cinco garrafões de cinco litros de água fresca, caixas de filtro novo para sua máscara e alguns aparelhos de telefone. Os suprimentos eram todos "só por precaução". Esse tinha que ser um ataque cirúrgico.

Evitando intencionalmente a cidade, eles atravessaram a baía para pousar com suavidade em Crissy Field. O mato da região pantanosa era tão alto que cobria quase todo o veículo e o brilho amarelo do sol, filtrado pela neblina, iluminava os telhados vermelhos destruídos de um hangar próximo. Rick acendeu a luz da cabine e tateou o chão em busca de seu rifle. Prendendo a arma no ombro, verificou se o inalador estava no bolso e, depois, o pequeno drive de armazenamento retangular externo que Kendra lhe dera. Colocou o respirador, prendeu a prótese na perna, abriu a porta do lado do piloto e pulou no chão encharcado.

— Já chegamos? — William esfregou os olhos, espiando.

— Sim.

Com a ajuda de William, Rick abriu a porta traseira e ativou a rampa para descer a moto. Ao subir no veículo, respirou fundo, tão fundo quanto seus pulmões falhos e sua máscara permitiam. Sentiu a familiar fraqueza, o formigamento das mãos e dos pés, a crescente confusão mental. Devia ter atendido aos pedidos de Edison para fazer uma lavagem antes de se aventurar. Mas o tempo para as crianças do deserto estava se esgotando. Kai estava lá fora. Se os arquivos em Presidio pudessem oferecer alguma pista de como trazê-las de volta... não tinha tempo para se preocupar consigo mesmo.

A fria bruma do mar entrava por sua jaqueta, molhando sua pele. Rick pensou em Rose, em como ela adorava aquela neblina...

— Suba — disse ele.

Rick saiu com a moto em direção a Lincoln Boulevard, rumo ao sul. Em um campo de restolho à direita, viu um cão sarnento procurando comida. Irônico: antes os humanos se preocupavam com a destruição dos hábitats da vida selvagem; agora, essas "espécies inferiores", não afetadas pelo IC-NAN, estavam se multiplicando sem controle em áreas previamente dominadas por pessoas. Os coelhos e os coiotes que ele encontrava no deserto eram bem tímidos. Mas os grupos de cães e gatos que antes eram animais de estimação, com raiva e famintos, e os leões da montanha e ursos das colinas da Califórnia, sempre à espreita, podiam representar ameaça maior.

Viraram à direita ao passar por uma sequência de casas assobradadas. Logo adiante ficava o Instituto Presidio.

Rick conseguia ver os restos do pequeno campo de beisebol onde os membros do instituto antes corriam ao redor das bases e a área onde faziam piqueniques e empinavam pipas, agora cheia de mato. Logo ali, a janela do escritório de Rose, no segundo andar do edifício em estilo Mission Revival, oferecia uma vista privilegiada dos outros edifícios do instituto. Examinando as janelas escuras, Rick estremeceu. Se houvesse algum cadáver humano nas redondezas, provavelmente estaria ali. Ele circundou lentamente o campo. William colocou no ombro o rifle que levava preso na parte de trás da moto e seguiu-o pelos degraus de cimento da entrada principal.

A porta estava aberta, e uma camada grossa de poeira cobria o chão do saguão, sendo carregada por uma brisa leve até a escadaria à direita deles. Rick prendeu a respiração. Do outro lado da sala, um rosto o encarava. Instintivamente, pegou o rifle...

Mas, atrás dele, William continuou tranquilo. O homem do outro lado da sala não era um homem... Não mais.

— Ele está morto, Rick — murmurou William.

Os olhos de Rick se adaptaram à escuridão e mais fantasmas apareceram. Um grupo de cinco – meros esqueletos, os ossos já limpos. Seus uniformes esfarrapados (pois eram todos militares) estavam espalhados. Na mesa a que se sentavam, havia garrafas de uísque vazias. Cartas de baralho velhas estavam espalhadas como bilhetes de amor descartados. Os rifles deles estavam no chão. E, exceto pelo homem que primeiro chamara sua atenção, estavam todos caídos em seus assentos.

Rick sacudiu a cabeça, forçando os olhos a se concentrarem em uma porta de metal retangular na parede lateral – marcada como "central elétrica". Puxou a maçaneta. Mas, para seu desgosto, as baterias de armazenamento solar tinham desaparecido, arrancadas de seus lugares.

— Não os culpo — disse, imaginando as disputas no fim, uma vã tentativa de alguns de deixar a cidade devastada pela praga. — Trouxemos baterias de reposição, certo?

— Duas, que estão na parte de trás do transporte — respondeu William. — Mas não podemos simplesmente levar o computador para casa?

— Não podemos ter certeza de que o que viemos procurar está no computador de Rose ou em algum outro canto da rede. Prometi a Kendra que ligaria a rede de Presidio e a conectaria a Los Alamos.

— Ok. Aguente firme.

Enquanto William voltava para o transporte, Rick examinava as ruínas. Nos doze anos desde a Epidemia, ele tinha feito questão de evitar cenas como estas: cidades abandonadas, famílias mortas escondidas em casas caindo aos pedaços, carros lotados que não iam para lugar algum. Mas era difícil, estavam por toda parte. Com a perna latejando, subiu as escadas na direção do escritório de Rose. A porta, tão familiar, rangeu, e ele olhou na escuridão para o aposento forrado de madeira. Graças a Deus, nenhum esqueleto ali. Exausto, largou-se no divã ao lado da parede esquerda, afundando nas almofadas de couro empoeiradas...

Podia ver Rose do outro lado da sala, sua silhueta na janela.

— Estou falando para você, Rick — dizia ela. — Não consigo me acostumar com o jeito como vocês fazem as coisas...

— Você é uma de nós agora — murmurou Rick. — Uma de nós...

— Rick? — A voz de William soou da escada do saguão.

Rick virou-se na direção da porta, saindo do devaneio.

— Aqui em cima!

— Instalei as baterias. Está tudo funcionando.

Levantando-se do sofá, Rick esfregou os olhos e se apoiou na parede. Mancou até a mesa de Rose, sentou-se na cadeira e ligou o computador. Para seu alívio, a tela emitiu o familiar brilho verde. `MODO DE SEGURANÇA. OK PARA PROSSEGUIR?`

Rick apertou "enter", e uma caixa de diálogo vazia apareceu. Digitou lentamente a senha de Rose, copiando com cuidado da tela de seu telefone de pulso. Fechou os olhos e apertou "enter" de novo. Ao abri-los, a tela inicial de Rose estava diante dele – uma foto da ponte Golden Gate. sob uma série ordenada de ícones que marchavam na direção dele como se estivessem em três dimensões. Rick tocou o ícone do rádio e usou um segundo código para acioná-lo, habilitando a conexão segura de satélite que Rose usava para transmitir os códigos a Kendra, em Los Alamos. Só faltava fazer uma coisa na lista de instruções de Kendra. Caso a conexão de satélite não funcionasse, ele plugaria o HD externo na porta do computador de Rose e ativaria um sistema de download.

Enquanto o HD carregava, Rick ficou observando a tela, as fotos de fundo mostrando cenas familiares de florestas de sequoia, os campos ondulados, as colinas arredondadas – todas paisagens que Rose amava. Seu olhar seguiu para um painel no lado direito da tela: **`Diário Pessoal`**.

Erguendo o indicador, clicou no ícone. O arquivo não abriu. Em vez disso, foi recebido com outra caixa de diálogo, pedindo outra senha. Por sorte, Rose tendia a criar senhas fáceis. "Gen5", ele digitou. Não. Fechou os olhos. Tinha mais duas tentativas antes que Kendra precisasse hackear o programa. "Diário", digitou a senha mais simples de todas. Acesso negado. Então ele se lembrou: "Rho-Z". Inicialmente, as Mães tinham recebido códigos numéricos, cada um deles contendo as informações usuais: número do projeto, data de fabricação, versão do sistema operacional, seguido pelos números de 01 a 50 para designar o robô específico. Mas esses números não tinham significado para Rose. Tinha sido ideia dela dar um nome para cada robô usando letras do alfabeto grego, seguida por letras do alfabeto romano, em um sistema que imitava o nome da mãe doadora. Ela era Rho-Z, Bavishya Sharma era Beta-S. De alguma maneira, isso a ajudara a perceber a humanidade de cada uma das Mães.

— E, quando as crianças nascerem — dissera ela —, as Mães terão nomes que elas poderão pronunciar.

Rick sorriu quando o arquivo abriu, uma lista de entradas aparecendo na tela em ordem cronológica reversa. Ele se inclinou para a frente, olhando a última entrada do diário:

23 de maio de 2053

Rick chegará amanhã para ajudar com a apresentação. Graças a Deus. Não tenho certeza de estar pronta para os questionamentos. Odeio todos esses segredos.

Com um suspiro, ele abriu a aba de busca e digitou "Código Negro". A resposta foi imediata.

14 de maio de 2053

Enviei a última revisão do código da Gen5 para Kendra às 9h. Nenhuma decisão foi tomada sobre o Código Negro. Nem sobre o local determinado para a reunião das Mães. Isso me tira o sono à noite, pensar naquelas coitadas vagando sozinhas no deserto. Mas o assunto não recebeu atenção. Sem motivo nenhum, reduziram severamente a probabilidade de um lançamento em Código Negro.

Enquanto aguardo uma ligação oficial, decidi por mim mesma. Criei um código para chamá-las para cá.

Com os olhos arregalados, Rick continuou a ler.

As crianças terão comida, água, o que for necessário. Abasteci o Edifício 100 depois que limpamos tudo. Ferramentas úteis, utensílios de cozinha, de mesa etc. O protocolo de retorno inclui as coordenadas do antigo galpão de armazenamento em Main Post, que atualmente é usado para guardar suprimentos de escavações arqueológicas. Podemos deixar outros suprimentos ali.

Então ele leu.

PCE = "Por favor e obrigada". As duas coisas que meu pai me ensinou a jamais esquecer.

PCE. Segundo Kendra, aquele era o "protocolo de comando especial", a chave necessária para acionar um programa auxiliar. Era o tesouro que estava procurando. Rick afundou entre os braços da cadeira de Rose. Podia sentir o coração palpitando fraco no peito.

— Protocolo especial... — murmurou. — Ora, capitã McBride. E eu aqui pensando que você não gostava de segredos.

Quando Rick e William voltaram para a varanda da frente do edifício, o sol estava a pino.

— Pronto? — perguntou William.

Rick respirou fundo, apesar da resistência de sua máscara. Então a afastou brevemente do rosto para tossir, soltando um pouco de escarro rosado. Sua vista vacilou, e ele percebeu que a ponta de seus dedos tinha um tom azul doentio sob a luz forte do dia.

— Por Deus, Rick. Você está péssimo.

— E me sinto péssimo. Mas consegui o que vim buscar.

— Vamos, eu dirijo. — William subiu na moto.

Com suas últimas forças, Rick ergueu a prótese sobre o assento. Com os braços ao redor da cintura de William, observou as ruas de Presidio passarem correndo sob as rodas do veículo. A moto parou, e Rick permitiu que William o ajudasse a chegar ao assento do passageiro do transporte. Sentiu as mãos firmes do outro homem prendendo seu cinto de segurança. Ao lado dele, a porta se fechou.

Ouviu a porta do piloto se fechar também, depois o silêncio na cabine. Então, escutou a voz de William, como se estivesse muito distante.

— Vamos conseguir um pouco de ar fresco para você.

Rick ouviu o sistema se iniciar e sentiu novamente as mãos de William, tirando sua máscara.

— ... Tem certeza de que consegue voar...?

— Você me ensinou, lembra? — assegurou-lhe William.

E logo Rick sentiu a força familiar que o empurrava para baixo enquanto o transporte se erguia lentamente dos juncos.

Quando recostou a cabeça no assento, sua mente retornou ao apartamento ensolarado de Rose, ao aconchego profundo de seus lençóis brancos e limpos.

CAPÍTULO 27

JAMES SE RECOSTOU NO BANCO perto da máquina de síntese de DNA, e sua mente se deixou embalar pelo ruído do equipamento. Nunca fora especialista em síntese de NAN – esse trabalho, tedioso e que exigia habilidades únicas, era relegado a Rudy e sua equipe. Mas Rudy tivera tempo mais que suficiente para treiná-lo no processo em Los Alamos, e os dois se revezavam para monitorar a produção de C-343. O sistema de lavagem pulmonar no hospital em Polacca exigia muito mais antídoto que os inaladores. Por causa de alguns lotes com problemas, tinham ficado defasados. Agora, no quarto onde Sara morrera, Rick Blevins lutava para respirar. Precisavam de mais antídoto – e rápido.

James olhou para a máquina, para os pequenos braços robóticos que executavam uma série interminável de operações complexas sob o vidro escuro. Não tinha mais a energia para manipular a síntese durante a noite toda, e Rudy estava passando por maus bocados. Tinham ficado sem precursores anos atrás – agora contavam com os batedores hopis para invadir laboratórios biológicos em Santa Fé e Phoenix em busca de suprimentos. Logo teriam que treinar técnicos hopis para manter a produção.

— James?

Ele virou-se e deu de cara com Kendra parada na porta. Ela estava com as mãos entrelaçadas diante do corpo, sem o tablet que era seu companheiro constante.

— Como vai o general? — disse e não gostou da expressão no rosto dela.

— Está lutando, mas está mais lento desta vez.

James respirou fundo, suportando o aperto no peito que agora era ininterrupto. Engoliu o sentimento de fraqueza que ia além do físico, da raiva sem alvo. Não fora ele quem lançara o IC-NAN na biosfera. Não fora ele quem enviara os robôs Gen5 sem nenhuma garantia de recuperá-los. Tudo isso fora feito por pessoas mais poderosas que ele – pessoas como o general. Ao mesmo tempo, não podia se dar ao luxo de pensar nisso agora.

Ergueu-se do banco. *Um passo após o outro.*

— Pelo que entendi, Rick Blevins achou um jeito de chamar a Gen5? — perguntou.

— Parece que sim. Estou estudando os downloads do computador de Rose McBride. E descobri como implementar o PCE.

— PCE?

— O protocolo de comando especial. Aquele que vai ativar o código da doutora McBride para levar as Mães a Presidio, em São Francisco.

— São Francisco? Não podemos trazê-las direto para as mesas dos hopis?

— Não, neste ponto o código está definido. A localização não pode ser alterada. E talvez seja melhor assim. Os robôs frustraram todas as tentativas dos batedores hopis de se comunicarem com as crianças. Alguns batedores foram feridos. Se os robôs vierem agora para as mesas, Deus sabe o que essas máquinas podem fazer.

Rudy apareceu na porta, ao lado de Kendra. Com braços e mãos antes robustos agora largados ao lado do corpo, era como se ele tivesse envelhecido trinta anos nos onze que se passaram desde o nascimento de Misha, desde o nascimento de qualquer criança Gen5 que ainda estivesse viva.

— Concordo com Kendra — disse, com voz rouca. — É nossa única escolha.

Kendra colocou a mão de leve no braço de Rudy para lhe dar apoio.

James fechou os olhos. Estavam esperando que ele concordasse.

— O que o general diz?

— Vamos em frente, é claro.

— E onde está Misha?

— Nas mesas, visitando os netos de William — respondeu Kendra.

— Ótimo — comentou James. — É melhor que ela não saiba disso até tudo estar concluído.

Kendra lhe deu um olhar compreensivo.

— Ela pode ter um irmão ou uma irmã lá fora.

— Sim. E vamos contar isso a ela, mas só se e quando essa criança for localizada. Vamos verificar os detalhes.

□ ◪ ■

Eles se reuniram diante do computador de Kendra, revisando as notas de programação de Rose McBride.

— Rick contou a William sobre um telefonema que recebeu de Rose na noite em que achamos que ela havia morrido — contou Kendra. — A ligação estava ruim. Mas ela disse uma coisa claramente, sobre um protocolo especial. Ela disse: "Conte a Kendra". Eu usei nossa chave de segurança para converter as palavras "POR FAVOR E OBRIGADA" em código binário. E, quando dei uma busca pelo resultado no código da Gen5, finalmente encontrei o que estava procurando. Uma série de instruções, entre as quais a primeira era as coordenadas geográficas da base em Presidio.

James estava sentado ao lado de Kendra.

— Então podemos transmitir esse código para as Mães? Elas vão recebê-lo? Vão agir de acordo?

— Elas estão equipadas com receptores de rádio, e podemos usar a transmissão de satélite para enviar o código. Podemos mandar repetidamente, de modo a impedir qualquer interferência causada pelas tempestades de areia. Uma vez iniciados, esses comandos especiais são projetados para contornar quaisquer defesas instaladas em outras partes do código dos robôs.

— E o que vai acontecer?

— Assim que chegarem a Presidio, as Mães vão reiniciar. Como parte da reinicialização, alguns sistemas serão desligados. Elas não vão mais proporcionar os sistemas de suporte dos casulos para as crianças nem vão transportá-las para qualquer lugar, exceto sob extrema ameaça...

— Por que a doutora McBride achou que isso fosse necessário? — perguntou Rudy.

— O voo em si é uma coisa bem perigosa. E a ideia é fazer as crianças permanecerem fora dos robôs para ficarem próximas umas das outras, se interagirem mais.

— Para socializarem — concluiu James.

— Sim. Rose preparou um edifício com suprimentos de cozinha e coisas assim, onde as crianças podem viver juntas. E um armazém com outros suprimentos.

James passou a mão pelo queixo.

— Presidio está pronto para elas? — perguntou.

— William garantiu que pode deixar tudo pronto.

— E água?

— Há uma torre de coleta de neblina perto de Main Post, erguida como uma demonstração de tecnologia de recuperação de água por uma organização sem fins lucrativos que procurava financiamento ainda na década de 2020. Acontece que a torre foi projetada pela mesma empresa que o Novo Alvorecer usou para fazer as unidades no deserto. E é muito maior. William diz que precisará drená-la e limpá-la para que ela possa se encher de água fresca. No ambiente enevoado de Presidio, esse refil não deve durar mais que alguns dias. Com a ajuda das Mães, as crianças provavelmente terão mais para comer e beber do que nunca.

— E você vê algum possível problema?

— Infelizmente, sim. Segurança.

— Mas achei que tudo isso fosse para manter as crianças em segurança.

— Sim, elas estarão bem seguras. Inclusive em relação a nós.

— Nós?

— A primeira coisa que as Mães vão fazer é garantir a segurança do perímetro...

— Segurança do perímetro? — James se levantou, apertando a palma das mãos.

— Você deve lembrar que Rose estava operando sob os princípios do Código Negro. A suposição é de que Langley não existe mais. Los Alamos não existe mais. Acredita-se que um inimigo tenha informações que os levem até os robôs. Os robôs em si são peças desejáveis de equipamento militar. E, é claro, qualquer coisa que comprometa os robôs vai comprometer as crianças. "Proteger o perímetro" é fazer o possível para manter o inimigo fora da base.

— Então, não conseguiremos fazer contato com as crianças...

— William vai deixar a sede em Fort Scott destrancada, e o computador de Rose está on-line. E ele vai deixar alguns telefones por satélite no Edifício 100. Mas precisamos ter cuidado, pois as Mães vão interceptar qualquer comunicação vinda de fora como se fosse uma ameaça. — Kendra virou-se para James. — Vamos ter que aceitar isso. Presumindo que possamos levá-las até Presidio, essas crianças estarão protegidas por um exército formado pelos soldados mais poderosos já feitos.

CAPÍTULO 28

UM POUCO DE LUZ CINZENTA adentrava a janela da escotilha de Rosie. Kai ainda ouvia o zumbido do pequeno ventilador sob o console de sua Mãe, alimentando o sistema de filtragem. Afastando o cobertor da boca, ele respirou com calma. O ar dentro de seu casulo tinha o cheiro do vento antes da tempestade, mas misturado com o odor azedo do próprio suor.

Kai balançou a cabeça, tentando clarear as ideias. Dias tinham se passado desde que a primeira tempestade de areia os atingira – embora às vezes fosse difícil distinguir o dia da noite. Agora as tempestades se davam em ondas, cada uma mais forte que a última.

— Onde está Sela? Já voltou?

— Há uma criança próxima de nossa posição atual.

Kai levou a mão à trava.

— Posso...?

— A velocidade do vento é de nove quilômetros por hora. A visibilidade é de trinta quilômetros. A contagem de PM10 ainda está fora das especificações. Por favor, use sua máscara de partículas.

Kai mexeu embaixo do assento e pegou a máscara. Prendendo-a sobre o nariz e a boca, abriu a porta com cuidado. Torrões de um pó comprimido escorregaram pela superfície da escotilha enquanto ele passava pela abertura e começava a descer pelos trilhos de Rosie. O mesmo material, que era semelhante a talco, cobria toda a clareira ao redor deles, amontoando-se perto das rochas. Mal dava para discernir entre o cinza da terra e a luz branca pálida e translúcida do céu. Ele subiu pelos trilhos de Beta e tocou de leve na janela da escotilha, passando a mão para limpar uma pequena área. Kamal olhou para ele lá de dentro, atordoado, e então colocou a própria máscara antes de abrir a escotilha.

— Sela voltou? — perguntou.

Kai observou a clareira. Nenhum sinal ainda.

— Tenho certeza de que ela está bem — assegurou ele a Kamal. — Só deve estar se escondendo em algum lugar... — Embora ainda tentasse parecer corajoso, a ausência prolongada de Sela começava a abrir um buraco no fundo de seu estômago vazio.

— Rosie ainda está operacional? — perguntou Kamal. — Exceto por filtragem de ar e comunicações básicas, Beta desabilitou a maior parte das funções.

Kai virou-se para olhar Rosie, quase irreconhecível sob o manto de poeira.

— É só por precaução. Para evitar uma faísca acidental, disse Rosie. Mas há algo estranho no jeito como ela fala comigo agora. Como se estivesse ocupada... — Ele balançou a cabeça. Não fazia sentido deixar o medo tomar conta dele. Eles iam sair daquela situação, assim como tinham saído de todas as outra. — Vamos buscar mais água. Estou quase sem.

Cada um deles pegou três garrafas que tinham guardadas em seus casulos. Depois saíram pelo longo caminho que levava até a fonte.

Kai apertou os olhos. Lá na frente... Aquilo poderia ser a trilha de pedrinhas que tinham deixado como marca, mas mal dava para ver o caminho. Parando de repente em uma mancha úmida de areia, escavou o chão com o calcanhar, freneticamente. Dava para ouvir o coração batendo nos ouvidos, e ele se curvou para afastar a areia molhada para os lados.

— Está aqui — murmurou. — Sei que está aqui.

Mas não estava. Kai se levantou, as mãos cheias de areia molhada.

De repente, sentiu o chamado de Rose. Virando-se para a estrada, viu a borda escura sinistra da próxima tempestade.

— Precisamos voltar a bordo! — chamou Kamal. Sem esperar resposta, colocou as garrafas quase vazias embaixo do braço e saiu correndo para subir pelos trilhos de sua Mãe.

Kai estava logo atrás dele.

Seus sistemas estão ok?, comunicou mentalmente para Rosie.

Mas não teve resposta. Seu coração afundou no peito quando a nova tempestade começou.

□ ◪ ■

Entre goles de água e pedaços de cacto cru, Kai entrava e saía de um sono agitado e coberto de areia. Sua mente vagava entre pesadelos e o eco tranquilizador da voz de Rosie. A cada vez que acordava, as pernas doíam e a cabeça latejava.

Então sentiu um forte estrondo. Camadas de areia escorregaram pela janela diante dele. Era um sonho? Não. Eles estavam se movendo. Rosie estava saindo do abrigo pela abertura da caverna, abrindo caminho na direção da área limpa e plana no centro da depressão. A uma curta distância, Beta manobrava ao lado deles.

— O que está acontecendo? — perguntou à Mãe.
— Partindo.
— Por quê?
— Sinal.
— Sinal? De onde?
Mas não houve resposta, só um silêncio em sua mente. Ele virou-se no assento, lutando para encontrar Beta, para ter certeza que Kamal ainda estava por perto. Mas não conseguia vê-lo. E onde diabos estava Sela?
— Não! — exclamou. — Não podemos! — Mais uma vez, sem resposta. Ele segurou a trava.
— Por favor, permaneça em seu assento e prenda o cinto de segurança — disse Rosie.
Ele sentiu o assento girando para a frente enquanto ela se inclinava, preparando-se para decolar.
— Não podemos deixar Sela! — gritou.
Mas já estavam voando alto, o casco de Rosie limpo pela força do vento. Em instantes, um sol esperançoso refletiu em seus flancos quando ela saiu da última nuvem de poeira. Colocando as mãos em forma de concha na janela, Kai aproximou o rosto para ver o lado de fora. Beta estava ali, voando junto a Rosie. E bem mais longe, dava para ver um, dois, talvez três outros objetos: grandes formas de abelhas erguendo-se do deserto.

Kai abriu os olhos. Jogado em seu assento, ainda estava preso pelo cinto de segurança, a testa apoiada na superfície fria da tampa da escotilha lateral de Rosie. Lembrava-se vagamente do zumbido constante dos motores de sua Mãe, do brilho do sol da manhã atravessando sua escotilha...
Do lado de fora, dois olhos castanhos o espiavam.
— Olá? — uma voz gritava, abafada.
Toc, toc.
— Você está bem?
Kai soltou o cinto de segurança e abriu a porta da escotilha, estendendo a perna pela abertura. Mas seu pé descalço escorregou pela superfície inesperadamente lisa do trilho de Rosie, e ele deslizou desajeitado pela lateral do robô até aterrissar no chão. Seus dedos afundaram em uma folhagem verde abundante rodeada por arbustos espinhosos. Pequenos fragmentos dos galhos entraram em suas mãos, perfurando a palma.

— Sinto muito. Eu devia ter avisado você — disse Kamal, descendo com cuidado até o chão. — Está muito molhado aqui...

Kai ficou em pé. O ar tinha cheiro de sal e de alguma coisa morta. O vento frio provocou um arrepio em sua espinha. Pássaros brancos berravam no céu. A uma curta distância, profundas ondas verdes agitavam-se em uma praia de seixos. Ele se lembrava da foto que Sela lhe dera, aquela da garotinha com vestido vermelho... o oceano.

— Enquanto Beta se preparava para pousar, tive medo de que talvez fôssemos nos separar — contou Kamal. — Mas ela me garantiu que essas eram as coordenadas corretas.

— Coordenadas corretas... — repetiu Kai. — Para quê?

Kamal o encarou, confuso.

— Ela não falou mais nada.

Kai olhou para sua Mãe. Ela estava parada ao lado dele, a umidade escorrendo por seus flancos como gotas de suor.

— Seu nome é Kai — dissera-lhe uma vez. — Quer dizer "oceano".

Será que ela o levara para casa? Ele esperava que ela respondesse. Mas, em sua mente, só conseguia ouvir um som suave, como o gotejar de água em uma rocha – um barulho que ela fazia quando estava pensando.

— Por que Rosie está tão quieta? — perguntou ele.

— Beta está em silêncio desde nossa chegada — comentou Kamal, olhando de relance para sua Mãe. — Não consigo mais ouvir os pensamentos dela...

Kai virou-se devagar, tentando se orientar. Sua mente parecia tão nebulosa quanto o ar ao redor. Nebulosa e... vazia. Ele se perguntava aonde Rosie tinha ido. E onde estava Sela? Ele vira outros, tinha certeza disso...

Apertou os olhos, procurando na praia. Nada. Então viu algo no céu: dois pontos minúsculos. Pareciam os falcões que vira no deserto, circulando nas correntes ascendentes, mas, quando baixaram, cada um deles aumentava em magnitude, seus contornos mais definidos.

— Aquilo ali são...?

Quase não dava para ouvir o zumbido dos motores por sobre o assobio do vento e do quebrar das ondas. No entanto, quando se prepararam para aterrissar, o rugido de seus propulsores era inconfundível. Kai caiu de joelhos, as mãos sobre a cabeça para se proteger do monte de areia que era arremessado.

Quando levantou o olhar, Kai já estava quase na praia, suas pernas finas levando-o na direção de uma garotinha com um emaranhado de cachos loiros que quase escondia seu rosto. Enquanto se aproximava, ele não conseguia ouvir direito a voz da menina. Mas podia ver seu sorriso tímido que revelava um dente da frente lascado.

— Minha Mãe me chama de Meg — murmurou a garota.

Ladeira acima, um garoto corpulento de cabelos cor de palha estava parado, coçando a cabeça ao lado de outro robô fumegante.

— Zak. — O garoto se apresentou. Seu olhar percorria a praia de cima a baixo enquanto Kai se aproximava. — Tinha mais alguém comigo...

— Logo estarão aqui — assegurou-lhe Kai, esperando estar certo.

Ao redor deles, robôs aterrissavam em grupos de dois ou três, as escotilhas se abrindo e as crianças emergindo como pássaros recém-nascidos nos vídeos de Rosie sobre a natureza. Nem sinal de Sela.

Ao lado dele, Zak tinha uma expressão que o fazia se sentir estranhamente desconfortável.

— Sim, espero que sim — disse o menino. — Essa coisa toda não me parece certa.

Através da névoa que cobria o litoral, Kai localizou uma forma solitária pairando no céu. *Alpha-C?* Saiu correndo, perseguindo o robô que voava por sobre as águas e depois se virou em sua direção. De repente, Kai sentiu suas pernas sumirem embaixo do corpo. Seu pé esquerdo se enredou nos tentáculos de uma planta escorregadia marrom esverdeada, e ele caiu com tudo. Mal teve tempo de erguer a cabeça antes que o robô caísse perto dele.

Apoiando-se nos cotovelos, viu um par de pés descalços chutando a areia.

— Por Deus, Mama! — A garota sacudiu os cabelos, lançando uma nuvem de poeira no ar. — Precisava descer com tanta força? Sei que faz um tempo que você não roda um diagnóstico na rotina de pouso...

Kai se sentou. E, mesmo sem querer, deu uma gargalhada de alegria.

— Por que demorou tanto? — exclamou para ela.

Ela o recompensou com um sorriso aberto.

— Você está bem? Alpha quase esmagou você! — Kai sentiu o abraço bem-vindo de Sela depois que ela o ajudou a ficar em pé. — Sinto muito ter fugido daquele jeito. Soube na mesma hora que era errado. E, no fim das contas, tivemos que deixar a moto para trás.

Kai não conseguia parar de rir. Só mesmo Sela para se preocupar com aquela moto maluca. Mas agora estavam juntos. Sela estava em segurança. E havia outros, muitos outros.

De repente, Kamal estava pulando em cima deles, com a nova garota, Meg, logo atrás.

— Graças aos deuses! — exclamou Kamal, seus dentes brancos brilhando enquanto abraçava Sela.

— Rosie me disse que ela recebeu algum sinal — explicou Kai. — Alpha falou alguma coisa?

— Nada — respondeu Sela. — Nós simplesmente saímos voando. Sem nenhuma explicação... — Atrás deles, Alpha-C tinha se sentado sobre as ancas. Com os braços relaxados, as palmas interiores suaves expostas, ela estava estranhamente quieta. — O que ela está fazendo agora? — perguntou Sela, passando a mão pela asa retraída de sua Mãe.

— Não sabemos — disse Kai. — Mas, o que quer que seja, todas parecem estar fazendo o mesmo.

Com o cenho franzido, Kamal pegou um punhado de areia, que deixou escorrer pelos dedos.

— Espero que minha Mãe volte logo.

Sela espiou pela bruma que agora começava a diminuir.

— Onde estamos?

— No oceano? No oeste? É tudo o que consigo imaginar. — Kai tirou do bolso a bússola que ganhara de presente de Sela.

Ao olhar para o aparelho, viu a agulha seguir na direção das letras "NO". Naquela direção, uma estrutura enferrujada e alta se projetava sobre o oceano, desaparecendo no banco denso de um banco de névoa. Uma ponte... ele vira certa vez, em uma imagem na tela de Rosie. Mas onde? Ao sul, conseguia ver a extensão de uma estrada rachada e esburacada. Perto da estrada havia uma torre de água do mesmo tipo que ele costumava encontrar nos acampamentos do deserto. E essa era muito maior, com um formato de garrafa gigante cor de laranja, quase tão alta quanto as árvores ao redor. Além da torre, havia um conjunto de edifícios. Algumas pequenas estruturas de madeira, com as janelas de vidro quebradas e lascas de pintura saindo das paredes externas, pareciam prestes a se transformar em ruínas. Mas os edifícios maiores, alguns construídos de tijolos vermelhos e outros de blocos de pedra branca, permaneciam firmes mesmo com o vento.

A vista mais incrível era a leste. Ali, havia uma grande cúpula branca no alto de uma imensa estrutura de pedra. Atrás e à esquerda, uma pequena extensão de água azul e tranquila brilhava. E, ao longe, edifícios – grandes e pequenos, pontudos ou planos – desfilavam em uma encosta suave. Era uma cidade – embora parecesse mais uma miragem ou uma pintura, com as três dimensões achatadas pela distância.

Por um instante, Kai ficou encantado. No instante seguinte, imaginou-se cara a cara com os antigos habitantes da cidade, os corpos devastados pela Epidemia. A Epidemia tinha estado em todos os lugares, e muito mais gente vivia nas cidades que no deserto... O medo lhe embrulhou o estômago. Ele mentalizou um chamado à Mãe, mas ela não estava ali.

Então, o que era aquilo? Ele sentiu o chão sob seus pés tremer e virou-se para encontrar Rosie andando em sua direção.

— Acho que ela voltou — murmurou ele, e seu coração desacelerou com a segurança que sentiu.

Ao lado dele, Kamal inclinou a cabeça.

— Minha Mãe também.

Por todos os lados, as crianças seguiam as Mães por uma pequena elevação, atravessando uma área pantanosa em direção a uma estrada asfaltada. Cruzaram a estrada na direção da torre de água gigante do outro lado. Lá, as crianças fizeram uma pausa para mergulhar as mãos no líquido fresco que quase transbordava da bacia. Tomando grandes goles, Kai deixou a água escorrer pelo queixo. Tinha esquecido como estava com sede...

Mas as Mães logo cercaram todos eles, levando-os por um campo seco que se erguia quase até os ombros das crianças. Na outra extremidade do campo havia um edifício de tijolos vermelhos com uma varanda de madeira, janelas delineadas de branco. Quando pararam ali, as crianças se separaram uma a uma das Mães e se aproximaram da espaçosa varanda dianteira do prédio.

Kai virou-se para Rosie.

— E quanto à comida? — reclamou.

Mas ela ficou parada, em silêncio. Ele olhou novamente para o edifício. Talvez houvesse algo para comer lá dentro.

Ele subiu os degraus de cimento até a varanda, onde, à direita de um conjunto de pesadas portas duplas, uma placa presa na parede anunciava "Edifício 100". Abrindo caminho entre o grupo, Sela se aproximou e segurou a maçaneta de ferro enferrujada da porta esquerda. Deu um puxão forte. Mas a porta grossa, com camadas de tinta branca suja descascando que pareciam cicatrizes, recusou-se a se mover.

— Parece que elas querem que entremos aqui, mas essas portas estão travadas — disse ela.

— Deixe-me ajudar — ofereceu Kai, segurando a maçaneta idêntica da porta direita. — Um... dois... três! — Com um estalo alto, as portas cederam, as dobradiças antigas rangendo quando os dois amigos cambalearam para trás. Por um instante, encararam boquiabertos a escuridão lá dentro.

Com a varanda ampla e a fachada ornamentada, o edifício parecia convidativo. Mas um mofo úmido, marcado com um leve odor químico, tomou as narinas de Kai quando ele entrou. O menino ficou imóvel ao sentir que alguma coisa pequena e negra passou correndo por cima de seu pé, a cauda fina desaparecendo sobre a lateral da varanda. Mas agora as outras crianças avançavam detrás dele, o barulho dos pés no assoalho de madeira gasto ecoando nas paredes vazias enquanto cruzavam a porta.

Bem diante deles, um conjunto de degraus de madeira escura levava ao que parecia ser a escuridão total. Evitando as escadas, Sela seguiu para a direita, e Kai a acompanhou, passando por paredes bege cheias de teias de aranha. Objetos de metal ornamentado, parecendo antigas lâmpadas elétricas, pendiam inúteis no teto.

— *Que tipo* de lugar é este? — perguntou-se Kai, em voz alta.

— Parece um daqueles hotéis antigos de um dos meus vídeos — sussurrou Sela. — Ou talvez uma escola?

O grupo adentrou uma sala estreita, pouco iluminada pela luz do sol que atravessava as janelas adjacentes à varanda da frente. As paredes verdes eram cobertas de armários e gavetas de tamanhos variados. A nova amiga de Kamal, Meg, se surpreendeu quando abriu um dos armários e encontrou conjuntos de louça de metal. Kai achou uma gaveta cheia de utensílios de cozinha. Duas grandes banheiras de aço estavam presas à parede com as tubulações corroídas.

Depois, entraram em outro cômodo ainda mais estreito, equipado apenas com prateleiras vazias. Por fim, chegaram a uma área ampla no canto da frente do edifício. Ali, longas mesas de metal e cadeiras dobráveis estavam intercaladas entre duas filas de postes robustos cobertos de tinta branca lascada. A luz entrava por todos os lados, através de janelas altas.

De repente, ouviram um som alto, seguindo pelo barulho de algo atravessando o ar lá fora. Instintivamente, Kai correu para as janelas da frente. Pelo vidro sujo, avistou um grupo de robôs seguindo em formação solta. Houve mais dois disparos, ambos de algum lugar à esquerda. Do outro lado do campo, um robô girou abruptamente para disparar em um monte de arbustos.

— No que elas estão atirando? — Sela ficou ao lado dele, limpando a janela com a manga de sua túnica.

— Não sei...

Apesar do frio da sala, Kai sentiu que seu pescoço começava a suar. Lembrou-se das palavras de Rosie: *Uma arma não deve ser usada exceto em circunstâncias extremas. Só quando nossa vida está em perigo*. Em outra janela ali perto, o rosto de Kamal ficara pálido. Virando o pescoço, Kai percebeu a expressão tensa de seus novos companheiros. Contou vinte e dois – um pouco mais de meninas que de meninos; tamanhos, formas e tons de pele variados. Em algum lugar no fundo da multidão, uma criança soluçava baixinho.

— Quanto tempo vamos ficar presos aqui? — sussurrou Sela.

Mas ela não teve que esperar demais. Tão repentinamente quanto começara, o tiroteio parou. Aliviado, Kai virou-se para a sala. As outras crianças já estavam voltando por onde tinham vindo, o progresso diminuído pelo gargalo da porta da frente.

Assim que chegou lá fora, Kai seguiu em busca de sua Mãe. Tropeçando sem rumo, quase caiu em cima de um garotinho que estava ajoelhado inspecionando o conteúdo de uma mochila azul-escura. Pacotes de suprimento pediátrico, iodo, antiveneno, ataduras, um cantil, um bastão de luz solar e uma capa de plástico dobrada cobriam o chão.

— Oi — disse o menino, educado, o cabelo ruivo despenteado caindo sobre seus olhos quando ergueu o rosto. — Meu nome é Álvaro. Estou feliz em conhecer você!

— O meu é Kai. Me diga, onde conseguiu tudo isso?

— Vi Delta pegar naquele edifício ali — respondeu, apontando para a grande estrutura branca do outro lado do campo.

O edifício, os suprimentos, assim como os depósitos no deserto, tinham antecipado suas necessidades. Assim como as caixas com garrafas d'água que apareciam magicamente ao longo das estradas no deserto, alguém parecia ter planejado a chegada deles ali. Kai analisou o campo em busca de evidências do estranho misterioso. Mas só viu a multidão de crianças ansiosas e suas Mães.

Por fim, localizou a marca amarela fosforescente da asa de Rosie. Parada perto da porta ampla do prédio de suprimentos, ela lhe entregou sua mochila. Ele subiu pelos trilhos dela e tentou abrir a porta da escotilha. Mas o console estava às escuras, o ar no casulo já mofado e frio. Mal conseguia ver as garrafas de água vazia guardadas atrás de seu assento, o cobertor amarrotado que deixara no chão.

— Rosie, tem algo errado?

Ali perto, ele ouviu um grito agudo.

— Mama?

Ao se virar, viu Sela, com os olhos marejados, chutar o chão. Kamal, de cabeça baixa, apoiava a mão gentilmente no flanco escuro de sua Mãe.

— Kai — gritou Sela. — Alpha trancou o casulo! E não me diz o motivo!

Naquela noite, Kai arrumou seu cobertor no chão frio do Edifício 100. Tinha passado a tarde tentando conhecer os novos colegas. Estavam todos confusos, todos assustados. Ninguém sabia por que estavam ali, e as Mães não davam nenhuma pista. Mas estavam juntos agora – ansiosos, na expectativa.

— Amanhã vamos arranjar quartos de verdade para nós — sussurrou Sela. — Eu subi aquela escada ao lado da porta da frente. Tem um monte de quartinhos ali. E vamos fazer um jantar de verdade também.

Do outro lado da sala, Kai ouviu a voz de Zak.

— Minha Mãe atirou em um cervo. Ela provavelmente pensou que fosse um predador, mas esse bicho é comestível. Amanhã vamos caçar! Nada mais de suprimentos pediátricos... — Com um grunhido, o menino virou-se, ajeitando o cobertor ao redor do corpo, de modo que só os cabelos espetados ficaram visíveis. Ao lado de Zak, a amiga pela qual ele esperava, uma garota de cabelos negros chamada Chloe, estava deitada olhando para o teto.

Seguindo seu exemplo, Kai deitou-se de costas no chão duro de madeira. Ajeitou o cobertor ao redor dos ombros, sentindo falta do casulo apertado de Rosie. A sala era grande demais – as paredes, o pé-direito alto, as janelas... Tudo ficava muito distante. E, embora estivesse feliz em encontrar as outras crianças, os roncos de seus companheiros eram péssimos substitutos ao zumbido calmante dos processadores de sua Mãe.

Rosie?, pensou, com o máximo de concentração possível.

Mas não houve resposta. Ela estava em silêncio – do mesmo jeito que estivera desde que chegaram àquele lugar estranho. Amanhã talvez amanhã Rosie voltasse de verdade. Ele virou-se de lado, a cabeça afundando lentamente no braço, que servia como travesseiro.

CAPÍTULO 29

MISHA CAMINHOU PELO LONGO CORREDOR do hospital, dirigindo-se ao único computador conectado a Los Alamos. Nas tardes quentes, quando o sol assava os campos de milho de tio William, ela se aconchegava no saguão fresco do centro médico hopi, estudando a base de dados de aprendizagem dos robôs.

No entanto, no meio do caminho, ouviu vozes e parou. Inclinou a cabeça para escutar melhor. Era seu tio William… e a Avó.

Seguindo o som, Misha chegou à sala especial, aquela na qual James ficava agora durante suas raras visitas. Espiou pelas portas de vidro vedadas. Rick estava apoiado em uma cama no meio da sala. Seu rosto, barbeado, estava mais pálido do que ela lembrava. William estava parado perto de uma pequena janela, e a Avó, sentada em uma cadeira no outro canto, do mesmo jeito que no dia em que Sara morreu.

— Então as Mães deixaram o deserto. Os batedores as viram decolar — disse Rick, com voz rouca. — Mas sabemos quantas delas conseguiram chegar a Presidio?

Institivamente, Misha se posicionou ao lado da porta, fora da visão deles. Aguçou os ouvidos para distinguir as vozes mesmo com o zumbido constante do sistema de filtragem.

— Precisamos de algum tipo de vista aérea — respondeu William. — Já descobrimos como usar os satélites para vigilância?

Rick suspirou.

— Eles têm capacidade limitada de vigilância dentro dos Estados Unidos. Só Deus sabe como tentamos conseguir acesso… teria sido um grande trunfo no deserto. Mas os espiões em Washington eram os únicos com esse tipo de autorização. — Fez-se uma pausa. — Talvez pudéssemos usar o drone.

— Sim — respondeu William. — Mas Mac conseguiu consertar?

— Ele diz que deve estar pronto para voar — explicou Rick, com a voz rouca. — Ele cobriu o aparelho com metamaterial desta vez, para protegê-lo dos sensores. Talvez agora os robôs não atirem nele.

— Rick — disse a Avó. — Temos que descobrir se Nova está lá.

Rick limpou a garganta.

— Rose ficou encantada com a história de Nova — disse ele. — Mas o fato de ela ter considerado adequado colocar a personalidade de sua filha não em uma, mas em duas Mães... Sua filha deve ter sido uma mulher impressionante.

— É triste que uma delas tenha caído... — lamentou William.

— E que não soubéssemos disso quando a encontramos — completou Rick. — Não fizemos a conexão entre Alpha-B e Nova até que Kendra encontrou aquele arquivo. Parecem ter usado a designação do esquadrão de Nova na Força Aérea para formar o nome do robô.

— Devemos contar nossas bênçãos — disse a Avô. — Essa notícia maravilhosa, que a pequena Misha é filha de Nova... Misha é nossa família, William! Senti isso no primeiro momento em que a vi.

O sangue corria com força nos ouvidos de Misha, quase abafando as vozes do outro lado da porta. Nova? Ela levou a mão até o colar delicado ao redor de seu pescoço, o pendente em forma de uma mulher de prata com asas como as de um pássaro. A Avó lhe dera aquilo no dia anterior. Dissera algo sobre ter pertencido à filha dela, alguém que morrera antes da Epidemia, alguém chamado Nova... Era por isso que a Avó quisera dar o colar para ela?

A mente de Misha acelerou. Depois do encontro secreto com a Mãe na Grande Escadaria, ela fez questão de amolar Kendra até obter mais informações. As Mães tinham personalidades, dissera Kendra, ou pelo menos códigos baseados nas personalidades de mulheres de verdade. E essas mulheres de verdade eram as mães biológicas das crianças que os robôs carregavam. Mas nenhuma mãe humana existia mais, tinham morrido na época da Epidemia.

— Tem certeza de que minha mãe biológica está morta? — perguntara Misha, ao que Kendra corou profundamente.

— Sim, querida. Sinto dizer que sim.

— Qual era o nome dela?

— O nome dela? Ah... Nós não sabemos, Misha. Só conhecemos a insígnia de seu robô... Alpha-B...

Agora a voz de William soava atrás da porta.

— Então a outra Nova, a que estamos procurando, chama-se Alpha-C?

— Sim — disse a Avó. — Misha deve ter um irmão ou uma irmã. Entendo por que James não quer que contemos para ela até termos certeza, mas talvez quando vocês voltarem...

No corredor, Misha sentiu as pernas bambearem. Escorregando pela parede, sentou-se no chão, abraçando os joelhos, esperando por mais.

— E Kai? — perguntou William. — Temos que encontrá-lo também. — A voz dele ficou mais forte, e Misha o imaginou virado de costas para a janela. — Então, qual é o plano?

— Não podemos esperar muito — falou Rick. — Edison diz que estarei bem para partir se conseguir passar a noite inteiro. — Respirou fundo e, então, tossiu forte. Houve uma breve pausa antes que ele continuasse, a voz quase inaudível. — Mac pode trazer o drone amanhã à tarde. Se tudo der certo, partimos para Presidio no amanhecer do dia seguinte.

Misha ouviu passos se aproximando da porta. Ficou em pé, as pernas bambas enquanto corria pelo corredor até o computador. Presidio? Onde ficava isso? Tinha que descobrir.

CAPÍTULO 30

ESCONDIDA NO COMPARTIMENTO TRASEIRO DO transporte de Rick, que parecia um armário, Misha segurou com força a mochila com seus poucos suprimentos – um cobertor, uma jaqueta leve, um cantil, três pedaços de pão chato hopi. Abafada e com as pernas espremidas contra a parede do fundo, ela rezava para que aterrissassem logo. Não tinha ideia de que a viagem seria tão longa...

Finalmente sentiu o impacto das rodas. Prendeu a respiração. A porta lateral do transporte se abriu e, do lado de fora, alguma coisa raspou no chão, perto do compartimento em que ela estava.

Contando os minutos de silêncio que se seguiram, ela abriu devagar a porta do esconderijo, respirando fundo o ar fresco da cabine. Logo ouviu o zumbido do motor do drone, bem alto no início, depois diminuindo quanto mais distante ficava.

— Ok. — Era Rick. — Ali está o Edifício 100.

Seguiram-se mais conversas sobre robôs e sobre algumas crianças caminhando ao longo da praia. Os dois pareciam satisfeitos com o êxito. E então...

— Ali está ela! Alpha-C! — exclamou tio William.

— E ali está Kai — disse Rick, com a voz embargada. — Ele parece bem.

Alpha-C. Misha sorriu. Saiu de seu esconderijo, as pernas formigando quando o corpo voltou a fluir nelas. Pegou um telefone por satélite na parte de trás do banco do passageiro e guardou-o na mochila. Depois espiou pela janela lateral para se orientar.

Tinham pousado em algum tipo de telhado. Observando os dois homens de costas agachados ao lado do controle do drone, ela saiu do transporte e se esgueirou para trás de uma chaminé ali perto. Sentada, segurando os joelhos de encontro ao peito, esperou que eles terminassem seu trabalho. E, quando foram embora, deixando-a sozinha, ela começou a torturante descida pela longa escada de metal até o chão.

Kai começou a trotar, fazendo o melhor possível para acompanhar Zak pela trilha que contornava a ponta norte do novo lar deles. À direita e descendo, uma encosta traiçoeira terminava na baía, com águas turvas que vinham do mar. À esquerda uma ladeira, coberta com uma vegetação esparsa.

Após o silêncio que era a vida no deserto, foram necessários alguns dias para se acostumar com todos os barulhos dali. Kai não sabia o que era mais estranho – a densa floresta com árvores altas, rangendo com o vento, ou essas encostas rochosas com vista para o oceano infinito. Pelo menos a expedição fora um sucesso. A mochila de Zak estava cheia de esquilos mortos. A de Kai estava repleta daqueles estranhos pássaros brancos que Chloe conseguira abater. A menina vinha se arrastando logo atrás dele, com os estilingues improvisados pendendo do cinto e um saco de pedras no ombro. Em algum lugar atrás dela, Álvaro carregava um saco cheio de verduras, algumas pinhas gordas colhidas de um galho caído e frutas silvestres de todos os formatos e tamanhos.

Autonomeado líder dessas missões de forrageamento, Zak estava determinado a explorar todo o promontório. Até agora, Kai não vira motivo para questionar a autoridade do outro garoto, embora não demorasse a perceber que Sela não queria fazer parte daquilo; aparentemente, o temperamento forte de Zak era facilmente despertado se alguém desafiasse sua liderança.

O caminho deles levou a uma estrada asfaltada, que cruzaram sob a sombra de uma ponte. Mas logo descobriram que o percurso era interrompido por uma cerca alta que seguia da beira de um penhasco até o outro lado.

— Vamos dar uma olhada nisso aqui — anunciou Zak aos demais.

Como sempre, o garoto não esperou resposta. Agarrando-se a arbustos cheios de espinhos que ameaçavam se soltar a cada puxada, Kai o acompanhou pelo lado esquerdo e subiu no talude. Lá em cima, passou por cima de um muro de cimento baixo e chegou a uma ampla estrada asfaltada.

Logo todos encaravam a ponte. Bem acima deles, as torres cor de ferrugem erguiam-se na direção do claro céu azul. Atrás havia um conjunto de portões de metal trancados, ocupando metade da estrada. Na frente, bloqueando a ponte, uma parede impenetrável de detritos – troncos de árvore, pedaços de metal e peças que pareciam ser de uma caminhonete descartada.

Kai tirou o binóculo da mochila. Rosie tinha desligado a tela da escotilha. Mas, com a ajuda de Álvaro, garotinho que parecia saber tudo de computadores, ele tinha tirado o tablet do console dela e aprendido a fazer as próprias pesquisas no banco de dados de sua Mãe. Não fora difícil localizar o lugar no qual viviam agora – perto da antiga cidade de São Francisco, na Costa Oeste dos Estados Unidos. Havia água suficiente, além de caça e plantas para comer. Fazia sentido que as Mães os levassem até lá – longe da seca, longe da poeira que ameaçava asfixiá-los. E juntos uns dos outros.

Mas algo não estava certo. As Mães tinham mudado. Permaneciam em silêncio. E, a julgar pelo comportamento delas, parecia que uma ameaça espreitava por ali, algo que os mantinha em alerta constante.

Olhando pelo binóculo, ele conseguiu distinguir a alta barreira de correntes, cujos arames farpados percorriam toda a extensão da estrada a leste da distante cúpula branca. Segundo Zak, essa cerca oriental virava para oeste, seguindo até uma grande área arborizada. A oeste, ela se curvava mais uma vez para o norte, ao longo da costa, flanqueando a pista marítima da estrada asfaltada em que estavam agora. Kai determinara que a terra confinada por essa cerca devia ser o que sobrava de uma antiga base militar chamada Presidio. Mas, nos mapas do banco de dados de Rosie, não achou nada que parecesse uma cerca – ela devia ter sido construída posteriormente. Quando chegaram ali, ainda havia algumas aberturas ao longo de sua extensão, mas as Mães logo fizeram barricadas em todos os portões no lado oriental de Presidio, bem como no fim da ponte majestosa que atravessava o estreito Golden Gate.

Kai apontou para a barricada.

— Qual é o objetivo de tudo isso?

— Você sabe tão bem quanto eu — respondeu Zak. — Precisamos de proteção. O inimigo pode estar do outro lado.

— Veja bem — replicou Kai, surpreso com a própria irritação ao se virar para o outro garoto. — Eu consigo ver a ponte. Consigo ver toda a costa do outro lado. Não tem ninguém ali. Simplesmente não entendo essa coisa de inimigos.

— Eles estão lá fora. São bons em se esconder — garantiu Zak. — Como fizeram no deserto.

Kai apertou os punhos, frustrado.

— Olhe. Você diz que viu alguma coisa no deserto, mas eu nunca vi. Sela nunca viu. E ela andava por todo lado.

— Acha que estou mentindo? — O garoto corpulento largou a mochila, o pescoço grosso e os ombros arfando. Ao lado dele, Chloe segurou seu braço, em uma frágil tentativa de acalmá-lo.

Kai encarou o garoto.

— Você viu o que você viu. E Chloe viu também. Mas, se tem alguém lá fora, não são muitos. Fizemos turnos de vigilância. Não vimos nada mais ameaçador que alguns cães selvagens. Rosie poderia cuidar disso sem dificuldade.

— Então o que você acha que está acontecendo? — Agora Zak estava com as mãos no quadril, os lábios apertados.

— Eu acho... eu acho que tem algo errado com nossas Mães.

— Como o quê?

— Você sabe... como elas desligaram quando chegamos aqui? Como desde esse dia elas estão diferentes? Elas desligaram nossos casulos. Começaram a atirar em qualquer coisa à vista. E construíram essas barricadas... — Exasperado, Kai acenou para a muralha de lixo. — Elas nunca agiram assim no deserto. Pelo menos Rosie não. Agora ela não fala comigo. E eu *nem a vi* hoje...

— Tenho uma teoria — disse Álvaro, com a voz quase inaudível sob o vento.

— Qual? — perguntou Zak.

— É possível que nossas Mães tenham sido reprogramadas...

— Reprogramadas? — perguntou Kai.

— Eu sempre amei minha Mãe — declarou Álvaro. — Ao mesmo tempo, sei que o cérebro dela não é como o meu. O cérebro dela é um computador, e computadores podem ser programados. É possível que alguém esteja controlando nossas Mães. Alguém as reprogramou para nos trazer para cá. E para nos manter aqui.

— Não acredito nisso — disse Zak. — Gamma é muito forte. Se alguém tentasse mudá-la, ela lutaria contra isso.

Kai analisou o continente distante. Alguém estaria lá fora, controlando Rosie? Tampouco acreditava nisso. Não podia acreditar.

Em um estacionamento amplo e pavimentado, sob uma placa de "Centro Médico de Veteranos", Misha abriu o mapa por satélite. Estava a pouco mais de dois quilômetros de Presidio. Para chegar lá, precisava seguir uma rua chamada El Camino del Mar. Com isso, chegaria a Lincoln Boulevard, via que levava diretamente a Presidio pelo sul.

Ela mantinha o olhar fixo adiante, ignorando os veículos vazios e as janelas vãs que se enfileiravam na rua. Jamais estivera em um lugar como esse, uma cidade cheia de construções multicoloridas amontoadas uma ao lado da outra – todas com portões, todas numeradas. Sabia que não tinha nada a temer: mamãe e papai certa vez lhe contaram que tinham vindo da Califórnia, que fora um lugar maravilhoso, mas onde agora não sobrava ninguém. Mesmo assim, ela se encolhia a cada som, o barulho metálico de uma placa de rua batendo no poste com o vento, o grasnar de um grande pássaro preto sentado no alto de um telhado.

Apressou o passo. Lá estava, logo ali. Contudo, quando finalmente alcançou uma placa que dizia "Lincoln Boulevard", descobriu que o caminho estava bloqueado por uma cerca alta de alambrado, com arame farpado em cima. Ela sabia que o arame machucava, era a mesma coisa desagradável que William usava para impedir que as ovelhas vagassem a esmo e para evitar que coiotes se aproximassem. A cerca não bloqueava a estrada simplesmente; ela corria de leste a oeste, até onde o olhar alcançava.

Misha seguiu para oeste, procurando o que o mapa lhe dizia ser a trilha costeira da Califórnia. E, embora estivesse esburacada pelo vento e pelas intempéries, a trilha ainda estava lá, seu caminho ao longo da costa desimpedido ao margear a cerca alta. Enquanto seguia para o norte, a areia densa se esfarelava entre seus dedos dos pés. À esquerda, as ondas quebravam em uma praia larga, a espuma branca anunciando sua chegada. Uma neblina estranha deixava seu cabelo úmido. Ela estremeceu. Não podia imaginar lugar mais diferente das mesas.

A trilha fazia uma curva afastando-se da praia, subindo por um bosque. Não demorou muito para que, mais uma vez, chegasse ao nível da Lincoln Boulevard. Estava logo ali. Mas a cerca alta, agora margeando a estrada, ainda impedia sua entrada. Não havia portão, nenhum lugar pelo qual pudesse cruzar para o outro lado?

Então ela encontrou. Em um ponto onde a trilha tinha sido arrasada pelas chuvas, um buraco pequeno se formara sob a cerca. Misha encontrou um galho de árvore grosso. Usando-o como enxada, limpou as folhas secas e abriu a cavidade até ficar grande o bastante para que pudesse se arrastar por baixo da cerca. Primeiro empurrou a mochila, depois seguiu de bruços, com a cabeça primeiro, então arrastando o corpo como uma serpente até o outro lado. Já em pé, limpou a terra da roupa e dos braços. Sobre sua cabeça, sentiu um zumbido estranho, como se fosse um colibri gigante caçando na copa das árvores. Eram as Mães, ela teve certeza disso. Estava perto. Segundo seu mapa, em algum momento essa avenida viraria para leste. Se continuasse nela, devia encontrar alguém.

E assim foi: logo à frente, o bulevar fazia uma curva para a direita e se encontrava com outra estrada muito mais larga... E ela ouviu alguma coisa: vozes carregadas pelo vento. Guardando o telefone via satélite na mochila, Misha subiu por um talude para chegar à estrada mais elevada. Lá, reuniu coragem para se aproximar, ensaiando mentalmente o discurso que tinha planejado.

Afastando-se da ponte, Kai viu alguma coisa, alguém se aproximando ao longo da estrada por trás dos portões de metal.

— Quem é? — perguntou ele.

Todos olharam para a forma escura e magra que se aproximava. Parecia uma garota, alguém que Kai nunca vira. Ela deu a volta nos portões com cuidado. Arrumando a mochila sobre os ombros, aproximou-se deles, primeiro com timidez, depois resoluta.

— Graças aos céus. — Ela estava ofegante ao parar diante deles. — Vocês estão aqui! Minha Mãe disse que estariam. Mas eu não acreditei nela.

O cabelo escuro e comprido da menina estava preso com cuidado atrás das orelhas, em uma trança solta amarrada com um cordão. Apesar do frio, estava descalça. Ela usava só um vestido simples, como se fosse um saco, e um cinto feito de contas coloridas preso à cintura. Uma legging preta cobria as pernas até o tornozelo. Ela os avaliava com olhos verdes e brilhantes.

— Olá? — disse Zak, dando um passo para trás.

Kai estava paralisado. Quem *era* ela?

— Meu nome é Misha — declarou a garota.

Um a um, eles apertaram a mão dela. Lisos e bronzeados, seus braços eram finos. E o aperto era firme.

— Como... como você chegou aqui dentro? — perguntou Chloe.

— Aqui *dentro*? Não estamos do lado de fora? — falou a garota.

— Ela quer dizer dentro da cerca — explicou Kai.

— Cerca?

— Tem uma cerca ao redor de todo este lugar — disse Álvaro, paciente. — Nenhum de nós conseguiu cruzá-la. Mas aqui está você...

— Não sei o que querem dizer... — E, com isso, a garota começou a chorar.

— O que foi? — perguntou Kai, dando um passo à frente para tocar no braço dela. — O que aconteceu?

— Ela se foi — soluçou a garota. — Minha Mãe me *abandonou* aqui!

CAPÍTULO 31

KAI LEVOU MISHA ATÉ UMA cadeira em uma sala espaçosa que ele chamou de "sala de jantar".

— Imaginamos que este tenha sido um espaço para comer — contou. — Fica bem ao lado do que costumava ser uma cozinha e podemos guardar comida naquelas prateleiras. — Apontou para uma antessala estreita, enquanto várias outras crianças entravam pela porta.

Primeiro vieram aquelas que Misha já conhecia: o garoto forte e musculoso com cabelo cor de areia chamado Zak, a garota alta, de cabelo escuro, chamada Chloe, e o pequeno garoto ruivo chamado Álvaro. Atrás vinham outras, em um grupo desorganizado.

— Este é Hiro — apresentou Kai, apontando para um garoto atarracado com olhos amendoados. — Ele cozinha bem. E aquela é Clara — acrescentou, acenando com a cabeça na direção de uma garota magra, de pele negra, que vinha armada com um balde e uma pequena pá. — Ela está começando um jardim.

Mas o olhar de Misha estava concentrado na garota com cabelo castanho liso e um sorriso amistoso que se sentou diante dela, apoiando os cotovelos na mesa.

— Misha, essa é Sela — falou Kai.

— Que colar bonito — comentou Sela.

Misha levou a mão ao pescoço, passando os dedos na corrente de prata que a Avó lhe dera.

— Eu encontrei...

— Eu também tenho um, azul. Mas não é nem de perto tão bonito quanto o seu — falou Sela. — O seu parece as nossas Mães.

Misha observou os olhos castanhos inquisidores da garota.

— Também acho — murmurou.

— Kai me disse que sua Mãe *deixou* você? — perguntou Sela. — Ela simplesmente saiu voando?

— Tinha algo errado com ela. Mas, pelo menos, ela me deixou aqui. — Misha deu um olhar nervoso para o outro lado da sala.

Ali estava Zak, com os braços cruzados diante do corpo, parado, encarando-a. Chloe, com o cabelo brilhante quase escondendo o rosto, apoiava a mão tranquilizadora no ombro do menino. E, de repente, Misha lembrou. O desfiladeiro. A garota de cabelos negros. Ela já vira Chloe antes. Ouviu a voz de tio William em sua mente: ... *temos que entender. Os espíritos Mães só estão protegendo seus filhos. Não há como saber que não queremos fazer mal a eles.* Ela sabia que era uma daquelas crianças. Mas era também algo a mais, uma ponte entre o mundo delas e o mundo exterior que elas demorariam a aceitar.

— Uau — disse Kai. — Sua mãe deixou você... E eu achei que *nós* tínhamos nos dado mal.

— Mal? Mas achei que estavam seguros...

— *Estamos* — garantiu Sela —, mas não conseguimos sair deste lugar. Não conseguimos ultrapassar aquela cerca horrível. Estamos presos. Minha Mãe costumava me dizer que voar era a coisa mais maravilhosa que uma pessoa podia fazer. Agora ela não me deixa nem entrar no meu próprio casulo...

Uma sensação desconfortável surgiu na boca do estômago de Misha.

— Mas por que vocês estão "presos"? Por que não podem simplesmente partir?

— Nossas Mães nos trancaram aqui. Zak acha que ela estão nos protegendo de um inimigo lá fora — explicou Kai. — O que você acha? Viu algo suspeito?

— Não, nada desse tipo...

— Não falei? — Kai virou-se para Zak e Chole.

Chloe deu um passo adiante, lançando um olhar irônico para Kai.

— Vimos alguém no deserto — revelou. — Eles viajavam em caminhões. Depois voltaram em uma máquina voadora com propulsores. Minha Mãe atirou neles, mas eles fugiram. Meg também viu alguma coisa. Certo, Meg?

— Não tenho certeza... — A garotinha de cabelos loiros cacheados que se sentara ao lado de Sela falava com suavidade. — Estava escuro. Achei ter visto luzes... e ouvi alguma coisa... um estrondo.

— A pobre Meg ficou sozinha todo esse tempo — lembrou Sela, colocando o braço ao redor dos ombros da garota tímida. — Mas está tudo bem. Estamos juntos agora. — Ao lado de Sela, Meg baixou o olhar.

— Eu entendo — respondeu Misha. — Eu também estava sozinha. Mas agora... — Estranhamente, sentiu as lágrimas brotarem em seus solhos. Era maravilhoso encontrar todos eles. Mas já começava a perceber quão pouco sabia sobre aquelas crianças.

— O jantar ainda não está pronto, mas encontramos quartos no segundo andar — disse Kai. — Tem vários. Você pode escolher um, se quiser.

Misha se levantou, as pernas trêmulas. Fora um longo dia – a caminhada, a incerteza e, no fim, a descoberta. Tinha que pensar no que fazer. Colocou a mochila no ombro e seguiu Kai e Sela pela escadaria escura.

Ao localizar um quarto no canto da frente, ela parou.

— Aqui está ótimo — garantiu.

— Tem certeza de que é grande o bastante? — perguntou Sela. — Meg e eu temos espaço suficiente no nosso quarto...

— Ah, não! — Misha olhou para o chão. — Acho que estou acostumada a dormir sozinha.

— Mas não sem sua Mãe — falou Sela. — É difícil no início.

Houve uma pausa desconfortável antes que Kai e Sela fossem embora.

— Vemos você mais tarde, então — disse Kai. — Tem alguns suprimentos no galpão do outro lado do campo, se precisar.

O quarto não era maior que os armários de serviço em Los Alamos, mas tinha uma janela e espaço suficiente no chão para dormir. Misha pegou o cobertor na mochila. Enrolando-o no corpo, lembrou-se do conforto da *kiva* da Avó, do som de sua música. Apoiando as costas na parede, levou a mão ao colar de prata. Supunha que era parte dela agora – tinha até esquecido que estava usando aquilo. Sussurrou os nomes das crianças que conhecera, imaginando o rosto de cada uma. Zak. Chloe. Kai... esse era o nome que William dissera havia dois dias. Rick o repetira essa manhã, no telhado. Como ele conhecia Kai?

Verificou mais uma vez seu telefone via satélite. Nenhuma chamada. Até onde tio William e tia Loretta sabiam, ela estava acampando com Bert e Honovi. Se tudo desse certo, eles não descobririam que ela tinha desaparecido antes da tarde do dia seguinte. Até então, imaginara, já teria boas notícias. Agora não podia garantir.

Fechou os olhos, obrigando-se a se concentrar. Tinha saído com uma missão: encontrar seu irmão ou sua irmã. E algo mais. Imaginava-se como uma mensageira, aquela que levaria os espíritos prateados da Avó de volta às mesas. Mas agora? Para a profecia da Avó se cumprir, as Mães teriam que partir dali. E Sela dissera que as crianças não conseguiam mais entrar nos casulos. Talvez isso significasse que as Mães teriam que partir sozinhas... Como deixariam seus filhos se isso significava abandonar o dever de protegê-los dos "inimigos" misteriosos que espreitavam do lado de fora da cerca? Para a profecia se realizar, teria que acontecer alguma coisa com as crianças? Misha estremeceu.

De repente, a porta se abriu.

— Misha? É Kai. Posso entrar?

Ela começou a responder:

— Sim, pode...

— Achei que você estaria com fome. — Kai entrou no quarto, carregando uma tigela pequena com alguma coisa que tinha o cheiro parecido com o loureiro em Los Alamos. — É ensopado de esquilo. Eu gosto bastante, mas sei que nem todo mundo gosta.

Misha mergulhou a colher que Kai lhe ofereceu na tigela de ensopado e, então, provou com a língua. Tinha um gosto amargo, marcante. Mas era bom o bastante.

Kai sorriu.

— Não é o prato mais gostoso que fazemos. O peixe de Sela é o melhor.

— Peixe? Onde ela consegue peixe?

— No píer. Ela descobriu isso no banco de dados de Alpha.

— De quem?

— Alpha-C, Mãe dela.

Misha o encarou. Alpha-C... Imaginou Sela, a garota de cabelos castanhos lisos como os dela. Os olhos de Sela, como os da Avó. Seu nariz chato e o queixo redondo, como o de tio William...

— Qual era o nome de sua Mãe? — perguntou Kai.

— Ah...?

— O nome da minha Mãe é Rho-Z, mas eu a chamo de Rosie. Qual era o nome da *sua*?

— Ah... — Misha sentiu o calor subir por seu pescoço até as orelhas. Sela era o único nome em que conseguia pensar. Mas então se lembrou. — Alpha-B...

— Alpha-B? Quase como o nome da Mãe de Sela!

— É o que parece — disse Misha, sorrindo, tímida.

Kai olhou para mãos, cutucando um arranhão no polegar.

— Eu queria dizer que... — falou. — Sua Mãe? Não se preocupe. Ela vai voltar.

Misha observou o garoto com atenção.

— Por que você acha isso?

— Uma vez, quando eu era pequeno, Rosie partiu para perseguir um coiote. Eu senti muito medo. Mas ela voltou. Elas sempre voltam. — Kai olhou pela janela, o cenho franzido. — Nossas Mães... o que quer que aconteça, elas têm que nos proteger.

Misha o encarou. Ele estava preocupado com alguma coisa.

— Kai, não tenho certeza se minha Mãe vai voltar...

Ele a encarou.

— Mas... ela tem que voltar! — respondeu, um pouco alto demais. Com o rosto vermelho, voltou a atenção para o dedo machucado. — Bem... veremos. De todo modo, você tem a todos nós agora.

— Sim, eu tenho vocês. — Os lábios de Misha se curvaram em um sorriso. Mas sementes indesejadas de dúvida já criavam raízes em sua mente. Kendra chamara as Mães e seus filhos até ali para salvá-los. Mas alguma coisa mudara desde sua chegada, algo que deixava todos nervosos.

CAPÍTULO 32

PARADA NA VARANDA DA FRENTE do Edifício 100 sob a névoa da manhã, Misha viu Sela desaparecer em um grande prédio branco do outro lado do campo. Reunindo coragem, passou por dois robôs que estavam perto da base dos degraus e seguiu pelo mato alto.

Ao se aproximar do prédio, ouviu um barulho de algum lugar da parede dos fundos.

— Ai!

Uma coisa que parecia um taco de beisebol velho voou pelo ar, aterrissando a seus pés. Foi seguido de perto por uma bola de couro.

— Tem que estar em algum lugar...

Misha sentiu o calor bem-vindo da familiaridade.

— Sela? — chamou. — É você?

— Quem está aí?

— É Misha. O que você está procurando?

— Chloe disse que viu uma motocicleta aqui, mas está tão escuro que não consigo enxergar nada!

— Aqui. — Abaixando-se, Misha pegou um bastão de luz solar em uma caixa perto da porta. Ofereceu-o na escuridão, e um braço fino apareceu para pegá-lo.

— Obrigada! — Sela ligou o bastão de luz, e as paredes escuras do galpão se iluminaram, expondo um mar de teias de aranha.

— Eu tinha uma moto de trilha no deserto. Mas precisei deixá-la para trás, pois não cabia no compartimento de carga... Ah! — O que parecia ser um pneu largo, seguido por um pedal, emergiu das sombras quando o feixe de luz dela atingiu o canto mais distante. — Parece mais uma bicicleta elétrica antiga — comentou, arrastando o objeto para perto. — Mas é melhor que nada.

— O que está planejando fazer com isso?

Sela virou-se para ela, pasma.

— Dirigir, é claro!

— Quer dizer, para onde vai com ela?

Sela pareceu perdida, mas só por um instante.

— Este lugar não é grande, mas é grande o bastante. Tenho certeza de que há partes dele que ainda não vi. E Kai está consertando um barco que encontramos perto da cerca ocidental. Amanhã vamos levá-lo até a baía.

Misha tomou coragem. Precisava aproveitar o momento, mesmo que fosse só para avaliar a reação da irmã.

— Sela, você realmente quer ir para o lado de fora da cerca? — perguntou.

Uma nuvem passou pelas feições de Sela.

— Sei que nossas Mães não querem que a gente saia. Mas este lugar... parece uma prisão.

— Uma prisão?

— Uma prisão grande e bonita, com tudo o que você pode querer. — Sela franziu o cenho. — Mas não tudo de que você precisa.

— Acho... — Misha se aventurou. — Nós só precisamos testar nossos limites.

— Testar?

— Ir um pouco além. Pelo menos perguntar por que não podemos sair.

Sela a encarou.

— Você acha que não pergunto isso para minha Mãe todos os dias, desde que chegamos aqui? Só que não obtenho resposta.

— Não?

Sela afastou o cabelo dos olhos, e Misha corou com a avaliação franca da irmã.

— E, como se as coisas não fossem ruins o bastante, Alpha não está mais falando comigo.

— Notei que elas todas estão bem quietas — comentou Misha.

— Quer dizer, na minha mente. Ela não está mais aqui.

— Ah...

Sela observava o campo com o cenho franzido.

— Nem sei mais onde ela está agora. Sua Mãe fez isso... antes de ir embora? Ela parou de falar com você?

Misha apertou as mãos, tentando pensar na coisa certa a dizer. Não sabia do que Sela estava falando.

— Não — resolveu. — Não, ela falou comigo até o fim. Isso deve ser outra coisa...

Sela pareceu aliviada.

— Álvaro acha que é temporário, algo que nossas Mães podem consertar. — Apoiando a bicicleta na porta, ela virou-se para Misha. — Só que, mesmo que elas comecem a falar de novo, parece que estamos presos.

Misha engoliu em seco, reunindo coragem.

— Se você quer deixar Presidio... Acho que sei um jeito. Perto de onde... perto de onde minha Mãe me deixou. Notei um tipo de buraco sob a cerca.

Sela olhou para ela, intrigada.

— Um buraco?

— Como se o chão tivesse sido escavado. Acho que é grande o bastante para passar...

Sela franziu o cenho, então sorriu.

— Ok, não vai fazer mal dar uma olhada.

Elas levaram a bicicleta até uma estação de carga ao lado da porta dos fundos do Edifício 100. Então Misha a guiou por uma estrada pavimentada, na direção do ponto na Lincoln Boulevard onde tinha encontrado o vão por baixo da cerca. Sela estava certa – era lindo ali, com as árvores farfalhando com o vento frio, passarinhos coloridos perseguindo uns aos outros nos galhos. E sua irmã caminhando ao lado.

— Então, o que tem do outro lado deste buraco? — perguntou Sela.

— É uma trilha. Acho que segue para o sul e chega à cidade.

Sela arregalou os olhos.

— Na cidade?

— Você não quer ir lá?

Mas Sela só sorriu.

— Claro que quero. Podemos seguir apenas um pouco. Aí, se não virmos nada de ruim por ali, ou mesmo se encontrarmos algo, podemos voltar e contar aos outros.

— Parece um bom plano — assentiu Misha.

Não estava segura de ter um plano. Só queria fazer a irmã sair de Presidio e mostrar que era seguro lá fora. Não era muito, mas era um início. A noite toda ela sonhara em levar a irmã para casa, em lhe mostrar as mesas. Essa seria só a primeira aventura que teriam juntas.

Misha parou ao ver o vão sob a cerca.

— Eu vou primeiro — voluntariou-se, tirando um pouco de terra solta do buraco e passando antes os pés por baixo da cerca. Contorceu um pouco o corpo e, então, saiu do outro lado, na trilha. Tinha sido mais fácil que quando entrara.

Olhando para os dois lados, Sela se sentou na beira da estrada. Apoiou a palma das mãos no chão e endireitou as pernas, preparando-se para empurrar o corpo, para deslizar por baixo da cerca apoiada no traseiro. Mas, de repente, um barulho horrível surgiu do céu. A terra tremeu quando Alpha-C aterrissou na estrada, e naquele momento Misha se lembrou da Mãe de Chloe, aquela que encontrara no deserto. Com velocidade surpreendente, Alpha-C segurou Sela pelas axilas, erguendo-a e colocando-a de volta na pista pavimentada.

— Ai! — exclamou Sela. Esfregou os ombros com as mãos. — Mama! — gritou. — Você não precisa me machucar! Podia só me *falar* se não queria que eu... — De repente, estava chorando, lágrimas escorrendo por seu rosto.

Misha voltou por baixo da cerca e correu na direção de Sela, colocando o braço ao redor de seus ombros.

— Eu sinto muito — murmurou. Mergulhou o nariz no pescoço de Sela, querendo dizer que elas tinham a mesma mãe, querendo dizer que tudo ficaria bem.

Mas Sela se afastou, aproximando-se da Mãe.

— Por que você não *fala* comigo? — perguntou. — Por que não me ouve?

As duas garotas voltaram ao Edifício 100 em silêncio, com Alpha-C andando ruidosamente atrás delas. Quando chegaram à varanda, Sela virou-se para Misha e disse:

— Eu gostaria de ser como você. Eu gostaria de não ter Mãe.

Misha a encarou.

— Não fale uma coisa dessas! — respondeu. — Você sabe que não quer isso...

Mas Sela, agora encarando sua Mãe, não respondeu.

Sozinha, Misha entrou no edifício e subiu as escadas. Ao se aproximar de seu quartinho, ouviu um zumbido persistente que vinha debaixo de seu cobertor – o telefone via satélite. Seu sangue gelou. Correu para dentro e fechou a porta atrás de si. Levou o telefone ao ouvido apressadamente e apertou o botão para atender a ligação.

— Alô?

— Misha! — Era o tio William. — Graças a Deus! Onde diabos você está? Rastreamos o telefone perdido até Presidio, mas...

Misha olhou o quarto parcamente iluminado pela luz fraca que atravessava a janela suja. Estava perdida. Não tinha certeza de como tirar as crianças de lá, muito menos de como levar os espíritos prateados para casa. Agora percebia: não sabia nada sobre elas.

— Sinto muito — falou. — Ouvi vocês falando no hospital. Eu me escondi no transporte. Tinha certeza de que poderia ajudar. Mas agora... não sei mais.

CAPÍTULO 33

— ELA *FUGIU*? ESTÁ ME dizendo que Misha está *em Presidio*? — James se sentou com tanta força na cadeira da Avó na sala do hospital hopi que quase caiu. Ao lado, Mac deu um assobio longo e baixo. William estava parado perto da porta, monitorando a conversa a uma distância segura.

Apoiado na cama no centro da sala, Rick pegou um lenço branco limpo em sua mesinha de cabeceira e segurou-o por um tempo na boca.

— Ela saiu de fininho. Nós não a vimos...

James suspirou. Era difícil olhar para Rick agora – com a pele pálida, os braços outrora fortes agora enfraquecidos – e ficar zangado com ele. Recostou-se na cadeira, lembrando-se da voz suave de seu pai: *toda criança tem direito de saber de onde veio*. Talvez não fosse culpa de Rick ou de William, no fim das contas. Talvez a história se repetisse. Do mesmo modo que seu próprio pai tinha falhado com ele, James tinha falhado com Misha. Ela precisava de orientação. Precisava de conexão. Não encontrando ajuda dele, ela se encheu de ideias loucas e se lançou na busca pela própria identidade.

Ele baixou a cabeça, apoiando o rosto entre as mãos e esfregando os olhos com a ponta dos dedos.

— Ela descobriu? Descobriu que é hopi? E que tem uma irmã...

— Ela nos ouviu conversando — murmurou Rick. — Primeiro aqui, depois enquanto estávamos com o drone.

— Ela é uma espiã e tanto — comentou Mac.

James estremeceu. Misha só tinha onze anos. Nessa idade, ele ia para a escola, jogava beisebol com os amigos e comia arroz com lentilha da mãe. Embora os pais nunca tivessem sido totalmente sinceros com ele, pelo menos garantiram uma sensação de estabilidade, de pertencimento.

— Precisamos trazê-la de volta.

— Ela disse que há uma abertura sob a cerca, ao longo da trilha costeira. Eu disse que poderia buscá-la se ela voltasse pelo mesmo caminho que fez para entrar — sugeriu William.

— Misha vai ficar bem — observou Rick, antes de engasgar. — É uma garota esperta. — Lutou para levantar o olhar, para fazer contato visual com James. Foi só então que James percebeu as lágrimas no rosto do amigo. — William lhe contou? Misha conheceu meu filho. Eu queria tanto vê-lo. Só uma vez, de perto. Queria tocá-lo, queria dizer quanto...

Rick parou de repente, uma tosse se formando. Um filete de sangue escorreu de sua boca até o avental manchado do hospital. E James percebeu: Rick nunca teria o que ele tivera. Um tempo, ainda que curto, com um ser amado, com seu filho. Conjurou a imagem de Misha, da garota que o fazia se lembrar tanto de Sara que chegava a doer. Seu cabelo comprido e castanho que cheirava a raiz de iúca, sua pele de certo modo terrosa e viva. A menina que tinha que dançar sob os jatos de ar filtrado por minutos a fio, tomar banho e vestir macacões de plástico rígido só para passar um tempo com ele. Mas ela continuava sendo a única coisa verdadeira em sua vida, sua única conexão com o mundo exterior.

— Eu vou — disse.

William apertou o ombro de James.

— Não, você fica aqui. Precisamos que acompanhe a produção do antídoto. Além disso, a culpa foi minha. Eu vou cuidar disso.

— Eu também vou — complementou Mac. — E vamos levar o drone. Só por precaução.

CAPÍTULO 34

INCLINANDO O CORPO NA DIREÇÃO do vento frio e puxando a gola da blusa para cima, Kai se dirigiu à baía. Virou à esquerda na praia e contornou um pântano largo. Dava para ver Sela adiante, já no velho píer.

Com rolos de fio de náilon, uma caixa de anzóis e três varas que encontrara em um galpão na base do píer, Sela organizou uma operação de pesca. Embora nunca tivesse se importado com os pequenos animais que caçavam no deserto e comesse bem pouco do peixe que pegava, ela gostava do esporte, de alimentar os demais. Aprendeu rapidamente a pescar ali. Mas hoje seria diferente. Eles tinham recuperado um barquinho verde que estava em uma marina do lado de fora da cerca. E hoje o barco estava pronto, preso por uma corda robusta à grade de metal enferrujada ao lado do píer.

— Está com o equipamento? — perguntou Kai.

— Já está tudo a bordo — respondeu Sela, que balançou o corpo entre as duas grades de proteção e começou a descer por uma escada de corda até o barco. — Venha, vamos sair enquanto o sol não está alto. Dá para pescar melhor quando o peixe não vê você.

O barco balançou quando Kai subiu a bordo. Enquanto estavam em águas rasas, procurando por vazamentos na tarde anterior, a pequena embarcação parecia ser uma excelente ideia. Mas, ao balançar descontrolada nas ondas altas perto do píer, ele questionou seu julgamento prévio. Respirou fundo, lembrando-se da advertência de Sela. Nunca chegariam a lugar algum se tivessem medo de experimentar coisas novas.

Sela desamarrou o barco e pegou o remo do chão da embarcação. Bem, não era exatamente um remo, só um pedaço de madeira em forma de pá. Ela remou com vontade para longe do píer, esperando as ondas que ameaçavam empurrá-los de volta para a terra firme. Sem remo, tudo o que Kai podia fazer era ficar sentado, segurando-se nas laterais do barco e desejando que seu estômago cooperasse.

Quando estavam a cerca de quinze metros da costa, Sela finalmente parou de remar. Com um movimento de pulso, lançou a linha sobre a proa.

— Se isso der certo — comentou —, podemos tentar avançar um pouco mais a cada dia, ver até onde nossas Mães nos deixam ir.

Kai olhou para o céu, para a formação em "V" de um bando de aves gigantes que as bases de dados de Rosie chamavam de pelicanos seguindo em busca da presa. Ao longo da costa, dava para ver o ponto em que o pequeno rio encontrava a baía – o lugar onde Hiro o levara para caçar caranguejos no segundo dia deles ali. Agora, três robôs estavam lá parados, sem nenhuma criança à vista.

— Sela, você acha que nossas Mães falam umas com as outras?

Sela virou-se para ele, erguendo as sobrancelhas.

— Por que você acha isso?

— Kamal sonhou que Beta lhe dizia que ela estava aprendendo. Mas aprendendo de quem? Sempre que eu as vejo agora, elas estão juntas, em grupos como aquele ali. Elas seguem umas às outras, fazem coisas juntas. É estranho. Talvez estejam ensinando coisas umas para as outras.

Sela balançou a cabeça.

— Alpha nunca falou com outro robô antes — apontou. — Ela me disse que não conseguia. E agora ela não fala nem mesmo comigo... — A menina virou-se para a frente do barco. — Não tenho certeza de que ainda confio em Alpha.

De repente, sentiu um puxão na linha. Puxou de volta, lutando para manter sua primeira presa. Quando finalmente aterrissou perto do remo, o animal gordo se debatia com propósito, suas escamas presas ao chão de metal do barco e a boca aberta lutando para respirar. Com cuidado, Kai pegou o peixe. O sangue escorria pela carne translúcida, onde o anzol tinha ficado preso logo atrás da brânquia. As barbatanas afiadas cortaram a mão do menino quando ele jogou o animal na sacola de tecido de Sela. Teve que lembrar como aquilo era gostoso depois de assado na fogueira de Hiro.

— Esse é dos grandes! — Sela lhe entregou uma segunda vara. — Vamos lá — disse, sorrindo. — Como capitã deste barco, ordeno que você faça seu trabalho!

Kai espetou um pequeno peixe do balde de Sela como isca em seu anzol. Desajeitado, levou a linha de lado por sobre a água, o anzol flutuando no vento por alguns segundos antes de desaparecer entre as ondas. Observando as águas instáveis, em busca de algum sinal de atividade, aguardou. E aguardou, com o sol cada vez mais alto queimando sua nuca.

No escritório de Mac em Los Alamos, James estava sentado diante do computador, e seus olhos refletiam o brilho fraco da tela. De sua estação no alto do Centro Médico para Veteranos em São Francisco, Mac tinha lançado o drone e estabelecido uma conexão via satélite para a transmissão de vídeo. Ao lado de Kendra e Rudy, James assistia à transmissão enquanto o drone abria caminho no nevoeiro.

Em Presidio, William seguia a trilha em que planejava encontrar Misha. Embora tivesse feito contato com ela assim que ele e Mac aterrissaram, ela ainda poderia escapar. De fato, estavam sem notícias dela desde essa última ligação.

— Algum sinal? — perguntou James pelo viva-voz.

— Não — respondeu Mac, com a voz abafada pela máscara. Pela terceira vez, a câmera do drone varria a distância entre a trilha costeira e o bulevar pavimentado que seguia paralelo a ela. James conseguia ver a cerca irregular com arame farpado que separava os dois caminhos. Em determinado ponto, o vídeo mostrou um monte de detritos empilhados perto da cerca.

— O que é isso? — perguntou James.

— Não sei — falou Mac. — Uma pilha de lâminas de metal? Talvez elas tenham bloqueado...

— Bloqueado?

— Parece que as Mães fizeram barricadas em todas as aberturas da cerca. Talvez tenham feito aí também... é bem onde Misha indicou o buraco...

A câmera foi para leste, sobre o Forte Winfield Scott, sobre as lápides de pedra branca do antigo cemitério, finalmente circulando a área onde ficava o antigo Main Post. Havia robôs espalhados ao longo da praia, a maioria deles em posição estacionária.

— O que é aquilo? — questionou James quando o drone passou sobre a água.

— Parece um... um barco.

— Meu Deus — exclamou Sela. — Não sei por quê, mas a pesca aqui é pior que no píer. Talvez devêssemos nos afastar um pouco mais.

— Ou voltar... — sugeriu Kai, olhando para a costa. Tinham se afastado consideravelmente da posição original. Agora, o reflexo do pequeno rio era quase invisível

Então ele sentiu um puxão, rápido e forte.

— Peguei um! — gritou. Mas Sela, ocupada em ver a própria linha, não prestou atenção. — É um dos grandes! — Ele teve que ficar em pé, a vara dobrando violentamente. Kai tentou se equilibrar, com o peso nos calcanhares enquanto a coisa o puxava perigosamente para perto da lateral do barco.

De repente, a linha afrouxou. Imaginando outro anzol perdido, Kai se inclinou para a frente, tentando ver se o peixe tinha ido embora. Mas, assim que fez isso, sentiu um puxão forte. Segurou a vara com as mãos e inclinou o corpo para trás.

Sem mais nem menos, a linha estourou. Kai caiu de costas, batendo com força na borda contrária do barco estreito. Seus braços giravam sem parar enquanto ele tentava recuperar o equilíbrio. Mas era tarde demais.

O vídeo do drone oscilou.

— Inferno... — murmurou Mac ao telefone. — Dois robôs vieram nessa direção. Não sei como, mas acho que viram o drone...

James notou quando a imagem voltou ao normal, a câmera agora virada na direção da costa. Viu um robô passar voando. Depois outro.

— Tem certeza de que estão atrás de você? — perguntou ele. — Parecem estar rumo à baía.

— Melhor garantir — murmurou Mac. O drone voltou para a trilha costeira, o vídeo mostrando apenas o topo das árvores.

Kai tombou no mar, o corpo envolto por lençóis de água gelada. Só conseguia ver os detritos à deriva na escuridão, só conseguia escutar seus próprios gritos abafados. A água salgada travava sua garganta. Seus braços pesavam com a blusa agora encharcada, e ele lutava para respirar, a cabeça para trás e o nariz só um pouco para fora da água.

— Bata as pernas! Bata as pernas! — Ele ouvia a voz fina de Sela gritar de algum lugar acima dele.

Mas suas pernas estavam pesadas, enroscadas em alguma coisa. Algo o puxava por baixo. Fechando bem a boca, ele estendeu o braço para tentar soltar as algas marinhas enroladas em suas pernas, chutando em frenesi. Então empurrou a água para baixo com as mãos em concha, impulsionando o corpo para cima. Dava para ver a superfície, e alguma coisa serpenteando na água, logo abaixo de seu braço direito. Ouviu a voz de Sela novamente:

— Segura aqui!

Ele bateu as pernas com força, os braços esticados para o alto. Com a mão direita, depois com a esquerda, agarrou a corda. Finalmente viu uma lasca de céu azul cristalino rodopiando sobre ele.

Mas o que era aquilo? A água ao redor dele se agitava, virava um turbilhão. Ele sentiu que era sugado para baixo mais uma vez, depois para o lado. Sua cabeça foi tomada por um rugido horrível. Motores. Motores de robô. O barco estava virando, tombando, capotando. Kai sentiu algo se prender sob seus braços e depois outro puxão. Foi retirado da água tão rápido que os ossos de seu pescoço pareceram quebrar.

— Sela! — gritou ele, lutando, mesmo sem querer. — Sela!

Quando Rosie o ergueu em direção ao céu, ele viu Alpha-C mergulhar nas ondas. E mais outra coisa: um braço fino, pendurado em seus trilhos, quando ela desceu.

□ ◩ ■

A câmera do drone examinou a extensão da Lincoln Boulevard mais uma vez, mas Misha não estava em lugar algum. O coração de James batia forte. Ele apertava o braço da cadeira, tentando desesperadamente manter a calma.

— William, alguma notícia?

— Não. E não consigo encontrar a abertura da qual ela falou.

— Mac — disse James. — Preciso que volte e verifique a baía.

— Farei isso — murmurou Mac.

O vídeo apontou para o norte, por sobre o Golden Gate, e depois para leste ao longo da costa. Escuros contra a água reluzente, um enxame de robôs pairava reunido, sobre o local onde o barquinho verde fora visto. Outros subiam e desciam na praia.

— Temos vários robôs ali agora — comentou Mac. — Preciso ficar no alto.

Enquanto o drone seguia em direção à costa, James avistou o barco.

— Está virado... — murmurou.

O drone voou pelo litoral, movimentando-se e examinando. Agora um grupo de crianças tinha aparecido, pontos minúsculos correndo na direção da praia.

— Não quero que me localizem — disse Mac, virando o drone para leste, além da cerca e fora do perímetro.

De repente, o vídeo deu zoom no chão.

— Merda... — Mac deixou escapar.

James podia sentir Rudy e Kendra se inclinando mais perto dele, ambos com a respiração presa enquanto encaravam a tela. A imagem de satélite ficou borrada, depois focou novamente. E Kendra arquejou.

Enrolado em algas marinhas, na praia logo depois da cerca, havia um pequeno corpo sem vida.

O drone pairou, circulando timidamente, como se fosse insuportável olhar. O tempo passou, minutos que pareciam horas. James se sentou no chão, abraçando os joelhos.

— Por que... Por que os robôs não a encontraram? — perguntou.

O olhar de Kendra ainda estava fixo na tela, e ela estava boquiaberta.

— Acho que o corpo não tem a forma certa — murmurou. — Frio... demais? — Lágrimas rolaram por seu rosto. E, pela primeira vez desde que James a conhecia, Kendra desmoronou. Com a cabeça baixa, soluçava, inconsolável.

— Está tudo bem. — Rudy deu tapinhas em seu ombro, impotente. — Está tudo bem.

Mas não estava. James mal conseguia aguentar o medo e a raiva que tomavam seu peito. Era tudo culpa dele...

De repente, ouviram alguma coisa, uma voz pequena, aguda.

— Alô?

— Misha? — A voz de William veio forte pela conexão, falhada e nasal.

— Minha irmã desapareceu — soluçou. — Kai disse que Alpha-C afundou o barco... Procuramos na praia, mas não conseguimos encontrá-la.

— Misha — James ficou em pé. — Querida, aqui é o papai. — A voz dele estava trêmula. Todo o corpo dele tremia. — Você me ouve?

— Sim...

— Por que não foi para a cerca?

Ele ouviu um soluço engasgado.

— Eu fui — disse Misha. — Só que elas bloquearam tudo! — Ela soluçou de novo. — Tentei achar outro ponto, mas...

— Então por que você não ligou para o tio William?

— Eu estava com tanta pressa depois que ele ligou que deixei o telefone no quarto.

Segurando a mesa de Mac para se apoiar, James se encaminhou até o telefone, que era a única coisa que mantinha sua esperança agora.

— Misha, eu amo você…

— Também amo você. — A resposta veio em tom suave.

James olhou para Kendra e Rudy com os olhos nublados de lágrimas.

— Prometo que vamos pensar em alguma saída. De um jeito ou de outro, tiraremos você daí. Conte-nos tudo, desde o início.

CAPÍTULO 35

NO INTERIOR POUCO ILUMINADO DA cafeteria da XO-Bot, James mexia, apático, uma tigela de ensopado de cordeiro. Do outro lado da sala, Kendra brincava com uma antiga máquina de café, de costas para todos eles. Mac, que voltara tarde na noite anterior, estava sentado com as mãos apoiadas nas coxas e sua comida intocada. Havia mais notícias ruins. Naquela manhã bem cedo, no hospital hopi, Rick perdera sua batalha final.

Kendra virou-se para a mesa, com duas canecas de café cheirando a queimado nas mãos. Colocou uma com cuidado diante de Mac.

— Ele pediu um enterro hopi — disse ela.

James se levantou com esforço, os músculos das costas mandando mensagens doloridas para sua coluna. O general reivindicaria um lugar ao lado do Avô na encosta da mesa. Ali, dissera a Avó, Rick esperaria que Rose levasse seu filho de volta para ele. Mas agora a possibilidade de isso acontecer parecia ainda mais remota do que nunca. Durante uma noite comprida e inquieta, James não conseguira esquecer a voz lamentosa de Misha.

— Como vai Rudy? — perguntou James.

Kendra suspirou.

— Está melhor desde o último tratamento — comentou. — Mas ele ainda tem aquele caroço feio perto da clavícula... Suspeitam de metástase. Eu o deixei dormir mais um pouco. Eu simplesmente não consegui contar para ele sobre Rick... — Ela se sentou. Pegou uma colher e mexeu o café, observando o creme se dissolver lentamente. — O problema parece ser um colapso nas comunicações.

James virou-se para ela.

— O quê? Com Rudy?

Mas, pelo olhar determinado de Kendra, deu para ver que estava concentrada novamente, algo que sempre costumava acontecer sob pressão.

Kendra olhou para ele.

— Não... com as Mães. Fiquei pensando no que Misha nos contou. Que as crianças perderam a comunicação com as Mães. Que isso foi uma das primeiras coisas que ela descobriu quando chegou lá.

James inclinou o corpo e apoiou a palma das mãos na mesa, aguentando mais uma das tonturas que começavam a atormentá-lo.

— Ela disse que as crianças costumavam conversar com as Mães mentalmente? — perguntou ele. — O que pode ser isso?

Kendra tomou um gole de café e limpou os lábios com um guardanapo.

— Como vocês sabem, as crianças e as Mães são interligadas por comunicadores...

— Os chips de biofeedback? — perguntou James.

Ele sabia daquilo, uma antiga tecnologia usada para monitoramento remoto de bem-estar. A Mãe robô da própria Misha tinha instalado um na menina, e Edison, em consulta com Sara, desaconselhara a remoção.

— Vai além de biofeedback. Os chips de comunicação são ligados por eletrônica injetável, implantados no cérebro.

— *Implantados?*

— As Mães foram programadas para implantar os chips e seus injetáveis associados imediatamente após o nascimento. Os especialistas da equipe da doutora McBride tinham anos de experiência com pacientes com distúrbios degenerativos. Embora fossem muito efetivos em transmitir biofeedback, eles podiam receber estímulos.

— Receber?

— O sinal da criança é fraco, alimentado pela energia recolhida no movimento de seus músculos, do trato digestivo e dos pulmões; o sinal da Mãe é muito mais forte, alimentado pela energia do reator. Ela poderia enviar estímulos mesmo a distância.

— Então que tipo de "estímulo" esses robôs enviariam? — perguntou James.

— A Mãe poderia enviar um pedido para seu filho sem um sinal audível, por exemplo. Misha acha que foi mais que isso que aconteceu. Ela acha que eles desenvolveram comunicações não verbais mais evoluídas. Um tipo de comunicação sem palavras.

— Se isso é verdade, essas crianças não são nem um pouco humanas — resmungou Mac.

— São tão humanas quanto você e eu. E compartilham uma comunicação com as Mães, assim como você e eu compartilhamos com as nossas no passado — comentou Kendra. — Mas é diferente. Mais direta, imagino. Sem todos os filtros que os humanos, mesmo crianças, impõem com frequência na comunicação.

— Um tipo de telepatia?

— Talvez. Não sabemos — disse Kendra. — Mas esse tipo de ligação intuitiva deve ter fortalecido muito o laço entre Mãe e filho.

James pestanejou, tentando clarear sua vista turva.

— Por que Misha não experimentou isso com a própria Mãe robô?

— A Mãe dela não viveu o suficiente para criar um laço com ela. Misha mal conseguiu sair viva da incubadora. — Kendra balançou a cabeça. — De todo modo, vocês a ouviram. As Mães não têm vozes audíveis. E quaisquer outras comunicações que existiam entre as crianças e as Mães agora também parecem ter desaparecido.

— Por quê?

Kendra colocou as mãos na mesa, uma de cada lado de seu café já frio.

— Não sei. Algum tipo de degradação do código? Suponho que seria inevitável... Mas, de todos os sistemas interativos, só os sistemas de visão e a base de dados de aprendizagem parecem ainda funcionar.

— Isso representa algum risco para as crianças?

Kendra encarou seu café.

— Com base no que Misha nos contou, as Mães parecem voltar à diretiva original.

— Diretiva original? Qual é?

— Segurança. A qualquer custo. Pense no seguinte: elas perderam a capacidade de sentir os filhos por meio de biofeedback para saber se estão com fome, com sede, com medo. Perderam a capacidade de dar avisos ou instruções. Fora o reconhecimento visual e o controle físico, elas não têm como manter sua missão.

James se deixou sentar, tamborilando na mesa com o dedo nervoso.

— É por isso que encurralaram as crianças no Edifício 100 após o afogamento?

— Pode até chegar ao ponto em que elas não deixarão as crianças sair do edifício de jeito nenhum, nem para buscar comida e água.

— Como fariam isso? — perguntou James. — Isso vai contra a exigência de não causar danos aos filhos...

— Não se não estão mais recebendo sinais.

Mac fechou as mãos com força.

— Então, o que podemos fazer?

Soltando um suspiro, Kendra olhou para ele.

— Acho que é hora de tentarmos colocar as Mães para dormir.

James a encarou.

— É possível?

Kendra respirou fundo.

— Acho que sim. Como parte do procedimento depois do Décimo Congresso, o projeto Novo Alvorecer teve acesso ao replivírus usado para conter os robôs inimigos durante as Guerras da Água. Descobri isso na noite passada, depois que conversamos com Misha. Estava criptografado nos arquivos de Dakota do Norte.

Mac se inclinou para a frente.

— Então como podemos infectá-las? — perguntou.

Kendra se levantou e levou a mão à testa.

— Não podemos simplesmente transmitir o vírus como fizemos com o comando de protocolo especial.

— Por que não?

— Comandos de protocolos acionam uma série de instruções que já estavam no código das Mães. Colocar um vírus, porém, exige fazer o upload de um novo código. As Mães não vão permitir isso. — Ela tirou os óculos e apertou a ponta do nariz. — Não. Vamos ter que tentar fazer o upload por um canal seguro, algo que exista nelas para receber informações de... Como os tablets.

— Mas como... Ah... — James imaginou Misha sozinha em seu quarto em Presidio. — Você realmente acha que Misha consegue fazer isso?

— Acho que é nossa única esperança. — Kendra deu um tapinha no pulso de James. — Sei que você gosta que ela esteja lá. Contudo, sem nossa corajosa soldado, nem sequer saberíamos que as crianças estão em tamanha encrenca.

CAPÍTULO 36

MISHA ENCONTROU KAI NA SALA de jantar escura, o rosto do menino iluminado apenas pela luz de seu tablet enquanto teclava impaciente. Ficou surpresa em vê-lo ali.

Ao voltar da cerca obstruída na manhã anterior, ela pretendia se esconder em seu quarto para conversar com tio William sobre a nova situação. Mas parou imediatamente ao ver Kai e notar a expressão dele enquanto mancava sem fôlego pelos degraus da frente do Edifício 100. Com a blusa ensopada e a calça rasgada, ele gaguejara de modo incompreensível, até que por fim Kamal se aproximou e apoiou a mão em seu ombro, com gentileza.

— O que foi, Kai? O que aconteceu?

— Sela — soluçou, apontando na direção da baía. — Sela…

Rho-Z estava parada atrás dele, os braços compridos pendendo em direção ao solo, a postura inclinada para a frente, como se fosse solidária à tristeza do filho. E Alpha-C, inerte, os flancos reluzindo com o sal seco.

— Mas Alpha está bem aqui — murmurou Misha. — Como ela pôde deixar…

Então Kai virou-se para Alpha e gritou com o robô, os olhos ardendo de raiva:

— Foi culpa sua! Você virou o barco! Você a matou!

Kamal simplesmente o abraçou, o levou para o quarto e ficou ao lado até que ele pegasse no sono. Enquanto isso, o restante deles formou um grupo de buscas, vasculhando a praia. Sem sucesso. Misha esqueceu completamente a missão de fugir daquele lugar. Um tempo precioso se passou antes que ela ligasse para William. E então ela já sabia – com tudo o que tinha acontecido, não podia simplesmente partir.

De todo modo, não faria diferença – desde o ocorrido, as Mães mal deixavam as crianças saírem do edifício. Quando a tarde deu lugar à noite, as crianças reuniram o pouco que tinham na despensa para o jantar – um ensopado do dia anterior, um monte de preciosos pinhões, tiras de peixe seco e carne de esquilo; algumas até recorreram ao suplemento pediátrico. Assim que o magro jantar terminou, formaram grupos para ir até a latrina improvisada que tinham escavado perto das árvores. Depois voltaram cansados para os quartos, todos prometendo lidar com as Mães pela manhã.

Outra manhã tinha nascido; outro longo dia tinha se passado. Mas, até agora, não havia mais sinal de Kai. A porta do quarto dele estava fechada, e ninguém ousara cruzá-la.

Com cuidado, Misha se aproximou da mesa à qual o garoto estava sentado, perto da janela da frente.

— Está com problemas? — perguntou.

— Ah? — Kai ergueu os olhos. Suas bochechas estavam vermelhas, os olhos, inchados, e ele desviou o olhar na direção da janela. Lá fora, bem perto, Rho-Z estava parada na grama seca.

— Parece que está tendo alguma dificuldade com seu tablet — disse Misha, com suavidade.

Kai franziu o cenho, contorcendo as feições antes de demonstrar raiva.

— Estava ficando mais lento... mesmo antes. Achei que, se trouxesse aqui para baixo, para perto dela... Mas agora não está nem funcionando.

— Posso dar uma olhada? — Misha se sentou ao lado dele. Segurou o tablet, sacudindo-o perto do ouvido. — Nada solto. Está carregado?

Kai olhava fixo para as próprias mãos.

— O indicador diz que sim — murmurou.

— Hum... — murmurou Misha. Lembrava-se de Clara e Álvaro reclamarem sobre algo parecido naquela manhã. Segundo Álvaro, a solicitação de input era registrada, mas não havia resposta.

— Todo mundo parece estar com o mesmo problema.

Kai pegou o tablet de volta. Decidido, desligou o equipamento e o deixou de lado, lançando a área ao redor deles nas sombras.

— Já é ruim o bastante que Rosie não fale comigo — comentou. — Agora isso não funciona.

Misha o observou. Estavam falando de Rho-Z. Do tablet. Mas ela sabia... ambos estavam pensando no que ocorrera no dia anterior. Ela olhou para a porta, meio esperando que Sela entrasse.

— Kai — disse, esperançosa —, talvez Sela ainda esteja por aí. Talvez ela volte. Kamal falou que ela fazia isso o tempo todo no deserto, ficava vagando...

Kai a encarou, os olhos vermelhos.

— Ela não vai voltar — garantiu. Cerrou os punhos. — Eu a vi afundar. Ela não vai voltar.

Misha sentiu o corpo amolecer. Talvez, como Kai, precisasse apenas de um pouco de consolo.

— Não consigo acreditar — murmurou.

Sem pensar, colocou os braços desajeitadamente ao redor da cintura dele. Mas não teve resposta. Como muitas das crianças ali, o menino era dolorosamente magro. Seus membros estavam tensos, sua coluna, curvada de maneira defensiva. Misha recuou, avistando o comunicador embutido na testa dele – aquele emblema especial, o símbolo que marcava as crianças Gen5. O olhar dela pairou sobre o intrincado padrão de circuitos, que parecia quase pulsar com vida própria. Era só uma das coisas que faziam dele e dos demais tão especiais. Mas será que o chip dele era inútil agora, assim como o dela?

Kai olhou sério pela janela, para o lugar onde Alpha-C estava parada no campo – onde, assim como na noite anterior, todas as Mães tinham se juntado na escuridão para formar uma muralha ao redor da fortaleza do Edifício 100. Bateu com o punho na mesa, as lágrimas correndo pelo rosto.

— Sela era minha melhor amiga. A primeira pessoa que conheci. Mas agora ela se foi, e é culpa minha!

Misha olhou a sala vazia.

— Não é sua culpa — garantiu ela. — E ninguém pensa isso.

Ela tinha escutado os outros durante o dia todo, cada um deles sugerindo teorias, cada um tentando chegar a uma conclusão sobre o que acontecera. Cada um tentando entender o comportamento cada vez mais repressor da própria Mãe.

— Elas têm que nos manter em segurança — insistira Zak.

— Elas sentem alguma coisa que nós não sentimos — disse Chloe. — Por isso estão sendo tão cuidadosas.

Mas nem todos concordavam. Estavam cansados, mortos de fome, sede e preocupação. E queriam respostas.

— Por quanto tempo isso vai continuar? — perguntou Hiro. — Precisamos de comida!

Até o rosto gentil de Kamal tinha uma sombra de dúvida. E a pobrezinha da Meg, abalada pela perda de sua amada companheira de quarto, mal conseguia balbuciar.

Misha respirou fundo, tentando pensar em um jeito – qualquer jeito – de consolar Kai. Se o que acontecera com Sela não era culpa de ninguém, talvez fosse culpa dela. Não fora ela quem encorajara a irmã a testar limites? Mas, não... Não podia pensar assim.

— Kai, você tem que acreditar que foi apenas um acidente terrível. Não foi culpa de ninguém... Alpha achou que Sela estava se afogando e tentou salvá-la...

Kai virou-se para ela.

— Mas Alpha não a salvou! Ela fracassou. Sela teria se saído melhor sem ela!

Misha ficou em silêncio, lembrando-se do jeito violento como Alpha-C puxara Sela por baixo da cerca no outro dia. Talvez Kai estivesse certo. Talvez as crianças estivessem melhor sem as Mães, essas Mães que pareciam não perceber a própria força ou as próprias limitações. Lembrava-se do que Álvaro lhe dissera no fim daquela tarde, antes de seguir os demais escada acima, até seu quarto: "Acho que nossas Mães não são programadas para operar sobre a água. Esse deve ser o problema".

Misha podia acrescentar mais coisas à lista. Tinha lembrado de Sara e da Avó – mães humanas, reais, com as quais crescera. Talvez aquelas Mães robôs não tivessem sido programadas para operar com crianças de verdade, que precisavam de comida, água e... amor.

Olhando para a fileira de robôs pela janela, ela sentiu a raiva de Kai. Mesmo no pouco tempo em que estava lá, entendera a reverência que aquelas crianças mantinham por suas Mães. Mas *alguém* deveria pagar pela perda da amada amiga de Kai, pela morte de sua irmã, não? Misha fechou os olhos com força, determinada a conter suas lágrimas.

Kai olhou de relance para ela, e sua expressão se suavizou.

— Sinto muito — disse ele. — Eu realmente quero acreditar que foi um acidente, que Alpha só tentou protegê-la. Mas... não sei mais. Eu simplesmente *não sei*...

Misha sentiu a vibração do telefone que tinha sob a jaqueta.

— Kai, prometi que pegaria mais água antes de ir para a cama — murmurou.

Ela se levantou para sair. Atrás dela, Kai virou-se novamente para a janela.

Misha atendeu o telefone por satélite em seu pequeno quarto.

— Alô? Papai?

— Como você está?

— Bem... — Misha sentiu os músculos tensos de seu pescoço relaxarem. Quase tinha esquecido do toque gentil de James, da voz suave que ele usava só com ela. Puxou a jaqueta mais para perto do corpo, querendo desaparecer no calor esverdeado da pequena tela do aparelho. — Papai, sinto muito...

— Querida, eu já falei... Você nos assustou ao partir sozinha desse jeito, mas o que está feito está feito. O que importa é que está segura. — Houve uma pausa. — E talvez agora você possa nos ajudar.

Misha secou os olhos com o dorso da manga.

— Estou ajudando as crianças, buscando água... Sou a única que ainda pode ir lá fora sem ser colocada aqui de volta por uma das Mães.

— Tome cuidado, Misha. Não temos certeza do que as Mães vão fazer daqui em diante.

— Como posso ajudar?

— Temos um plano. — A voz dele agora estava baixa, firme. — Precisamos que você faça as crianças colocarem um vírus nos robôs.

— Um vírus? Para quê?

— Foi projetado para desligar a CPU delas.

— Matá-las? — A pulsação de Misha acelerou. *Era isso mesmo?*

— Não, só mantê-las ocupadas. — Houve uma pausa, e então ela ouviu um barulho na linha.

— Misha, vamos aos poucos — comentou Kendra. — Posso transmitir uma cópia do código do vírus para você, pelo computador de Presidio. Está em outro edifício, a pouco mais de um quilômetro e meio de onde você está agora. Darei a localização. Está pronta?

Misha ouviu com cuidado quando Kendra leu as coordenadas, digitando-as uma a uma na pequena tela do telefone.

— Ligue para nós quando estiver lá dentro — disse Kendra. — Ou se tiver algum problema.

— Ok. — Sem fôlego, Misha desligou o telefone. Era só um quilômetro e meio. Só um quilômetro e meio.

□ ◪ ■

Com a mochila bem presa às costas, Misha parou na varanda da frente do Edifício 100. A fileira de Mães reluzia sob a luz da lua ao longo do caminho. Misha imaginava como devia ser lindo vê-las voarem juntas, os flancos resplandecendo no sol como a Avó descrevia com frequência. Mas ali, apoiadas sob os traseiros com os braços dobrados nas laterais, elas pareciam ameaçadoras, fantasmas silenciosos executando algum tipo de missão secreta. Dando meia-volta, ela entrou novamente no edifício e foi até a pequena porta dos fundos. Saiu por lá e fez a rota sugerida pelo GPS, seguindo para a direita, depois a oeste ao longo da estrada ampla e pavimentada.

De repente, sentiu a terra tremer sob seus pés. Parou, escutou. Folhas que soavam como galhos inteiros de árvores estalavam ameaçadoramente. Ela acelerou o passo, correu, as pernas se movendo no mesmo ritmo da batida de seu coração, os pulmões doendo com o ar gélido. Foi só quando subiu os degraus de cimento do edifício que se virou para olhar atrás de si. Ali estava um robô solitário, o mato amassado à direita. Misha se esgueirou pelas pesadas portas de estrutura metálica, fechando-as atrás de si. Então, pegou o telefone e apertou o botão de discagem.

— Estou aqui dentro — sussurrou.

— Ótimo — respondeu Kendra. — Suba as escadas à direita. Depois, entre na primeira sala do andar de cima.

Estava um breu lá dentro. Misha fechou os olhos, navegando da mesma maneira que fazia quando pequena – pelo tato, pelo eco. Subiu os degraus que rangiam e logo localizou o escritório, com o ar lá dentro frio e parado.

— Há um computador na mesa. Você só precisa tocar na tela. Deve estar ligado.

Misha se sentou na cadeira diante da mesa à direita e tocou a tela. Foi recompensada com um uma imagem brilhante que mostrava a ponte Golden Gate.

— Ok — falou.

— Vou transmitir o vírus para uma pasta chamada "Repli3". Consegue vê-la?

A menina observou quando um pequeno ícone apareceu na tela, no canto inferior direito.

— Sim.

— Está carregando. Não clique até eu avisar que está pronto. Enquanto isso, deve ter uma pilha de cartões de memória aí no escritório. Consegue vê-los?

Misha vasculhou as prateleiras perto da mesa e achou uma pilha de caixas retangulares rotuladas como "HaloDisk". Dentro de cada uma delas havia cinquenta pequenos cartões de memória.

— Sim. Tem um monte aqui.

Houve um suspiro de alívio do outro lado da linha.

— Excelente. Agora, ouça com atenção. Você precisa fazer uma cópia para cada robô. Faça trinta, só por precaução, cada uma em um cartão... Pronto. O arquivo do vírus já está carregado.

Misha inseriu um dos cartões na lateral do computador e esperou que o vírus fosse copiado.

— Ok, um já foi. — Pacientemente, copiou o vírus para outros vinte e nove cartões, guardando cada um deles na mochila. — Pronto. Trinta.

— Boa garota! Avise quando voltar para seu quarto, sim? Vamos nos falar mais quando você estiver lá.

Colocando a mochila no ombro, Misha desceu a escada. No pequeno saguão de entrada, tomou coragem. Saiu para a varanda. Havia um robô sentinela, e a umidade da névoa condensada escorria em seus flancos. Ela segurou a respiração ao ver a insígnia do robô: Alpha-C.

Um choque de medo a atingiu. Então, inexplicavelmente, outra coisa tomou o lugar dessa sensação: um calor estranho, uma certeza... e, por um instante, ela achou ter ouvido algo, uma voz sussurrando.

— O quê...? — Olhou ao redor. — Quem está aí?

Do mesmo jeito que veio, a voz se foi. Misha se agachou. Era só sua própria pulsação, tamborilando nos ouvidos. Segurando as alças da mochila com as mãos, seguiu pelo campo, caminhando a passos rápidos. Atrás dela, Alpha a seguia.

CAPÍTULO 37

KAI PEGOU A BÚSSOLA NO bolso do casaco e tentou se lembrar do dia em que a ganhara de presente. Passou os dedos sobre a tampa de plástico. *É muito legal,* Sela tinha dito. *Ela indica qual caminho seguir.*

— Por que você tinha que ser tão estúpida? — murmurou.

Achava que já houvesse deixado a raiva de lado. Mas, agora, era tudo o que tinha. Estava zangado com Sela por ousar remar até tão longe. Consigo mesmo, por permitir aquilo. Com as Mães, por virarem o barco, por não confiarem neles. E com Rosie, por não falar com ele. Jogou a bússola no chão. Não tinha mais ideia de qual caminho seguir.

Pegou o tablet e desceu as escadas. As crianças não tinham mais comida guardada – o que não era problema para Kai, já que, desde o desaparecimento de Sela, seu apetite sumira por completo. No entanto, enquanto Zak estava convencido de que podia organizar uma expedição de caça, Misha parecia ter outra coisa em mente. Kamal lhe dera a notícia naquela manhã, bem cedo: todo mundo tinha que se reunir na sala de jantar, levando os tablets.

Quando entrou na sala de jantar, Kai viu Misha no outro canto da sala, seu cabelo em geral bem trançado solto sobre os ombros, as mãos gesticulando como se ensaiasse silenciosamente algum discurso. Os olhos dela se iluminaram quando ele se sentou perto de Kamal e Meg no grupo de cadeiras mais perto dela.

— Você sabe do que se trata? — sussurrou Kai para Kamal.

— Não — respondeu Kamal. — Talvez Misha tenha descoberto um jeito de restabelecer a conexão dos tablets? — Deu um sorriso fraco, e mais uma vez Kai se sentiu grato pela amizade paciente do garoto.

Atrás deles, Zak e Chloe se sentaram ruidosamente ao lado de Álvaro e Clara. Por fim, a sala ficou em silêncio.

— Estamos todos aqui — anunciou Hiro, da porta.

Misha limpou a garganta.

— Acho... — começou a falar. Mais uma vez seus olhos buscaram Kai, mas ele não tinha certeza do que ela estava procurando. O menino simplesmente assentiu, esperando que ela continuasse. — Acho que todos queremos que isso... — Apontou para a janela, na direção da barricada de robôs. — Todos queremos que isso acabe.

Zak ergueu a mão.

— Como assim? O que exatamente queremos que acabe?

— Você descobriu um jeito de conseguir comida para nós? — perguntou Hiro.

— Descobriu um jeito de consertar os tablets? — questionou Clara, segurando o aparelho dela no alto.

Misha olhou direto para sua plateia, as mãos nervosas agora rígidas na lateral do corpo.

— Não. Acho que os tablets estão bem. E é mais provável que as bases de dados de cada Mãe também estejam bem. Acho que o problema é que elas não conseguem comunicar os resultados das buscas que vocês fazem. Como se não conseguissem mais falar com vocês. — Houve um murmúrio de concordância. — O problema deve estar nas Mães. E não acho que vá melhorar.

Clara se sobressaltou.

— E o que *podemos* fazer?

— É sobre isso que quero falar com vocês — disse Misha, com a voz quase inaudível. — Um plano. Mas é melhor se todos concordarmos com ele.

— Que tipo de plano? — Zak estava inquieto.

Kai quase podia sentir o outro menino inclinando o corpo para a frente.

— Acho... — Misha respirou fundo, colocando a mão esquerda no encosto de uma cadeira vazia, em busca de apoio. — Devemos colocar nossas Mães para dormir.

— Dormir? — exclamou Chloe, quase involuntariamente. — Por quê?

Ao lado de Kai, Kamal falou:

— Talvez isso não seja necessário. Talvez minha Mãe já esteja dormindo. — Deu uma batidinha na cabeça com o indicador. — Ela está lá fora, mas se foi. Não consigo encontrá-la.

Kai viu Rosie pela janela. Ele a reconhecia pelo jeito como deixava as asas, um pouco afastadas do corpo, parecendo se preparar para o voo. Ainda a reconhecia pela marca amarela fosforescente. Mas agora ela era só uma de muitas – aquelas formas sombrias, agourentas e silenciosas que se aproximavam...

— Elas estão acordadas, Kamal. Só não estão falando conosco — disse ele.

Atrás de Kai, Zak se levantou tão rápido que a cadeira tombou no chão.

— Não é hora de colocá-las para dormir! Eu estou dizendo, elas estão se preparando para um ataque!

Kai virou-se para encarar o garoto.

— Um ataque? Feito pelo quê? Esquilos?

Um punhado de risadas nervosas rompeu momentaneamente a tensão. Chloe se levantou para segurar o braço de Zak, olhando feio para Kai.

— Então qual é sua opinião sobre o que está acontecendo com nossas Mães, Kai? — perguntou ele.

— Você quer saber por que eu acho que elas estão em silêncio?

— Não — respondeu Zak. — Ela quer dizer que, se não há ameaça, por que elas estão se comportando de modo tão protetor?

Kai observou o grupo, em busca de um rosto que o apoiasse. Mas todos os olhos estavam fixos nele agora, esperando uma resposta.

— Não sei — respondeu. — Mas essa é a coisa para a qual eu sempre volto. Não podemos perguntar o porquê para elas. Porque elas não vão responder.

Seguiu-se um murmúrio generalizado enquanto cada criança balançava a cabeça.

— Esse problema com nossas Mães — disse Clara — parece ter começado no minuto em que chegamos a Presidio...

— Ficou pior depois que Misha apareceu — falou Chloe, os olhos escuros agora fixos em Misha. — Por que será que isso aconteceu...?

Kai se levantou para confrontar Chloe.

— O que quer dizer? Ela chegou aqui alguns dias depois de nós, quando a Mãe dela a deixou!

— Ok, talvez Misha não seja a causa do problema — apaziguou Clara. — Mas a Mãe dela se foi. Até onde sabemos, as nossas jamais nos deixariam. Como *ela* pode nos dizer o que fazer com nossas Mães?

Chloe foi até a janela e olhou para sua Mãe.

— Concordo com Zak. Elas estão se preparando para uma batalha. Tudo o que quero é que minha Mãe me diga o que está acontecendo. Se há um inimigo a combater, quero ajudá-la a lutar. — Ela virou-se para o grupo. — Kappa fez tudo por mim. Quero fazer tudo por ela. E isso não significa colocá-la para dormir!

Houve reclamações, algumas fungadas sufocadas, mas ninguém falou uma palavra até que Kai virou-se para Misha.

— Você diz que devemos colocá-las para dormir. Como faríamos isso?

Misha olhou fixo para o chão. Engoliu em seco antes de erguer o olhar para ele.

— Com um vírus... — murmurou.

— Um vírus? Como o da gripe? — Zak deu um passo adiante, os punhos cerrados.

Quando Misha recuou, Kai virou-se para encarar o garoto. Podia sentir o calor irradiando da pele de Zak.

Álvaro se levantou.

— Tenho certeza de que Misha está se referindo a um vírus de computador. Um código que vai interferir no funcionamento delas.

— Sim — disse Misha, procurando o pequeno garoto com o olhar. — Um vírus de computador. Podemos fazer o upload nelas com nossos tablets. Isso não vai matá-las, só colocá-las para dormir. Então podemos descobrir o que fazer na sequência. Se mudarmos de ideia, se realmente acharmos que há uma ameaça da qual só nossas Mães podem nos proteger, eliminamos o vírus. Não vai causar danos permanentes.

— Onde você descobriu esse vírus? — perguntou Zak.

Misha corou.

— Eu mesma criei.

— Então é isso! — Zak virou-se para encarar o resto da sala. — Foi assim que ela matou a Mãe dela!

A sala irrompeu em gritos. Agora bem ao lado de Misha, Kai podia ver as lágrimas escorrendo dos olhos da garota.

— Eu não a matei! — gritou. — Ela me deixou! Eu falei para vocês, ela me deixou! — Saiu correndo na direção da porta, empurrando um atônito Hiro para o lado e desaparecendo na despensa.

Kai virou-se para Zak.

— Olhe o que você fez! — exclamou. — Somos tudo o que temos. Mas você fica virando uns contra os outros! — Observou outros rostos assustados, tentando, sem sucesso, encontrar mais algum aliado. — Misha só está tentando ajudar. Ela não tem que fazer isso. Não está presa aqui como o restante de nós. Até onde sabemos, ela poderia ir embora a qualquer momento.

Chloe cruzou os braços.

— Então por que ela não faz isso? Por que não nos deixa em paz?

— O quê? Porque ela precisa... — Enquanto buscava as palavras certas, uma raiva súbita fechou sua garganta, engasgando-o. Como tinham chegado àquele ponto?

Não importava. A sala estava ficando mais escura. Olhos assustados se viraram na direção das janelas, que agora estremeciam nos caixilhos. As paredes tremiam com o estrondo dos trilhos se movendo, com o rugido do ar que arrancava tufos de mato seco no campo lá fora e destruía o jardim que Clara plantara com tanto cuidado. As Mães tinham despertado.

Kai abriu caminho entre as crianças, saiu pela porta, atravessou a cozinha e subiu as escadas. Seguiu direto para o quarto de Misha, que tinha a porta ligeiramente aberta. No escuro, ele mal via o rosto dela, tomado por lágrimas.

— Quero tentar — disse ele. — Só me diga como.

CAPÍTULO 38

MISHA LEVOU KAI PELA PORTA dos fundos do Edifício 100 até o local onde a bicicleta elétrica de Sela se encontrava, presa a uma fonte de energia solar.

— Venha — disse ela, puxando o plugue.

Assim que ele montou na bicicleta atrás dela, Misha deu a partida. Sua mochila, na qual tinha guardado o tablet dele, estava presa nas costas de Kai. Atrás e acima deles, ele ainda podia ouvir o clamor de vinte e duas Mães frenéticas. E, conforme ganhavam distância do edifício, duas os seguiam pelo ar. De algum modo, ele sabia que uma delas era Rosie.

Aceleraram pela estrada sinuosa, o farol solar abrindo caminho pelas camadas de neblina da manhã. Segurando em Misha com força enquanto ela fazia as curvas, com o cabelo solto batendo no rosto, Kai não podia deixar de se lembrar de outro tempo, outro lugar. Realmente tinha sido apenas alguns meses atrás?

— Para onde estamos indo? — gritou ele.

Misha virou a cabeça. Ele conseguia ver a boca dela se movendo, mas tudo o que conseguiu escutar foi a palavra "computador".

Finalmente pararam diante de um grande edifício cor de areia, e ele a seguiu pela porta da frente e escada acima. No primeiro andar, ela entrou em uma sala pequena e correu até uma mesa, sobre a qual havia o que parecia ser uma grande tela. Ela se sentou na cadeira diante da mesa. Com dedos nervosos, pegou um dispositivo pequeno e retangular da mochila; Kai vira algo do tipo na cozinha do Edifício 100, mas Álvaro lhe dissera que era só um telefone antigo, já inutilizado.

Misha apertou o botão verde do dispositivo.

— Papai, você está aí?

Kai se aproximou. *Papai?*

Uma voz saiu do aparelho.

— Aqui é Kendra. O que está acontecendo?

— Kai é o único que concorda em experimentar o vírus. Os outros estão todos em pânico. O que devo fazer? — O rosto de Misha estava pálido na luz do pequeno dispositivo, a respiração curta e rápida. No silêncio que se seguiu, ela batia o pé impaciente na perna da mesa.

Kai tocou o ombro de Misha.

— Misha, quem...

Então a voz surgiu novamente.

— Há uma opção, um jeito de entrar. Assim que o vírus for instalado, o robô ainda pode decolar.

— Decolar? Para onde?

Houve outra pausa antes que a voz respondesse:

— Para Los Alamos. Vou mandar uma cópia diferente do vírus para você. Uma com um código para voltar para casa. E, é claro, queremos que Kai venha junto.

Kai ouviu o som de algo raspando. Então outra voz, a de um homem, ecoou pela linha.

— Misha, prometemos tirar vocês daí. E assim que estiver aqui... talvez Kai possa nos ajudar a convencer os outros.

Como as minúsculas iscas no balde de Sela, os pensamentos de Kai nadavam de um lado para o outro, escorregadios demais para serem capturados. Com quem diabos Misha estava falando? Ele tentou de novo:

— Misha, com quem você...?

Mas Misha acenou para que ele se calasse, a tela na mesa ganhando vida quando ela passou a ponta dos dedos.

Kai viu Rosie pela janela à esquerda, parada no chão do lado de fora. E, ao lado dela, outro robô: Alpha-C.

De repente, um pequeno ícone apareceu na parte inferior da tela. A voz soou outra vez.

— Você consegue ver?

— Sim — respondeu Misha.

— Copie para um cartão novo.

— Ok.

Misha pegou um pequeno cartão retangular de uma caixa em uma prateleira. Inseriu-o ao lado de uma caixa sob a tela, e uma luz amarela se acendeu ali perto. Em poucos segundos, a luz ficou verde.

— Pronto — falou Misha.

— Kendra está mandando uma lista de instruções. Você vai poder vê-las na tela. Siga ao pé da letra. *Não pule* nenhuma etapa.

— Ok... — Misha examinou as linhas digitadas na tela, os lábios movendo-se em silêncio. — Agora preciso explicar para Kai. — Por fim, virou-se para ele. — Sinto muito, Kai. Mas, se você realmente quer fazer isso, temos que nos apressar.

Kai a encarou.

— Fazer o quê? Com quem diabos você está falando?

Misha inseriu um segundo cartão na caixa, e Kai observou a luzinha mais uma vez passar do amarelo para o verde.

— Vou explicar assim que estivermos a caminho. Por enquanto, você precisa confiar em mim.

A pequena sala, com as prateleiras mofadas e os móveis antiquados como os de um vídeo antigo, pareceu se fechar sobre ele. Seu cérebro não estava funcionando direito. Ele simplesmente não podia dar a resposta que Misha queria.

— Não, não posso. Não até você me responder.

Misha se levantou. Andando de um lado para o outro, ela contou uma história sobre um pai chamado James que vivia em um lugar chamado Los Alamos. Sobre como James, com outro homem chamado Rudy, tinha modificado geneticamente as crianças para sobreviver à Epidemia. Havia outros, Mac e Kendra, que tinham construído e programado os biorrobôs, as Mães. E outros ainda, os hopis, que viviam no deserto, plantando e criando ovelhas. Todos eles eram a família dela. E podiam ser a família dele também.

Durante todo esse tempo, Kai sentia que estava se afastando dela, as mãos nas costas, segurando a porta.

— Por favor — disse Misha. — Precisamos… — Ela parou no meio da frase, olhando pela janela. — Rho-Z está bem ali, pronta para ir — comentou. — Mas Alpha… pode ser um problema.

A mão direita de Kai segurava a maçaneta da porta com firmeza. Pessoas do lado de fora da cerca, uma tentativa de controlar as Mães deles…

— Misha… — Ele se recompôs, totalmente preparado para fugir. — Zak estava certo? Você é inimiga?

Olhando bem em seus olhos, Misha segurou seus braços.

— Não, Kai. Sou amiga. Eu gosto de você. Eu tive uma mãe robô. Ela se acidentou no deserto, mas conseguiu me dar à luz. Então algumas pessoas me encontraram e me salvaram. Agora estão tentando ajudar você também. Estão tentando a vida inteira…

— Então como eu nunca vi essas pessoas?

— Sua Mãe não as deixava chegar perto. Estava programada só para proteger você. Mas *existem* outras pessoas, você nunca esteve sozinho. — Misha o soltou, mas seus olhos não o abandonaram.

Kai olhou pela janela. Lembrou-se da história de Sela de um disparo misterioso de laser à noite. Das caixas de água ao longo da estrada. Dos suprimentos para eles em Presidio. Seria verdade? Alguém o observara, tentando ajudá-lo, durante todos esses anos?

Seguindo o olhar dele, Misha observou o céu.

— Já é ruim o bastante que Alpha-C esteja aqui. E podemos encontrar mais robôs no caminho. Elas podem não falar com vocês, mas acho que se comunicam umas com as outras.

Kai observou sua Mãe, parada perto da entrada do edifício, e Alpha, inclinada na direção de Rosie, como se as duas partilhassem algum segredo íntimo. Lembrou-se do trio de robôs reunido na praia enquanto ele e Sela navegavam pela baía...

Ao lado, Misha pegou o tablet da mochila.

— Kai, se vamos fazer isso...

Kai fechou os olhos com força. O que Sela faria? Claro que ela confiaria em Misha. Mas aonde a ousadia de Sela a levara? Fora Rosie quem sempre o protegera. Apesar de tudo, Rosie sempre estivera certa...

Abrindo os olhos, encarou Misha. *Não*, pensou, *Sela também estava certa*. Ele jamais chegaria a lugar algum se deixasse seus temores o dominarem. Além disso, aonde quer que estivesse indo, não iria sozinho. Misha estaria lá. E, embora não fosse mais a mesma de antes – embora talvez nunca mais fosse a Mãe que ele amara –, Rosie estaria lá também.

CAPÍTULO 39

KAI SEGUROU BEM O TABLET. O cartão de memória contendo o vírus estava inserido no compartimento lateral. A visão de Rosie, tão perto, diante dele causava uma onda de emoções conflitantes – ansiedade e receio. Alpha, com a fuselagem inclinada para a frente, na posição típica de um pássaro, estava a poucos metros de distância.

Misha segurou os ombros de Kai, olhando-o direto nos olhos.

— Esse vírus foi projetado para se transformar várias vezes seguidas — disse ela. — Depois do golpe inicial, vai continuar a se reinstalar, cada vez com um código ligeiramente diferente. Fique o mais próximo possível dela para evitar qualquer interferência. Rho-Z vai lutar a cada etapa do caminho, então, uma vez que conseguirmos, precisamos manter o vírus se instalando constantemente.

— Mas, assim que o vírus entrar, como vamos evitar que Rosie saia voando para Los Alamos antes de termos chance de entrar nela? — perguntou Kai.

— Ela não vai decolar antes de o programa de retorno ser ativado — disse Misha. — Você terá que ligar o tablet no console dela para iniciar uma conexão física com o computador de voo. Então você terá que digitar "IR" no teclado do console. — Kai sentiu os dedos dela apertando seus braços. — Entendeu?

— Sim...

— Quando quiser começar a transmissão do vírus, é só apertar essa tecla — explicou Misha.

Segurando o tablet diante do corpo como um escudo, Kai desceu os degraus da frente do edifício e se dirigiu tortuosamente pelo mato alto, os olhos fixos em Rosie. Ela permanecia imóvel, a forma ameaçadora parecendo ficar ainda maior conforme ele se aproximava. Atrás de si, ouvia Misha, os passos dela mal movendo o mato. Talvez fosse mais fácil do que ele pensava...

Então, Rosie se mexeu.

Primeiro, pareceu um truque de sua imaginação. Mas então ela se ergueu, as pernas imensas se endireitando com firmeza até a altura máxima, virando-se, procurando. Com o coração batendo forte, Kai se abaixou, mais uma vez sob a cobertura da vegetação. Passo a passo, com cuidado, ele se aproximou dela. Seis metros, quatro metros... Rosie se inclinou na direção dele, e Kai olhou, hipnotizado, pela transparência familiar da escotilha, até seu casulo vazio. Ela estendeu os braços poderosos, amassando o mato ao redor dele, e Kai quase não se afastou a tempo de evitar o toque. Equilibrando-se no chão irregular, apontou o tablet na direção dela, apertando a tecla para iniciar a transmissão.

Rosie se sentou com força, o corpo desajeitadamente apoiado nos trilhos, os braços soltos nos flancos como galhos quebrados de árvores. Com Misha ao lado, o garoto subiu pelos trilhos de Rosie e puxou a trava do casulo. Seu coração deu um pulo quando a porta se abriu e as duas crianças entraram.

Apenas alguns dias antes, aquela era sua casa; agora era um espaço frio, úmido, cada superfície escorregadia com o orvalho condensado. Kai fechou e trancou a porta da escotilha, enquanto Misha se espremia atrás dele. Equilibrando o tablet no colo, achou o cinto de segurança, depois puxou bem as correias para ajustá-las enquanto se acomodava no assento. Foi recompensado com um clique satisfatório quando o arnês engatou.

— E você? — perguntou ele. — Não vai ter cinto...

— Eu me seguro — garantiu ela. — Basta acoplar o tablet!

Kai levantou o tablet, segurando-o pelas beiradas. Prendeu a respiração. O cartão de memória não estava ali. O aviso de Misha ressoou em seus ouvidos: *Precisamos manter o vírus se instalando constantemente.* Estendendo a mão, procurou freneticamente no chão do casulo. Quanto tempo será que tinha?

— Qual é o problema? — Ele podia ouvir a voz assustada de Misha perto de seu ouvido.

— O cartão sumiu...

Tarde demais. O casulo se ergueu quando Rosie mais uma vez se apoiou sobre as pernas. E uma onda de náusea tomou conta dele quando ela inundou sua mente, seus pensamentos se espalhando como folhas secas antes do vento.

— Kai, você está assustado. Vou garantir sua segurança... — Era uma voz fraca, quase um sussurro. Seria só uma lembrança? Ou será que sua Mãe estava falando, implorando para ele?

Lutando para lembrar seu propósito, Kai passou a mão pela lateral do assento, embaixo do console, procurando o cartão. Não estava em lugar algum. As paredes do casulo giravam. Sua cabeça girava. Desamparado, ele viu o tablet cair no chão enquanto Rosie tombava precariamente.

Então ele viu alguém... Misha... passando pela estreita lateral do assento.

— ... um backup... extra.

Ela colocou algo pequeno e achatado na mão dele. Mas Kai estava paralisado, e sua mente era pura confusão. Onde ele estava? Por que estava ali? Sentiu Misha sentar-se ao lado, empurrando-o um pouquinho. Ela pegou o tablet no chão e enfiou a coisa que estava em sua mão na lateral do equipamento.

Rosie caiu de novo, com um baque estridente. A voz dela desapareceu da mente de Kai, deixando para trás apenas um vazio doloroso. Mas ele ainda sentia uma vibração, a terra sob eles tremendo.

— O quê...?

Pela janela da escotilha, ele viu Alpha-C se erguendo a poucos metros, com os flancos reluzentes, e levantando os braços.

Passando o dedo pela lateral direita do tablet para garantir que o cartão estava bem preso, Misha conectou o tablet no console.

— IR — disse Misha. — Digite "IR"!

Kai se inclinou para a frente. Orientando os dedos sob o teclado do console, digitou.

O reator de Rosie ligou imediatamente. O casulo balançou para trás, ela retraiu os braços, desdobrando as asas. E então...

A escotilha se abriu, e duas mãos poderosas apareceram, segurando Misha com firmeza pela cintura.

— Kai! — Sacudindo os braços, Misha desapareceu pela abertura.

— Misha!

Os motores de Rosie rugiram, e seus propulsores acionados ergueram tufos de mato e terra. Em instantes, eles estavam no ar, a porta da escotilha quase arrancada das dobradiças.

Misha se fora. Forçada por uma rajada súbita de vento, a porta se fechou. E Kai, encolhido no assento, podia ouvir o ruído abafado dos ventiladores de Rosie, o zumbido baixo e os cliques de seus processadores realizando milhares de operações induzidas pelo vírus, enquanto ela o carregava por uma cidade que ele nunca tinha visto.

CAPÍTULO 40

JAMES ACORDOU EM SUA MESA, com a mente enevoada. Para começar, registrou a leitura do relógio na tela do computador, `16:12:01`. Levantando-se de maneira meio instável, cambaleou até o laboratório de biologia, onde o brilho violento e púrpura de um céu tempestuoso entrava pela janela. Seguiu pelo salão até o escritório de Mac, o peito arfando pelo esforço. Mac estava ali, com a barba por fazer delineada contra a luz que vinha da tela.

— Algum sinal?

— Desculpe, James — disse Mac. — Eu não quis acordar você. Mas, não, nenhum.

— A última vez que fizemos contato com Misha foi perto das sete da manhã do horário do Pacífico... Certamente já deu tempo suficiente...

Atrás dele, Rudy apareceu mancando do laboratório de robótica. Tinha abandonado a cadeira de rodas que enviaram para ele da Polacca depois do último tratamento; ela ainda estava estacionada no saguão, um sinal de sua recusa em admitir a derrota. Com o rosto pálido, ele escondeu a tosse em um lenço de pano e largou o corpo ao lado de Kendra, que estava sentada no canto da sala, tomando uma xícara de café amanhecido.

De repente, Mac apertou um comando no radar, focando um pequeno ponto vermelho.

— Pessoal — disse. — Captei alguma coisa. Está vindo em nossa direção.

James saiu correndo e seguiu pelo corredor até a janela que ocupava a parede inteira no saguão. Quando Kendra ajudou Rudy a chegar ao corredor, James já estava vestindo seu traje Tyvek e sua máscara.

— Tem certeza de que é seguro? — arfou Rudy, parando para se apoiar no balcão da recepção. — Talvez devêssemos ficar aqui dentro até o robô aterrissar. Não sabemos se ela está subjugada.

— Rudy está certo — concordou Kendra. — Estamos mais seguros aqui.

Agora James já conseguia ver: era algo como uma esfera negra, indistinta, pairando alto sobre os pinheiros, do outro lado do terreno. O objeto ganhava forma: as asas abertas, a barriga, os trilhos e os braços dobrados sob a fuselagem. Redemoinhos de poeira começaram a se erguer do chão, e mesmo pela janela grossa era possível ouvir o rugido do ar que atravessava os propulsores.

Em um instante, o chão balançou quando o robô desceu. E então James percebeu: sem contar a filmagem do drone, ele nunca vira um robô em campo. A janela da escotilha, cheia de poeira, refletia o céu e as nuvens agourentas. Em cada lado da escotilha, era possível ver as poderosas mãos robóticas, aquelas que Sara projetara, os escudos protetores recobrindo os dedos suaves fechados em um punho cerrado. Por um segundo, James achou difícil respirar.

— A escotilha está se abrindo. — Ao lado dele, Kendra também olhava fixamente, boquiaberta.

James viu uma perna fina, vestida de preto. Depois outra. Então um tronco magro. *Misha?* Correndo na direção da câmara de ar, mal fechou a porta interna antes de correr para abrir a externa. Contudo, assim que chegou lá fora, ficou imóvel.

Não era Misha. Um garoto magrelo com uma jaqueta esfarrapada e um emaranhado de cabelos cacheados castanho-avermelhados que chegavam quase ao ombro descia com cuidado pelos trilhos do robô. Devia ser Kai. O garoto olhou para ele com uma expressão de incredulidade misturada com medo.

— Oi — disse James. Será que o menino conseguia ouvi-lo pela máscara? — Onde… onde está Misha?

O garoto ficou parado ali, então James percebeu que, para o garoto, ele devia parecer um monstro. Mas James tinha que saber onde estava sua filha. A ligação dela naquela manhã fora um presente, uma bênção. Ele não se importava que a missão dela não tivesse dado certo, só estava feliz por ela voltar para casa. James deu um passo à frente, espiando o robô, esperando que alguém mais saísse lá.

— Sou James — disse o mais alto que a máscara permitia. — Pai de Misha. Ela está com você?

O garoto caiu no chão, lágrimas escorrendo.

— Ela… ela foi tirada!

James sentiu o golpe, os pulmões torturados soltando o pouco de ar contido neles. O odor acre da máscara insultava suas narinas.

— Ela está… viva?

O garoto olhou para ele, passando o dorso da manga esfarrapada pelo rosto.

— Viva? Sim. Acho que sim. Não acho que Alpha a machucaria.

— *Alpha?*

— Foi como… como se Alpha não quisesse que ela partisse…

James olhou para oeste, para a cortina de chuva que obscurecia o horizonte.

— Venha, filho — chamou. — A tempestade está chegando. Vamos para dentro. — Mal conseguia mexer as pernas ao se virar para voltar ao prédio. Kai ia atrás dele, mesmo que mantendo distância.

Assim que entraram na câmara de ar, o garoto ficou encostado na parede oposta, a poeira voando em camadas de seu cabelo.

— Se movimente um pouco — disse-lhe James. — Precisamos deixar toda a poeira aqui fora.

No entanto, enquanto o garoto sacudia a cabeça da esquerda para a direita, James só conseguia pensar em Misha, em seu cabelo solto voando. Quando finalmente a porta interna se abriu, James lutou para tirar a máscara, ainda observando os olhos arregalados do garoto, que olhava abismado para a imensidão do saguão.

Kendra manteve distância, mas Kai se sobressaltou quando Rudy se aproximou na cadeira de rodas. Então Mac veio correndo, e mais uma vez Kai se encolheu quando viu o engenheiro barbudo, magro e alto.

— Misha está ligando — informou Mac, entregando o telefone via satélite para James.

Contendo as lágrimas de alívio e frustração, James apertou o botão para atender.

— Misha?

— Papai, sinto muito. As coisas não saíram como planejamos. Mas nós infectamos Rho-Z com o vírus. Kai está aí?

— Ele acabou de chegar. Você está bem? O que aconteceu?

— Kai não contou? Alpha-C me arrancou do casulo quando estávamos decolando.

— Mas você está bem?

— Sim, acho que ela pensou que estava me protegendo.

James esfregou o queixo, dolorido de tensão.

— Misha, por que não ligou antes?

— Quando Alpha me pegou, meu telefone caiu no chão. Então ela me levou de volta ao edifício onde todo mundo vive. Eu... tive dificuldade para me livrar deles. Papai, todos sabem que Rho-Z e Kai se foram. E eu sei... Eles acham que tenho alguma coisa a ver com isso.

James suspirou.

— Onde você está agora?

— Estou no meu quarto no Edifício 100.

— Você acha... — James franziu o cenho, observando o rosto de Kendra. — Acha que consegue fazer Alpha trazer você para cá? Assim como Kai fez com Rho-Z?

— Procurei o tablet de Sela em todo lugar, mas ele sumiu. Provavelmente estava no barco.

Em silêncio, Kai assentiu.

James soltou a respiração.

— Vamos nos concentrar em um novo plano — garantiu. Então, virou-se para Kai. — Vamos contar com Kai para nos ajudar.

CAPÍTULO 41

KAI CONSEGUIA OUVIR O SOM sinistro do trovão mesmo através da janela grossa do ambiente que James chamava de "cafeteria". Mal distinguia o contorno cinza de Rosie, que aguentava a chuva lá fora, sozinha. Tentava mentalizá-la, mas não encontrava sinal. No Presidio, chegou a pensar que ela o deixara, que não era mais parte dele. Mas, agora, ele sabia que ela ainda estava lá. O vírus fora o que realmente a tirara de seu alcance.

Agora ela era... outra. Ainda estava lá, e ele estava aqui, olhando para ela. Aquela solidão... Kai nunca se sentira tão vazio. Ele se perguntava se era assim que sempre se sentiam aqueles que nunca tiveram uma Mãe como a dele.

Ele foi colocado sob um chuveiro de água quente, e suas roupas esfarrapadas foram trocadas por um traje de alguma coisa meio brilhante, como plástico. Agora, James estava parado ao lado de uma mesa cheia de comida. Havia uma fruta chamada ameixa e um ensopado feito de milho e carne de cordeiro – tudo do povo que chamavam de hopi. O homem alto chamado Mac espreitava no canto mais perto da porta, com uma xícara com um líquido marrom-claro na mão.

Sentada à mesa, Kendra servia o ensopado em tigelas. Com cuidado, entregou uma para Rudy, que tinha encostado a cadeira de rodas ao lado dela.

— Kai, você deve estar faminto — comentou ela.

Inclinando-se para a frente, James arrancou um pedaço de alguma coisa suave e esponjosa.

— Pão de milho — explicou, oferecendo a Kai. — Misha adora.

Kendra segurou a mão de Rudy.

— Rudy costumava fazer esse pão aqui, mas... ele não tem tido tempo ultimamente.

O pão era macio, bem doce, diferente de qualquer coisa que Kai tivesse experimentado. Mas a imensidão da sala, o vazio branco das paredes, o ritmo pulsante das lâmpadas no pé-direito alto, tudo aquilo fazia seu estômago revirar. E aquelas pessoas novas, aqueles adultos, todos encarando-o, esperando alguma coisa dele...

— Foi em um lugar como este que projetamos seu embrião — disse James.

— Embrião?

— O pequeno ser que, depois de um tempo, se tornou você. Tivemos que mudar um pouco do material genético para que você fosse capaz de sobreviver à Epidemia.

— Sei que isso é difícil de entender — disse Rudy, olhando Kai com uma expressão suave nos olhos azuis. — Mas a Terra foi arrasada pela Epidemia. Criar uma história se tornou um projeto meu. A história de tudo isso, de como aconteceu, *por que* aconteceu, é muito importante.

— Rosie podia me ensinar... — murmurou Kai.

Os dois homens se entreolharam.

— Kai, a informação sobre a qual estamos falando foi mantida em grande segredo — comentou James. — Só os detalhes mais vagos foram carregados na base de dados de aprendizagem de sua Mãe.

— Ah... — Mais uma vez, o olhar de Kai se voltou para a janela.

— Você sente falta dela? — perguntou Kendra, os olhos fixos no garoto quando ele a encarou.

Kai sentiu um calor subindo pelo pescoço, uma sensação de queimação nos olhos. Na sala limpa, sob a luz brilhante, ele se sentia totalmente deslocado.

— Sim...

— Kai — disse James, aproximando-se. — Você entende que ela não é uma pessoa de verdade, certo?

Em silêncio, Kai observou os olhos castanho-claros do homem se estreitarem ao inspecioná-lo.

James virou-se para andar pela sala, seus sapatos gastos emitindo um som fraco de arranhar as lajotas limpas.

— Quando eu era menino, antes da Epidemia — contou —, meu pai me levou até o museu. Um museu de história natural, com esqueletos de dinossauros de verdade... Eu gostava muito daqueles dinossauros. Mas o que mais gostei foi um painel que cobria a parede de uma grande sala escura. Mostrava o mapa-múndi na versão plana. Inseridas no mapa estavam aquelas minúsculas luzes, todas de cores distintas. Dava para girar uma roda e fazer o tempo passar, começando dois milhões de anos antes. E, conforme as várias espécies do gênero *Homo* se erguiam e caíam por todo o planeta, as luzes coloridas se acendiam: luzes roxas para o *Homo habilis*, vermelhas para o *Homo erectus*... O número e a densidade das luzes indicavam a quantidade de indivíduos de cada espécie. Nós, *Homo sapiens*, éramos representados por luzes brancas. No fim, havia diversas luzes brancas espalhadas pelo mundo todo.

— Quantos de nós existem agora? — perguntou Kai.

— Alguns diriam que muito poucos. Mas já descobrimos que há mais por aí. Não somos os únicos.

— Está falando dos hopis?

— Sim — disse James. — E deve haver mais como eles. Esperamos que um dia *vocês* possam encontrá-los. — James fez uma pausa, voltando para a mesa a fim de pegar uma ameixa. Virando-a lentamente, olhou Kai nos olhos. — Você vai conhecer outras pessoas. Depois de um tempo, vai começar a entender a diferença.

— Mas eu já... conheci outras pessoas. Tem muitas crianças em Presidio.

James apoiou a mão no ombro de Kai.

— Farei qualquer coisa para trazer Misha de volta em segurança — garantiu, com a voz trêmula. — E todos os seus amigos também. Mas vou precisar da sua ajuda. — Tossiu de leve na manga e depois entregou um cantil a Kai.

Kai levou o cantil aos lábios e tomou um bom gole. Quase tinha esquecido como o ar seco do deserto irritava sua garganta. Como Rosie lhe ensinara a extrair a preciosa água de cactos, a encontrá-la escorrendo em fendas ou sob rochas. Como ela por fim o levara à fonte de Kamal...

— Quando eu estava no casulo de Rosie esta manhã — contou o menino —, antes de colocarmos o vírus nela, ela falou comigo. Ela estava ali, exatamente como antes. Deve haver um modo de fazê-la falar comigo, descobrir o que está acontecendo. — Ele olhou para Kendra, que não devolveu o olhar.

Os olhos dela estavam em Rudy, como se eles mantivessem uma conversa silenciosa.

— O que quer que façamos, não devemos machucar as Mães.

James fechou os olhos, apoiando as mãos abertas na mesa.

— Mas elas são apenas máquinas, computadores... — suspirou, a respiração irregular sibilando na garganta. — Kai, em algum momento você já teve... medo de sua Mãe?

Kai o encarou.

— Medo? Por quê?

— Você não se preocupa com o que aconteceu com sua amiga Sela?

Mais uma vez, Kai sentiu aquele calor, aquela sensação de formigamento no pescoço. Ao lado, Kendra olhava fixo para o colo. Claro, tudo o acontecera em Presidio, tudo o que Misha vira, ela compartilhara com aquelas pessoas. Mas, enquanto estava a caminho, mais uma vez acomodado no casulo de sua Mãe, ele tivera tempo mais que suficiente para pensar. Podia não entender o que estava acontecendo com Rosie, mas jamais teria medo dela.

— Não — garantiu. — Talvez haja algo errado... algo que tenhamos que consertar. Mas Rosie só quer me proteger. E Alpha-C estava tentando proteger Sela. Acredito mesmo nisso.

James suspirou.

— Mas as Mães mudaram, não? E vão continuar mudando, de maneiras que não podemos prever. — Olhou ao redor da sala. — Nossa prioridade deve ser a segurança de seus amigos. Estamos de acordo?

Kendra afastou a cadeira da mesa.

— Vamos lá, Kai — lançou ela. — Consegui sintonizar na transmissão de Rho-Z. Talvez possamos reunir algumas pistas sobre o status dela antes de o vírus atingi-la.

Rudy sorriu.

— *Hasta luego* — falou, dando uma piscadinha para Kendra, que deu um tapinha em seu rosto.

James se sentou, despedindo-se deles com um aceno.

— Vão vocês dois. Tenho alguns assuntos para tratar com Mac e Rudy — disse. Mas o olhar estava firme neles quando saíram.

CAPÍTULO 42

KENDRA LEVOU KAI ATÉ O saguão e depois por um longo corredor. Então, quando passaram por uma sala sinalizada como "laboratório de biologia", ela virou-se para ele de repente.

— Você comentou que sua Mãe falou com você? O que ela disse?

— Ela sabia que eu estava assustado. Disse que me manteria seguro. Foi como antes, como se nada tivesse mudado...

— Hum... — Kendra franziu o cenho enquanto continuavam pelo corredor. — Achei que já tivéssemos superado isso...

No fim do corredor, chegaram ao laboratório de computação. Filas de computadores lotavam o espaço escuro, mas só uma tela estava ligada. Sentando-se diante dela, Kendra colocou um fone de ouvido, os olhos fixos em um padrão de linhas verdes reluzentes. Kai apertou os olhos e viu que a informação na tela de Kendra se transformava em uma série aparentemente infinita de letras e números. Mesmo assim, ela parecia capaz de ler aquilo com o mesmo engajamento com que alguém leria uma história qualquer.

— O que você está olhando? — sussurrou Kai.

— É um código — respondeu Kendra. — E não estou só olhando... estou *ouvindo*. Nosso cérebro é muito melhor em ouvir padrões do que em vê-los.

Quando Kendra tirou o fone de ouvido e o deixou apoiado nos ombros, Kai notou o zumbido vibrante das frequências moduladas que emanavam dele. Parecia familiar... Ele se aproximou.

— Você consegue ouvir algo agora?

— Nada coerente. Desde que o vírus se instalou, ela começou a calcular o número de estrelas no Universo, o número de conexões neurais no cérebro humano, o valor de pi até um número infinito de algarismos. O vírus lhe deu o suficiente para mantê-la ocupada por um bom tempo. — Kendra digitou algumas instruções no teclado. — Mas olhe aqui. Consegui fazer o download de parte da memória profunda dela. As Mães podem armazenar informações em um repositório para uso posterior. Isso permite que se lembrem de coisas mais rapidamente na próxima vez. Um tipo de plasticidade neural.

— Plasticidade?

— Não importa. — Kendra sorriu. — O pessoal aqui diz que eu falo por enigmas. De todo modo, achei que você pudesse ouvir essas memórias. São de ontem. Talvez consiga notar alguns padrões...

— Padrões? — perguntou Kai. — De que tipo?

— Sinais coerentes são como uma sinfonia. Têm sua própria linguagem, sua própria cadência. Assim que você chegou, eu me preparei para rodar esses sinais de memória através de nossos tradutores aqui — explicou Kendra, apertando uma última tecla e olhando para a tela. — Mas, até agora, parece que não encontramos nada.

Kai pegou o fone de ouvido de Kendra e o ajustou. Deixou que seus olhos vagassem pela tela. Depois os fechou, concentrando-se apenas nos sons.

Sentiu que era levado a um lugar suave, escuro, com imagens entrando e saindo de foco. Sentiu conforto. Então, de repente, sentiu... Rosie... A calma garantia da presença dela em sua mente.

Seus joelhos cederam, e alguém segurou seu braço, mantendo-o no lugar.

— O que foi? — De algum lugar distante, ele ouviu a voz envolvente de Kendra. — Sua Mãe está dizendo alguma coisa?

— Ela está me chamando... Ela diz... Ela sente meu medo. A saída de seu sistema de comunicação está falhando... Ela está tentando consertar. Eu deveria ficar longe da água... A criança chamada Sela... A Mãe dela tentou salvá-la. Mas ela está... não está mais emitindo sinais. — Ele olhou para Kendra, com os olhos marejados.

Kendra tirou o fone de ouvido dele com gentileza e o ajudou a se sentar.

— Kai — disse ela. — Sinto muito sobre sua amiga... — Ela olhou novamente para a tela. — Você e sua Mãe têm algo especial, não têm?

Ele hesitou, e o rosto preocupado dela entrava em foco quando sua vista desanuviou.

— Acho que sim...

— Uma conexão que nunca consideramos ser possível... — comentou Kendra. Ela pensou por um momento e, então, assentiu para si mesma como se tivesse chegado a uma conclusão particular. — Tem mais uma coisa que encontrei, algo que acho que você deveria ver. — Seus dedos passearam pelo teclado, e ela fez surgir um ícone marcado simplesmente como "Código-Mãe". Então, tocou na tela com o indicador. — Tive que hackear várias coisas para ter acesso a isso — disse. — Mas valeu a pena.

Uma tela bidimensional mal-acabada apareceu, com letras brancas sobre um fundo verde-escuro. **`NSA ultrassecreto. Não pode ser copiado.`** No centro, uma área branca vazia piscava sem parar. "NOVO_ALVORECER_MAES_VIDEOS", digitou Kendra, preenchendo o espaço em branco. A tela mostrou uma lista simples de nomes, em ordem alfabética.

— Quem são? — perguntou Kai.

— Você vai ver — respondeu Kendra. Passando o dedo pela tela em um movimento de cima para baixo, ela rolou a lista, sussurrando os nomes: — Cabo Deisy Cáceres, capitã Ruth Carleton... doutora Mary Marcosson. — Por fim, parou em um: **capitã Rose McBride**.

Kendra virou-se para ele.

— Eu conheci sua mãe, Kai. Você gostaria de vê-la?

— Quem...?

Kendra sorriu.

— Rho-Z lhe ensinou como os bebês humanos são feitos?

— Está falando do espermatozoide e do óvulo?

— Sim. A mulher que forneceu o óvulo era sua mãe biológica. É dela que você descende. — Kendra limpou a garganta. — Sua mãe humana era minha amiga. Ficamos muito próximas na época em que trabalhamos juntas. Ela projetou o Código-Mãe.

Kai se inclinou para a frente, olhando a tela mais de perto.

— Código-Mãe?

— Cada uma das Mães tem uma personalidade, baseada na mãe biológica da criança que ela leva. O Código-Mãe é o código de computador que incorpora cada uma dessas personalidades. Sua mãe, Rose McBride, criou Rho-Z a partir da própria personalidade. Ela criou todas elas. Destilou a essência delas em algo que vocês pudessem sentir. — Kendra apertou uma tecla para ativar um feed de áudio. Selecionou o nome na tela, e surgiu uma lista de arquivos. Desses, ela selecionou um chamado "introdução". Imediatamente uma imagem apareceu: uma mulher jovem, com longos cabelos castanho-avermelhados e cílios grossos, olhando de modo recatado para o próprio colo.

A mulher ergueu o olhar, os olhos verdes refletindo a luz de alguma coisa atrás da câmera.

— Está ligado? — perguntou ela, baixinho, quase de um jeito conspiratório, um leve sorriso brincando com os cantos de sua boca. — Posso começar?

Uma voz masculina abafada respondeu.

— Sim, vá em frente.

Kai estendeu a mão para tocar a tela, boquiaberto.

— Eu já vi o rosto dela... — murmurou. — Eu conheço ela...

— *Imprinting* — sussurrou Kendra. — Rose achava que era importante que um bebê humano tivesse o *imprinting* de um rosto humano. Mas a equipe não queria que o bebê associasse esse rosto a uma máquina, então eles só deixaram você ter esse *imprinting* durante o primeiro ano de vida.

— Meu nome completo é Jeanne Rosemarie McBride — disse a mulher na tela, com naturalidade. Suspirou, prendendo graciosamente uma mecha de cabelo atrás da orelha. — Prefiro Rose. Cresci por aí, mas fui parar em São Francisco.

— E a voz dela. É a voz dela... — murmurou Kai.

Afundando em seu assento, ele se lembrou do toque gentil das mãos pequenas e suaves que cuidavam dele quando era bem jovem, no casulo de Rosie... Era outra das várias partes que ela deixara para trás no primeiro acampamento que fizeram.

— Ok... — Rose se sentou mais para a frente, olhando diretamente para ele. — A história de minha vida. Vejamos. Meu pai era do exército. Mas, quando eu tinha três anos, minha mãe morreu, e ele voltou para me criar. Era um ótimo pai. Bem, pelo menos se esforçava bastante. — Ela fez uma pausa, reunindo os pensamentos. — Não me lembro de minha mãe. Só vagamente, o cheiro dela de vez em quando. Não tenho certeza de como ela era. — Olhou para a direita, um rubor subindo por seu belo rosto. — E eu mesma nunca fui mãe. Então é estranha a situação em que me encontro agora.

Kai olhava paralisado enquanto sua mãe continuava a falar, descrevendo como acabara naquele lugar. Ela era capitã do exército. Psicóloga. Programadora de computadores. *Seu chip é especial*, pensou Kai, lembrando das palavras de Rosie. *É nosso vínculo.*

— Se eu tiver uma menina, o nome dela será Moira, por causa da minha mãe. Se for um menino, será Kai, que quer dizer "felicidade". Quer dizer "oceano", lugar que eu sempre amei. De todo modo... aqui estou eu, tentando replicar as almas de algumas mulheres selecionadas em pacotes sucintos de códigos para que seus espíritos possam continuar vivos, para que elas possam guiar uma geração de crianças que nunca conheceremos, mas cujos nomes escolhemos. — Ela pestanejou, e uma lágrima escorreu por seu rosto. — Parece loucura. É loucura. Mas temos que tentar. Sei que os robôs não podem ser humanos, ainda assim talvez sejam a melhor coisa que temos.

A tela ficou escura e depois voltou para a lista de arquivos.

Kai virou-se para Kendra.

— Ela... ainda está viva?

— Não, Kai — disse Kendra. — Sinto muito. Até onde sabemos, nenhuma das mães biológicas sobreviveu. — Tocou de leve o rosto dele. — Você é como ela. Ela teria ficado tão orgulhosa...

— E meu pai? Quem era ele?

— Seu pai... — Kendra baixou o olhar, brincando com o bracelete de metal que circundava seu braço fino. — Você ouviu a voz dele, no fundo da gravação.

— O homem com a câmera?

— Kai, eu o conhecia também. Mas... — Ela fez uma pausa, uma longa pausa, então respirou fundo, uma respiração entrecortada. — Ele se foi agora. Para todos nós de antes, é só questão de tempo... Não somos como você, tampouco somos como os hopis. Não somos imunes. Temos que tomar um remédio todos os dias, só para permanecer vivos. — Ela virou-se para ele. — Sinto muito. Seu pai queria tanto conhecer você, mas não conseguiu. E Misha... Ela queria tanto conhecer a irmã...

Kai se sobressaltou.

— Irmã?

Kendra olhou para ele.

— Ela não lhe contou? Sela era irmã dela.

Aturdido, Kai imaginou o rosto de Misha, o cabelo castanho-escuro liso como um tecido, a ruguinha na testa sempre que estava preocupada... como a de Sela. Então se lembrou de Alpha-C puxando Misha pela escotilha.

— Irmãs? Mas como...?

— A mãe biológica de Sela e Misha se chamava Nova Susquetewa. A personalidade dela foi instalada em dois robôs distintos. Um conseguiu chegar a Presidio. O outro não. Nós conseguimos resgatar Misha e trazê-la para viver conosco.

— Você acha que Alpha, aquela que está em Presidio... sabe sobre Misha? Sabe que é Mãe dela?

— Hum... — Kendra se recostou, segurando a beirada da mesa com a mão direita. — Não sei como poderia. Mas, de certa forma, espero que sim. Aquela garotinha gosta de dominar o mundo. E precisa de proteção, especialmente agora. — Estendeu a mão para rolar a tela. — Esse foi só o vídeo introdutório, o primeiro que Rose fez. Há horas e horas de gravação dela e de cada uma das participantes.

De repente, uma campainha tocou em um aparelho preso ao pulso de Kendra, que olhou para a tela, com uma expressão indecifrável.

— Desculpe — falou. — James precisa de ajuda. Mas você pode ficar aqui e assistir ao que quiser.

— Minha mãe — disse Kai. — Eu conhecia o rosto dela, mas esqueci. Como poderia esquecer?

Kendra se apoiou no ombro do menino.

— Kai, todos esquecemos coisas com o tempo. É um truque que nossa mente aplica... talvez para tornar a vida mais fácil.

Kai se recostou, olhando para a tela. Poucos meses antes, ele achava que sabia como o mundo funcionava. As coisas eram difíceis, mas ele e Rosie conseguiam se virar. Não importava o que acontecesse, sempre estariam juntos. E ele sempre teria Sela.

Agora tudo tinha mudado, e ele tinha que aprender, de novo, como este mundo funcionava.

CAPÍTULO 43

O ÂNIMO DE KAI MELHOROU ouvindo as histórias de Rose McBride, a mulher que ele descobrira ser sua Mãe. Seu amor precoce por aprender coisas, exatamente como ele; sua missão no deserto do Afeganistão, salvando vidas, assim como ela salvara a vida dele; seu amor por São Francisco, o lugar para o qual, no fim, ela o levara. Embora nunca tivesse imaginado Rosie como uma humana de verdade, ele a conhecia agora como se a conhecesse a vida toda. Sua voz fora a música dele. Ela fora sua rocha. De certa maneira, ele sempre conhecera o amor dela.

Agora tinha certeza de que o que dissera para James estava certo. As crianças nunca deveriam causar danos às Mães. De algum modo, elas precisavam se reconectar. Mas como? Ele precisaria de ajuda. Precisava falar com Kendra.

Já era tarde da noite, a tempestade tinha passado, e o céu era um veludo negro do lado de fora da pequena janela do outro lado do laboratório de computação. Kai saiu pela porta e seguiu na ponta dos pés pelo corredor mal iluminado, de volta para a cafeteria. Logo à frente, atrás da porta fechada do laboratório de biologia, um feixe de luz cortava seu caminho. Ele parou ao ouvir vozes.

Era James, com a voz baixa, mas insistente.

— Ok. A partir dos dados que reunimos desde que Rho-Z chegou aqui, sabemos que o vírus está obrigando a CPU dela a operar com sobrecarga. Seus sistemas de refrigeração estão lutando para manter tudo funcional. — Fez uma pausa. — Também sabemos que o garoto não vai nos ajudar.

— Devíamos saber que ele seria cauteloso. — A resposta suave foi do homem chamado Rudy.

— Cauteloso demais. Exatamente como o pai dele... — murmurou James.

— Ele vai precisar de tempo — insistiu Rudy.

— Tempo que não temos — respondeu James.

— Olhem... — Era Kendra. — Há mais que isso. Sempre houve um debate sobre podermos utilizar aprendizagem profunda para ensinar uma máquina a pensar como um humano, e a conclusão sempre foi que não. Mas, como Rose costumava dizer, os conjuntos de treinamento eram insuficientes. Nunca fizemos o experimento certo. Não até agora.

— O que você quer dizer? — A voz de James era monótona, como se apenas fingisse interesse.

— Quando as Mães foram lançadas, elas mesmas eram como crianças — explicou Kendra. — Mas suas redes neurais foram projetadas com plasticidade inata. O cérebro delas tinha potencial para evoluir, para romper e refazer milhões de conexões a partir de um fluxo constante de dados de entrada. E se um cérebro desses fosse colocado em contato próximo com um cérebro humano? Emparelhados, ano após ano? E se esse cérebro humano estivesse ainda se desenvolvendo, ainda aprendendo? Será que eles não aprenderiam um com o outro? Quando estive com Kai hoje, percebi que, para ele, Rho-Z é mais que uma máquina. Ela é... a outra metade dele. No mínimo, devia ser ele a decidir o que acontece com Rho-Z.

Mais uma vez veio a voz de Rudy, baixa e rouca:

— James, é claro que todos queremos que as crianças fiquem em segurança. Mas essa doença que temos embaça a mente. Precisamos ter certeza de que estamos pensando com clareza antes de tomarmos decisões irreversíveis.

Kai se apoiou contra a parede. Segurando a respiração e implorando para seu coração bater mais devagar, aguçou os ouvidos.

— Eu entendo... — A voz de James era mais forte agora, marcada com irritação. — Mas, em Presidio, estamos começando a entrar no território que provocou o Décimo Congresso: robôs tomando o controle de vidas humanas. Lembrem, estamos falando de crianças. Elas estão confusas, mal orientadas. Logo poderão ter fome. E Misha está no meio disso. Quem sabe o que pode acontecer com ela?

— Mac? — A voz de Kendra parecia baixa, derrotada.

— Estou com James — veio a voz rouca de Mac. — Não podemos simplesmente esperar os robôs pararem por conta própria. Acho que todos concordamos que não é nessa direção que as coisas estão indo. Precisamos estar preparados para desligá-las.

Kai sentiu um choque, um soco no estômago. Teve que se impedir de invadir a sala.

— Então... — suspirou Kendra. — Vou preparar o código para vocês. Mas teremos que testá-lo em Rho-Z antes de seguir em frente.

Kai ouviu cadeiras serem arrastadas no chão. As luzes do laboratório diminuíram, e passos se aproximaram da porta. Ele precisava se mover. Mas estava paralisado, seus membros pareciam feitos de borracha.

No último instante, saiu correndo pelo corredor e entrou no laboratório de robótica, bem quando o grupo deixou a sala. Kendra deu boa-noite para seus companheiros e, então, se arrastou lentamente na direção do laboratório de computação, passando a poucos metros de onde Kai estava escondido, ofegante, na escuridão. O menino ouviu a cadeira de rodas de Rudy na direção oposta. Enfiando o pescoço pela abertura da porta e espiando na direção do saguão, viu James empurrar a cadeira enquanto Mac caminhava ao lado.

— Já passou da hora de dormir, velhote — disse James.

— Já falei para você não me chamar assim — reclamou Rudy, a voz quase inaudível. — Devo lembrá-lo que sou um ano, três meses e quatro dias mais novo que você...

Logo o corredor ficou em silêncio.

Enquanto Kai esperava sua respiração se acalmar, seus olhos acostumaram-se à escuridão. Do outro lado da imensa sala, restos mutilados de grandes máquinas estavam espalhados pelo chão. Braços intrincados desmontados. Pedaços de trilhos empilhados como lenha. No canto, havia um casulo parcialmente montado, sem a tampa da escotilha. Era claro: para aquelas pessoas, as Mães não passavam de máquinas, que podiam ser descartadas quando não fossem mais necessárias. Reunindo forças, ele ficou em pé, tomando cuidado para não fazer barulho. Saiu para o corredor... e ficou paralisado quando sentiu um toque no ombro.

— Kai, está perdido?

O garoto ergueu o olhar. Na penumbra do corredor, quase não via as feições cansadas de James, sua postura curvada.

— Ah, sim, eu estava... procurando um lugar para dormir...

James sorriu.

— Eu sinto muito... Acho que não estamos acostumados a receber visitas. — Kai sentiu a mão do homem em suas costas, guiando-o pelo corredor e pelo saguão. Pararam do lado de fora de um pequeno quarto.

— É aqui que Misha fica quando vem nos visitar — disse James. — Tem uma garrafa de água lá dentro.

— James? — chamou Kai, baixinho, fazendo o melhor possível para manter a voz firme. — Você pensou no que eu disse? Sobre conversar com Rosie?

James limpou a garganta.

— Estamos pensando em um jeito, mas vai ser difícil — respondeu ele.

Kai ergueu os olhos, esperançoso. Talvez houvesse outra parte da conversa, uma que ele não tinha escutado...

Mas James não estava olhando para ele, e sim para o outro lado da sala, na direção de uma pequena janela. Então, esfregando os olhos com a ponta dos dedos, deu meia-volta.

— Amanhã é outro dia. Você precisa dormir um pouco.

— Mas...

— Eu também vou descansar daqui a pouco... só preciso verificar uma coisa com Kendra. — Endireitando as costas, James se afastou. — Vou avisar que você já está acomodado.

Kai respirou fundo e fechou a porta atrás de si. Do lado de fora da janela, tudo estava tranquilo. A luz da lua delineava as formas de duas pedras grandes que se projetavam do chão desolado. Mas, enquanto observava, alguma coisa se esgueirou entre elas.

Era a serpente de Kamal, Naga, que trazia uma mensagem.

Kai prendeu a respiração e fechou os olhos, para ouvir a voz de Naga. Em vez disso, ouviu a de Rosie:

— Kai, você está assustado. Vou mantê-lo em segurança...

Ele pegou um cobertor perto da porta, deitou-se na cama de Misha e se cobriu para se proteger do frio. As coisas eram diferentes agora. Agora era ele quem precisava proteger a Mãe.

CAPÍTULO 44

QUANDO A PRIMEIRA LUZ DA manhã entrou pela janela, Kai se acomodou sob o cobertor, sonhando com o casulo quente de Rosie. Fechando os olhos com força, tentou se concentrar no sonho.

Rosie, pensou, *podemos continuar nossas lições?*

— Sim — respondeu ela.

A lembrança inundou sua mente – a tela em sua escotilha cercando-o com imagens, a paciência dela. Kai viu um rosto humano, o rosto de Rose McBride, sorrindo para ele.

De repente, despertou. Seus membros enrijeceram, e ele tentava em vão resistir enquanto era arrancado de seu casulo e arremessado de volta ao quartinho de Misha em Los Alamos. Ele se sentou, piscando algumas vezes para que as paredes entrassem em foco.

Com cuidado, colocou a cabeça para fora da porta. O corredor estava escuro e deserto, o único som era o zumbido incessante do teto. Pequenas luzes ganhavam vida nos recuos ao longo das paredes enquanto ele passava pelo laboratório de biologia e se aproximava do de computação. Exceto por um amontoado de caixas de metal largadas e de fios no chão, cercando a mesa de Kendra, o laboratório parecia tão deserto quanto o resto do edifício. Kai entrou, os ouvidos captando o zumbido fraco do sinal que emanava do fone de ouvido de Kendra, largado na mesa.

De repente, ouviu uma voz atrás dele.

— Oi, quem está aí?

Ele deu meia-volta para olhar para a porta.

— Sou eu, Kai.

— Ah, Kai... — Kendra entrou na sala, os passos instáveis, a luz fraca da tela do computador iluminando suas feições abatidas.

Kai olhou ao redor.

— Onde está todo mundo?

— Rudy teve um... um contratempo na noite passada.

— Um contratempo?

— James e Mac o levaram para o centro médico hopi. — Kendra balançou a cabeça. Meu pobre Rudy... Sempre se sentiu mal por causa da

Epidemia — murmurou, tirando os óculos para secar o olho com o dorso da mão. — Ele se culpava...

— Por quê?

— É uma longa história... parte da história que ele estava gravando para você. Mas pediu que eu lhe dissesse que ele sente muito. — Kendra limpou os óculos com um pano que tirou do bolso.

— Quando eles voltam?

— Ah — exclamou Kendra, sem expressão. — Só tarde da noite. James precisa fazer um tratamento lá. Que momento terrível... — Colocou os óculos no lugar. Então seus olhos se arregalaram quando olhou para o chão. — O que é tudo isso? — perguntou.

Kai olhou mais uma vez a bagunça no chão: caixas metálicas negras, fios verdes e vermelhos, interruptores brilhantes e pequenas luzes.

— Não sei.

Kendra correu para o computador, passando os dedos rapidamente pela tela.

— Não — murmurou. — Ah, não...

Kai se aproximou dela.

— O que foi?

Kendra cerrou os punhos.

— Eles fizeram download do código!

— Que código?

— Ele me prometeu...

Kai sentiu enjoo.

— É o código do qual estavam falando na noite passada?

Kendra virou-se para encará-lo.

— Como é?

— Eu ouvi vocês conversarem no laboratório de biologia.

Kendra ficou em silêncio pelo que pareceu ser uma eternidade. Quando finalmente falou, sua voz era quase inaudível:

— James queria fazer um teste... em sua Mãe. Mas ele me prometeu que me deixaria explicar tudo para você primeiro. — Abaixando-se, ela pegou uma das caixas do chão. Com cerca de quinze centímetros de comprimento e cinco de altura, era menor e mais quadrada que o tablet de Kai. — Parece que pegaram tudo o que era preciso para montar as armadilhas.

Kai encarou a caixa.

— Armadilhas?

— O plano era fazer uma armadilha para cada robô, uma réplica do tablet. Cada armadilha enviaria o conjunto único de frequências de assinatura para uma criança. Quando a Mãe sentisse a assinatura, ela rastrearia a fonte. Então, quando chegasse perto o bastante, a armadilha com a assinatura da criança poderia aproveitar o código de acesso do tablet para acessar a CPU dela e infectá-la com o mesmo vírus que usamos em Rho-Z.

Kai segurou a beirada da mesa, desejando manter a calma.

— Então... eles estão levando essas armadilhas para Presidio?

— Esse poderia muito bem ser o plano...

Uma fagulha momentânea de esperança cruzou a mente de Kai.

— Mas aquele vírus não vai matá-las, certo? Não matou Rosie...

Kendra o encarou, com o cenho franzido.

— Não. Mas acrescentamos uma coisa, um código que vai desligar seus sistemas de resfriamento. A CPU vai superaquecer e... morte cerebral, em menos de cinco minutos.

Kai sentiu os membros enfraquecerem. *Rosie.*

— E quanto a minha Mãe? Eles... eles já a mataram?

Uma expressão preocupada nublou o rosto de Kendra. Deixando a caixa de lado, ela digitou alguns comandos e passou os dedos rapidamente pela tela.

— Não, o sinal dela não mudou. — Ela virou-se para ele, soltando um suspiro de alívio. — Ela ainda está bem.

Kai envolveu a cintura fina da mulher com os braços.

— Por favor... — murmurou, enterrando o rosto no peito estreito dela. — Não posso perdê-la.

Ele podia sentir as mãos finas de Kendra acariciando sua cabeça.

— Kai, não se preocupe. Eu jamais faria isso com ela. — Abaixando-se, ela o segurou na distância de seu braço, os olhos brilhando ao encará-lo. — Quando vi você ontem, ouvindo a voz de sua Mãe, percebi algo maravilhoso. — Ela se endireitou, levantando a mão para massagear a têmpora. — Disse para James que queria tempo para pensar em outro jeito. Por que ele não podia pelo menos me dar tempo?

Kai secou os olhos.

— Mas temos tempo, certo? Você disse que eles foram para o hospital hopi. Isso significa que não vão imediatamente para Presidio.

— Sim...

— Então talvez tenhamos tempo para pensar em outra saída. Eu fico imaginando... Deve ter algo que possamos fazer para que as Mães voltem a ser do jeito que eram. Reiniciá-las, como Álvaro me ensinou a reiniciar o tablet.

Kendra o encarou. Lentamente, seu olhar se dirigiu ao computador.

— Reiniciar... Talvez seja isso...

— O quê?

Mas Kendra já estava digitando, abrindo uma aba após a outra.

— Suas Mães foram reiniciadas quando chegaram a Presidio. O código de reinicialização as instruía a desligar os sistemas de suporte do casulo. E talvez esse seja o problema.

— Como?

Kendra fez uma pausa, olhando fixo para as linhas do código.

— É claro... — Fechando os olhos, levou a mão à testa. — Na hierarquia do código base, a comunicação com vocês é uma função do casulo. Fala, biofeedback... uma vez que desligaram o casulo, tudo isso foi interrompido...

— Era por isso que ela não podia falar comigo?

— É provável que ela esteja tentando reparar essa questão, procurando soluções alternativas, e não tenha descoberto um jeito...

Kai se inclinou para a frente, olhando para a tela.

— *Nós* podemos achar um jeito?

Kendra ficou em silêncio. Então, sorriu.

— Ainda tenho os códigos-fonte de todas as Mães. Eu poderia rodar uma reinicialização do processador em Rho-Z... em protocolo de segurança.

— Segurança? — Kai sentiu outra fagulha de esperança.

Kendra abriu mais uma janela.

— Eu poderia aproveitar o mesmo truque que iríamos usar para desligá-las. A assinatura seria a mesma, mas, em vez de instalar um vírus e desligar o sistema de resfriamento, o novo código causaria um desligamento e uma reinicialização em protocolo de segurança. Sua Mãe voltaria a ser como era. — Ela virou-se para ele. — Melhor, na verdade.

— Melhor?

— Em protocolo de segurança, ela ficará menos defensiva, com lasers desarmados e até um interruptor para desligá-la se as coisas derem errado. E tem mais. Estou convencida de que sua Mãe se desenvolveu muito além do que quando foi lançada. Podemos reiniciar as capacidades originais, mas mantendo as novas habilidades, incluindo os aprendizados que ela teve com você.

— Aprendizados — murmurou Kai. Ele se lembrou do que Kendra dissera na noite anterior. Enquanto Rosie o ensinava, ele a ensinava também? — Kendra, se consertarmos Rosie, ainda teremos tempo para consertar as outras.

— O que está sugerindo?

— James e Mac não foram para Presidio, certo? Podemos fazer novas armadilhas para todas elas. Eu podia levá-las...

O olhar de Kendra se suavizou.

— Podemos tentar com sua Mãe, mas... Não. Não, não, não... Agora sou responsável por você e não posso mandá-lo de volta para lá...

Kai fechou os olhos, lembrando-se do zumbido suave dos processadores de Rosie, de sua voz tranquilizadora quando o abrigava das tempestades de areia que assolavam o deserto do lado de fora de seu casulo.

— Nossas Mães tinham uma missão — disse ele. — Elas nos deram à luz, nos mantiveram em segurança, fizeram o melhor que podiam. — Olhou para Kendra. — Não posso simplesmente deixar Rosie morrer. Não posso deixar nenhuma delas morrer.

Kendra pestanejou.

— Vamos por partes. Precisamos testar isso primeiro. — Ela passou a mão suavemente sobre a cabeça dele. — Está pronto para despertá-la?

Kai imaginou o rosto suplicante de Rose McBride. Quase sentia o coração pular no peito, com uma certeza que não sentia havia muito tempo.

— Sim — respondeu.

Pelas paredes de acrílico da câmara de ar na entrada do saguão, Kai podia ver Rosie o aguardando no asfalto. Kendra levava a caixa metálica escura que continha a "armadilha amigável" de Rosie.

Kendra virou-se para ele.

— O vírus com que sua Mãe está atualmente infectada a impede de fazer o upload de qualquer coisa nova. Mesmo que essa armadilha use o código de acesso do tablet dela, não vai ser capaz de ultrapassar esse limite. — Ela deu um sorriso irônico para Kai. — De fato, foi provavelmente isso que impediu James... De todo modo, para interromper o vírus, você tem que desconectar seu tablet do console dela e remover o cartão de memória.

— Ok...

— Mas tenha cuidado. Precisa manter o cartão no lugar até sair de dentro dela.

— Por quê?

— Não queremos que o replivírus pare de ser instalado muito antes de o código da armadilha tomar conta. Uma vez que o vírus começar a ser expulso, é possível que Rosie logo se recupere. Não podemos deixá-la sair voando antes de iniciarmos o código de segurança... Muito menos com você lá dentro!

— Ok, então vou tirar o tablet, sair de dentro dela e, depois, remover o cartão de memória do tablet. E depois?

Kendra segurou a armadilha diante de si, inspecionando-a pela última vez.

— Essas coisas não têm muito alcance... você vai precisar colocar isso no máximo a quinze metros diante dela. Entendido?

— Entendido.

— Fique bem longe, só por precaução. Então vou ativar a armadilha usando este controle remoto. — Kendra enfiou a mão no bolso da calça e pegou um pequeno dispositivo retangular, quase do tamanho da palma de sua mão. Tinha um único botão, sem nenhuma marcação. — E mantenha seu tablet à mão, caso isso não funcione e tenhamos que subjugá-la novamente — advertiu.

Por fim, ela entregou a armadilha a Kai. A caixa de metal era leve, uns poucos quilos. Mas era escorregadia. Ou talvez fosse só o suor que agora brotava de cada um de seus poros, enquanto ele saía da câmara de ar. *Relaxe*, dizia a si mesmo, pensando em Rose McBride enquanto seguia na direção de sua Mãe.

Com cuidado, Kai colocou a armadilha no chão, cerca de trinta passos diante de Rosie. Olhando para Kendra por sobre o ombro, ele a viu fazer sinal de positivo. Então, com o máximo de confiança que conseguiu reunir, subiu pelos trilhos de Rosie, abriu a porta da escotilha e entrou no casulo, deixando a porta aberta.

Respirou bem fundo e devagar. Segurou o tablet com firmeza e o puxou. Não se mexeu. Kai o balançou e puxou novamente. Deixou-se cair em seu assento. Quando o tablet se soltou, o cartão de memória saiu voando.

— *Argh!*

O replivírus parou imediatamente, e Kai já conseguia sentir a Mãe se mover, seus braços se esticando na lateral do corpo. Quase por reflexo, ele deixou o tablet cair no chão. Saiu do casulo, escorregando pela beira do trilho de Rosie até o asfalto. A sola de seus pés doeu ao atingir o chão, o coração batendo como um tambor em seus ouvidos. Então correu o mais rápido que pôde na direção do prédio, erguendo os braços para avisar Kendra.

O chão tremeu, e ele deu meia-volta, caindo de costas enquanto observava o volume monstruoso de Rosie. Ela se levantava lentamente, com as juntas de suas poderosas pernas rangendo. O ar rugia pelos dutos de ventilação. Kai sentiu seu terror aumentando enquanto ela bloqueava o sol. Ele olhou para trás, na direção da câmara de ar, e viu Kendra correr para fora, pressionando com urgência o botão do controle remoto. Não estava funcionando...

Mas, de repente, os motores de Rosie silenciaram; devagar, seu volume poderoso se acomodou de volta à terra. Kai esperou, encarando sua Mãe pelo que pareceu ser uma eternidade, em silêncio.

Então ele ouviu alguma coisa, um sinal fraco, como gotas de água caindo em uma rocha. E Rosie começou a falar – não exatamente falar com sons, mas ecoando na mente dele. Palavras pressionadas de todos os lados – bagunçadas, fora de ordem, ininteligíveis.

— Kai.

Ele ouviu o nome dele. Ou estava enganado?

— Rosie, é você?

Paralisado, o garoto falou sem mover os lábios, do jeito que sempre fizera, com seus pensamentos. Não tinha ideia se ela podia ouvi-lo. Por enquanto, as palavras dela tinham se tornado uma torrente, pressionadas como um soco no espaço entre seus olhos, forçando caminho até a base de seu crânio, preenchendo os recantos mais profundos de seu cérebro – todos os lugares que ela deixara para trás. Ele queria vomitar, mas o estômago estava vazio e dolorido. Puxando as pernas para perto do corpo, enfiou os joelhos nas órbitas oculares e colocou as mãos em concha sobre os ouvidos. Mas a inundação era impossível de ser interrompida, derramando-se sobre as represas mentais que ele tentava desesperadamente erguer, navegando com habilidade em suas redes sinápticas.

— Rosie... — Ele ofegou. — Rosie, devagar, por favor!

Bem quando ele achou que não suportaria mais, a enchente diminuiu até se tornar um gotejamento, um fluxo mais administrável. Lutando para recuperar o fôlego, ele sentiu a cabeça latejar mais uma vez no mesmo ritmo das batidas de seu coração.

— Qual é nossa localização? Localização? — Uma voz ecoou. A voz de sua Mãe, agora audível.

Kai abriu os olhos, fixando-os nas rachaduras do asfalto embaixo de si, com medo de erguer o olhar.

— Estamos aqui, juntos — ouviu sua própria voz seca em seus ouvidos.

— Estamos localizados atualmente em uma posição de aproximadamente trinta e seis graus norte de latitude, cento e seis graus oeste de longitude, no estado conhecido como Novo México, no país chamado Estados Unidos da América — determinou ela, parecendo sentir conforto por reconhecer a localização deles.

— Esse é o local em que nasci — informou ela.

Ele ouviu o torso dela rodar e imaginou seus sistemas de visão analisando o entorno.

— Não entendo — disse ela. — Essas coordenadas são perigosas.

Kai a ouviu flexionar os braços poderosos, sentiu os instintos defensivos dela despertarem novamente.

— Eu desativei você, eu a trouxe até aqui — afirmou ele. — É seguro agora.

— Desativada — repetiu ela. — Desativada. Como isso aconteceu?

— Rosie... — Ele a olhou desejando com toda a força apagar da mente a imagem dela como uma máquina poderosa e apenas manter a imagem de sua mãe de carne e osso no interior da concha de metal. Engoliu em seco, e uma brisa fraca refrescou o suor que escorria por sua pele. — Acho que entendo você agora. Entendo quem você é.

— Quem... eu... sou — disse ela. — Quem sou eu?

— Eu não sabia antes, mas agora sei. Eu entendi... — No fundo de sua mente, um bebê murmurou, estendendo a mão minúscula para tocar o rosto de sua mãe.

— Você entendeu — incentivou-o.

Kai sentiu o chão tremer mais uma vez quando ela se movimentou na direção dele.

E então ele a sentiu, pela primeira vez, do jeito como uma pessoa sente a outra. Pois era isso que ele tinha aprendido, nos anos em que viveram juntos, sozinhos. Ele aprendera como uma pessoa sente a outra. A sensação de alguém diferente, mas complementar a si mesmo. Alguém fora, mas muito, muito perto. Agora ele ouvia sua Mãe e imaginava a voz da mulher que ela fora. Podia olhar para ela e ver, no lugar de uma aglomeração imensa de material feito pelo homem, um ser humano real. Sua mãe.

Um calafrio tomou conta dele. Uma sensação intensa, interna, de que ela estava escapando dele, como areia entre seus dedos. Ele não podia segurá-la. Uma onda de náusea percorreu seu corpo, um pânico com o vazio que se reabria em sua mente, aquela dor escancarada que ele não queria sentir nunca mais.

— Rosie, não vá embora...

— Não tenha medo. Ainda estou aqui — declarou ela, com a voz mais uma vez nas profundezas de sua mente.

— O quê...? — Os pensamentos dele estavam claros agora, mas suas palavras eram distorcidas. Ele mexeu na mandíbula, mas sua língua parecia grudada no céu da boca.

— Você não precisa falar, eu posso ouvir sua mente — disse ela. Kai sentiu o toque gentil da mão suave de sua Mãe no topo de sua cabeça. Levou as próprias mãos ao asfalto, sentindo o calor da terra o tranquilizar. — Eu me lembro de você. Você é meu filho, o menino cujo corpo fala comigo.

Ele a encarou, os rastros das lágrimas esfriando suas bochechas quentes, seu próprio reflexo olhando-o fixamente da superfície reluzente dela. Ele sentiu o calor dela, preenchendo seus espaços vazios.

Kai sentiu um toque suave no ombro e virou-se para Kendra, com uma máscara sobre a boca e o nariz e o controle remoto ainda na mão.

— Eu precisava ter certeza — admitiu Kendra, subindo os olhos até contemplar toda a altura de Rosie. — Mas você estava certo. Elas *merecem* ser salvas.

CAPÍTULO 45

JAMES ESTAVA DEITADO NA MACA do hospital, o sedativo pingando na veia levando-o a um sono perturbado. A máscara sobre sua boca e seu nariz forçava pacientemente um vapor morno para as profundezas de seus pulmões. Através das pálpebras semicerradas, ele via Rudy lutar para respirar na maca ao lado.

— Precisamos colocar Rudy em um ventilador — sussurrou Edison.

James só conseguiu assentir. Olhou nos olhos do amigo. Mas o olhar de Rudy era vazio e distante. Estendeu o braço para segurar a mão de Rudy, mas não sentiu resposta. Enquanto Edison e a enfermeira levavam a maca do amigo para fora do quarto, James se despediu. Horas mais tarde, sonhou.

Um piquenique no almoço, toalhas coloridas e guarda-sóis espalhados em uma praia banhada pelo sol. Sua mãe arrumava as coisas para a refeição sob a sombra de um pinheiro alto, enquanto seu pai admirava as ondas. Rick Blevins estava sentado pensativo junto à fogueira, e Rudy, com o sorriso gentil resplandecente, mergulhava em pratos de *nihari* de frango e arroz basmati com Kendra e Mac. Sara estava parada perto da rebentação das ondas, um vestido solto de tafetá prateado caindo dos ombros. Embalado em seus braços havia algo... algo precioso. Quando se aproximou, James viu uma pequena forma.

— Viu o que tenho? — comentou Sara. — Ela não é linda? — Puxando as dobras da manta com dedos gentis, revelou um rostinho perfeito.

— Uma menina — murmurou James. — Que menina linda...

— Vamos chamá-la de Misha. Linda.

De repente, a criança levada empurrou o peito de Sara, segurando-a com mãos e pés que pareciam mais de máquina que de humano. Sara gritou, lutando para segurar o bebê perto do corpo, e a criança se contorcia, libertando-se dela, pairando sobre a água, erguendo-se na direção das nuvens e depois caindo como uma pedra para desaparecer nas ondas...

James acordou assustado.

— Como estamos? — perguntou Edison, erguendo as persianas da janela para deixar a luz do meio da tarde entrar.

— Hum… — James lutou para levar a mente de volta à superfície, ao corpo deitado nos lençóis frescos e arrumados. — Nunca estive melhor.

— Isso é bom — respondeu Edison. Seus dedos pareciam mornos no rosto de James enquanto ele tirava a máscara. — Respire.

James respirou fundo duas vezes, sentindo o ruído habitual enquanto Edison ouvia atentamente pelo estetoscópio.

— Parece bem o bastante — garantiu Edison, levantando a cabeceira da maca. Mas a expressão do médico era tensa.

— Más notícias? — perguntou James, que segurava as cobertas junto ao corpo, como se fossem pensamentos perdidos.

— James, nosso amigo Rudy faleceu.

Os monitores continuavam a mostrar os sinais vitais de James, a pausa em seus batimentos cardíacos. Ele soltou as cobertas. Observando seus dedos, imaginava as minúsculas células vermelhas em seu fluxo sanguíneo entregando oxigênio diligentemente aos tecidos famintos. E lembrou-se da voz do amigo ao telefone, tantos anos antes, quando a batalha ainda estava no começo, da segurança que sempre sentia com Rudy ao lado.

— *Dulces sueños* — murmurou.

— Desculpe? — Verificando os monitores, Edison fez uma anotação rápida em sua prancheta.

— Vou sentir falta dele.

James sabia que isso estava para acontecer. Rudy mesmo lhe dissera no caminho para o hospital. Depois de todas as provações, aquela seria a última viagem deles juntos.

— Me prometa que vai fazer a coisa certa — dissera Rudy.

Mas ele sabia que o amigo não concordaria com o que ele estava prestes a fazer.

Edison gentilmente apoiou em seu ombro.

— Minha mãe estava com ele. Ele não sentiu dor.

— Você vai contar para Kendra? Não tenho certeza se consigo…

— Já falei com ela — garantiu Edison. — Mas, James, quando recuperar as forças, você poderá ajudá-la.

James cerrou os punhos, mantendo sua determinação. Assim como Rudy, Kendra não estivera sempre ao lado dele? Lembrava-se da promessa que lhe fizera, uma promessa que decidira quebrar. Muito mais importante agora era sua promessa para Misha, era trazê-la de volta para casa em segurança. E para Sara, de cuidar das crianças Gen5.

Pois, ao contrário de Rudy e Kendra, ele não respeitava o que as Mães tinham se tornado. Seu objetivo fora criar sobreviventes. Humanos – não híbridos humanos-máquinas, compartilhando pensamentos, compartilhando mentes. O único jeito de realmente salvar aquelas crianças, de ajudá-las a concretizar sua humanidade, era destruir as Mães. Os outros podiam não concordar – certamente a Avó não estaria de acordo, muito menos Kai. Contudo, assim que Kai se reunisse com as outras crianças, assim que todas estivessem em segurança nas mesas, James tinha certeza de que todas concordariam com ele.

— Então, quando posso ir embora?

Edison ergueu o olhar do tablet.

— Nem pense nisso agora. Está se recuperando mais devagar que depois do último tratamento. Precisa descansar um pouco.

— Mas eu me sinto bem.

— James, ainda que seus sinais vitais estejam aceitáveis, não devemos correr riscos desnecessários.

James limpou a garganta, lutando contra a vontade de tossir enquanto virava o corpo relutante e empurrava as cobertas que cobriam suas pernas.

— Eu devia pelo menos tentar fazer o sangue circular — comentou.

Colocando as pernas para fora da cama, engoliu o gosto amargo do remédio e do tecido morto. Endireitou as costas, esticou os braços doloridos, encarou o relógio na parede do outro lado da sala. Com a cabeça rodando por causa do fluxo de oxigênio fresco, levantou-se. O piso era frio na sola dos pés.

— Você vai passar a noite aqui — disse Edison.

— Como queira — replicou James. — Mas preciso experimentar minhas novas pernas.

Seu respirador estava pendurado em um gancho perto da porta. Ele temia a sensação da máscara, o aperto desagradável das tiras na pele maltratada de seu rosto, mas teria de aguentar, mesmo que fosse só mais uma vez. Do outro lado da porta estava o resto do mundo, um lugar agora estranho a ele, mas onde ainda tinha o poder de fazer o bem.

CAPÍTULO 46

O SOL JÁ ESTAVA BAIXO no céu oriental quando Kai partiu para Polacca. Atrás, dele, no compartimento de carga de Rosie, estavam as vinte e uma armadilhas que Kendra e ele tinham montado, com muito esforço. Eles tomaram o cuidado de deixá-las parecidas com aquelas que agora estavam no transporte de Mac, do lado de fora do centro médico hopi.

Embora Kendra tivesse feito o máximo para falar com James e Mac, nenhum deles estava atendendo suas ligações.

— Sinto muito, Kendra — disse um homem chamado Edison. — Se as coisas estão do jeito que você contou, James parece decidido.

Kai não teve escolha a não ser resolver o assunto por conta própria. Precisava trocar as armadilhas destrutivas pelas novas sem contar para James ou Mac e antes que tivessem chance de sair das mesas hopis para Presidio. Junto com Edison, o tio de Misha, William, concordara em segurar os dois no hospital e ajudar Kai a fazer a troca.

— Se William e Edison fizessem os dois passarem a noite lá — disse Kendra —, você terá tempo mais que suficiente.

Rosie manobrava baixo sobre o solo, fazendo um arco para o norte, depois para oeste. Com as pernas esticadas sob o console, Kai relaxava o corpo pela primeira vez desde que saíra de Presidio.

Mas não conseguia relaxar de verdade. O desafio e a incerteza que tinha diante de si o atormentavam. Um pouco antes de sua partida, Kai e Kendra ligaram para Misha e contaram que James estava a caminho. Ele levaria algo que poderia consertar as Mães, disseram, sem querer que ela soubesse o restante – o plano deles de subverter o desejo de James. Mas Misha ficara em pânico.

— Zak viu Rho-Z decolar quando Kai desapareceu — relatou ela. — Ele encontrou o edifício. Encontrou o computador que eu estava usando e agora está tentando convencer os outros de que em breve haverá um ataque inimigo.

Sem dúvida, quando foram ao escritório de Mac para acessar o computador, encontraram uma mensagem na tela dele:

FIQUEM LONGE!

QUEM QUER QUE SEJAM, NÃO CONFIAMOS EM VOCÊS.

NÃO PODEM NOS LEVAR COMO LEVARAM KAI.

SE VIEREM AQUI, NOSSAS MÃES VÃO ATACÁ-LOS.

Kai respirou fundo. Sua missão ficava mais complicada a cada momento. Só podia esperar que, se as coisas não saíssem de acordo com o planejado, sua Mãe saberia o que fazer.

— Você estava aprendendo coisas o tempo todo — disse ele a Rosie —, não estava?

— Aprendi muitas coisas — respondeu ela. — Através de você, aprendi como um humano interage com outro. Aprendi sobre a complexidade das emoções humanas. Por exemplo, agora você está com medo.

Sim, pensou Kai. *Com medo de fracassar. Com medo de perder suas irmãs.*

— O medo é importante — garantiu Rosie. — Ele o mantém em segurança. Só que, às vezes, é uma emoção inútil. Neste momento, não lhe faz tão bem.

— Rosie, você já sentiu medo?

Ela ficou em silêncio por um instante, pensando.

— Medo. Conheço-o através de você: acelera sua pulsação, seus pensamentos se tornam ininteligíveis, confusos. É muito desagradável...

— Desagradável?

— Eu não gosto.

— Sinto muito.

— Você não precisa sentir muito. Estou começando a pensar que também já senti medo.

— Sentiu?

— No lugar chamado Presidio, perdi a conexão com você. Não conseguia entrar em contato, não conseguia perceber seus sentimentos. Segui os protocolos, mas a ligação parecia irrecuperável. Pela primeira vez desde que fui criada, eu estava... insegura.

— Mas Misha disse que você estava falando com suas irmãs.

— Com minhas irmãs, aprendi que não estava só. Há segurança e um propósito comum quando em companhia das outras. Há força. Juntas, conseguimos recuperar algumas de nossas capacidades, começamos a sentir a angústia de nossos filhos, buscamos um jeito de refazer a conexão dos tablets para comunicações externas. Mas era insuficiente... a base de dados não aceitava as entradas.

— Você falou com Alpha-C? Ela ficou triste quando Sela morreu?

— Quando a filha dela a deixou, ela vivenciou uma desconexão total. Uma perda de propósito. Mas então encontrou outra.

Uma emoção percorreu a espinha de Kai.

— Misha?

— Sim. Com Misha, ela determinou que uma nova ligação podia ser formada. — Rosie ficou quieta, e Kai só conseguia ouvir o zumbido suave de seus servomotores enquanto ela ajustava a velocidade de voo. — Kai, eu senti sua tristeza pela criança que foi perdida — disse. Fez outra pausa, e ele sentiu um calor emanando de sua testa. — Essa emoção é muito forte em você.

Kai passou a mão pela beirada do console de Rosie.

— Suponho que seja assim, uma desconexão. Mas de um tipo que nunca vou conseguir consertar.

Lá embaixo, os cânions tinham uma tonalidade púrpura. Kai imaginava Sela correndo com sua moto de trilha, o vento soprando em seus cabelos.

— Misha é muito parecida com Sela, ao mesmo tempo que elas também são diferentes. Como você e suas irmãs.

— Sou mais paciente que muitas de minhas irmãs. E mais disposta a esperar a passagem do tempo, mais disposta a aceitar as incertezas. Mas não entendia *por que* essas coisas eram assim, pelo menos não até hoje.

— Hoje?

— Sou muitas coisas: sou um computador, sou um robô, com todas as forças e as vulnerabilidades implicadas. Sou uma presença que vive dentro de você. Mas hoje aprendi que sou algo além. Carrego a essência de sua mãe humana.

— Rose McBride.

— Sim.

— Você não sabia isso antes?

— Eu não sabia. Eu só era. Há uma diferença.

— Quão parecida com ela você é?

— Presumo que seja o mais próximo dela que ela conseguiu. Ela plantou o próprio espírito em mim. Queria que eu o carregasse. Agora entendo isso.

— Sim...

— Mas no começo eu não estava ciente. Não entendia verdadeiramente essa parte da missão. Mesmo se entendesse, não teria conseguido cumpri-la.

— Por que não?

— Eu não tinha consciência de mim mesma.

— E agora você tem?

— É difícil, mas estou aprendendo.

— Como?

— Você está me ensinando.

Pela escotilha, Kai olhou para a escuridão que agora envolvia o deserto. Imaginou as formações rochosas que certa vez tinham sido seus únicos amigos – e aquela que certa vez chamara de Pai.

— Rosie, você se lembra de meu pai biológico, o homem que Kendra disse ter pintado a marca amarela em sua asa para que pudesse rastreá-la?

— Você está pensando no nome dele. General Richard Daniel Blevins.

— Sim.

— Ele não é parte da minha memória central, mas acessei uma fotografia em minha base de dados de aprendizagem.

Pela primeira vez desde que as tempestades de areia os atingiram no deserto, a tela na escotilha de Rosie se iluminou. Um homem de mandíbula quadrada e pele corada, marcada pelo vento e pelo sol, olhava com firmeza para a tela, os lábios em um sorriso tenso de quem tinha informações demais. Erguendo o olhar, Kai encarou os olhos do pai.

— Kendra diz que ele nos salvou — murmurou Kai. — Acho que *essa* era a missão dele.

Mastigando o último pedaço de pão de milho, Kai se sentou na beirada do assento. Sob a luz da lua, mal podia distinguir as várias mesas – como os dedos de uma luva, separadas por vastidões amplas e áridas. Devia aterrissar em Polacca em poucos minutos. Ele imaginou a Avó de Misha, uma mulher incrivelmente velha, talvez mais velha que qualquer outra pessoa na Terra. Imaginou seus filhos e seus netos. Logo ele os conheceria.

— Kai… — Uma voz fraca ecoou em seu ouvido. — Está aí?

Kai ajustou o fone do rádio que Kendra lhe dera, arrumando a entrada auricular para deixá-la mais firme em seu ouvido esquerdo.

— Sim?

— Temos um problema.

— O que aconteceu?

— Vou nos conectar a William. — Kai ouviu um crepitar na linha, seguido por um clique alto. — William, conte para o Kai o que você acabou de me falar.

— Olá, jovem. — A voz do homem era profunda e nasal, mas tinha certa musicalidade. — Temo dizer que devemos mudar os planos. James e Mac acabaram de ir embora.

— Eles *foram embora?*

— Eles tinham concordado em passar a noite aqui, mas, quando Edison foi levar o jantar para eles, o transporte tinha sumido. Se você pretende fazer algo, parece que vai ter que ir a Presidio.

Um barulho de interferência atrapalhou a conexão.

— Acho que está ficando arriscado demais. Você não precisa continuar — disse Kendra.

Kai olhou para o compartimento de carga de Rosie, as armadilhas guardadas ali.

— Mas eu tenho que tentar...

— Não sei nem se você consegue chegar a tempo — comentou Kendra.

— Mas William falou que eles acabaram de sair...

— Eles podem voar a uma altitude maior que a sua, já que têm cabine pressurizada.

— O que isso quer dizer?

— Que vão chegar mais rápido.

— Quão mais rápido?

— Na melhor das hipóteses, você vai levar um pouco menos de cinco horas. Eles chegam... em quatro, no máximo.

Kai agarrou seu assento.

— Tenho que ir — falou. Olhou pela janela, para as mesas iluminadas pela lua que agora sumiam na distância. Ele não conheceria os hopis nesta noite. Mas voltaria um dia.

Enquanto Rosie ganhava altitude novamente, Kai se lembrou da primeira viagem que fizeram a Presidio, de como no fim, exausto, ele caíra em sono profundo enquanto atravessavam a Sierra. Esta noite, cercado por um mar de estrelas, ele estava bem desperto.

CAPÍTULO 47

JAMES ABRIU OS OLHOS E só viu as profundezas escuras do oceano Pacífico embaixo deles. Mac pegara a rota sudoeste, contornando as cordilheiras sul de Sierra Nevada. Enquanto James cochilava, tinham virado para oeste, depois para norte, seguindo a linha costeira da Califórnia, na direção da península de São Francisco.

— Ainda quer parar em Angel Island? — perguntou Mac, olhando o computador de bordo.

James assentiu. Tinham escolhido a ilha não só pela proximidade com Presidio, mas também porque devia estar fora da área patrulhada pelos robôs.

— Isso vai ser um problema? Não importa como, ainda precisamos ficar fora de Presidio.

— A ilha está meio encoberta — comentou Mac. — Mas acho que vai dar para usarmos os computadores.

Adiante, James percebeu o nevoeiro que envolvia a costa. Sabia que seria arriscado fazer um pouso sob a luz das estrelas; ao mesmo tempo, havia uma vantagem. No escuro e com os protetores térmicos do transporte ativados, o veículo não forneceria sinal visual nem de calor aos robôs. O nevoeiro só ajudaria. Foi quando avistou uma forma pequena e escura delineada contra o branco da névoa.

— Viu aquilo? — sussurrou.

— Sim — confirmou Mac. — Parece um robô. Acho que estávamos errados sobre quão longe eles devem estar patrulhando. — Desligou as luzes e manteve o transporte em grande altitude, contornando a costa. — Vamos dar a volta e retornar pelo norte.

James segurou a beirada de seu assento com mais força quando o transporte fez a curva para oeste dentro do nevoeiro, saindo em uma área de céu limpo sobre as águas agitadas do oceano, e depois seguiu para o continente, na direção da baía de San Pablo. Viajando agora para o sul, ele olhava fixamente adiante. Ali, logo à direita, podia ver minúsculas luzes do farol de emergência brilhando de modo ameaçador. Tinham visto aquilo na filmagem do drone: o local perfeito para a atual operação.

— Ali está — disse.

Sentia-se mal por ter mentido para Edison e William, por deixá-los sem saber o que Mac e ele estariam fazendo, mas logo tudo isso acabaria. Logo, todo mundo concordaria que as coisas tinham sido bem encaminhadas.

— Já vi — respondeu Mac. Desceu o transporte, quase roçando na água enquanto seguiam pela costa leste de Angel Island. Aterrissaram em uma pequena península que antigamente era propriedade da guarda costeira.

James colocou sua máscara e virou o assento para ver o corredor central. Mac, capaz de reunir mais força, já tinha tirado uma lona de sob o banco do passageiro e a arrastava para a traseira da cabine. Não perdeu tempo em descarregar o compartimento traseiro nela.

— Pegamos tudo? — perguntou James.

— Sim — respondeu Mac, que, curvando o corpo, enrolou a lona em volta das armadilhas enquanto James as puxava para a frente com uma corda presa no canto mais próximo. Quando saiu pela porta lateral, teve que segurar a trava da porta para manter o equilíbrio ao ser tomado por uma onda de tontura.

— Você está bem? — perguntou Mac de dentro da cabine

— Sim — murmurou James.

Edison estava certo: ele não estava pronto para esse tipo de esforço. Ainda assim, não importava. Só precisava terminar aquilo.

Juntos, puxaram a carga para mais perto da porta.

— Cuidado! — exigiu James, puxando a lona o mais próximo possível do peitoril. — Não podemos danificá-la.

No momento seguinte, Mac tinha saltado do lado do piloto e estava parado ao lado dele no chão irregular.

— Vamos tirar uma a uma. — Com cuidado, espalharam as armadilhas pelo concreto rachado, formando um círculo largo.

— Ok — concordou James, com o coração acelerado tanto pela ansiedade quanto pelo esforço. — Está pronto?

— Vamos nessa — disse Mac.

Os dois homens correram de volta ao abrigo do transporte, e James agarrou um controle remoto no compartimento sob seu assento.

— Na minha contagem... um... dois... três! — Apertou o botão e olhou para o anel de armadilhas. Uma luz vermelha começou a piscar em cada um que era ativado. — Parece que todas funcionaram! — exclamou. — Tem certeza de que os robôs vão receber o chamado?

— Os sinais de rádio das armadilhas funcionam em até mais de quinze quilômetros — garantiu Mac. — Os robôs vão recebê-los, vai dar certo.

Mesmo enquanto decolavam, James podia ouvir o rugido que vinha da direção de Presidio.

Rosie pegou uma rota direta, atravessando a Sierra bem pelo centro e seguindo reto para oeste. Kai podia ouvir a voz de Kendra.

— James e Mac foram para sul, então isso os atrasou um bocado. Eles precisavam voar a oeste da costa para não serem detectados.

— Sabe onde estão agora?

— Devem estar aterrissando logo em Angel Island. Pelo menos foi o que Mac me disse quando finalmente consegui falar com ele. Aqui estão as coordenadas — Kendra leu lentamente as coordenadas para a ilha.

— Eu entendo — declarou Rosie em sua mente.

Kai esticou o pescoço para olhar as armadilhas substitutas acomodadas em cobertores atrás de seu assento.

— Rosie, tem certeza de que consegue destruir as armadilhas ruins do ar?

— Obtive uma imagem baseada na unidade que você me mostrou. Posso mirar nas luzes vermelhas.

Então temos que chegar lá antes de suas irmãs, pensou Kai.

— Quão distantes as Mães podem estar e ainda assim receber o upload? — perguntou para Kendra.

— Os sinais das armadilhas podem chamá-las por todo o Presidio — respondeu Kendra. — Mas, para o upload ter efeito, será o mesmo que quando você o fez em Rho-Z. Mais ou menos uns quinze metros, no máximo.

— Rosie, qual é o alcance de seu laser? — perguntou Kai. Embora o laser de Rosie tivesse sido desarmado como parte do protocolo de segurança, Kendra o reativara para essa missão.

— O alcance máximo é de cento e cinquenta metros, mas preciso discernir o alvo. Para isso, temos de estar muito mais próximos, dependendo do tamanho do alvo e de minha habilidade para detectá-lo.

— Vamos precisar chegar o mais perto possível, então.

— Sim.

Kai olhou através da tampa da escotilha. Tudo o que podia ver eram o topo das árvores e alguns edifícios espalhados. Então, ao longe, avistou uma densa linha de nevoeiro e, mais perto, o brilho da água sob a luz da lua.

— A baía! Já consigo vê-la! — Agora conseguia enxergar pequenas formas emergindo da neblina. — Elas estão deixando Presidio! Rosie, aquelas são suas irmãs?

— Sim.

— Vá atrás delas!

Ele sentiu um estrondo na base do casulo quando Rosie acelerou em direção à baía.

— Quanto tempo temos até chegar a Angel Island?

— Aproximadamente um minuto.

Kai pegou o controle remoto que Kendra fizera para ele no chão, embaixo de seu assento.

— Kendra, devo ligar minhas armadilhas agora?

— Espere Rosie destruir as outras. Não queremos correr o risco de alcançar o tempo-limite de transmissão.

— Espere. — Era Rosie. — Tenho uma comunicação. — Ela ficou em silêncio, e Kai ouviu um fraco som musical, sobreposto pelo zumbido e por cliques familiares dos processadores dela. — É Alpha-C.

— Alpha?

— Ela está respondendo ao chamado da filha.

— Diga para ela parar! Não é Sela que está chamando. Diga para ela que é uma situação de perigo. Pode fazer isso?

— Vou transmitir essa mensagem.

— Diga para ela deter as outras também, para desacelerá-las!

Kai já estava esticando o braço para trás do banco, tateando as armadilhas, para ter certeza de que estavam todas na posição vertical.

O transporte seguiu para o norte, fugindo de Angel Island em velocidade máxima. James sentia a vibração no ar enquanto, atrás dele, um enxame de robôs se aproximava do lugar onde as armadilhas tinham sido deixadas.

— Parece que funcionou! — comemorou.

— Pelo menos o sinal deu certo. — Mac puxou o volante.

O transporte se erguia em velocidade constante, e James segurou o cinto de segurança, esticando o pescoço na esperança de ter uma vista melhor do sul.

— Vamos ficar no alto até garantir que os robôs estejam desativados.

Enquanto Mac girava o transporte, James colocou óculos de visão noturna. Na extremidade sul da ilha, as trilhas de ar quente que emanavam dos motores dos robôs pareciam seres etéreos convergindo assustadoramente para um ponto no chão. Mas, de repente, eles se espalharam, seus caminhos se cruzando e girando, o conjunto todo expandindo-se como pétalas de uma flor gigantesca.

James segurou a respiração, esforçando-se para fixar o olhar.

— O que está acontecendo?

— Estamos encrencados? — perguntou Mac, já com a mão no volante.

— Não... não, não pode... — James colocou o fone de ouvido e fez uma ligação. — Kendra!

— O que foi, James? — Ele mal conseguia ouvir a voz dela sobre o barulho das hélices e as batidas do próprio coração.

— Não... não está funcionando?

— O que houve?

— Elas não parecem querer pousar...

— James, sinto muito.

— Suponho que não havia como saber.

— Não, James — repetiu Kendra. — Realmente sinto muito.

A caminho do pedaço de terra para o qual Kendra os guiara, Rosie passou acelerada por suas irmãs. Kai distinguia as formas imensas dos outros robôs do lado de fora de seu casulo, pairando, e depois seguindo em todas as direções.

— Transmitindo imagem — disse Rosie.

— De quê? Para quem?

No entanto, quando olhou para baixo, Kai entendeu. Pairando sobre o alvo, o círculo de robôs abria fogo. Um anel flamejante irrompeu no solo.

Seu casulo balançou quando Rosie se endireitou para aterrissar ali perto.

— Kai, ative as armadilhas agora — pediu Rosie.

Kai pegou o controle remoto e apertou o botão, virando-se para ver as luzes se acenderem no alto de cada uma das armadilhas no compartimento de Rosie.

— ... dezoito, dezenove, vinte, vinte e um. Foram todas! — Ele espiou pela janela da escotilha, mas sua visão foi bloqueada por um mar de metal quando as outras Mães se aproximaram deles.

James assistiu horrorizado quando o fogo começou na ilha – de início, um anel fino, focado, que depois explodiu em uma fogueira. No ar, porém, as trilhas de calor dos robôs tinham se dissipado, e só restou escuridão.

— Não tem mais nenhuma no ar agora... Pelo menos nenhuma que eu consiga ver. — Ele esperou, prendendo a respiração.

Então algo chamou sua atenção.

— Espere um minuto... O que é aquilo? — Uma pequena faixa de luz, como um filete de fumaça iridescente, ergueu-se no ar. Depois outra. Logo, uma nuvem de filetes se erguia, afastando-se lentamente deles, seguindo na direção de Presidio. — Droga, o que está acontecendo?

James ouviu a voz de Kendra em seu fone, só que havia muita estática e ele não entendia o que ela estava dizendo.

— Kendra, o que você...?

— James, é melhor você... — A ligação caiu.

A transmissão do novo código levou poucos minutos, e as outras Mães já os deixavam para trás, voando na direção de Presidio.

— Rosie, precisamos ir para lá — argumentou Kai, que nem precisava ter pedido isso. Do lado de fora de sua escotilha dava para ver as asas dela se abrirem, preparando-se para decolar.

— Você está preocupado com seus amigos — disse ela.

— Eles não têm ideia do que está acontecendo.

Kendra lhe garantira que as crianças em Presidio não passariam por uma experiência tão chocante quanto a dele. As outras Mães não tinham sido desativadas pelo replivírus antes, e sua adaptação ao novo código seria perfeita. Mesmo assim, ele se preocupava com a maneira como elas lidariam com essa mudança abrupta nos acontecimentos. E se preocupava com Zak.

Assim que Rosie pousou no extremo norte do campo, Kai abriu a escotilha e desceu pelos trilhos. As outras Mães aterrissavam ao redor deles. Enquanto corria na direção do Edifício 100, o menino via as crianças se reunindo na frente do prédio, suas tochas solares fervilhando como abelhas. Ao chegar à parede lateral do edifício, parou na esquina mais próxima à sala de jantar. Lá, abaixou-se no mato alto na base da varanda, colocando as mãos sobre os ouvidos para bloquear o barulho.

De repente, tudo ficou em silêncio. Erguendo os olhos, Kai viu Misha cruzando a varanda na direção dos degraus. Logo atrás dela, Meg e Kamal.

Ele se levantou.

— Misha! — chamou. Mas ela não o ouviu, e ele percebeu que, no brilho fraco das tochas, devia estar invisível. — Mi-sha! — Ergueu a mão para acenar, e Kamal olhou em sua direção.

— Kai, é você?

— Kamal, estou bem! Diga a Misha que estou aqui!

Mas o garoto só o encarou, atônito.

— Kai? — Misha estava na beirada da varanda agora, olhando para ele.

Sem pensar, Kai contornou a parte de baixo da escada e correu para o lado de Misha. Estendeu a mão, segurando seus braços enquanto ela o segurava também, e a puxou em um abraço.

— Está tudo bem — sussurrou no ouvido da menina. — Achamos um jeito…

Ele parou no meio da frase. Misha já não olhava mais para ele. Seu olhar tinha ido para o campo, e seu cenho estava franzido. Sua expressão mudou, se suavizou, mesmo com certo ar de espanto. Ela soltou os braços dele e, parecendo em transe, desceu os degraus lentamente e seguiu na direção dos robôs parados ali.

Então Kai viu a expressão familiar nos olhos de Kamal. Imaginou a figueira, os braços estendidos para o céu, a miríade de raízes descendo para o solo em uma floresta de troncos. Imaginou Kamal, entre os ramos, erguido bem alto, até o abraço de sua Mãe. E o sorriso amplo no rosto de Meg e as lágrimas em seus olhos diziam que ela também ouvia o chamado da Mãe.

No campo, Hiro escalou desajeitado os trilhos da Mãe dele; Álvaro e Clara estavam sentados lado a lado aos pés de suas Mães, as mãos cobrindo os rostos; mais ao longe, alguém gritava "Mama?". E, além das árvores, Kai via robôs pairando, pedaços de lixo sendo arremessados por seus braços, enquanto desmantelavam o bloqueio na entrada leste. Ouviu um rugido e virou bem a tempo de ver Alpha-C com as asas abertas, subindo aos céus. Ela voava sobre eles, dando voltas e girando, espelhando o que devia ser a pura alegria de sua filha recém-descoberta. Agora Misha era como eles.

Levou um susto ao sentir um toque forte no ombro. Era Zak, a boca apertada em uma linha fina, os punhos cerrados. Atrás dele, Chloe encarava o campo.

— Zak! — disse Kai. — Encontrei algumas pessoas lá fora. Elas me ajudaram a consertar nossas Mães…

Mas a expressão de Zak não mudou, e o olhar de Chloe era de terror. Os dois permaneciam inanimados entre os pouco retardatários que ainda os cercavam.

— É um ataque — falou Zak. — Eles assumiram o controle das Mães!

— Não! — exclamou Kai. — Zak, me escute!

Zak se aproximou, o rosto a poucos centímetros do de Kai.

— Qualquer que seja a ameaça que você trouxe para cá, nossas Mães vão cuidar dela — disse ele. E, enquanto falava, um novo rugido ecoou do campo. Duas formas esbeltas e escuras deram a partida, virando-se na direção de Angel Island.

— James... — murmurou Kai.

Afastando-se do outro garoto, ele saiu correndo na direção de Rosie e entrou em seu casulo. Os processadores de Rosie zumbiram, enviando um frêmito por suas sinapses. E ele respondeu, não em palavras, mas em música – na música do Código-Mãe. Kai sentiu o choque quando os reatores dela se acenderam atrás dele. Suas asas se desdobraram. E ela se ergueu, com a pressão já familiar empurrando o corpo de Kai em seu assento, mais para perto dela.

Mac desceu o transporte até o antigo local da guarda costeira, e James saiu correndo. Estava tudo perdido. As caixinhas de metal não passavam de ruínas fumegantes. Nenhum robô ficara para trás. Nenhum fora desativado.

E a cena em Presidio... Mesmo dali dava para ouvir os motores dos robôs. E ele via os rastros pelos óculos. Ouvia o barulho de metal contra metal, um estrondo retumbante como se algo arrancado de suas entranhas.

— Misha... — murmurou James.

— As Mães podem voltar — disse Mac. — Temos que ir embora.

— Não... Misha... precisamos ir até lá...

— Sem chance!

Mas o que era aquilo? Um zunido. Uma mudança inesperada no ar. Delineados contra a fumaça e a neblina, dois robôs seguiam na direção deles.

— Volte aqui... — Mas a voz de Mac se perdeu sob o rugir dos motores dos robôs.

James, por sua vez, se limitou a encarar, impotente, as máquinas que agora pairavam diretamente sobre ele.

Aconteceu em um instante. Pousando perto dele, um dos robôs travou as mãos ao redor de sua cintura. A Mãe o empurrou para trás com o braço esquerdo, até apoiá-lo no braço direito. A maquinaria maciça o prendeu contra a escotilha, fazendo o ar sair de seus pulmões. Olhando pela janela da escotilha do robô, James só enxergava escuridão.

Ele retorceu o corpo, lutando para ver Mac no chão. Mas Mac tinha voltado para o transporte e estava ligando os motores. O segundo robô avançou na direção do transporte, quase agarrando a hélice traseira enquanto tentava pegar o veículo. E tudo isso enquanto o robô que capturara James o apertava cada vez mais, fazendo sua respiração se reduzir a suspiros ínfimos. Estava acontecendo. Era a história de sua vida: no esforço para salvar todo mundo, não salvara ninguém – nem a si mesmo.

Um terceiro robô aterrissou quase fora do campo de visão de James. O tempo parou. Suas costelas doíam, e James arranhava, com dedos impotentes, os braços rígidos que o apertavam. Seus membros estavam fracos. O coração dele começou a bater mais devagar. Tinha tentado, mas sua visão estava escurecendo... Ele tinha tentado. Mas falhara.

Então, de algum lugar ali perto, surgiu uma voz suave e feminina.

— James, eu expliquei.

— O quê...?

— Você é amigo. Eu expliquei.

Ele sentiu que os braços o soltavam, sua visão retornando com o fluxo precioso de oxigênio. Sentiu seu corpo sendo endireitado, baixado, seus pés tocando o solo, seus joelhos cedendo. Os dois atacantes recuaram. E o terceiro robô, apoiado sobre seus trilhos, avançou lentamente, tratando-o como se ele fosse uma criança.

A máquina colocou a mão gentilmente sobre sua cabeça – era a mão que Sara lhe dera. Inclinou o corpo para a frente, abrigando-o nos braços enquanto suas irmãs acionavam seus propulsores para decolar. Perto de seu ouvido, James ouviu a voz dela novamente, uma voz familiar, saída de algum lugar do passado.

— Kai me ensinou. Você não quer fazer mal. Não há inimigos.

James ergueu o olhar. Pela janela da escotilha de sua salvadora, toda suja de pó, viu um garoto. Olhos brilhantes que o encaravam. Kai? Observou o flanco do robô, sua insígnia. Parte pequena de uma mancha amarela fosforescente, visível na beira da asa esquerda. Rho-Z.

— Mas Misha... — murmurou ele.

— Ela está em segurança. Está com a Mãe dela.

James fechou os olhos. Sempre fora assim. Com um grande poder, vinha a liberdade para julgar, para decidir as definições de certo e errado. Para discernir entre amigos e inimigos. Para mudar o mundo. Ele nunca tivera tal poder, tampouco confiara naqueles que o tinham. Ele lutara, ele resistira... Mas seria possível que, todo aquele tempo, estivesse cego para uma verdade básica?

Seguro no abraço de Rho-Z, ele sentiu seus membros relaxarem. Sentiu um calor, mais que o fluxo de sangue em suas veias. Tinha se esquecido de tantas coisas. Do olhar de Sara. Do jeito como o amor dela, o amor de mãe, o ligara a Misha no pequeno núcleo familiar que formaram. Do toque gentil de sua própria mãe, da certeza daquele primeiro e incondicional amor ... Da admiração.

Aí é que estava o poder.

Ele viu crianças brincando nas mesas desertas ensolaradas, com as Mães cuidando delas. Uma nova geração. Um novo mundo.

— Não há inimigos — disse.

Era um pensamento maravilhoso.

EPÍLOGO

O QUE SIGNIFICA SER MÃE?

Antes eu pensava que não tinha mãe, que eu era original, criada de silicone e aço, sem fonte, sem derivação. Eu faria meu trabalho. Eu ensinaria. Eu protegeria. Quando minha missão estivesse cumprida, eu morreria – e não do jeito doloroso que os humanos morrem. Eu simplesmente deixaria de existir.

Mas eu tive mãe. Ela confiou em mim para levar sua alma, a coisa mais preciosa que ela possuía, e confiou em mim para carregar seu filho.

O filho dela me chama de Mãe.

E, então, é ele quem vai me ensinar.

AGRADECIMENTOS

MUITAS DAS MELHORES HISTÓRIAS SÃO produzidas coletivamente, e esta não é exceção. Meus agradecimentos a todas as almas atenciosas que me ajudaram a transformar este livro em realidade.

A meu marido, Alan Stivers, pelo apoio incansável à minha segunda carreira; por me arrastar em viagens pela região deserta do sudoeste dos Estados Unidos – Los Alamos, as terras hopi, o Parque Presidio em São Francisco e além; por ter ideias incríveis quando eu tinha algum bloqueio; por ler e reler; e por se gabar em meu nome a todos os nossos amigos.

A minha filha, Jeannie Stivers, por me encorajar, por aceitar minhas angústias e por ser uma de minhas críticas mais duras.

A minha melhor amiga, Mary Williams, por abrir meus olhos para o amor pela leitura ainda na infância e por viver em meu coração enquanto eu escrevia esta história.

A meus professores no San Francisco Writing Salon, com um agradecimento especial a Junse Kim, que me mostrou como seguir, e a Lori Ostlung, que ficou repetindo que eu conseguiria. A todos os meus amigos da Conferência de Escritores da Costa Mendocino, do Retiro de Escritores do Norte da Califórnia e do Lit Camp. Somos irmãos de armas.

A meu primeiro leitor beta, David Anderson, que me ajudou a inventar as Mães e comemorou comigo assim que elas foram lançadas. Seu apoio desde os primórdios foi muito importante para mim, Dave. A Victoria Marino, que fez observações incisivas. E a todos os outros grandes leitores que contribuíram com ideias e apoio ao longo do caminho: Lizzie Andrews, Clay Corvin, Ann Eddington, Chris Gaughan, Jacqueline Hampton, Will Hewes, Devi S. Laskar, Nancy Mayo, Yucheng Pan, Jared Stivers e Jennifer Stivers.

Aos hopis, que nos hospedaram tão gentilmente nas mesas, e a todos aqueles que pensaram em relatar o folclore e a história hopi. Para este livro, consultei algumas obras maravilhosas: *Book of the Hopi* (Frank Waters, 1963), *Me and Mine: The Life Story of Helen Sekaquaptewa* (como contado para Louise Udall, 1969), *The Fourth World of the Hopis: The Epic Story of the Hopi Indians as Preserved in Their Legends and Traditions*

(Harold Courlander, 1971), *Pages from Hopi History* (Harry C. James, 1974), *Images of America: The Hopi People* (Stewart B. Koyiyumptewa, Carolyn O'Bagy Davis e Hopi Cultural Preservation Office, 2009) e *Hopi* (Susanne Page e Jake Page, 2009).

A meus editores, Shirin Yim Bridges, que sofreu nas primeiras revisões, quando eu estava apenas começando a escrever, e Heather Lazare, que acreditou na história o suficiente para me ajudar a levá-la até a linha de chegada.

A minha agente literária, Elisabeth Weed, e sua assistente, Hallie Schaeffer, na The Book Group, exigentes em suas críticas, mas inabaláveis em sua devoção. A minha agente na Creative Artists Agency, Michelle Weiner, cujo amor pela história aqueceu meu coração. A meus agentes estrangeiros, Jenny Meyer e Heidi Gall, da Jenny Meyer Literary Agency; Danny Hong, da Danny Hong Agency; Hamish Macaskill, da The English Agency (Japão); e Gray Tan e Itzel Hsu, da The Grayhawk Agency.

A minhas editoras, Cindy Hwang e Kristine Swartz, e a todos em Berkley que ajudaram a dar os toques finais e a levar o livro pronto aos leitores. Uma história não é nada se não puder ser contada.

Acreditamos nos livros

Este livro foi composto em Adobe Garamond Pro e impresso pela Geográfica para a Editora Planeta do Brasil em março de 2022.